西方经济学 著

上 册

青岛出版集团 | 青岛出版社

图书在版编目（CIP）数据

不可开交/西方经济学著. —青岛:青岛出版社,2022.9
ISBN 978-7-5736-0115-5

Ⅰ.①不… Ⅱ.①西… Ⅲ.①长篇小说—中国—当代 Ⅳ.①I247.5

中国版本图书馆CIP数据核字（2022）第121868号

BUKE-KAIJIAO

书　　名　不可开交
作　　者　西方经济学
出版发行　青岛出版社
社　　址　青岛市崂山区海尔路182号
本社网址　http://www.qdpub.com
邮购电话　18613853563
责任编辑　郭红霞
校　　对　李晓晓
装帧设计　王晶璎
照　　排　梁　霞
印　　刷　三河市良远印务有限公司
出版日期　2022年9月第1版　2022年9月第1次印刷
开　　本　32开（880mm×1230mm）
印　　张　18
字　　数　370千
书　　号　ISBN 978-7-5736-0115-5
定　　价　65.00元（全2册）
编校印装质量、盗版监督服务电话　4006532017　0532-68068050

目录

[上册]

目录

[下册]

第一章

池先生

“你是不是乔晚？”

乔晚刚下课，送学生和家长出钢琴教室的时候，一个20岁出头的女人眼神充满探询地问了她一声。

乔晚打量了她一眼，点头应了一声：“是。”

“啊，我就说没认错。”女人随即笑起来，对乔晚道，“我们有多少年没见了？高中毕业后我们好像就没见过了。你去哪儿了？一直在A市吗？”

女人喋喋不休地说着，沉浸在见到老同学的喜悦里。乔晚却有些蒙，她现在的记忆很短暂，在短暂的记忆里，没有关于这个女人的信息。

“抱歉，我……”乔晚犹豫了一下后，笑了笑道，“我高中毕业后出了一场车祸，关于以前的事情不太记得了，所以……”

女人听了乔晚的话后，眼里闪过一丝震惊之色，失口道：“失忆了？”

乔晚无奈地笑了笑：“算是吧。”

女人多少有些不信，而看到乔晚的神情，逐渐就信了。乔晚也理解，毕竟失忆这种狗血的事情，只在小说或者韩剧里才能看到。她失忆以前，估计也不信这种狗血的桥段。

“这样啊。”女人的表情很快就转变了过来，她又说道，“怪不得你高中后就没消息了。哦，对了，我叫秦悦，以前跟你是一个班的。”

等女人自我介绍完，乔晚又打量了她一下，隐约觉得她的名字和长相有些熟悉了。乔晚虽然失忆，但是以前的照片之类的东西还在，让她对以前的事情也不至于抓瞎。

“我好像有点儿印象。拍毕业照的时候，你在我身后。”乔晚想起来了。

“对，对。”秦悦笑起来。提到毕业照，秦悦又说道：“哦，对了，我们下周六在城南的度假村举办同学聚会，你也一块儿来吧。”

说着，秦悦从包里拿了张名片出来，热情地对乔晚说道：“是我组织的，我一直没联系上你，没想到在这儿碰到了。这次同学聚会大家都来，你也来吧。说不定对你恢复记忆也有帮助呢！”

乔晚接过名片看了一眼，名片是黑色的，四周镶了金边，很漂亮。秦悦的名字是烫金色的，旁边写了她的职务——度假村经理。

“这度假村是我男朋友开的，费用我全包了，你到时候人来就行了。”秦悦看到乔晚在看她的名片，于是贴心地解释了一下。

“其实……”乔晚还想说什么，那边门外却传来了司机叫秦悦的声音。没等乔晚说话，秦悦热情地拍了拍她的肩膀，笑道：“记得联系我，我先走了，拜拜！”

说完，秦悦背着包离开了琴行的大厅，留下了拿着名片的乔晚。

秦悦一走，琴行大厅里的几个老师就围了过来，议论起了秦悦。

“乔晚，你同学很有钱呀！对了，她来干吗？”

“她来给侄女报课，据说要报我们琴行的精英课。”

“啧，我们老板要开张了。”

博朗琴行算是A市商圈里比较中游的一个琴行，开设的大部分是基础班，一节课三百块钱。精英课则是老板戴佳玲亲自上课，一节课一千块钱。由于琴行只是中游水平，却收上游琴行的课时费，一般这个精英课很少开张。琴行的老师们暗地里都说老板三年不开张，开张吃三年。

“话说回来，你们刚才聊啥了？”同事问道。

“同学聚会。”乔晚简单地回道。

“嗐，那我就懂了。”同事说道，“一般同学聚会，无非就是吹牛。我看她混得不错，估计她想通过同学聚会炫耀，然后满足自己的虚荣心呢。光让一个同学看到她的成功可不行，她得要全部同学看到她的成功才行。”

“你去吗？”旁边另外一个同事问道。

“我不去……”乔晚说道。

乔晚还没说完，楼上的办公室里传来老板戴佳玲的声音：“乔老师，你来我的办公室一下。”

戴佳玲的声音一响起，几个钢琴老师心知肚明地拍了拍乔晚的肩膀，说道：“老板知道了，这下你不去也得去了。”

乔晚：“……”

和几个老师分开后，乔晚去了老板的办公室。博朗琴行是老板戴佳玲一手创办的，戴佳玲今年 30 多岁，是个单亲妈妈，长相打扮颇有气质，很有精英感，有时候看着不像是个老板，更像是个女白领。

乔晚敲门进去，叫了一声：“戴姐。”

“嗯。”戴佳玲正在打水，应了一声后，回头看了乔晚一眼，笑道，“你坐啊。”

“好。”乔晚坐下。

戴佳玲把打好的水递给她，乔晚诚惶诚恐地接了过来：“谢谢！”

“你和秦小姐认识啊？”戴佳玲也算是个女强人，说话做事雷厉风行。

“是的，高中同学。”乔晚如实回答。

“你们刚才说什么了？我看你们聊得挺开心的。”戴佳玲笑着问。

乔晚回道：“聊同学聚会的事情，在城南的度假村里举行。”

戴佳玲问："你去吗？"

乔晚抬头看了戴佳玲一眼，说道："可能没时间过去，我周末要上课，而且还有其他事情……"

"我建议你去。"戴佳玲说道。

乔晚："……"

得，几个钢琴老师猜对了。

见乔晚没说话，戴佳玲笑着拍了拍乔晚的肩膀："秦小姐刚才来我的办公室了解了一下精英课程的情况，想给她的侄女报一年的课，一天一节。"

一天一节就是一天一千块钱，一年就是三十六万五千块钱。

"但是她没有立马定下来，我想如果你和她走得近一点儿，能让她知道我们琴行的实力，这对她的决定会有一定的影响。"戴佳玲道。

戴佳玲说完，乔晚说道："但是课不是我上的，我也不能代表琴行的实力……"

"我会给你十个点的提成。"戴佳玲又说道。

乔晚眼睫一动。

戴佳玲观察到了她细微的情绪变化，坐在了她的身边，笑道："你和我都是一样的，一个女人支撑一个家并不是那么容易，没有人比我们这样的女人更需要钱。"

乔晚成功地被说动了，沦陷进了金钱的旋涡里。

不过不得不说，三万六千五百块钱的诱惑力对她来说确实很大。她失去了一个周末的课时费，但是得到了三个月的课时费，还不用上课。

她就参加一场同学聚会而已，能怎么样？

“好。”乔晚答应。

乔晚答应后，戴佳玲雷厉风行地让她离开了自己的办公室。

乔晚是博朗琴行的钢琴老师，主要负责教授学生基础钢琴课程。博朗琴行不算大，上下两层楼，共十几个教室，每个钢琴老师有单独的小教室。说是小教室，更像是个小房间，里面仅能放下一架钢琴、一张琴凳，还有两把家长等候时坐的椅子。

乔晚刚回到自己的小教室，隔壁教室的欧蕙就敲门走了进来。

“怎么样？决定去了？”欧蕙坐在家长椅上，问了乔晚一句。

欧蕙是大家闺秀的长相，皮肤白皙，体形纤细，头发又黑又直，用了个发卡别到耳后。她家境不错，性格温和。欧蕙来琴行的时间比乔晚要晚，因为两个人的教室相邻，又年龄相仿，她来时乔晚教了她很多东西，日子久了，两个人也算是琴行里关系最亲密的朋友了。

欧蕙说完，乔晚抬手用食指揉了揉眉心，说道：“老板娘说要给我十个点的提成。”

她一说完，欧蕙就随着她惊喜地笑了起来：“真的？”

乔晚也很开心，说道：“当然是真的。等提成到了，我请你吃饭。”

欧蕙笑起来：“是要请一顿。”

她说完后，笑容顿了顿，又道：“不过这种同学聚会跟鸿门宴差不多，刚才在大厅里时几个老师说得也没错，指不定秦小姐是为了满足自己的虚荣心办的同学会，到时候免不了会踩你。”

“这有什么？她本来也比我厉害。”乔晚对这些事根本不在意，在意的是怎么能说服秦悦买琴行的精英课。

“那你也不能太跌份。”欧蕙说着，打量了乔晚一番又道，“我新买了条裙子，还有一个包，到时候你全都拿去。”

欧蕙和乔晚的身形差不多，她能穿的衣服乔晚都能穿。虽说裙子和包跟秦悦的比都不是一个档次的，但是也能避免其他同学在捧秦悦的时候踩乔晚。

“不用吧……”乔晚笑着道。

“我那天拿来，用不用你自己看着办吧。”欧蕙说道。

虽说乔晚不在意，但欧蕙这是好意。乔晚听完，过去抱了她一下，接受道：“那我就谢谢我们家小欧啦！”

欧蕙抬手回抱了她一下，两个女孩在教室里一起笑了起来。

欧蕙在乔晚的小教室里待了一会儿后，知道乔晚有课，她就先回了自己的小教室。下面的课还有半个小时才上，欧蕙便坐在琴凳上练了会儿钢琴。

琴声还未落下，欧蕙的手机铃声响了。她拿过手机，看到来电显示，眼角溢出了一丝笑意。

“喂，怎么想到给我打电话？”欧蕙问道。

电话那边传来男人的笑声，男人说道：“我怎么就不能给你打电话了？下班没有？”

欧蕙眼角的笑意加深了，她抬眼看了看钢琴，回道："没有，怎么了？"

"没怎么，想今晚请你吃顿饭。"男人说道。

欧蕙眼睛里的光跳了跳。她双唇微动，压抑着喉间的笑，低头道："无功不受禄，怎么想着请我吃饭？"

"啧，什么也瞒不过我们家小欧。"男人也没啰唆，笑道，"上次我去找你，你隔壁教室的老师叫乔晚对吗？你带着她一块儿来吧，我想认识认识。"

欧蕙的手指按在琴键上，发出了刺耳的声响。

刺耳的琴音通过手机传过去，男人问道："这是什么声音？怎么了？"

欧蕙眼神淡淡地看着琴键，把手指收了回来："没事。"

"行，吓死哥哥了。"男人笑，随后继续说正事，"哎，行不行？你要帮我约出来，哥给你买个包好不好？"

"她没时间。"欧蕙道。

"怎么没时间？"男人奇怪地问。

隔壁教室里传来钢琴和缓的声音，欧蕙声音平静地说道："她下班要回家陪她的儿子。"

电话那边，男人一下子沉默了。

乔晚提前把琴行的课上完后，离开琴行去了A市最高端的一家露台餐厅SHO。

SHO位于A市市中心，坐落于A市最高的大厦之上，毗邻城江，与灯火通明的A市金融中心隔江相望。这里寸土寸金，按理说乔晚是没能力来这儿消费的。

当然，她也确实不是来这儿消费的，她是顶替她的好闺密郝佳佳来餐厅演奏的。

乔晚是个很平凡的人，平凡的出身、平凡的长相、平凡的工作……但是再平凡的人，也有那么一两个不平凡的朋友。对乔晚来说，郝佳佳就是那个不平凡的朋友。

和乔晚这个钢琴老师不一样，郝佳佳是钢琴家，属于A市乐团的。乐团和SHO有合作，所以郝佳佳也会来SHO演奏。

今天SHO有个很高端的宴会，需要一个钢琴师，SHO联系了郝佳佳，让她过来演奏。郝佳佳答应后，转头和男朋友去冰岛旅游了。等在冰岛的餐厅里吃饭的时候她才想起这件事，于是乔晚临危受命接到了这份工作。

对郝佳佳来说，乔晚的能力丝毫不逊色于她，只不过没有她从小积累的那些证书罢了。而对乔晚来说，三千元的演出费实在是太具诱惑力。

她今天已经被金钱诱惑了两次，而且次次成功，可见她是多缺钱。

乔晚是第一次来这种高端的地方，到了以后，有经理过来接洽，带着她换了礼服、化了妆，确实也像是那么回事。经理和郝佳佳也不是第一次合作了，开始经理还不太信任乔晚，但看乔晚坐在钢琴旁时，忐忑的心也稍稍放下了些。

其实乔晚的长相算不上多令人惊艳，甚至有些平凡，可是美人在骨不在皮，她的骨相和气质与她面前的钢琴融为一体，使她看起来丝毫不亚于演奏厅里独奏的钢琴家。

经理遥遥地望了一眼乔晚，放下心来后，就赶紧去忙餐厅的事情了。

今天对 SHO 来说也是个大日子，为了今天的宴会，餐厅的人已经忙碌了许久，到了今天绝对不能出半点儿差错。

经理紧张期待又忙碌，跟在他身边的助理也随着他的心情精神紧绷，只有在经理去忙的时候，才能偶尔小声地交流两句。

“今天来的到底是什么人哪？让经理这么紧张。”小助理问旁边的女助理。

“你不知道？”女助理惊了一下，说道，“城南池家知道吗？”

“当然知道，A 市谁不知道池家啊？”小助理回道。

作为 A 市的人，没人不知道城南池家。池家是 A 市名门。

“今天来的就是池家的池故渊。”女助理说道。

“池故渊？！”小助理彻底惊呆，语无伦次地说道，“就是池家的那个继承人？”

“嘘，小声点儿。”女助理提醒道，虽说是提醒，但她的声音里也有掩饰不住的激动情绪，“不光是继承人，还是唯一的继承人。池家老爷子自从丧妻后就一直在国外生活，池故渊是在他膝下长大的，又是长孙，对池家老爷子来说，池故渊比他的儿子们都亲。现在池家还是池故渊的父亲掌权，但池故渊已经开始接触池家的业务了，不然也不会专门从国外回来。”

女助理越说越激动：“池故渊一来，平时来我们餐厅里的那些人根本就不够看。最主要的是，他长得实在是太帅了。当年他上的财经杂志的销量比流量明星上的杂志的销量都高，可见他多帅……”

“小阮！”

女助理正说得起劲儿，经理叫了她一声。女助理立马收起花痴表情，赶紧走到了经理身边。在她走到经理身边时，顶楼的电梯门“叮”的一声打开。

门一开，池故渊高大挺拔的身影映入了这几个人的眼帘。

如果说财经杂志上的池故渊有一百分的话，那么站在众人面前的池故渊就有二百分。女助理在SHO见过那么多靠颜值出名的男明星，还从没有哪个男明星的真人能像池故渊的真人这样带给她这么强烈的震撼感觉。

他的身高应该有一米九，一身剪裁得体的休闲西装，勾勒出他修长挺拔的体形。他的身材比例完全可以媲美大牌走秀模特，宽肩窄腰，双腿笔直修长。

而在身材之上，是能完全压住这完美身材的完美的脸。

池故渊的五官比例像是经过精心设计的建模，脸棱角分明，眉眼漆黑，鼻梁挺拔，鼻梁下单薄的双唇微抿，唇色鲜明。

现实中的池故渊远比杂志上的他带给人的气势更为逼人，他自有一种深沉的儒雅气质，这两种气质融合在一起，让他给人一种若即若离感。

女助理一时间甚至忘了鞠躬待客。

经理看到女助理犯了花痴，着急地想要提醒，而在他身边的池故渊的注意力似乎并不在这上面。

在他下电梯的那一刹那，SHO 的鲁泰餐厅里，悠扬的钢琴声响起。这是一首很平淡却很有韵味的曲子，琴声像是巧克力滑过喉咙，带着一股平滑的苦涩感。

池故渊望着钢琴声传来的方向，随后看向了坐在钢琴旁的女人。

“她叫什么名字？”

经理在提醒完女助理后，也察觉了池故渊的视线。听池故渊这么问，经理有些叫苦不迭。

在郝佳佳推荐乔晚过来后，他听了乔晚的演奏，觉得确实不错。但他是从一个外行人的角度去听的，完全忘了池故渊可是内行人。据说池故渊最喜欢的就是去听钢琴演奏会，对钢琴演奏肯定有着很高的要求。

“叫乔晚。”经理先回复了池故渊的问题，随即说道，“抱歉，她不是我们餐厅的钢琴师，我们的钢琴师生病住院，所以请了乐团的其他钢琴师临时过来演奏。不好听是吗？我马上让她停……”

“好听。”池故渊说道。

池故渊声音低沉平缓，经理一时间听不出他是什么情绪。经理小心地抬起头，观察着池故渊的神色，池故渊的神色并没有什么变化。

池故渊说完之后就收回了视线，临了交代了一句：“别去打扰她。”

乔晚今天发财了。

她是代替郝佳佳过来演奏的，钢琴老师和钢琴家的价格自然不可同日而语。原本 SHO 经理定的她今天的出场费是三千块钱，但是因为她今天表现不错，所以经理额外奖励了她三千块钱。

天哪，她早上的时候一定是不小心拜到了财神。

演出一结束，乔晚就发微信告诉了郝佳佳这个好消息，并且给郝佳佳转了三千块钱过去。虽然她是来救场的，但今晚这个机会是郝佳佳给她的，她能挣三千块钱就不错了，多挣的就和好姐妹一块儿分了。

但郝佳佳没要这钱。今天原本就是乔晚帮她的忙，她应该倒给钱给乔晚的。再说了，三千块钱对她来说真不算什么，但对乔晚来说还是挺重要的。今天这件事，其实也算是对乔晚的一种接济。

郝佳佳拒收了转账，与此同时发了视频通话过来。乔晚按了“接受”，两个人的脸一同出现在屏幕上，郝佳佳急忙问了一句：“你见到池先生没？怎么样？他是不是超级帅？！啊啊啊！要说我来冰岛最遗憾的事情，就是错过了见池故渊！”

郝佳佳捶胸顿足。

她也算是 SHO 的老朋友了，加了一些餐厅的工作人员的微信，今天朋友圈里都在刷池故渊。餐厅工作人员不敢明目张胆地拍照，但那么远距离的刁钻视角的模糊图都掩盖不了池故渊的气质，那本人得多帅啊？！

相比郝佳佳的激动，乔晚则淡定很多：“看到了，很帅。”

乔晚说的是实话，她还真没见过这么完美且有魅力的男人。但她的语气和表情，在郝佳佳眼里就是敷衍。

郝佳佳像是在和别人激动地聊八卦消息的时候，别人顾左右而言他地问她煎饼馃子要不要加鸡蛋，她的兴致一下子被浇灭了。

“你这个语气，让我实在无法相信你说的话。”郝佳佳说道。

乔晚问道：“我咋了？”

“见到帅哥你都不激动吗？”郝佳佳拔高语调问道。

乔晚说道：“这要看帅哥跟我有没有关系，跟我有关系，我激动，但像池故渊这种神仙，注定跟我没关系，我看他就跟看好看的图片一样，激动啥？”

郝佳佳：“……”

有时候郝佳佳觉得，乔晚完全跟她不是同龄人，然而乔晚就是个只有 23 岁的妙龄女人。但是她的心态，稳如 60 岁的老妪。

这可能也跟两个人现在的状态有关。

虽然说乔晚说得有道理，但郝佳佳不死心地跟她杠了一句：“那可不一定。SHO 经理特别抠，今天多给了你三千块钱，说不定就是池故渊让多给的呢。池故渊为什么要多给你钱？因为他看上你了。”

郝佳佳说完，听筒里传来乔晚平淡的惊叹声：“哇，真的？”

两个人都知道这是不可能的，但郝佳佳还是笑了一声，问道：“要是真的你怎么办？”

“我答应啊！”乔晚说道，“我反正也单身，本来也是要找男朋友的。”

在找男朋友的问题上，乔晚向来是没什么避讳的。原本年轻的女人，就是想要找伴侣啊！

乔晚虽然没避讳，但郝佳佳还真是第一次跟她谈这件事。原本郝佳佳以为作为单亲妈妈，尤其乔小桥还小，乔晚会像普通的单亲妈妈一样，怕自己约会会影响乔小桥的成长，所以牺牲自己的幸福来给乔小桥一个美好的童年呢。

乔晚说完后，电话那端的郝佳佳没了声音。乔晚知道郝佳佳在想什么，她和郝佳佳之间也没什么好隐瞒的，于是继续说道："对这件事情我一直是顺其自然的，没有特意避讳，也没有特意去找。如果我单纯因为乔小桥就不找男朋友了，那责任不都压到乔小桥身上了？他也会有压力。乔小桥跟我说过，希望我找个男朋友，但是有一点，别被男人骗了。"

乔小桥是乔晚的儿子，今年才四岁，但是有时候郝佳佳觉得乔小桥跟个老父亲似的。听到乔晚说的最后一句话，郝佳佳笑了一声："你家乔小桥也是真操心。"

乔晚说道："嗐，毕竟我被坑过嘛！"

这件事郝佳佳倒是知道，乔晚她爸当年为了钱让她嫁给一个50岁的老头。也正是因为这件事，乔晚带着乔小桥和她母亲胡玫从小县城逃到了A市。

乔晚这几年过得还真是挺不容易的，但是也都过来了。

"行了，不说了啊，我得去赶地铁了。"乔晚看了一眼时间，对郝佳佳道。

郝佳佳："哎，你今晚挣了六千块，你就打个车嘛！"

“不行。打车回家要三十块，坐地铁三块，省下二十七块，我能买两个面包了。”乔晚回道。

郝佳佳：“……”

实际上，二十七块钱能买三个面包，因为面包店晚上九点之后打八五折。

乔晚走出地铁站，去面包店买了一个面包当明天的早饭。买完之后，她背着包走了一段路，进了一个小区。

当年离开老家之后，乔晚带着母亲和儿子来到了A市。她在A市城西郊区租了一套两室一厅的房子，三年来祖孙三代就一直生活在这套小房子里。

乔晚到家的时候已经十点半了，刚拿出钥匙准备开门，门却从里面被打开了。母亲胡玫出现在门口，看到女儿后，眼里的担心之色一闪而过。

“怎么才回来？”胡玫问道。

乔晚笑着说道：“多弹了半个小时，但是今晚多拿了三千块。”

“真的？”胡玫眼中带了些惊喜之意。

“是啊！”乔晚开心地点头，说完后，看了一眼自己的房间，问道，“乔小桥睡了？”

“嗯，九点就上床了，今天幼儿园有活动，他累坏了。”胡玫笑道，“你吃晚饭了吗？”

“吃了。我准备洗洗澡就睡了。”说着，乔晚看了一眼母亲眼底的疲惫神色，劝道，“以后这么晚了你就别等我了，早点儿睡。”

听到女儿的关心话语，胡玫不在意地笑了笑，说道："没事，不看到你回来，我心里不踏实。"

乔晚抱了抱母亲，胡玫回抱了她一下，道："去洗澡吧。"

"好。"乔晚应声。

母女俩拥抱完，胡玫回了自己的房间。乔晚放下东西，去浴室简单地冲洗了一下。冲洗完后，她换了母亲提前给她准备好的睡裙，打开了她的房间门。

房间里只开了一盏小夜灯，床上的乔小桥睡得正香。乔晚长相平凡，但有个长相不平凡的儿子。乔小桥就那样躺在那里，漂亮得像个小天使。

乔晚觉得乔小桥一定是完美地继承了他那不知道在哪儿也不知道是谁的父亲的基因。

这样挺好的。

看到儿子，乔晚感觉一天的疲惫感一扫而空。她静悄悄地上了床，从后面抱住了乔小桥。4岁的乔小桥，身上是香喷喷的奶香味儿。乔晚在儿子的脖颈间，轻轻地吸了一口。

"妈妈……"乔小桥迷迷糊糊地叫了一声。

乔晚赶紧把头抬起来，乔小桥已经回过头来了，他的眼睫毛很长、很浓密，眼睛睁开后如黑曜石般漆黑明亮。

"吵醒你了？"乔晚道。

"没有。"乔小桥的声音里带着些刚睡醒的迷糊劲儿，他抱住妈妈，说道，"我想等你回来，故意没睡得很沉。"

乔晚笑了一下："等我回来做什么？"

乔小桥抱着妈妈，在她的下颌处亲了亲，说道：“告诉你我爱你。”

乔晚的心霎时间化成了水。

昨天她刚和郝佳佳聊了和男朋友相关的事情，今天上午竟然就有男人来约她了。乔晚刚上完一节课，外面就有男人走了进来。

男人很高，长得不错，穿着简单随意，和她年龄相仿，肤色偏小麦色，气质自信爽朗，身上带着一股淡而清爽的男士香水味道，是典型的海归形象。

乔晚隐约记得这个男人，他来找过欧蕙，好像是欧蕙青梅竹马的邻居哥哥。他进了教室后，坐在了教室里的家长椅上，冲乔晚笑了笑。

“你好，我是杨柏。”男人自我介绍了一句。

旁边欧蕙的教室里还有琴声，乔晚看了一眼，对杨柏道：“欧老师还没下课。”

“我知道。”杨柏说道，“我是来找你的。”

乔晚愣了一下。杨柏也确实如他的气质那般直接，他笑看着乔晚说明了来意：“我想邀请你一起吃顿饭。”

一般男人越过熟悉的人，直接邀请另外一个女人吃饭，那就代表了一种意思。乔晚微微睁大了眼，意会地点了点头问道：“是想聊聊欧老师吗？”

“想聊聊你。”杨柏说，“我喜欢你，想和你交个朋友。”

乔晚：“……”

杨柏的直接让乔晚始料不及。她和杨柏不过有一面之缘，她也不知道他怎么就喜欢上了她。乔晚吃惊于杨柏对自己的一见钟情，同时也冷静地问了一下杨柏的意图。

“所以，你想和我交往？”乔晚问。

杨柏点头，回道：“是的，如果你也喜欢我的话。”

乔晚说了一下自己的情况：“我有个儿子。”

“你儿子不想你谈恋爱吗？”杨柏问。

乔晚眨了眨眼，说道：“那倒没有。”她随后笑了笑，又道，“不过一般男人不太喜欢女人带着个孩子，说孩子是拖油瓶。”

乔晚当了四年的单亲妈妈，关于单亲妈妈的感情艰辛也了解了四年。

“我不在意。”杨柏回道。他一直在国外长大，在这方面还是挺开放的。

正因如此，乔晚觉得杨柏确实是个不错的选择。他对她带孩子的情况不介意，而且他的条件也不错。乔晚也并不是为了儿子牺牲自己的感情生活的女人，她也才 23 岁，需要爱情的呵护。

其实对杨柏对她一见钟情的事，乔晚还是有些蒙。她不算是个自卑的女人，但也理智地知道自己并不算漂亮，不知道杨柏为什么喜欢她。

不过这些都是后话了。因为她现在对杨柏也只是有想进一步交往的想法，并没有喜欢上他，两个人可以先接触试试。

杨柏还在等她的回答，乔晚看着他点了点头，问道：“在哪儿吃？”

欧蕙上午课程比较满，上完一节课后，有了二十分钟的休息时间。这个时间乔晚刚好也没课，欧蕙就去了乔晚的小教室。

一进门，欧蕙就闻到了熟悉的味道，神色稍微一滞。还没等她问，乔晚看她过来，笑着跟她说了：“杨柏刚才过来了。”

欧蕙抬起眉眼，乔晚此时正低头看着手上的乐谱，对杨柏的到来毫不避讳，还告诉了欧蕙杨柏过来找她的原因。

“他想晚上请我吃顿饭。”乔晚说道。

“他喜欢你。”欧蕙道。

欧蕙一开口，乔晚抬头看着她，眼神有些吃惊，笑道：“你知道？”

欧蕙也笑了一下，坐在了家长椅上，淡淡地说道：“嗯，他跟我说过，原本是想让我跟你说的，没想到他自己过来了。”

想到两个人是青梅竹马，有什么事情肯定提前交流过，乔晚也就不吃惊了。她笑着点了点头，没再说话。

“你呢？”欧蕙问。

乔晚收起乐谱，回头看着欧蕙说道：“我不知道。但是我不抵触，也很乐意和他交往。感情是可以慢慢培养的，他是个不错的交往对象，而且不介意我有儿子。”

乔晚说了自己的想法，欧蕙听着，咬了咬牙后，笑了笑：“对，他从小在国外长大，不太在意这方面的事。”

乔晚开玩笑地说道：“这么说我俩还挺般配。”

欧蕙把笑容收了收。

开完玩笑后，乔晚就继续低头看乐谱了，欧蕙坐在那边沉默了一会儿后，开口问道：“你们今晚一起吃饭？”

“对，我晚上没课。”乔晚回道。

“在哪儿？”欧蕙又问。

“艾德西餐厅。”乔晚道，“啊，杨柏说带你去过，那家的什么菜比较好吃啊？”

“牛排。”欧蕙说。

“这样。”乔晚笑起来，“那我今晚尝尝。”

在乔晚的教室里待了十分钟，乔晚有课，欧蕙就离开了。欧蕙回到自己的教室里，坐在琴凳上。房间里的空调一直开着，欧蕙感觉凉飕飕的，身体都被吹得有些僵。

她在琴凳上坐了一会儿后，拿出手机，拨出一个电话号码。那端的人很快接通电话，欧蕙叫了一声：“阿姨。”

杨柏把吃饭的地点定在了艾德西餐厅。艾德西餐厅也算是A市有名的西餐厅，档次不亚于SHO，乔晚自然也没去过。

但是好在乔晚昨天晚上去过SHO，也算是见识过了场面，所以来艾德西餐厅的时候并没有发怵。

晚饭是杨柏约的，但乔晚比杨柏到得早，位子是订好的，靠窗，透过玻璃窗，能看到A市的繁华夜景。

乔晚到了以后，服务生上了两杯水，乔晚就坐在座位上看着菜单，等着杨柏的到来。

从杨柏的谈吐、修养以及他把餐厅定在这么高档的地方来看，他的家境应该不一般。家境不一般的男人注定感情状况不会自由，乔晚只考虑了杨柏思想开放，却没有考虑到他的父母和家庭。

所以当杨柏的母亲坐在她的对面，询问她是否是乔晚时，乔晚先是愣了一下，随后坐直了身体，低头礼貌地叫了一声：“阿姨好！”

杨太太是个很漂亮的女人，一身白色的套装和整套的珍珠饰品将她的气质烘托得十分优雅。她化着精致的妆容，下颌微仰，看向乔晚的眼神带着些高傲的探询之意。

坐在她对面的是个年轻的女孩，看着只有二十岁出头的年纪，杨太太见多了漂亮女人，在她的审美里，对面叫乔晚的女孩长得并不算美。

女孩很白，五官不算突出，眼睛不够大，鼻子不够挺，唇形不够漂亮，但是有张比例很好的鹅蛋脸，极好地掩盖了她五官的缺点，让她的气质看上去清秀出尘。

可也仅仅气质这一点比较突出罢了，她的方方面面都没什么打眼的地方。

“你和杨柏的事情我知道了。”杨太太收回打量乔晚的视线，明确地对她说道，“我不答应。”

乔晚：“……”

自己和杨柏还什么事情都没展开呢，她不答应什么？

“阿姨，您可能……”乔晚笑着解释道。

“你有个 4 岁的儿子？”杨太太打断她的话问道。

乔晚收敛了笑容，抬眼看着杨太太。杨太太依旧一副冷淡倨傲的表情，把目光落在乔晚的脸上，对她道："你今年才23岁，也就是说19岁的时候就生了孩子。有没有孩子暂且不说，像我们这种家风正经的家庭，是不会出现这种情况，也不会接受有这种情况的女人嫁进我们家的，所以你趁早死了这份心。"

杨太太并不想和乔晚多说，平淡而冷漠地说完这句话之后，拿上自己的手袋就想起身离开。

乔晚望着她，说了一句："趁早死心这番话您应该跟您儿子说，而不是对我说。"

杨太太动作一顿，眼里闪过一丝难以置信之色："你说什么？"

乔晚神色平淡地说道："是您儿子现在在觍着脸追求我，我还没答应，现在也不准备答应了。"

任何母亲在听到儿子被诋毁得如此卑微时，脾气都不会好到哪儿去。听了乔晚的话，杨太太甚至都有些维持不住优雅的形象了，怒极反笑，讽刺道："你一个带着4岁孩子、不知检点的女人，我儿子怎么可能追求你？"

"那就不知道您是怎么教育您儿子的了。把他教育得喜欢我这样的女人，您却不接受。"乔晚说道，"您不但不接受，还干涉他的感情生活，甚至诋毁他喜欢的女人。我固然家风不检点，但也不会这样去教育我的儿子。"

"你……"杨太太被眼前这个女人气得五官都变了形，抬手拿起手边的水杯，对准乔晚泼了过去。

乔晚知道女人之间的闹剧必然会出现这种情况，所以在杨太太拿起水杯时，她也已经拿起了手边的水杯。她不是那种别人攻击她，她躲开攻击的人，而是会反击回去。

反正她被泼水无所谓，倒是杨太太这种体面人，被泼水后感受到的侮辱性应该比她还要深。可是她们俩都泼了，也就不算是她的错了。

乔晚拿起水杯，朝着杨太太的脸直接泼了过去。她也眼睁睁地看着杨太太手里的水杯里的水朝着她泼了过来，在她要迎接那杯水的时候，那水却被一本菜单挡住了。

“啊……”杨太太被泼了满脸，失声叫了起来。

而她泼出来的水则完完全全地被一本菜单挡住，乔晚的脸上一滴水珠都没有。

乔晚：“……”

完了，这下是她的错了。

到底是谁拿菜单挡住了那杯水帮了倒忙！？

乔晚抬头看向身边站着的男人，随即错愕了一下。

“池先生？”

第二章

那我还挺想让他得到的

杨太太从没有受过如此侮辱。在这样高档的餐厅里，她衣着得体，妆容精致，被一个不检点的女人泼了满脸水，狼狈又难堪。

杨太太的怒气值在尖叫过后达到了顶峰。她怒不可遏，在服务生打理着她身上和脸上的水时，毫无优雅形象地对乔晚放着狠话，说她会让乔晚为今晚的事情付出代价，让乔晚失业，在A市待不下去。

而在她放狠话的同时，餐厅里的客人的目光多少也聚到了她身上。为了不丢更大的脸，杨太太拿着东西离开了餐厅。

乔晚的耳根清净了下来。

她把目光一直放在身边站着的池故渊身上，没有移开。池故渊出现在这种高档餐厅里没什么奇怪的，倒是他出手帮她的忙让她挺奇怪的。没想到有钱人还蛮热心的。

池故渊用菜单挡住了泼向乔晚的水，他的袖口则被水打湿了一些。餐厅总经理在一旁紧张地询问着是否要清洗一下他的西装。池故渊说了句“不用”，餐厅经理识相地离开了。

池故渊把菜单放在了餐桌上。他今天依旧穿着休闲西装，虽说乔晚在SHO见过他，但这么近距离地注视他，发现他更帅气逼人了。乔晚甚至第一次有了心跳紊乱的迹象。

“你认识我？”池故渊垂眸看着她，瞳色很深，像是没有星光的夜幕。他这样直接地看着她，像是能把人的意识给吸空。

“对。”乔晚说道，“昨天我在SHO做钢琴师。”

她简单地说了一句，但看池故渊的神色，明显他是不知道、不认识、不在意。乔晚点了点头，又说道：“是的，我认识您。”

说完以后，乔晚也回过神来，收回视线，看向餐桌上一片狼藉的场景，晚饭是吃不成了。不管怎么样，池故渊都帮她挡了一杯水，乔晚从座位上起身，对池故渊道谢：“谢谢您今天的帮忙！”

说完后，乔晚微微颔首示意，就要离开。

池故渊问道：“一起吃饭？”

正准备走的乔晚回过头来：“啊？”

池故渊看了一眼狼藉的餐桌，说道：“你没吃？”

“对。”乔晚点头，“我回家吃就好……”

“一起吃吧。”池故渊说着，看向了乔晚身后的餐桌，餐桌上摆放着两份晚餐，美味诱人。

池故渊又看向乔晚，说道：“我约了朋友，他没来。晚餐已经上了，没有动过，你要是不介意的话可以和我一起吃。”

乔晚：“……”

还有这等好事？

“不介意。”乔晚笑着说道，“谢谢！”

两个人说完后，乔晚跟随着池故渊坐在了他订的餐位上。他的餐位和杨柏订的餐位挨着，估计刚才她和杨太太的对话他也听了个八九不离十，所以他才出手帮忙的。

不管怎么说，乔晚今晚都挺走运的，虽然和杨柏的晚餐吹了，但是竟然能和池故渊一起吃晚餐。餐品自然高档又好吃，而对面的池故渊更是令人赏心悦目。

乔晚拿了餐具，开始切牛排。餐桌上安静得只能听到刀叉的声响，乔晚尝了一口牛排，味道确实不错。

“昨天在SHO弹的曲子叫什么名字？”

“啊？”乔晚正吃着牛排，对面的池故渊突然问了一句。反应过来池故渊问了什么后，乔晚回道：“我也不知道。”

“谁写的？”池故渊问道。

“不知道。”乔晚说道。

连续两个“不知道”说出来后，她感觉在对方听来多少有些敷衍了。池故渊也抬头看了过来，乔晚连忙解释道：“我是真不知道。我19岁那年出过一次意外，然后就失忆了，什么都不记得，就记得这段旋律。我查过资料，但是没有关于这段曲子的信息，所以我不知道是谁写的，也不知道曲子叫什么名字。”

乔晚解释完后，觉得自己解释了相当于没解释。失忆这件事情并不是所有人都会相信的，这让她这番话听上去又像是敷衍。

“真的。”乔晚笃定地加重了语气。

然而池故渊好像只是怕两个人这顿饭吃得太沉默，所以随便找了个话题聊聊而已，似乎并不在意这段曲子叫什么、是谁写的，更不在意她失忆，也不在意她敷衍。他结束了这个话题，又问了另外一个问题：“你有孩子？”

他果然听到了她和杨太太的对话。既然她是在公共场所说的，也不算什么隐私。她和池故渊的缘分，估计也就到今天这顿晚餐后为止了，她和他聊聊也没什么。

“对啊。”乔晚笑着回道。

“叫什么名字？”池故渊问。

“乔小桥。”乔晚道。

“随你姓。”池故渊道。

“对，因为不知道他爸爸是谁。”乔晚道。

池故渊又抬头看了过来，乔晚无语了。

她真的不是在敷衍，也不是在撒谎，虽然池故渊肯定认为她是在敷衍和撒谎。乔晚抬手用食指摸了摸眉心，这是她的习惯动作，她又一遍解释道：“还是因为我失忆，我把他爸也忘了……”

“我信。”池故渊回应道。

摸着眉心的动作停了一下，乔晚并不认为池故渊是信她，他更应该是不想再听她讲一遍她失忆的故事。

这样也挺好，两个人各说各的，还能聊到一块儿去，两个人都轻松。

乔晚笑了笑，点头道：“谢谢。”

晚餐的气氛温馨融洽，两个人吃完主餐后，餐厅上了甜点。

吃完甜点，这顿晚餐也就结束了，乔晚吃得很开心。

两个人各自从位子上起身，池故渊看向乔晚，问道：“我送你回家？”

吃完饭后送女士回家是绅士的品格，但乔晚很清楚池故渊只是客气一下。她笑着摇头说道：“不用，我自己回去就好。”

池故渊没坚持，道：“好，再见！”

“再见！”

两个人在餐厅告别后，各自离开。

乔晚离开餐厅后，去了餐厅附近的地铁站。时间刚过八点，加班大军浩浩荡荡地拥入地铁，地铁内拥挤喧嚣。

乔晚站在人群中，等待着回家的那班地铁。

就在一刻钟前，她还在高档西餐厅里吃着牛排，喝着红酒，对面坐着绅士帅气的男人。而在一刻钟后，她就来到了人群拥挤的地铁站内。

这种强烈的对比，像是一把刀割裂了云泥，更像是割开了梦境和现实。偶尔做梦感觉美好奇妙，但真实的生活也踏实可爱，乔晚都挺喜欢的。

只是这场梦注定此生仅此一次了。

昨天乔晚光顾着做梦了，倒是忘了现实生活中的麻烦。杨太太在威胁她以后，说到做到，第二天一大早就杀到了琴行来。

她家境优渥，家风良好，自然做不出和乔晚在琴行吵闹这种有辱斯文的事情。况且，她昨天吃了亏，知道和乔晚闹，她也会出丑。

所以她选择了比较文明的方式，直接找到了乔晚的老板戴佳玲。

“杨太太，您看您还亲自过来，想报课的话您直接跟欧老师说一声不就行了？”戴佳玲沏了茶端给杨太太，脸上的笑容礼貌又得体。

戴佳玲作为琴行的老板，平时也没少参加一些太太茶会什么的。杨太太家是做乐器生意的，当时欧蕙过来，还是杨太太介绍的。杨太太既是客户，又是前辈，戴佳玲自然不敢怠慢。

“我是替我们家保姆的女儿过来问的，保姆的女儿今年10岁，我看她对钢琴感兴趣，索性也帮她报个钢琴班。保姆在我家做了十几年，兢兢业业的，能帮忙的地方我肯定会帮。”杨太太说道。

戴佳玲笑起来，夸赞道：“您就是太善良了。您看要不要直接给她报欧老师的课？”

“小蕙的课程太多了，她上不过来还累。她家也不缺钱，她来上班也是玩一玩打发时间，所以这课还是不让她上了。”杨太太说完后，又道，“你把你们琴行的钢琴老师的名单给我看一下。”

“好，您看。”戴佳玲把名单递了过去。

杨太太接过名单，低头看了起来。名单上有钢琴老师的名字和介绍，杨太太看着名单，语气随意地说道：“我们也算是熟人，如果要报班自然是选择你们琴行的。”

“您说得对，真谢谢您的支持！”戴佳玲笑道。

“不过你们琴行有些老师还是要多加约束，老师代表琴行的形象，若是品行不端，对琴行的形象也会有影响。”杨太太继续说道。

戴佳玲一听，脸上的笑容就收了起来，看向钢琴老师的名单，问道：“您是说……？”

"乔晚。"杨太太指着名单上的名字，抬头看向戴佳玲说道，"我前几天来找小蕙，听到乔晚在背后议论我，话说得很难听。"

"议论您？"戴佳玲愣住了。

"不信啊？"杨太太把名单往旁边一放，微笑着看着戴佳玲说道，"你可以把她叫过来，我们当面问问。"

杨太太虽然笑着，但戴佳玲也察觉出了些不对劲儿，眼睛动了动，随后也笑了起来，说道："我当然不是不信您，只是乔老师平时老老实实的，我觉得这里面应该有什么误会。这样吧，我把她叫过来。她要是做错了事情，不管怎么处理，肯定都要先跟您道歉的。"

说着，戴佳玲拨了电话，呼了前台小姑娘："叫乔老师过来。"

乔晚正在上课，前台小姑娘过来敲了门，门被打开，前台小姑娘对乔晚说道："老板让您去一趟她的办公室。"

"现在？"乔晚的课还没结束，除非有急事，否则戴佳玲一般不会打扰钢琴老师上课。

"对。"前台小姑娘点头。

"什么事啊？"乔晚问。

前台小姑娘道："不知道，老板没说。"

"好。"乔晚点头，笑了笑说，"谢谢。"

说完后，乔晚和教室的家长及学生交代了一下，随后去了戴佳玲的办公室。

到了办公室门口，乔晚敲了门，戴佳玲说了一声"进"，乔晚推门进去，问道：“戴姐，您找我？”

在推门进去的时候，她将戴佳玲的办公室里的情景尽收眼底。乔晚一眼看到了坐在会客沙发上的杨太太。杨太太端着茶杯，气质优雅，正浅酌着茶。对她的到来，杨太太眼皮都没抬一下，像是全然不认识她。

乔晚的眼睛动了动，看向了戴佳玲。戴佳玲也给了她一个眼神，说道：“杨太太你认识吧？她是我们琴行的熟人，你隔壁教室的欧老师就是杨太太介绍过来的。杨太太今天过来是想给家里保姆的女儿买钢琴课，但是说前几天她来找欧老师的时候，你好像在背后议论了她一些什么。你看你平时说话就不注意，我也就不说什么了，但是杨太太是我们琴行的朋友，你还是跟杨太太道个歉吧。杨太太人很好，也知道你是单亲妈妈，就靠着在琴行的收入养家，不能丢了工作。只要你道个歉，这件事也就过去了。”

说完，戴佳玲看向杨太太，笑着询问道：“您说是吧，杨太太？”

在戴佳玲说完这番话后，杨太太才抬头看向乔晚，眼神里依旧带着昨天的倨傲。她看着乔晚，唇间带着和善的微笑，说道：“是。”

在戴佳玲说那一番话时，乔晚也算是明白了今天到底是演的什么戏。杨太太昨天吃了亏，今天就来琴行给她下马威，胡诌了一个她背后议论人的理由，让她低头道歉，这样既保全了昨天的颜面，也让她低了头。

不得不说，杨太太挺会盘算的。

乔晚看向杨太太，说了一句：“对不起。”

“对不起”虽然只有三个字，但杨太太满意了，唇边的笑意也加深了一些。她看向乔晚，笑道：“那你是承认在背后议论我，所以才会道歉了？”

“您是什么意思？”乔晚问道。

杨太太并没有搭理乔晚的话，放下手里的茶杯，看向戴佳玲说道：“你也听到她承认了，像这种品行不端的老师，你还留着做什么？我建议你辞退她。”

乔晚：“……”

乔晚在琴行做了几年钢琴老师，没少做过点头哈腰的事情。明明没做错，但是要道的歉她也没少道过。她可以道歉，但是如果对方得寸进尺，她也不惯着。

杨太太说完，戴佳玲还没回应，乔晚已经拿出了手机。她从黑名单里找到电话号码，直接拨了过去。

“杨先生是吧？请您来一趟琴行，您的母亲已经严重影响了我的工作，麻烦您过来处理一下。”

杨柏半个小时后赶到了琴行，和他一同来的还有欧蕙。两个人到的时候，戴佳玲正在安抚杨太太，乔晚坐在一旁，无论杨太太说什么都没再开口说过话。

杨柏到了以后，从乔晚那里了解到了情况，和乔晚道了歉后，让欧蕙先带着母亲离开了。

昨天杨柏原定了和乔晚一起吃晚饭，但被母亲用事情给绊住了。后来他打电话给乔晚，乔晚和他说明情况并且拉黑了他。原本他就对乔晚十分愧疚，没想到今天母亲竟然杀到了乔晚工作的琴行，让乔晚的老板开除乔晚。

乔晚坐在一旁，杨柏满脸歉疚，乔晚说道：“原本不想联系您，但是您母亲的行为影响到我的生计了。”

“我知道，抱歉！”杨柏的语气更是歉疚。他起身对一旁的戴佳玲说道：“戴小姐，今天的事情是我母亲不对，我先向琴行道个歉。我母亲说的关于乔老师的一切都不是真实的，我母亲那边我会和她说明情况，希望您不要对乔老师进行什么处分。”

杨柏来过琴行几次，虽然没和戴佳玲打过交道，但戴佳玲也知道他是杨太太的儿子。听他这么说，戴佳玲连忙说道：“哪有，您客气了。误会被消除就好了，我不会处分乔老师的。”

“谢谢。”杨柏道了谢，解决完事情后，和乔晚离开了戴佳玲的办公室。

两个人一同离开，来到了办公室外的走廊上。刚才有戴佳玲在，不好说私事，现在走廊外只有他们两个人，杨柏看向乔晚，对他母亲所做的一切事情向乔晚道歉。

其实昨天晚上的事情，也并不怪杨柏，她当时拉黑杨柏，也是不想再招惹麻烦。听杨柏道歉这么诚恳，乔晚说道：“也没什么，我昨天还泼了你母亲一下。”

杨柏眼睛微动，似乎没听明白她的意思。乔晚说了一下昨晚的大致情况，杨柏明白过来，双手扶在腰侧，无奈地笑了一声。

母亲向来倨傲，昨天在大庭广众之下被那么侮辱，自尊上肯定过不去，所以并没有提餐厅里发生的事情，今天来找戴佳玲也只是胡诌了一个理由想要辞退乔晚。

在和乔晚的事情上，确实是因为他思虑不周造成了现在这个局面。杨柏先安抚下乔晚，笑道："没事，要是我被这么说，也会泼回去。"

不管杨柏的母亲如何，他还是不错的，但是乔晚跟他也没什么关系了。

听了杨柏的话后，乔晚随着他笑了笑，说道："还是要尊重母亲的，我儿子要是这样，我肯定打他。"

"你也不会无缘无故地因为你儿子交女朋友的事情泼你儿子的水。"杨柏说道。

乔晚耸肩："那不一定。"

她说完后，两个人一起笑了起来。杨柏看着面前笑着的女人。他在生活中或者工作中会接触很多优秀的女性，没人会认为他能对面前这个女人一见钟情。她并不打扮，五官也不算多明艳，可是她笑起来时很轻松，让人舒适而心动。

昨天的事情肯定影响了她对他的印象，但杨柏并不会放弃。

他微微收敛笑容，认真地看着乔晚，说道："昨天的事情，我真的很抱歉！"

乔晚抬头看向他，笑道："你已经道过歉了啊。"

"我这次是为我没有和你约会道歉。"杨柏说道。

"这样啊。"乔晚明白过来，回道，"没关系。托你的福，我昨天晚上有个很好的约会。"

乔晚能察觉杨柏不想放弃的心思，但在察觉后，立马严丝合缝地防守住了。在她这里，杨柏纵使再优秀，她也不会再考虑。

和杨柏告别后，乔晚回到了她的小教室里。教室里家长还在等待，乔晚加时间给学生上完了这节课。

上完这节课，已经到了午饭时间，乔晚收起乐谱刚要出门，教室的门被敲了一下，戴佳玲走了进来。

乔晚看到戴佳玲，眼睛动了动。戴佳玲关上了教室门，问道："能聊聊吗？"

"好。"乔晚应了一声，重新坐回了琴凳上。

"刚才发生的事情，我仔细想了一上午，决定还是要重新处理一下。"戴佳玲坐在了家长椅上，依旧如往常一样雷厉风行。

"你和杨太太的误会虽然被解释清楚了，但是有些事情就算被解释清楚，印象也是被固化了的。你知道，钢琴老师代表我们琴行的形象，我不能因为一位钢琴老师影响我们琴行十几位钢琴老师的工作。所以，我觉得可能没法让你继续在琴行工作了。"

戴佳玲陈述着她的理由，在情绪上并没有什么起伏，有着管理者的平静和理智。对她来说，乔晚只是个钢琴老师，杨太太却是客户。对琴行的发展而言，两个人孰轻孰重一目了然。

杨柏过来解释了情况，对她和乔晚道了歉，杨太太也被他劝说好了。但谁都知道，即使杨太太表面上把这件事情略过去了，她和乔晚的梁子还是结下了。

作为管理者，她要把握拿捏上面的人的想法。

乔晚在打电话给杨柏时，也想到了这一层。她今天的处理方式是，最好的情况就是这样过去，最差的情况是被辞退。但她不可能任凭杨太太几句口舌就被这样简简单单地辞退，那代表她真的错了，或者是被牺牲了。

“但这不是我的错。”乔晚说道。

乔晚并没有语气激动地反驳，戴佳玲看着她，说道：“我知道，所以我会多补贴你三个月的基本工资。”

“行。”乔晚答应了。

她说完问戴佳玲：“现在就走……？”

乔晚的冷静是在戴佳玲的意料之外的，一般女人碰到这种情况，多少会有点不甘、委屈甚至愤怒，但是乔晚好像知道情况如何，并且提前打算好了。她解释说这不是她的错，那琴行势必会给她一定的补偿。得到了补偿，乔晚就直接松了手。

若不是这次意外，戴佳玲可能永远不会辞退乔晚。她是个很优秀的钢琴老师，而且吃苦耐劳。除此之外，她是个单亲妈妈，戴佳玲那在利益之下仅有的一点点善良之心也想留住她。但是当利益至上时，善良就被掩埋了。

“不用。”平静地解决了这件事情，戴佳玲从家长椅上站起来，说道，“你上完今天的课吧，下午课多还能多拿一些课时费。”

“谢谢。”乔晚回道。

戴佳玲看了她一眼，说：“你知道，我也认识几个琴行的老板，如果你想的话，我可以介绍你去其他琴行上班。”

乔晚简单地笑了笑，客气道：“好，谢谢戴姐！”

戴佳玲自然不会介绍她去别的琴行。乔晚如果去了别的琴行，那她高中同学秦悦的课程有可能会被乔晚介绍给其他琴行。戴佳玲是有些善良，但还没善良到失去自己的利益帮助别人的地步。

当天上完课，乔晚收拾了自己的东西离开了琴行。

乔晚和母亲还有儿子一起住，母亲年长，儿子年幼，家里的生活是靠她来支撑的。乔晚做钢琴老师虽然只是教基础班，但是因为学生多，收益还是非常可观的。他们一家三口的生活并不算太捉襟见肘，所以乔晚就算辞职，三个人也不是活不下去。

但是不工作不是长久之计，所以在乔晚被辞退的当天，她就在同城 APP（应用程序）上找起了工作。

简历还是一开始的，照片什么的也不用换，她只要把最近的工作经验写上就可以了。完善了简历以后，乔晚把简历像雪花一样发了出去。

剩下的，她就是等琴行行政人员联系她了。

乔晚虽然被辞退，但不打算换行业。钢琴老师工作时间自由，也不累，跟她也算专业对口，重要的是收入还可以。她在博朗琴行的时候，寒、暑假旺季的工资一个月都能到两万多元。博朗琴行还只是中等琴行，要是高等的类似七音琴行那种地方，钢琴老师的收入更是可观。

提到七音琴行，A 市的钢琴老师基本都知道。七音琴行是 A 市最高端的琴行，只有一家，没有分店。琴行占据了市中心大厦整整两层的空间，拥有数百名钢琴老师。除此之外，琴行的钢琴都是雅马哈起，高级课程都是施坦威。除了普通授课外，还有上门私教，收费高昂。即使如此，七音琴行依旧一课难求。

七音琴行和普通琴行的工资标准也不一样，琴行老师不是拿课时费，而是按照工作能力拿固定工资。

这样拿固定工资有一个好处，就是钢琴老师授课和课程销售是分开的，老师只需要做好教学的工作就行，不需要为了卖课和学生家长周旋。

而且虽然钢琴老师是拿固定工资，但是固定工资高啊！底层的钢琴老师一个月都拿两万元，还有五险一金和各种补贴！这么强力的保障，哪个钢琴老师不心动啊？！

但是心动归心动，她还对池故渊心动呢，池故渊也不会娶她啊。正如池故渊是她永远得不到的男人一样，七音琴行则是她永远得不到的工作。

话虽这么说，乔晚还是往七音琴行投了一份简历。对方要不要是对方的事，她投不投是她的事，反正电子简历也不用花钱。

她投完简历后，剩下的就是等待了。

其实被琴行辞退之后，也有一个好处，就是乔晚能有更多的时间陪乔小桥了。因为乔晚的工作性质，乔小桥上幼儿园以后，乔晚基本上没怎么接送过他。

下午三点半，幼儿园放学，乔晚站在幼儿园门口排队。乔小桥看到妈妈，跟个小鸡崽儿一样冲了出来。

“哎呀——哎呀——”乔小桥抱住了她的大腿，乔晚被冲退了好几步。她站稳身体，抱着儿子的小脑袋瓜笑着说道：“今天玩儿得开心吗？”

“开心。”乔小桥也笑起来。

小家伙长得白白嫩嫩，又帅又可爱，笑起来的时候更是好看。看着乔小桥，乔晚就觉得当时自己应该是被他爸的颜值俘虏的。

乔晚拿过乔小桥手里的书包，拉着他的手说道："走，妈妈带你去一个让你更开心的地方！"

乔晚带着乔小桥去了市中心的购物广场喝奶茶。

对奶茶这种甜甜的饮料，没有一个小朋友可以抵挡住诱惑。但平时外婆管得严，乔小桥很难有机会喝。只有外婆不在的时候，妈妈才能偷偷地带着他喝一杯。

买好奶茶后，母子俩拎着奶茶去了购物广场的休息区，准备喝完了再回家。

乔晚带乔小桥来的这家购物广场是 A 市最大的购物中心，辐射了周边的购买群体，在全国也是排得上前列的。即使在现在这个时间，广场里依旧是人来人往的热闹场景。

所以，乔晚能在这里看到池故渊并不觉得奇怪。

她买完奶茶后，和乔小桥去了三楼他最喜欢的那个南瓜休息区。她在坐下的时候，看到了不远处几个西装革履的男人。男人们虽然穿着打扮相似，但任谁都能先一眼看到被簇拥着的池故渊。

乔晚看过去的时候，池故渊似乎有所察觉，抬眸往这边看了一眼。他正在和身边的人说着什么，神情专注严肃。乔晚察觉他看过来，立马低下了头。

只是被这么看了一眼，乔晚的心就开始乱蹦，池故渊果然惑人！

不过话又说回来，他们两个也太有缘分了，怎么她随便买个奶茶都能碰到他？

提到奶茶，乔晚回过神来，插上吸管，把奶茶递到了乔小桥嘴边，说道："尝尝我的。"

乔小桥低头嘬了一口，喝完后评价道："太甜了。"

"哪有，我只放了三分糖。"乔晚看了一眼奶茶杯身后反驳道，"那我尝尝你的，看你的甜不甜。"

乔晚去够乔小桥的吸管，乔小桥则抱着奶茶杯往后退，母子俩就这样玩闹起来。最后乔小桥望着乔晚的身后停下了躲避的动作，乔晚成功地喝到了儿子的奶茶。

"你以后直接喝牛奶算了。"品尝完乔小桥的奶茶，乔晚评价了一句。评价完后，她才察觉儿子不对劲，回过头去看了一眼身后。

"池总！"乔晚微微地睁大眼睛，而后坐直了身子，冲他笑了笑，"好巧！"

刚才他们确实视线交会了一下，但她很快撤回了，她没想到池故渊竟然还专程过来了。

池故渊像是刚忙完，只有他自己。听了乔晚的寒暄后，池故渊点了点头，然后把视线落在了一旁的乔小桥身上："你儿子？"

"啊。"乔晚看了一眼乔小桥，笑着点了点头，"对啊。"

说着，乔晚对乔小桥说道："叫叔叔。"

乔小桥抱着奶茶杯，看着池故渊叫了一声："叔叔好！"

"你好！"池故渊应了一声。

乔晚以为池故渊是看到她过来打招呼的，但是简单地打完招呼后，池故渊并没有要离开的迹象。

她和乔小桥坐着喝奶茶，池故渊看着他俩，气氛一时间有些尴尬。最后，还是池故渊先开了口：“你们喝的是什么？”

“奶茶。”乔晚连忙回道，说完后，她听出池故渊对奶茶感兴趣，像他这样的人应该没有喝过这样的工业奶精。想起上次他请她吃了顿晚饭，于是乔晚说道：“我请您喝一杯吧。”

“好。”池故渊应了一声。

说完，他就近坐在了她的旁边。

乔晚：“……”

怎么？难道他还要加入母子俩的奶茶狂欢活动中吗？

三个人像信号塔一样坐在了休息区的长椅上。

在乔晚说请池故渊喝奶茶后，池故渊就坐下了。她买来奶茶后他也没有离开，真的就跟他们母子俩一块儿坐在休息区里品起了奶茶。

原本的亲子时光，因为一个陌生男人的加入，气氛变得有些诡异和不自然。乔晚坐在两个人中间，嚼着珍珠，想着怎么让气氛活跃起来。

她咬着吸管，喝了一口奶茶后，笑着看向身边的池故渊问道：“怎么样？还喝得惯吗？”

池故渊手上拿着她刚给他买的奶茶，少冰微糖，透明的杯体显示他已经喝了好几口。听了乔晚的话后，池故渊侧头看了她一眼，回道：“好喝。”

“哈哈，好喝就好，我还怕你喝不惯，哈哈——”乔晚干笑了两声。

也许是明白了她活跃气氛的用意，池故渊也加入了闲聊话题，他看了一眼乔晚手里快被喝完的奶茶，问道："你喜欢喝？"

"对啊。"乔晚看了一眼快被喝空的奶茶，说道，"我觉得它里面是不是放啥让人上瘾的东西了，我几天不喝就想得慌。"

在乔晚说这话的时候，池故渊越过乔晚，看向了低头嘬着奶茶的乔小桥："他可以喝？"

"啊？"

池故渊说完，母子俩齐齐地看向了他。

乔晚反应过来，侧头看了一眼儿子，后笑着说道："他也就偶尔喝一喝，我妈不让他喝，说添加剂太多。但是这家店的原料还可以，添加剂加得不是那么多。而且小孩子嘛，总是要多尝试些新东西，我不太管这些。有时候我妈都说我像乔小桥的姐姐，姐弟俩一起跟她对着干。"

乔晚说着，抬手擦了一下乔小桥唇边的奶茶。池故渊垂眸看着母子俩的互动，把目光放在了乔小桥的身上："他多大了？"

乔晚回道："4 岁了。"

"上幼儿园？"池故渊问。

"嗯，中班。"乔晚道。

"你还记得生他的事情吗？"池故渊继续问。

"啊？"池故渊这么问了一句，乔晚愣了一下。池故渊看着她说道："你说你失忆了。"

"哦，对……对。"乔晚想起上次和他一起吃饭的时候跟他说过失忆的事，于是笑了笑，"我……"

“妈妈。”乔小桥叫了乔晚一声。

“怎么了？”乔晚没有继续说下去，低头看向儿子。

乔小桥说道：“我们得回去了，外婆在家等久了会生气。”

经儿子这么一提醒，乔晚拿起手机看了一眼时间，慌了一下：“糟糕，都这个点了！”

说着，乔晚赶紧从长椅上站起来，并随手抱下了乔小桥。母子俩拉着手，乔晚回头对池故渊道：“池先生，抱歉啊！我们得先走了。”

池故渊看着拉着手的母子，也从长椅上站了起来。乔小桥看着他，礼貌地说了一声：“叔叔再见！”

乔小桥说完再见，就和妈妈一起离开了休息区。

这家购物广场的楼下就有地铁站，离开池故渊后，乔晚带着乔小桥去了地下四层，坐上了回家的地铁。

现在这个时间，地铁上没什么人，还是挺空的。乔晚带着乔小桥找了个位子坐下，拿了纸巾给乔小桥擦手上刚才沾到的奶茶杯上的水珠。

“记住了啊，回去可不能告诉外婆，妈妈带你出来喝奶茶了。”乔晚叮嘱乔小桥道。

“嗯。”乔小桥应了一声，小手被妈妈握着擦着，对妈妈说道，“妈妈，以后对陌生人要有点儿戒心。”

突然被儿子教育了这么一句，乔晚莫名其妙地笑了一下，抬眼看着儿子问道：“妈妈怎么没戒心了？”

“刚才那个叔叔问你的事情，你什么都往外说。”乔小桥说道。

提到池故渊，乔晚回想了一下，刚才确实是池故渊问什么她就说什么。但是其实他问的也基本上是那天他在艾德西餐厅听到的，除了问她记不记得生孩子这件事情。

想到这里，乔晚对乔小桥解释道："其实那个叔叔不算是陌生人，我们见过面，还一起吃过饭。"

"很熟悉吗？"乔小桥问。

乔晚回道："那倒没有。"

他们见面那次是在SHO她弹钢琴，吃饭那次是在西餐厅两个人都被放鸽子所以凑了一桌。今天也是偶然遇见，其实四舍五入他们还是陌生人。

经过两年前被坑得差点儿嫁给老头那件事情，乔小桥对乔晚身边出现的男人都很戒备。乔小桥看着她的眼神里明显带了教育的色彩，乔晚心虚但嘴硬地说道："主要他问的那些事也没什么。你是怕我被他骗对吗？可是他很有钱，要什么有什么，从我这儿也得不到什么啊！"

"他能得到你。"乔小桥说道。

乔小桥一下子把乔晚给说住了。她沉默下来，想了想，说道："那我还挺想让他得到的。"

乔小桥无语，乔晚哈哈笑着抱住儿子说道："开玩笑的，开玩笑的哈……"

第三章

同学聚会

胡玫还是发现了母子俩偷喝奶茶的事情。

妈妈和孩子好像永远都有这样的情况，无论孩子做了什么坏事，妈妈总能第一眼就精准地看出来。

乔晚被母亲骂了个狗血淋头，乔小桥也不能幸免，这一周的零食都没了。母子俩在饭桌旁边吃饭边被外婆教育，凄凄惨惨戚戚。

但是一同被骂，也并不影响两个人喝奶茶时的快乐心情。外婆的脾气来得快去得也快，很快她也就消气了。

晚上的时候，乔晚去买了个西瓜，一家三口围坐在客厅的茶几前消灭了半个西瓜，而后各自去洗澡洗漱准备睡觉。

乔晚给乔小桥洗完澡后，自己又洗了个澡，而后回到被窝里抱住了乔小桥："奶味小桥！"

"花香妈妈！"

母子俩形容完对方身上的味道后，搂在一起哈哈大笑。

乔晚抱着乔小桥，拿了故事书给他讲故事。小家伙靠在妈妈怀里认真听着，十分乖巧。

乔晚讲着故事，低头看了一眼乔小桥，问道："你介意妈妈谈男朋友吗？"

当时在地铁站，乔小桥叮嘱她让她对陌生人有些戒心，乔晚并没有多想。等到现在清静下来后，乔晚回想当时和池故渊在一起时乔小桥的反应，才渐渐地回过味来。

在她和池故渊在一起时，乔小桥对池故渊明显很冷淡。他是个有礼貌的孩子，而当他表现得过分礼貌的时候，就代表他不喜欢池故渊。

乔小桥之所以不喜欢池故渊，乔晚认为有可能是因为他误会了池故渊和她的关系，但乔小桥并没有。

"那个叔叔又不是你的男朋友。"乔小桥说道。

乔晚："……"

乔小桥说完，乔晚笑起来："你知道我是在说他？"

"嗯。"乔小桥抱了抱妈妈，说道，"我不介意你谈男朋友，但是也确实有点儿不喜欢那个叔叔。"

"为什么？"乔晚问道。

乔小桥想了想，回道："不知道。"

小孩子的喜欢和不喜欢都是没有来由的，乔小桥说完后，看着妈妈又说道："但是如果你喜欢他，我也会爱屋及乌。"

乔晚低头笑看着儿子，问道："爱什么及什么？"

乔小桥："……"

乔晚明显在逗他，乔小桥不想搭理她了，卷了被子转过身去，道："我睡了。"

小家伙背过身去，露着一个圆圆的可爱后脑勺。乔晚笑嘻嘻地凑过去，小声在他耳边说道："你说嘛，到底爱什么及什么？"

耳朵被妈妈说得痒痒的，乔小桥抬手挠了挠小耳垂，说："不说。"

乔晚不依："说嘛！"

她说着，还要去捏乔小桥的耳朵，乔小桥被她抓着耳朵，小手握住了她的手指，说道："哎呀，爱你，爱你，好吗？"

身后，乔晚哈哈笑了起来。

乔小桥的耳朵也不知道是羞的还是被她捏的，变得红通通的，乔晚在他耳边亲了一口，笑道："妈妈也爱你，但是那个叔叔应该不会爱妈妈的。"

"他为什么不会爱你？"乔小桥问。

乔晚被问住了，想了想，简单地解释道："因为那个叔叔很有钱。"

小孩子对价值是靠他的爱来衡量的，乔晚说完，乔小桥回过头来看着妈妈说道："他很有钱，可你是无价之宝。"

乔晚的心像是被浸在了蜂蜜里。

她觉得她除了看上小家伙的爸爸的颜值，肯定还被小家伙的爸爸的甜言蜜语俘虏了。

哎呀，这么好的儿子竟然是她的！

“妈妈是谁的无价之宝？”乔晚贪心地问。

乔小桥骄傲地回过头说道：“外婆的。”

乔晚笑起来，语气失落地确认道：“只是外婆的啊？”

“还是我的，好了吧？”乔小桥有些无奈地说道。

“嘿嘿——”乔晚得逞地笑了笑，抱住了乔小桥。被妈妈抱在怀里，周身全是妈妈身上的味道，乔小桥抱着被角，弯着嘴角闭上了眼睛。

乔晚逗弄完乔小桥，没过多久，小家伙的呼吸就变得绵长均匀，睡得香甜了起来。她低头看着儿子，眼中母爱泛滥。

过了一会儿，乔晚拿出手机，准备看一下她昨晚提交的简历的情况。她刚点开APP，手机就振动起来，是个陌生电话号码来电。

乔晚被振得一惊，连忙看了儿子一眼，乔小桥依旧睡得很熟。乔晚小心翼翼地下床，拿着手机去了外面的阳台上。

“喂，您好！”乔晚接了电话。

“请问是乔晚乔小姐吗？”电话那端的女人的声音礼貌标准。

乔晚回道：“是的，您是……？”

“我这边是七音琴行的，我们收到了您的简历，请问您明天上午有时间过来面试一下吗？”

那边的人说完，乔晚一下子没了动静，半晌后才确认道：“什……什么琴行？”

“七音琴行。”

乔晚：“……”

“乔小姐？”

“可以……可以，明天上午什么时间？”乔晚问。

“上午十点。”

“好。”

挂断电话后，乔晚站在阳台上吹着晚风，脑瓜子嗡嗡地响。她竟然接到了七音琴行的面试电话！七音琴行啊！要是她能面试上，那他们一家三口的生活就彻底有保障了！

乔晚的内心躁动起来！

没想到她只是随便投了份简历试试，竟然就中了。她真是命运的宠儿——幸运爆了！

说起幸运来，乔晚觉得自己最近的运气都挺不错的。先是在SHO得到三千元的奖金，后是艾德西餐厅的免费晚餐……这一切好像都是在遇到池故渊后变好的。

池故渊简直就是她的吉祥物！

谢谢你！池吉祥！

上午九点半，乔晚赶到了七音琴行。

像这种高端琴行，面试都是很正规的，乔晚到了以后领了面试顺序，就在休息室里等着了。

这次七音琴行只招募一位钢琴老师，但是光来面试的就有一休息室的人。乔晚找了个位子刚坐下，她身边就过来一个人。乔晚抬头，看到了站在她身边的欧蕙。

乔晚的神色淡了淡，欧蕙的神色则紧了紧，两个人之间的气氛有些尴尬。

欧蕙先开了口："你也来面试啊？"

欧蕙今天也是来面试的。原本她在博朗琴行也只是为了锻炼自己，现在锻炼得差不多了，也该来好一些的琴行工作了。

她一身白裙，头上扎了个蝴蝶结，显得青春又漂亮。

乔晚看着她，回道："对啊，被辞退了总要找份工作养家糊口。"

乔晚语气平淡，欧蕙倒品不出她这句话里的意思了。欧蕙抿了抿唇，说道："那天我一直和杨阿姨在一起，后来才知道你被辞退了。我都没好好跟你告别。"

说完后，欧蕙又说道："其实在你走后，我劝过杨阿姨。"

乔晚看着她问："劝她做什么？"

"劝她别让戴姐辞退你……"欧蕙回道。

她还没说完，乔晚打断了她的话，笑了笑说："这一切都是你造成的，你不会现在还要在我面前装好人吧？"

乔晚说完，欧蕙被说得脸色一白。

乔晚没想到今天会在这里遇到欧蕙，原本想着要是遇到欧蕙，欧蕙应该会躲着她，但没想到对方非但没躲，还主动过来找她，拿了一些蹩脚的理由来搪塞她。

欧蕙干吗这样？是觉得她一孕傻三年很蠢吗？

那天杨太太去艾德西餐厅的时候，乔晚就意识到了什么。而她被琴行辞退，导火索也是因为杨太太去了艾德西餐厅。杨太太是怎么知道自己在艾德西餐厅的？是欧蕙告诉她的。欧蕙为什么告诉杨太太这件事情？因为欧蕙不想杨柏和乔晚在一起。

“你喜欢杨柏可以直接告诉我的。”乔晚说道，“我又不是什么饥不择食的女人，你如果告诉我你喜欢他，我肯定不会和我朋友喜欢的男人约会的。”

乔晚和欧蕙做了几个月的邻居，她对欧蕙是付出过友情的。

欧蕙听着乔晚的话，默默地咬住下唇，眼睛微微发红：“你把我当朋友的话怎么会看不出我喜欢杨柏？”

乔晚听完，莫名其妙地说道：“杨柏都不知道你喜欢他，更何况我啊？”

欧蕙是个很安静的女孩，喜欢谁都是默默地藏在心里，也正因如此，杨柏一直没察觉。这么多年爱而不得，她很痛苦，也很可怜，但是乔晚也很无辜。

在乔晚说完这话后，欧蕙已经低下了头。乔晚不知道她是不是哭了，但今天自己是来面试的，不是来进行感情咨询的。

她没再继续和欧蕙掰扯，而是从座位上起身，说道：“其实我们现在也没必要多说什么了，祝你面试顺利吧！”

说完，乔晚离开了欧蕙身旁。

欧蕙抬眼看着乔晚的背影，微微地抿了抿唇。

七音琴行的这场面试从上午进行到了下午，欧蕙下午面试完后，离开琴行回了家。

她家住在 A 市旧城的别墅区，住在附近的大多是有钱人，欧蕙家也不穷。但几年前她父亲在生意上赔过一场，家里元气大伤，并不如以前那般富有。

她到家之后，回房间拿了个小盒子，而后去了隔壁的杨柏家。杨柏家和他们家是邻居，两家都是独栋别墅，但杨柏家的装修明显比她家要富丽堂皇得多。

她到杨柏家的时候，杨太太正坐在客厅的沙发上插花。

看到欧蕙过来，杨太太笑着打了声招呼："小蕙过来了？"

"上次我妈去灵佛寺求了串朱砂串，让我带给您，我之前忘了。"欧蕙走过去，说完看了一眼杨太太的插花，夸道，"真漂亮！"

"你妈也是太客气。"杨太太被夸奖后笑了笑，随后接过欧蕙递过来的盒子并放到了一旁，继续摆弄着插花道，"听你妈说你今天去七音琴行面试了？怎么样？"

"还可以。"欧蕙应道，"但是面试的人太多，我不一定面试得上。"

杨太太笑起来，说道："这你就不用担心了，我和七音琴行的经理熟，到时候跟他打个招呼就好了。我们家小蕙也很厉害，相信琴行肯定会录用你的。"

欧蕙听完，感激地笑了笑："谢谢杨阿姨！"

"说谢谢就显得生分了。"杨太太继续说道，"你是我从小看到大的，跟我女儿一样，阿姨自然是疼你的。"

欧蕙跟着笑了笑，坐在了一旁，想着面试时的事情，对杨太太说道："要不是阿姨您帮忙，我估计我肯定面试不上。这次去了很多厉害的人，乔老师也在。"

欧蕙话音刚落，杨太太插花的动作顿了顿，她看向欧蕙：“谁？”

“乔老师。”欧蕙说完补充了一句，“乔晚，就是以前和我在一个琴行……”

“我知道她是谁。”杨太太把手上的黄玫瑰放在了桌子上，刚才闲聊的愉悦气氛不复存在，杨太太的脸色变得有些不好。她拍了拍手上的水珠，冷笑了一声说道：“这琴行也真是的，竟然连这样的人都让去面试。”

“其实乔老师的业务能力挺强的……”欧蕙说道。

“她业务能力再强，品德不行也不能要。”杨太太说着，已经起身，“我去打个电话。”

说完，她离开了客厅，去书房拿了自己的手机，拨了七音琴行的电话。杨家是做钢琴生意的，与A市大大小小的琴行都有联系。虽说七音琴行厉害，未必会像戴佳玲那样对她言听计从，但双方都是合作伙伴，该卖给她面子还是会卖的。

电话很快被接通，杨太太先和琴行经理寒暄了两句，然后直接切入了正题。

“我想和你说一下一个叫乔晚的女人的事情，她今天应该去你们琴行面试了。”

杨太太说完，琴行经理问了一句：“您说乔晚？她怎么了？”

听到琴行经理的语气，杨太太问道：“你知道她？”

“对啊，她已经被我们琴行录用了。”琴行经理回道。

听到这里，杨太太皱眉沉默了片刻后，才道：“我不建议你们录用她，你们知不知道，她私生活极不检点？你们录用她绝对会影响你们琴行的声誉。”

“我们琴行只看专业能力，不太关注钢琴老师私生活这方面的事。”琴行经理说道。

这套话是官方说辞，杨太太听完后直接说道：“这样，你可不可以看在我的面子上，不要录用她？”

琴行经理沉默了一下。

杨太太补充道：“我可以提供钢琴折扣。”

这对琴行经理来说是利益的牵扯，一般来说琴行都会答应。谁会为了一个小钢琴老师，错过这么大的利益？

但是琴行经理在听完杨太太的话后，也索性和杨太太说明了：“杨太太，我不知道您和乔老师有什么过节，但是我这样跟您说吧，录用乔老师的事情不是我定的，我也定不了，但是我可以定您开始给我说的欧老师的事情，至于其他的事，我真的做不到。”

这代表乔晚被比杨太太背景更强的人保住了。

上午在七音琴行面试完，下午乔晚就接到了七音琴行行政人员的电话。乔晚按了接听键，七音琴行行政人员的声音传了过来。

“您好，请问是乔晚乔小姐吗？”

乔晚：“是的。”

“这里是七音琴行，您今天在我们琴行面试过。打电话是想通知您，您被我们琴行录用了。请于周日上午九点，来我们琴行报到。”

乔晚惊了。

行政人员说完通知后，电话那端没了动静，她确认了一句：“乔小姐，请问您在听吗？”

乔晚从惊喜中回过神来，连声说道：“在的，在的。谢谢！”

听出乔晚语气中的欣喜之意，行政人员也笑着说了一句：“恭喜啊！”

“谢谢！”乔晚笑了笑。

“那没什么事我先挂了，祝您生活愉快！”行政人员说道。

“等一下。”乔晚叫住了她。

行政人员问：“请问还有什么事情？”

行政人员问完，乔晚倒犹豫了，思考了一会儿，问行政人员道：“我今天去面试的时候，见到了很多履历比我优秀的钢琴老师。我想问一下，为什么是我被录用啊？”

被琴行录用固然高兴，但从接到面试通知开始，乔晚就奇怪了。她虽然有足够的实力和工作经验，但由于是半路出家，几乎没有什么钢琴方面的头衔和奖项。大琴行都很注重钢琴老师在这方面的成绩，因为要匹配琴行的口碑。她今天虽然去面试了，但也有百分之百不被录用的心理准备了，没想到竟然被录用了。

“这……”行政人员好像知道原因，但犹豫了一下。

听出对方语气里的犹豫之意，乔晚笑了一下说道：“没事，我就随便问问，不方便说就算了。谢谢你啊！”

“你不是我们定下的。”行政人员说道，“你是我们老板亲自定下的。我们老板有个朋友点名让你留下，所以我们就录用了你。”

所以是琴行老板的朋友让她被琴行录用了。

“老板的朋友的名字叫什么？”

“杨柏。”

和行政人员道完谢后，乔晚结束了通话。

她现在正在幼儿园的门口等待着接乔小桥放学。周围都是接孩子放学的家长，乔晚看了一眼后，拨了一个电话出去。

电话很快被接通，杨柏的声音传了过来。

“嘿，乔晚。”

上次杨太太大闹博朗琴行后，杨柏虽然补救了，但乔晚还是丢了工作。这件事情过去以后，乔晚以为她和杨柏不会再有什么联系了，没想到他竟然托人帮她解决了她的工作问题。不管怎么说，乔晚还是该谢谢他。

“我刚才接到了七音琴行的录用通知。”乔晚说道，“谢谢你！”

乔晚与杨柏许久未联系，她打电话过来，杨柏也猜到了是什么事情。她开口道谢，杨柏却笑了笑，说道：“你不用跟我道谢。你的工作是被我弄丢的，我有责任再给你找一份。”

话虽这么说，丢的那份和找的这份待遇可是完全不一样的。乔晚第一次体会到了塞翁失马，焉知非福的感觉。

“好。”乔晚也没客气。

乔晚说完，电话两边的人都沉默下来。

不一会儿，杨柏问乔晚：“那我们现在还是朋友吗？”

“当然。”乔晚回道，“朋友可以。”

乔晚这么说，杨柏试探地问道：“只能是朋友？”

“是的。”乔晚外表看着是个柔弱的女人，但有钢铁般的心。她很干脆，知道自己该做什么决定，和其他人的关系也把握得很有尺度。

杨柏像是轻舒了一口气，遗憾地笑了笑，说道：“好吧。”

其实不光杨柏，乔晚也觉得有些遗憾。杨柏喜欢她，受过的教育也会让他在他们两个人在一起后好好待乔小桥。他可以说是个很好的恋爱结婚对象了。

但是世事难料，谁知道半路杀出了个杨太太，还是他妈？

“妈妈！”

乔晚正想着事情的时候，幼儿园已经放学了，乔小桥冲出来叫了乔晚一声。乔晚看到儿子，和电话那端的杨柏说道：“抱歉，我儿子放学了，我得接他回家，先挂了啊。”

说完，乔晚挂断了电话，乔小桥一下子冲了过来。

乔小桥从幼儿园跑过来，乔晚张开手臂一把抱住他，在原地转了三圈。

“乔小桥！我被早上去面试的那家琴行录用了！”

乔晚从博朗琴行辞职后，一直在家找工作，今天早上说要去她最喜欢的琴行面试，但是可能不会被录用，乔小桥还给她加了油。听到这个好消息，乔小桥也兴奋起来，惊喜地说道：“真的？太好了！”

“当然是真的！”乔晚把儿子放下来，开心地叹了一口气道，“走，这么好的事情，必须喝奶茶庆祝一下！”

乔晚话音未落，乔小桥提醒道："外婆说要是再发现我们喝奶茶就停了我们的零食。"

乔晚："……"

确实，自从上次他们偷喝奶茶被发现以后，乔晚和乔小桥就被勒令不许再喝奶茶，若是被发现就要停掉零食。奶茶固然好喝，零食也好吃啊！

想到这里，乔晚看向幼儿园对面的小卖部，说道："那我们买瓶旺仔牛奶庆祝一下吧。"

母子俩去小卖部买了两瓶旺仔牛奶，就着马路边的石礅坐下，一人一瓶喝了起来。现在是幼儿园放学时间，周围都是来接孩子的家长。

乔小桥喝着旺仔牛奶，想着妈妈已经有了新工作，就和她说了上午她离开家后家里发生的事情。

"上午你走后，房东叔叔来家里了。"乔小桥说道。

"嗯？"乔晚问儿子。

"涨房租。"乔小桥回道。

乔晚吃惊地问道："又涨？涨多少？"

"五百块。"乔小桥说道。

这已经是今年第二次涨房租了，上次涨三百元，这次涨五百元，房东越发肆无忌惮了。满打满算，乔晚带着乔小桥和母亲在这套房子里已经住了两年，乔小桥还在附近上幼儿园。房东就是知道他们轻易不会搬家，才一个劲地涨房租。

每到这个时候，乔晚都会想买一套房子。如果他们有套房子，就算又小又破，也算是有了自己的家。但是A市寸土寸金，房子哪儿是那么好买的？

“为什么不跟我说？”乔晚中午就回家了，涨房租这件事母亲提都没提。

“外婆不让说的。”乔小桥说道。

乔晚问：“外婆还不让你说什么了？”

“她昨天去超市旁边的手抓饼店问手抓饼店的老板要不要做手抓饼的阿姨了。”乔小桥回道。

乔晚喝着旺仔牛奶的动作停下了。

昨天晚上，母亲说超市蔬菜晚上打折，带着乔小桥去买菜了，她则被母亲安排在家里打扫卫生。母亲特意不让她跟着，原来是想偷偷出去找工作。

一家三口自从来到A市以后，一直是乔晚工作挣钱，母亲在家里照顾乔小桥。现在乔晚被博朗琴行辞退，母亲一直跟她说不用忙着找工作，家里的积蓄还够用，让她趁着没工作的这段时间多陪陪乔小桥。

家里的钱一直是母亲在管，乔晚也不知道还有多少积蓄。不过一家人在A市生活，尤其是乔小桥还上幼儿园，家庭开销并不少，家里应该也没存下多少钱。母亲说积蓄够用，是想让她不要着急找工作，在家里多休息休息。而母亲自己想着出去工作，赚钱补贴家用。

乔晚很幸运，虽然她的爹不靠谱，但她拥有世界上最好的母亲。许多人长大后，就要撑起大人的责任，而她即使有了儿子，也永远可以在母亲的臂弯里找到让她休憩的怀抱。

乔晚想到这里，心里五味杂陈，抱住了乔小桥说道："妈妈会好好工作挣钱，让外婆和你过上好日子。"

乔小桥听了妈妈的话，对妈妈说道："你也别太辛苦，我们能在一起生活就很好了。"

乔晚听了儿子的话，心里一甜，对着儿子亲了一口，笑道："哎呀，我儿子真的好乖。你放心，我们一家三口会一直生活在一起的。"

喝完旺仔牛奶，乔晚和乔小桥回了家。家里母亲已经做好了晚饭，乔晚和母亲说了被七音琴行录用的消息。母亲又是松了一口气，又是心疼地看着她。乔晚抱着母亲安慰了一番，说假期是赚钱最多的时候，等赚完一轮钱她再休息，母亲也就没说什么了。

吃过饭后，一家三口去了家附近的公园溜达，胡玫要跳广场舞，乔晚和乔小桥先回了家。乔晚刚给乔小桥洗完澡，就接到了秦悦的电话。

"乔晚，明天的同学聚会你还记得吗？"

乔晚不记得了。

当初她答应秦悦去参加同学聚会，是贪图那十个点的提成。现在她被博朗琴行辞退，提成自然就没了，同学聚会她也不想去了。

可是她已经答应了，不去显得不太好。于是第二天，乔晚坐地铁去了城南的度假村。

乔晚在A市生活了两年，A市大部分地方都转过了，但是很

少来城南。这个地方聚集了大片高尔夫球场、马场、赛车俱乐部，还有会所、度假村。她平时也接触不到有钱人，所以没什么机会过来。

在这样的高端场所，很容易遇到优秀的人。乔晚刚进度假村走了一会儿，就看到了不远处的停车场里从车上下来的池故渊。

她最近见到池故渊的次数过多，再见已经不觉得新奇了。

乔晚原本想直接走的，但池故渊好像看到她了。乔晚就走近了些，和他打了个招呼。

“嘿，池先生，好巧。”

“好巧。”池故渊站在车前看着她，乔晚今天化了妆。池故渊问道：“来做什么？”

“我来参加个同学聚会。”乔晚笑着说完问道，“你呢？”

“约了个朋友。”池故渊回道。

“这样啊。”乔晚说道。

两个人寒暄了两句，也实在没什么说的了。乔晚回头看了一眼度假村主宅的方向，对池故渊说道：“我这边快开始了，要是没什么事我先过去了。祝你今天愉快！”

乔晚说完，回头冲池故渊笑了笑。池故渊也没留她，点头应道：“好。”

和池故渊分别后，乔晚收回目光，转身朝着主宅的方向走去。她的背影在小径上越来越远，直到消失在主宅里，池故渊才收回视线。

今天这场同学聚会是秦悦举办的，这家度假村是她的男朋友开的。知道她要举办同学聚会，她男朋友特意把度假村最豪华的一个厅让了出来。

乔晚到的时候，大厅里人已经来得差不多了。大家一个个打扮精致，三三两两地凑在一起聊天。

在来之前，乔晚特意看了高中时的毕业照，大致记住了同学们的名字。她这样做是怕万一同学们找她寒暄，她不认得人家，就有些尴尬了。

而到了同学聚会以后，乔晚觉得自己实在是多虑了。她在高中的人缘好像着实一般，进了大厅以后，根本没人和她说话，她全程透明，无人在意。

既然这样，乔晚也就放心了。既然没人找她，她也不用挨个跟人解释她失忆了。她像个蹭酒会的人一样，端着餐盘在餐桌前吃吃喝喝，直到秦悦叫了她一声。

“乔晚。”

听到秦悦叫自己，乔晚回过头去。秦悦笑着走到了她身边，还带了几个女同学。

“嘿。”乔晚笑着回应了秦悦的招呼。

乔晚落落大方，几个女同学打量着她，眼中带了些惊讶之色。秦悦的闺密程莉莉问道：“你是怎么联系上乔晚的？”

不光程莉莉，其他几个女同学也好奇。

“我是在给我侄女报钢琴课的时候，刚好碰到乔晚的，乔晚就在那家琴行工作。”秦悦说道。

听到乔晚在琴行工作，有个女同学问道：“是做什么工作啊？”

“我是琴行的钢琴老师。”乔晚回道。

“钢琴老师？”女同学惊讶了一下，几个人面面相觑，好像不信：“你会弹钢琴？”

乔晚有些莫名其妙，她会弹钢琴是一件令人惊奇的事情吗？

“对啊。”乔晚说道。

“但是你高中的时候……”那个女同学接了一句。

可她还没说完，秦悦就把话茬儿接了过去：“她确实是钢琴老师。我报钢琴课的时候，问他们老板，可不可以让乔晚给我侄女上课，但老板说我报的是精英课，乔晚没办法上。”

秦悦说完这话，乔晚就了解她的用意了，笑着说道：“你报的是精英课，是我们老板亲自给上课。精英课一年三十多万元呢，我哪儿有资格上啊？”

“三十多万元？”女同学们的注意力被钢琴课的价格吸引了过去，几个人惊叹道，“好家伙，我一年工资都没三十万元。”

“这还只是报钢琴课呢。”女同学说道，“秦悦你可真有钱！”

“什么呀。”程莉莉挽着秦悦的手臂，笑着说道，“都是秦悦的男朋友疼她。她说要给侄女报钢琴课，她男朋友说让她挑贵的报，她报这个精英课她男朋友还说便宜呢。也是了，毕竟三十几万元也不过是她的一个包的钱。”

程莉莉说完，秦悦笑着拍打了她一下，嗔怪道：“哪儿有那么贵？”

“哎呀，你谦虚什么？谁不知道你男朋友又有钱又疼你呀？你身上这条裙子还是从法国空运过来的呢，价格也不菲呢。”程莉莉继续说道。

秦悦穿了一件黑色的亮片礼服，璀璨华丽，衬托得她跟个小公主一样。程莉莉说完，秦悦脸上洋溢着幸福的笑容：“他确实对我不错。”

女同学们都在羡慕赞叹，乔晚完成使命，回头继续挑选糕点。

“你现在是钢琴老师了？”

乔晚正拿着蛋糕，身边不知道什么时候过来了一个男人。他一只手拿着香槟杯，另一只手撑在糕点台上，正冲着她笑。

这个男同学长得不错，不过油头粉面的，而且和她说话时眼睛上下打量着她，一副自信满满的样子，乔晚有些不喜欢他这副样子。

“对。”乔晚冷淡地回了一句。

“那收入应该不错啊。我听说钢琴老师基本上每个月工资都能过万元。”男同学说道。

乔晚应了一声：“嗯，差不多吧。”

男同学和乔晚说着话，乔晚话里的敷衍意思显而易见。他眼里闪过一丝疑惑之色，看着乔晚问道：“你不认识我了？”

乔晚回过头来。

她打量着男同学，回忆着毕业照上的男同学的样子后，问道：“李侑？”

听到乔晚叫出自己的名字，李侑这才放心，说道：“我就说你怎么可能把我忘了？高中的时候你追了我三年呢。”

乔晚："……"

是吗？

"这样啊。"乔晚笑了笑，说道，"我不记得了。"

李侑："……"

乔晚的冷淡态度显而易见，李侑并没有放弃，问道："你有男朋友了吗？"

乔晚摇头："没有。"

"结婚了？"李侑又问了一句。

"没有。"乔晚说道，"我单身，带了一个儿子。"

在听到乔晚单身时，李侑眼中的欣喜之意都快溢出来了。但听到她有一个儿子后，李侑立马收起了表情。

"亲生的？"李侑确认道。

"当然。"乔晚笑起来，"我自己生的。"

李侑确认完，对她的兴趣大减。他"哦"了一声后，端着香槟杯头也不回地走了。

李侑走后，乔晚也轻松了。

这男人真有毛病，听到她是钢琴老师工资高就想钓她，还说她高中追了他三年，她高中时眼睛是瞎了吗？

李侑离开后，乔晚继续专心挑糕点，但是李侑并没有给她很多自由的时间。不一会儿，他折返回来，还带了另外一个男同学过来。

"哎，乔晚，你还记得他吗？"李侑拉着男同学问乔晚。

这个李侑着实有点儿阴魂不散了，乔晚逐渐不耐烦，但保持着礼貌，看了一眼他身边的男同学。这个男同学长得很显眼，高、大、壮，五官不好看，一双小眼睛透着大聪明的光芒。乔晚想着毕业照，问道："蒋睿？"

听乔晚叫出蒋睿的名字，李侑哈哈大笑了起来，说道："哈哈哈，听到没有？蒋睿，你老婆还记得你呢。"

乔晚看向李侑，问道："什么老婆？"

李侑的笑声还没停下，旁边几个男同学也过来起哄了，李侑说道："啊，你忘了啊？你高中的时候和蒋睿是夫妻啊，你是他的老婆，他是你的老公。"

乔晚："……"

李侑说完后，旁边的几个男生都笑了起来。

"对啊，你们还在教室里拜过堂。"

"可不是？蒋睿还亲过你，你们就差在教室里洞房了。"

"哈哈哈哈！"

乔晚："……"

几个男同学想起以前的事情，笑得前仰后合，而在这时，旁边秦悦她们几个女同学也听到了这边的动静。她们看向乔晚和蒋睿，也忍不住捂着嘴笑了起来。

乔晚冷眼看着这些同学，算是明白现在是什么情况了。

她都高中毕业五六年了，还在遭受高中时代的校园霸凌。一个个人不以为耻，反以为荣。

乔晚觉得有些没意思，转身要离开。她还没走开，就被李侑抬手拦住了。

“哎，乔晚，不如你们俩现在在一起吧？蒋睿现在可是全球五百强企业里的生产线小组组长，还是独生子，虽然长得不太聪明，但是你也有个儿子啊，你们还挺般配的。”

李侑说完，双手有节奏地拍了起来：“在一起！在一起！”

李侑带头，其他同学随之开始拍手起哄。

乔晚喊道：“闭嘴。”

但是没有人听她的，像是她越挣扎，他们越兴奋。

“我说闭嘴没听到啊？”乔晚吼了出来。

乔晚的声音很柔，吼出这句话来却十分有气势，大家都闭了嘴，大厅里一下子安静下来，大家面面相觑，看向了乔晚。

这样的事情，他们在高中时做过不止一次，乔晚从没有反抗过，没想到现在她的脾气竟然这么大。李侑被乔晚吼住，眉眼间浮现了一丝怒气。

“吼什么？就你有嗓子？”

“我开始礼貌地说了，你们不听。”乔晚回道。

“我们听什么啊？大家就是开玩笑，你至于这样吗？”李侑说完，冷笑了一声继续说道，“怎么？你还看不上蒋睿啊？你都有一个儿子了，还挑三拣四的啊？”

“你妈也有一个儿子，怎么不嫁给他？”乔晚回击道。

乔晚伶牙俐齿，李侑一下子没明白过来，愣了三秒后，抬手冲向乔晚就要打她：“你说什么……”

“哎……哎……哎，李侑，好男不跟女斗！”

“就是啊，大家开开心心的，你跟她置什么气？”

"对啊，看秦悦脸色都不好了，别打起来。"

几个男同学都在劝，这时程莉莉也看向了身边的秦悦。今天原本是秦悦最开心的日子，但是被乔晚这么一闹，弄得大家都有些尴尬了。

"乔晚你干吗说话这么难听？大家只是开玩笑，闹闹就算了，你至于这样吗？"程莉莉对乔晚说道。

"那你嫁给他。"乔晚回道。

乔晚现在俨然一个女战神，开始了无差别攻击，程莉莉没想到竟然被她直接回击，委屈得一下子红了眼睛。

"你……秦悦……"

程莉莉向秦悦求助，而秦悦此时对乔晚也极度不满了。她原本叫乔晚过来也是为了跟大家炫耀她给侄女报的钢琴课程的价格，刚才炫耀过了，乔晚就没什么用处了。现在乔晚怼天怼地，把好好的聚会弄成这个样子，秦悦看着乔晚，不高兴地说道："乔晚，莉莉也是好心劝架，你干吗逮着谁怼谁啊？谁欠你的吗？我搞这场同学聚会是让大家高兴的，你要是不愿意待就走。"

既然东道主这么说，其他人随之附和。

"对啊，你不愿意待就走。"

"大家高高兴兴的，你干吗搞得这么晦气？"

"就是，快走！"

…………

大厅里的人七嘴八舌，统一针对起了她。乔晚抬眼冷淡地扫了他们一眼，转身离开了大厅。

“那你想让她恢复吗？”

会所的清雅茶厅内，池故渊坐在藤椅上，对面坐着一个和他年纪相仿的男人。男人双腿交叠，笔直修长。他的身形稍显单薄，皮肤泛白，五官俊美，戴着一副金丝边眼镜，修饰着冷厉的气质。

男人名叫陶牧之，是池故渊的故友，今天从医院出来后，就接到了池故渊的电话，说有事与他商议。两个人会面后，一起来到了城南的度假村里。

在他问完这句话后，对面的池故渊手里拿着紫砂茶杯轻轻地转着。茶杯口白色雾气蒸腾，隔着雾气，陶牧之看不清池故渊的神色。

池故渊摇了摇头。

“那你怎么跟她在一起？”陶牧之问。

这话把池故渊问住了，他的目光甚至离开了手上的紫砂茶杯。他转眸看向了茶厅的窗外，在陶牧之又要开口说话时，池故渊站了起来。

“等会儿。”

池故渊看着某个方向，说完这话后，转身离开了茶厅。

乔晚离开聚会的大厅后，就朝着度假村门口走去。在她走过一条小径时，被人叫住了。

“乔晚。”

乔晚回头，看到了池故渊。她冲他笑了笑，说道：“池先生。”

池故渊走到了她的身边：“你不是在参加同学聚会吗？”

乔晚绞了绞手指，笑道："被赶出来了。"

池故渊低头看了一眼她绞在一起的手指，问道："发生什么事了？"

"其实也没什么。"乔晚简单地说道，"就是他们起哄让我跟一个男同学在一起，还说我那个男同学配我绰绰有余，因为我有个儿子。我不让他们起哄，他们就说我开不起玩笑，败坏了他们的兴致，然后让我走，我就走了。"

乔晚说完后，手已经被握住了。池故渊带着她说道："走。"

被池故渊拉住，乔晚愣了一下，问道："啊，去干吗？"

"去帮你找回面子。"池故渊说道。

看到池故渊时，乔晚已经尽力表现得和往常一样了，没想到池故渊竟然能看出她在生气。

她确实生气。

任谁被这样起哄、针对都不可能保持心平气和，尤其是被这样对待的时候，那些当事人却不以为意，利用别人的窘境来让自己开心。

他们现在都是如此，而她听李侑说着高中时他们对她做过的事情，都觉得窒息。她第一次庆幸自己失忆了，能忘记那段令人恶心的回忆。

在聚会大厅里的那么多同学，没有一个人替她说话，大家都在针对她。而她出来碰到池故渊，池故渊二话不说就要带着她去出气。两个人的手握在一起，乔晚心里的气和烦闷情绪已经少了大半。

“算了吧。”乔晚松开被池故渊握着的手，停下脚步说道，“我都不想再看到他们，觉得恶心。”

她相信池故渊能帮她出气，但现在她已经释然了。狗咬了她一口，她总不能再咬它一口，跟个畜生置什么气？虽然说被咬的那一口她确实还挺疼的。

乔晚说完后，就停在原地不动了。她垂着眼睫，眼睫下的眼睛里眸光黯淡。

“你不用看到他们，可以在外面等我。”池故渊说道。

乔晚抬头看向了池故渊。

他这么说，显然是要帮人帮到底了。她说被欺负了，他就要帮她出气；她说不想看到他们，他就说让她在外面等。

这个时候，乔晚也反应过来了。她和池故渊也就见过几面，两个人连熟人都算不上，他竟然这么帮她！

“谢谢啊！”乔晚先道了声谢，后问池故渊，“你为什么这么帮我啊？”

池故渊眼睫一抬。

乔晚看着他，等待着他的回答。池故渊沉默了一会儿后，回道：“我有个朋友，以前也被校园霸凌过，所以遇到这种情况，我总会想帮忙。”

原来如此。

要是这个原因的话，那还算站得住脚。

看他这个样子，他是坚持要帮忙了。乔晚很感激，也不可能让他自己进去应付那帮人。想到这里，乔晚说道：“我跟你一块儿进去吧。”

说着，两个人一同去了聚会大厅。

乔晚离开后，大厅里恢复热闹气氛。大家言笑晏晏，丝毫没有被刚才的事情影响。

这种自助酒会一般会有领班在门口服务，乔晚和池故渊进了大厅，池故渊和领班说了两句什么话，领班听到后，匆匆地离开了。

而在这个时候，在大厅里聚会的同学们也发现了乔晚和池故渊。

像池故渊这样的男人，无论在哪儿都是焦点。秦悦和几个女同学打量着池故渊，而后把目光落向他身边的乔晚身上，几个人一起走了过来。

“乔晚，刚才是你自己要走的，现在又回来做什么？”程莉莉站在秦悦身边，看了一眼池故渊后问乔晚。

乔晚没搭理她，秦悦端着香槟杯，笑了一声后继续说道：“看样子是带着男朋友回来找面子了。”

“她这样的人能有男朋友？别是她花钱雇的吧？”秦悦说完，李侑耻笑一声后，打量了池故渊一眼，“不过这个人质量可以哎，多少钱一天哪？”

李侑说完，周围看热闹的同学们哄堂大笑。

“哈哈哈，对啊，多少钱一天？我也想雇一个。”

“有没有女人啊？我也想雇个做老婆。”

“哈哈哈，要是有这样的老婆，那蒋睿何必对乔晚执着啊？”

“哈哈哈！”

…………

他们又开始了。

乔晚自己被奚落也就算了，现在连带着池故渊也被说，她起身就要冲过去，却被池故渊拦腰抱住了。

池故渊把手臂放在了她的腹间，力道温柔适度，他看着她说道：“没必要和他们费口舌。”

乔晚被池故渊这样抱着，竟也觉得没必要和这群人论长短了。

两个人就这样当众抱在了一起，看样子不太像是假的情侣。大家的笑声停了下来，乔晚他们只是站着，不回击也不说话，不知道要干什么。

而他们越是这样，同学们越是有些恐慌。

说实话，单看乔晚虽然普普通通，但是她身边这个男人不用了解，大家就能看出不一般来。他长相俊美，气质沉稳，穿着简单的黑色衬衫和西裤，解开的袖口处别着袖扣，袖扣看着就价值不菲。

大家心里渐渐地慌张起来，可是有秦悦在，他们也不算太慌。真要起了冲突，他们也没什么好怕的。

正在大家看着乔晚和池故渊小声地说着什么的时候，同学聚会大厅的门被人一把推开，几个人走了进来。为首的是一个 30 岁左右的男人，看气质也不俗，在大家猜测这人是谁时，秦悦已经欣喜地叫了一声：“亲爱的！”

秦悦今天在度假村招待同学，她男朋友栾子扬给她提供了各方面的服务，但在她让他出席同学聚会时，栾子扬却说太麻烦不愿意来。现在看到她有麻烦了，他就过来了，秦悦开心而满足。

她笑着快步走到栾子扬身边，想要挽着他的胳膊跟他说乔晚和池故渊的事情。栾子扬却甩开了她伸过来的手臂，径直走到池故渊身边，低头恭敬地叫了一声："池先生。"

一声"池先生"，让大厅里的人立马慌乱起来。

他们虽看出池故渊非池中物，但还想着秦悦的男朋友能与池故渊对抗，结果没想到秦悦的男朋友对池故渊竟然如此尊敬。

他们刚才得罪了什么了不起的人物？

栾子扬过来后，池故渊说道："我要用这个大厅。"

"现在？"栾子扬问。

"嗯。"

"我马上派人将这里清理出来。"

池故渊三两句话就让栾子扬行动起来。他组织了度假村的人，开始清理大厅。

这些人一开始赶走乔晚，那现在他就替乔晚赶走他们。

在栾子扬按照池故渊的吩咐行动时，大厅里的人迅速地看清了形势。欺软怕硬的人往往骨头是最软的，在得知自己处于劣势后，他们会以最快的速度低头。

工作人员正往外赶人，同学们显得十分狼狈，这时，同学当中有个代表站了出来。代表是高中时的班长，看上去老成持重，看向乔晚劝道："乔晚，大家都是同学，都玩得挺开心的，没必要搞得这么僵吧？”

乔晚没说话，池故渊看着班长说道：“她不开心，刚才自己在外面生气。”

想起刚才的事情，班长脸上闪过一丝尴尬之色。他小心地看了池故渊一眼，继续说道：“刚才在聚会上确实发生了一些误会，但我们其实是跟乔晚开玩笑的。对吧，大家？”

班长说完，同学们纷纷点头。

“这样吧，我们给乔晚道个歉，刚才的事情就算过去了行吗？”班长做着和事佬。

班长说完，乔晚点头答应：“可以啊。”

没想到乔晚答应得这么轻松，班长松了一口气，说道：“哎，好，好。”说完，他回头对同学们说道：“同学们，我们就刚才的事情一起给乔晚道个歉吧！乔晚说道完歉，她就不生气了。”

班长说着，又回头对乔晚笑道：“这样吧，我开个头，我是班长，刚才事情发生的时候，我没第一时间制止同学们，是我的错，对不起，我自罚一杯。”

说着，班长仰头把酒喝干了。

班长道完歉，其他人也就不觉得道歉有那么难了，大家举着酒杯走到乔晚身边，陆陆续续地跟她说着对不起。为了表示诚意，他们把酒都喝光了。

乔晚听着他们的道歉，眼睛里带着笑意。

大家道完歉，班长问乔晚：“好了吧？你让他们停下嘛，你男朋友既然过来了，我们大家一起玩嘛。”

乔晚回道："那我还是更喜欢单独和我男朋友玩！"

乔晚说完，池故渊低头看了她一眼。

"不是。"班长一下子变了脸色，说道，"你刚才不是说接受我们的道歉吗？"

乔晚笑起来："我刚才开玩笑的呀！"

"你！"班长怒气填胸。

乔晚耸肩："怎么？只许你们开玩笑，不许我开玩笑啊？"

班长被气得说不出话来了。

合着乔晚刚才是耍他们呢？

她这不是耍流氓吗？

班长不愿再和乔晚说话，转头和池故渊说道："池先生，你看……？"

池故渊吐出一个字："滚！"

班长："……"

池故渊身边的乔晚"扑哧"一声笑了出来。

像小丑一样被乔晚这么耍了一下，大家也都生出了些脾气，但是敢怒不敢言。刚才李侑原本想着多一事不如少一事，随着大家给乔晚道歉敬酒，没想到乔晚油盐不进。

反正乔晚怎么着都不会放过他们，那他索性也不继续忍着了。

"乔晚，你别太过分啊！"李侑目光阴森地说，"靠着男人爬到我们头上，你有什么好得意的？你当心爬得越高摔得越惨！"

说完，李侑看向池故渊继续说道："你知不知道她有个儿子啊？就这样的女人，值得你这样做吗？"

李侑开始还想着和乔晚发展发展，因为钢琴老师收入高，而且乔晚性格软弱好掌控。但是听到她有个儿子后，李侑就对她没兴趣了。

“孩子是我的。”池故渊说道。

李侑：“……”

池故渊说完，不光李侑，连乔晚都回头看向了池故渊。池故渊注视着李侑，问道：“你喜欢乔晚？”

原本愣住的李侑被池故渊这么一问，当即跳脚，像是被热水烫了舌头一样说道：“我喜欢她？你胡说八道什么？她当时追了我三年我都没答应……”

“你现在也没机会答应了。”池故渊说道，“因为你这样的人配不上她。”

池故渊看着李侑，神色平静地继续说：“我这样的人才可以。”

李侑：“……”

乔晚在心里为池故渊激烈鼓掌！

好一个“你这样的人配不上她，我这样的人才可以”，一句话把李侑的骄傲给熄灭了。

池故渊战斗力爆棚，破罐子破摔的李侑像是案板上被刀背压住的鱼，扑腾两下后哑火了。看到李侑的下场，其他同学没人再敢吱声。

与此同时，栾子扬看到了池故渊的铁血态度，加快了赶人的速度，不出五分钟，大厅里的其他人就被赶走了。

大厅里空空荡荡的，只剩下了乔晚和池故渊。池故渊低头看了乔晚一眼，问道："还生气吗？"

乔晚："……"

她怎么可能还生气？她现在快爽死了好吗？想到那群同学离开时的狼狈模样，乔晚高兴得想在大厅里跳舞。

"不生气了。"乔晚说道，想起刚才池故渊的英勇事迹，敬佩地说道，"你也太厉害了！"

要说池故渊报复人，那绝对是有一手的。同学们赶走了乔晚，那他就帮乔晚赶走他们所有人。除此之外，李侑整天拿她以前追了他三年的事来说事儿，还说她有儿子不值钱。池故渊当场认领了她的儿子，并且说现在是李侑配不上她。

杀人诛心哪！

得到乔晚的称赞，池故渊说道："是他们太弱了。"

乔晚笑了起来。

"乔小桥要是知道有你这样的爸爸得高兴死。"

乔晚说完，池故渊回头看了她一眼。察觉池故渊的视线，乔晚解释道："就是刚刚……"

"我知道。"池故渊回道。

乔晚笑了笑。其实在这件事情里，乔晚最感动的还是池故渊说乔小桥是他的儿子。一般男人还挺在意这方面的事儿的，池故渊没有，他真的是个很好的男人。

"你呢？"池故渊问。

"啊？"乔晚愣了一下，看向池故渊。他正垂眸看着她，目光深沉，像是要看透她的想法。

乔晚想着他刚才问的问题，回答道："我要是有你这样的爸爸也高兴死了。"

池故渊眼睫一颤。

"哈哈哈。"乔晚笑了起来，"但是我不可能是你的女儿啊。"

乔晚自顾自地笑着，池故渊没说什么。

乔晚笑完后，继续对池故渊说道："谢谢你今天帮我！我请你吃顿饭吧。"

池故渊说他朋友被校园霸凌，所以想帮她。不管是不是因为他朋友，他都帮了她，这顿饭她是该请的。

乔晚这么说，池故渊也没客气，点头应允："好。"

约了一起吃饭，乔晚问道："那你什么时候有时间？"

池故渊回道："不一定。"

乔晚："……"

也是，像池故渊这种人平时一定很忙。

想到这里，乔晚从包里拿出纸和笔，写了自己的联系方式。她把字条递给池故渊，说道："这是我的联系方式，那你什么时候有时间什么时候联系我吧。"

字条上写着乔晚的名字和她的电话号码，池故渊看着上面的字，应了一声："好。"

池故渊帮她出了气，她定了约他吃饭，两个人差不多也该走了。他们一起离开了聚会的大厅，乔晚离开前看了一眼一片狼藉的大厅，想着今天发生的事情，笑了笑说道："真不知道我当时怎么会被这群人欺负了三年。"

这些同学有一个算一个，欺软怕硬，但乔晚并不是软弱的性格。听李侑他们说高中的时候，她完全是任人宰割，乔晚都觉得奇怪，就算她失忆了，性格应该也不会变化这么大。

池故渊听着她说的话，说道："或许他们不是你的高中同学。"

"啊？"乔晚回过神来，看向池故渊，问道，"什么意思？"

池故渊低头与她对视，半晌后收回了视线："没什么。"

"哦。"

从度假村回来的第二天，乔晚去七音琴行报到。

七音琴行是个很正规的琴行，各部门分工明确，像个大型公司。乔晚刚到前台，行政部门的吕雯接待了她。

吕雯边和她介绍着琴行的情况，边带着她去等候室。乔晚听她说着，等吕雯停下来后，笑着问了一句："是你打电话通知我的吧？"

当时乔晚接到了琴行的电话，说她被录用了。她还问对方自己为什么被录用，行政人员也告诉了她。她觉得吕雯的声音跟电话里的人的声音很像。

听乔晚这么说，吕雯笑起来，说道："你听出来了？"

"对。"乔晚点头，"声音很好听。"

"哈哈，谢谢！"被夸奖声音好听，吕雯开心地道了谢。

一来一回地寒暄过后，两个人也熟络起来。吕雯比乔晚的年纪要大，看上去30岁左右，她让乔晚叫她雯姐。吕雯性格开朗热情，长得也非常漂亮。

两个人聊着，很快到了等候室门口，吕雯推开等候室的门对乔晚说道：“今天还有另外一个老师来报到，我看简历你们以前好像在同一个琴行上课。欧蕙欧老师，你应该认识吧？”

乔晚听着她说这话的工夫，已经进了等候室的门。欧蕙坐在等候室里，听到门口传来说话的声音后，也抬头看了过来。

看到乔晚，欧蕙从座位上站了起来。

对欧蕙能过面试乔晚并不惊讶，杨太太家里是做钢琴生意的，在琴行里必然有门路，塞个钢琴老师进来还是挺容易的。

“是的。”乔晚回道。

欧蕙也听到了两个人刚才在门口的对话，听乔晚这么说，欧蕙笑了笑，说道：“我们以前的钢琴教室挨着。”

“是吗？”吕雯看了乔晚一眼，说道，“那可真是缘分啊，现在你们又可以做同事了。”

“对的。”欧蕙微笑着说。

和吕雯说完后，欧蕙抬头冲乔晚打了个招呼：“乔老师好！”

“你好！”乔晚嘴角一挑，算是回应了这个招呼。

两个老师以前认识，也不需要多做介绍和熟悉了。吕雯对她们两个说道：“那你们聊，我去前台那边接一下家长。”

乔晚和欧蕙今天第一天来上班，并没有学生。一会儿吕雯去接学生和家长，他们会一起来等候室。到时候销售人员会和家长们简单地介绍一下琴行的课程还有老师的履历，由他们自行选择钢琴老师上试听课。

琴行里大致是这个流程，两个老师也基本知道，吕雯没有多做解释，说完后就离开了等候室。

等候室里只剩下了乔晚和欧蕙。两个人坐在相隔不远的位子上，乔晚拿着手机，正看着过会儿上试听课用的琴谱。

“乔老师。”欧蕙叫了一声。

乔晚回头看了欧蕙一眼。

对再次和欧蕙做同事这件事，乔晚觉得还挺戏剧性的。不过经过那次矛盾，两个人已经不可能再亲近起来，但是做了同事，面上的礼貌还是要保持。

是欧蕙主动叫乔晚的，在乔晚回过头来时，欧蕙却胆怯了一下，而后又像是鼓起了勇气，和乔晚说了一句：“很高兴又和你成为同事。”

乔晚听了她的话，半晌没说话，而后耸了耸肩。

看得出乔晚的敷衍态度，欧蕙也有些尴尬，沉默了一下，说道：“我知道我们之间发生了些不愉快的事，我想跟你道个歉。很抱歉我做了那样的事情给你造成了困扰。”

乔晚看着欧蕙，一时间不知道她想干什么。就那天面试的时候，欧蕙还埋怨自己作为她的朋友竟然看不出她喜欢杨柏呢。

“希望你能原谅我。”欧蕙说完后善解人意地继续说，“就算你不原谅，也希望我们在新的琴行能好好相处。”

不管欧蕙的目的为何，她都把姿态放到了最低。乔晚也不是得理不饶人的人，何况她们是同事，确实该好好相处。

“好。”乔晚回道。

欧蕙眼睛一亮，刚要继续说什么，却被乔晚打断了。

“但是成为朋友就不必了。”乔晚说道，“我不想和你做朋友。”

欧蕙跟她道了歉，言辞礼貌客气，对她的态度有了很大的转变。乔晚不知道这是因为什么，不过欧蕙这样，代表她不会再找自己的麻烦，自己也省心了。

乔晚说不会和她做朋友后，欧蕙眼神受伤而落寞。乔晚收回了视线。正在这时，吕雯带着家长和学生来到了等候室。

今天是周日，算是琴行的高峰期，吕雯一共带来了五组家长和学生。除了欧蕙和乔晚，吕雯又叫了另外一个新来的学生不太多的钢琴老师，一起给家长和学生上试听课。

家长和学生到了以后，大家简单地打过招呼后，吕雯叫了销售人员过来，给家长们说了一下琴行的一些课程。说完琴行的课程以后，销售人员就介绍了一下三位钢琴老师的履历。

琴行有着非常严格的等级制度，钢琴老师一共分为三个等级。顶级老师是上精英课程的，第二等级的老师是上中等课程的，第三等级的老师则是上一些基础课程，还包括一些学生的兴趣培养、成人课程等。

乔晚就属于第三等级的钢琴老师。

钢琴老师虽然分了等级，但同一等级的钢琴老师们的履历也参差不齐，这也造成了一定的竞争性。而在这种竞争中，乔晚的竞争力明显不足。

她有足够的经验和实力，可奖项和称号实在太少。听完钢琴老师的介绍后，家长们很快选择了试听课的钢琴老师，毫不意外，乔晚被剩下了。

在这种情况下，任谁被剩下都会尴尬，但乔晚没有。她向来不是被动的性格，在家长们跟钢琴老师离开后，她走到另外三位家长跟前说道：“你们可以先听一下我的试听课。”

乔晚毛遂自荐，勇气可嘉。可勇气归勇气，观念是很难被改变的，其他三位家长对她并不信任。

“我已经看好欧老师了。”一个家长委婉地说道。

“我也有看好的老师了，反正今天我们也没什么事，等一会儿也没什么。”另外一个家长也说道。

“试听课是二十分钟。”乔晚说完，看了一眼等候室里的钢琴，笑了笑，“反正你们在这儿干坐着也是等，上一下我的试听课，过会儿可以再去上其他老师的试听课，做一下对比不是更好？这儿就有钢琴，我可以在这儿给孩子们上课。”

从家长的角度出发，孩子能多上两节试听课，有多种选择无疑是好的，而且就只是在等候室里上一节试听课而已。

想到这里，家长们心动了，有个家长点了点头说道：“可以。”

那个家长带着女儿过来的，小姑娘也就四五岁的样子，长得很可爱，有些腼腆。乔晚蹲下身来和她平视，笑眯眯地问道：“你叫什么名字呀？”

“小蕊。”

“小蕊和老师去钢琴那边好吗？”

小蕊有些胆怯，看了妈妈一眼，妈妈以眼神鼓励后，小蕊点了点头。乔晚拉着她的手，去了等候室的钢琴旁。

到了钢琴旁，乔晚抱着小蕊坐在了琴凳上。她坐在小蕊身边，对小蕊说道：“老师先弹一段曲子给你听听好吗？”

小蕊看着钢琴点点头，乔晚笑了一下，把手指放在了钢琴键上。

乔晚是个长相普通的人，但当她坐在钢琴前，用手指按下琴键的那一刻，她就不再普通。

她的手指修长灵活，随着她的弹奏，音符从她的指尖流泻而出。她与黑色的钢琴似乎融为一体，身上散发出一种她特有的光辉。

乔晚和钢琴的缘分很奇妙，几年前的那场意外，让她忘记了过去的所有事情，但唯独没有忘记弹钢琴的技巧，就像是钢琴连接起了她和这个世界一样。

在钢琴前的乔晚，被赋予了独特的魅力，能让人感受并相信学钢琴所带来的变化和美好样子。

乔晚得到这份工作固然有运气加持，但她的实力是撑得起这份运气的。

在她的手指在琴键上飞舞时，小蕊眼中的光芒也渐渐地变亮，她沉迷在乔晚的演奏中，甚至两只小短腿都打起了拍子。

一曲终了，原本胆怯的小蕊那欢快的小短腿还没有停下来。她将手指放在琴键不远处跃跃欲试，乔晚低头对她笑了笑：“要不要按一下琴键听听钢琴的声音？”

“要。”小蕊开心地把手指放在了琴键上。

乔晚在等候室里上完一节试听课后，剩下的两节试听课都是在她的钢琴教室里上的。

在钢琴教室里上完最后一节试听课，家长和学生都离开了，教室里只剩下乔晚一个人。乔晚从琴凳上起身，打量了一眼钢琴教室。

七音琴行高端大气，钢琴老师们的钢琴教室也被装修得温馨舒适，除钢琴外，还配了一张沙发、一个书架，空间很大，像家里的书房。

环境好、工资高，乔晚对这份工作很满意。

正在她打量教室的时候，她的手机铃声突然响了起来。乔晚拿过手机，看了一眼来电显示后按了接听键。

“喂。”

乔晚下午又上了两节试听课后，她今天的工作就结束了。下午五点半，乔晚准时下班，在离开钢琴教室时，她抬头看到了在走廊不远处站着的杨柏。

杨柏穿着简单的T恤和短裤，皮肤像是比先前更黑了一些，透着些自然健康的生命力。在她看过去时，杨柏也看到了她，抬手冲她挥手，爽朗一笑，露出一口整齐洁白的牙齿。

“嘿，乔晚！”

他刚叫完，欧蕙就从他身边的钢琴教室里走了出来。她原本喜悦的神情因为杨柏叫出乔晚的名字而消失，她看向乔晚，问道：“你下班了？”

“对，家长有事，把试听课提前了。”乔晚说完，冲杨柏笑了笑，说道：“好久不见。”

在她说话的时候，杨柏已经走到了乔晚的身边。听乔晚这么说，杨柏耸肩道：“确实好久不见。最近怎么样？”

“挺好。”乔晚回道。

两个人寒暄了两句后，杨柏对乔晚说道：“对了，我来接欧蕙去吃晚饭，一起去吧？”

听到杨柏对乔晚的邀请，欧蕙抬眼看向了杨柏。

“不了。”乔晚拒绝道，“我今天有约了。”

“真的假的？”杨柏遗憾了一下，又说道，“你不会是为了躲我故意这么说的吧？”

两个人没有继续往下发展，但也是曾经想要发展，在一起吃饭确实有些尴尬。杨柏这么说，乔晚笑起来，说道：“真的，他在地下停车场等我呢。”

乔晚这么说，显然不像是作假，杨柏没再坚持，只道：“好吧，那以后有机会再说。我的车也在地下停车场，我们一起下去吧。”

“好啊。”乔晚应声，两个人一起上了电梯。

在上了电梯后，杨柏才想起欧蕙。他抬手拦住电梯门，对还没进来的欧蕙笑了一下，说道：“小蕙，快进来啊。”

欧蕙看了一眼电梯里的乔晚和杨柏，起身走进了电梯。

电梯下行，很快到了负二层的地下停车场，电梯门打开，三个人从电梯里走了出来。

下了电梯，乔晚刚要打电话问池故渊把车停在了哪里，抬头却发现池故渊就站在电梯门口。看到池故渊，乔晚眼睛一亮，赶紧走过去问道：“你的车停在附近吗？”

池故渊看到他们是三个人一同下来的，在乔晚过来时，他的目光只看向了她，回道：“没有，车子停得比较远，我怕你找不到，过来接一下你。”

池故渊如此体贴，乔晚笑了笑。她回过头去，看到一旁的杨柏和欧蕙还没走远。而这时，池故渊也看向了他们。

既然碰到了一起，乔晚就简单地介绍了一下：“这是我的朋友池先生，我今天就约了他一起吃饭。池先生，这是我的朋友杨柏，这是我的同事欧蕙。”

乔晚简单地做了介绍，杨柏伸手过来，笑着与池故渊打了个招呼。

“你好！”

“你好！”

两个人简单地握了一下手，之后杨柏打量了池故渊一眼，后又看了乔晚一眼，像是在探询他们之间的关系。

“我们该走了。”乔晚对池故渊道。

“好。”池故渊应了一声。

乔晚回头冲杨柏和欧蕙笑了笑，说道：“那再见啦！”

“再见！”杨柏也把注意力从池故渊身上转了回来，冲乔晚笑了笑。

道完别，乔晚和池故渊朝着车子停放的方向走去。

两个人走在一起，身影很快消失。杨柏注视着两个人的背影消失的方向，半晌后才收回目光，对身边的欧蕙说道：“走吧。你想吃什么？”

杨柏朝着自己停车的方向走去，欧蕙看着他的背影没动。

“你不是为了请我吃饭才过来的，是为了约乔晚。”

身后的欧蕙突然开口说了一句，杨柏回头看向她，欧蕙直直地盯着他，脸上看不出什么情绪来。杨柏今天确实是想约乔晚吃饭才过来找欧蕙的，听她这么说，也没否认，笑着说道：“对啊。”

“你怎么知道她在这里？”欧蕙问。

开始杨柏联系她吃饭，欧蕙真以为他是为了她来的，开心了好久。可是在杨柏看到乔晚，表情并不是惊讶而是欣喜时，欧蕙就看透了杨柏的想法。她本想继续骗自己，可是杨柏承认了，欧蕙的心像是被铰碎了一样。

“我的朋友是你们琴行的老板，是我让他录取乔晚的。”杨柏给出了解释。

欧蕙的心彻底碎成了渣。

当时杨太太打电话给琴行经理时，欧蕙就在旁边。经理只给了杨太太个面子答应让她进琴行，却没法阻拦乔晚进来，杨太太说乔晚被后台更硬的人保住了。

这个人竟然是杨柏。

欧蕙刚从学校毕业的时候就想进七音琴行，但是杨太太说她得有点儿经验，然后才能安排她进来，所以她才先去了博朗琴行，认识了乔晚。而她和杨太太说她要去七音琴行的时候，杨柏明明也在。他既然和琴行老板是朋友，为什么不帮她反而帮乔晚？

因为两个人在他心里的位置不同？她只是个邻家小妹，乔晚却是他喜欢的人。

欧蕙心如死灰。

这时候，杨柏也看出欧蕙的情绪有些不对了，问道："怎么了？"

欧蕙看了杨柏一眼，半晌后收回了视线。

"没什么。"欧蕙道。

乔晚跟着池故渊来到了他的车前。他的车子停得确实比较远，池故渊开了车门后，乔晚上车坐在了副驾驶的位子上。

她侧头问驾驶座上的池故渊："我们吃什么？"

上午池故渊只说了晚上一起吃饭，没说吃什么。

池故渊发动车子，道："比萨。"

"其实你不用为了给我省钱选择这么平民的食物。"乔晚说道。

像池故渊这样的人，应该跟牛排、红酒才配。

她说完，池故渊回头看了她一眼："我喜欢吃这个。"

乔晚："好吧。"

"你呢？"池故渊问。

"我一般。"乔晚说道，想起比萨的味道，她皱了皱鼻头，"其实是不太喜欢。我觉得我上辈子一定是个比萨小妹，现在闻到比萨刚出来的味道就不是很喜欢。"

"那我们吃别的。"池故渊改口道。

"不用。"乔晚立刻回绝，"你吃比萨，我随便点一份意面就好。"

"行。"池故渊也没坚持。

第四章

女儿，我们终于找到你了！

两个人说话的工夫，车子已经开到了大路上。前方是红灯，池故渊将车停在了路旁。乔晚侧头看着车窗外的场景，旁边一辆车也停了过来。隔着车窗玻璃，乔晚笑了一声。

“好像是杨先生。”乔晚说道。

他们刚分别，现在又在路上碰到了。不过隔着车窗玻璃，乔晚能看到杨柏，他看着前方的道路，正和欧蕙说着什么，并没有注意这边。

池故渊没说话，前方绿灯亮起，他开车离开了。

“你和杨先生是很好的朋友？”池故渊开着车，车与杨柏的车拉开了距离，他问了乔晚一句。

“不算很好。”乔晚说道，“他是那天在餐厅被我泼水的杨太太的儿子。”

乔晚这么说，池故渊可能会认识得更清楚一些。果然，她说完后，池故渊问道：“你们恋爱过？”

“没有。”乔晚笑道，“不过他确实喜欢我。”

“你呢？”池故渊问道。

没想到池故渊对她的感情状况这么感兴趣，不过两个人刚好有话题聊，她笑了笑说道：“我对他有好感。”

乔晚话音一转又说道：“但是我们不可能在一起。那天你也看到了，杨太太看不上我的家世。”

两个人在一起，门当户对很重要。如果她家世很好，那天杨太太怎么也不会那样羞辱她。

乔晚说得清醒理智，池故渊看了她一眼。

“如果你家世很好呢？”

她和杨柏不在一起就是因为她家世不好，若是她家世好，她会选择和杨柏在一起吗？

“要是我家世好，那我就看不上他的家世。”乔晚说道，“家世好我的选择就多了，选择多了我当然要选择最优的对象。”

说完，乔晚看向池故渊，笑道：“比如你。”

池故渊正开着车，听了她的话，侧头看了过来。乔晚连忙回神，说道：“看路！看路！”

池故渊回过头去，乔晚哈哈大笑起来。

在乔晚接触过的男人里，池故渊真的是最优的选择了，优雅沉稳，低调多金，不光外形迷人，也很有人格魅力。

当然乔晚这么说是开玩笑的，她家世就是那样，母亲温柔，父亲无赖，怎么拼也拼不出个好家世来。

池故渊这么说也是假设，假设就是不存在的。

池故渊花了六位数的金额包下一个大厅帮她出气，乔晚用一百块钱买了一个比萨还了人情。吃完晚饭，池故渊还开车送她回了家。

两个人一顿饭吃了一个小时，回家时刚好八点。池故渊将车停在了她家小区的楼前，乔晚下车，刚好碰到了跳完广场舞回来的胡玫和乔小桥。

“妈妈。”

乔晚还没和池故渊道别，乔小桥就叫了一声。乔晚回头，乔小桥已经跑了过来。乔晚笑着把乔小桥抱在了怀里。

乔小桥跑近以后，也看清了车前的男人就是那天蹭了他们一杯奶茶的叔叔。他看向池故渊，叫了一声：“叔叔好！”

“你好！”池故渊应了一声。

在乔小桥过来时，胡玫站在远处，没有过来。乔晚看向胡玫的方向，给池故渊介绍了一下：“那是我妈，刚跳广场舞回来。”

池故渊抬头看了一眼远处的胡玫。

胡玫今年四十几岁，是个很普通的中年女人，身形瘦削，穿着平凡。她看上去比实际年龄要大得多，可见很操劳。察觉池故渊的视线，被人这样看，胡玫变得有些不自在。

池故渊收回了目光。

“代我向阿姨问好。”池故渊说道。

看出母亲的不自然，乔晚笑着点头说道：“好，那我已经到家了，就不邀请你上去坐坐了。再见！”

乔晚这么说，池故渊点点头，看了一眼乔小桥，又看向乔晚：“谢谢你今晚请我吃饭！”

乔晚笑了笑。

池故渊说罢，打开车门上了车。乔晚目送着他的车子离开，抱着乔小桥小跑着到了母亲身边。

“妈，跳完了？”乔晚笑着问道。

“嗯。”胡玫笑着应了一声，同时对乔小桥说道，“小桥下来，妈妈上了一天班很累。”

乔小桥听话地下去，乔晚笑道：“不累，我们回家吧。”

不抱着乔小桥后，一家三口手牵着手朝着家的方向走去。夜晚空气中带着潮湿的热气，胡玫低头走着，身边的乔晚在问乔小桥今天在幼儿园的表现。

“他是你的朋友吗？”胡玫问乔晚。

“算是吧。”乔晚说道，“他帮了我一个忙，我今天请他吃饭来着。”

“帮什么忙了？”乔小桥问道。

乔晚：“……”

乔晚没告诉母亲和乔小桥在同学聚会上发生的事情，怕两个人跟着她一块儿糟心，于是笑着说道：“就是很平常的忙，不太好说。”

“他好像家境不错的样子？”胡玫又说。

乔晚看了母亲一眼。她已经 23 岁，还有一个儿子，对她和异性交往的事，母亲很少会过问和插手。

“是的。”乔晚回道。

胡玫看了乔晚一眼，眼神中带着担心。她不知道乔晚和那个男人是什么情况，只道：“我只希望你能平平安安，找个人好好爱你，一起过一生。如果男方家世太好，我们不要高攀。”

胡玫是个很平凡的女人，对女儿有最平凡朴素的愿望。无论如何，她希望自己的女儿不受委屈。

乔晚听着母亲说的话，想起乔小桥说过不太喜欢池故渊。有可能他们都能看出她和池故渊的差距，所以在旁敲侧击地提醒她。

而对她和池故渊之间的差距，乔晚本人是最为清醒的了。所以不管池故渊出手帮她挡杨太太泼来的水，还是帮她在同学聚会上出气，她对池故渊的感情始终保持着清醒和克制。

她和池故渊虽然接触过这么多次，勉强算是朋友，但是这次吃过晚饭后，两个人以后大概率不会有什么接触了。

“我知道。”乔晚回道。

听了女儿的话后，胡玫放下心来，笑了笑。

被七音琴行录用之后，乔晚的生活也重新回到了正轨上。

有了几节试听课，她手下的学生渐渐地多了起来，课程排得不满，但工作量刚刚好。

乔晚性格开朗，在琴行里也认识了不少新同事。倒是她和欧蕙的关系，在那天杨柏过来约她吃饭后急转直下。

但这只是欧蕙单方面的态度，乔晚还是和她保持了面上的友好状态。毕竟如果两个钢琴老师之间有太明显的矛盾，那琴行很有可能会开除其中一个，用来维护琴行老师们之间的稳定关系。

欧蕙虽然待她冷淡，但若没有什么出格的行为，乔晚也不想跟她一般见识。然而随着这样的冷淡对待的堆积，迟早也会产生一些不好的影响。

上午上完两节课后，乔晚去了一趟茶水间。茶水间里，吕雯正在泡茶，看到乔晚过来，笑着跟她打了招呼："乔老师。"

"雯姐。"乔晚笑着回了一声，过去接了杯水。

"今天又有家长点名夸你了，说你课上得好，能力强，待孩子也热心。"吕雯是行政部的，除了安排老师们的课程，还会处理一些家长的投诉和建议。在乔晚这边，她没收到过投诉和建议，倒是一直受到夸奖。

"说起来，一开始你来的时候，我还担心你呢。"吕雯说道。

乔晚笑道："担心我砸了琴行的招牌啊？"

"不是，担心你会接到家长的投诉。"吕雯换了个委婉的说法。

也是，在吕雯这里，乔晚是靠后台进来的。她的履历实在不太够看，原本家长选择试听课就很慎重，要是乔晚能力不足，那家长们很可能会觉得七音琴行也不过如此。

吕雯是行政人员，有这样的担心很正常。

乔晚笑起来，说道："还好没有。"

吕雯看着乔晚，越和乔晚接触越喜欢这个女人。乔晚并不是个外形很出色的女人，但是身上带着一股韧劲，开朗直接，很有个人魅力。

两个人在茶水间里闲聊，不一会儿，另外一个人走了进来。

吕雯喝着茶，看到来人后叫了一声：“哎，欧老师。”

乔晚抬头，就见欧蕙走了进来。

欧蕙听到吕雯叫她，朝着吕雯笑了笑，叫了一声：“雯姐。”

说话的工夫，欧蕙走到吕雯身边，和她说道：“刚才在外面就闻到你身上的香味了。”

吕雯被夸赞后，笑道：“哪有？”

“很好闻。”欧蕙笑着说着，看了一眼吕雯手上的茶杯，“这套四叶草茶杯，还有餐盘吧？”

没想到欧蕙竟然认识，吕雯惊喜地点头道：“对啊，你竟然知道！”

“我小姨买包配货的时候买了一套送给我。”欧蕙问道，“你喜欢喝茶？”

“是呀！”吕雯说道。

“我家有英国红茶，泡出来的颜色和这个茶杯特别配，等明天我给你带点儿来吧。”欧蕙说道。

她这么一说，吕雯眼带笑意地说：“这怎么好意思？”

“这有什么？”欧蕙笑起来。

在她们说话的工夫，欧蕙已经打完水，然后对吕雯说道：“雯姐，我过会儿还有试听课，先走了。”

“啊。”欧蕙进来说了这么一大通话，打了水就要走。吕雯看了一眼身边的乔晚后尴尬地点了点头，“好　　好啊。”

吕雯说完，欧蕙就走了。

欧蕙进来打水，和吕雯寒暄，动作一气呵成。乔晚就站在吕雯身边，全程被欧蕙无视了。欧蕙走后，吕雯有些尴尬地看了看身边的乔晚，乔晚的神情没什么变化。

“你们关系不好吗？”吕雯问。

吕雯记得乔晚和欧蕙以前是在同一家琴行的，两个人还是同一天来的。当初来时，欧蕙还说她们以前的钢琴教室挨着，语气挺热络的。可是自从那天之后，欧蕙对乔晚就显而易见地冷淡，把乔晚当透明人，有些冷暴力对待的意思了。

对此乔晚倒没什么表现，好像挺习惯被这样对待。听了吕雯的话后，乔晚笑了笑说：“也不算不好，就是普通同事吧。”

“普通同事也不会这么无视你吧？她和其他钢琴老师的关系都挺好的啊。”吕雯说完，问道，“你们是不是有什么矛盾啊？我们琴行是很注意钢琴老师之间的关系的。你看你要是和欧老师有什么矛盾，要不要我和你们俩一块儿谈谈？”

“我们没矛盾。”乔晚说完，对吕雯笑了笑，“不过我会去找她聊聊的，问问她到底是怎么回事。”

“那挺好的，你们好好聊聊，说开就好了。”吕雯说道。

乔晚点头，笑道：“好。”

乔晚离开茶水间，朝着自己的钢琴教室走去，路上听到了两个女人的说话声。欧蕙笑着和她旁边钢琴教室的老师聊着什么，在乔晚离开时欧蕙脸上的笑容还没收起来。

欧蕙从隔壁钢琴老师的教室里离开，在朝着自己的钢琴教室走去的时候，看到了迎面走来的乔晚。在看到乔晚的刹那，欧蕙收起表情，目光漠然，转身打开了自己的钢琴教室门。

她刚打开教室门，只觉得一股大力一下子把她推进了钢琴教室里。欧蕙想要反抗，回过身来时，钢琴教室的门已被关上，她的身体被乔晚压制在了钢琴教室的墙上。

“乔晚，你干什么？”欧蕙被压制住，白皙的脸已经红透了，狠狠地盯着她，说道。

“我还没问你干什么呢。”乔晚问道，“你这是什么意思？”

欧蕙知道乔晚是说刚才在茶水间里的事情，欧蕙被乔晚压制着，挣扎了两下，说道：“什么什么意思？我不想跟你打招呼都不行吗？”

“行是行，但是在别人面前你最好给我保持礼貌，别让琴行的人认为我们之间关系不好。”乔晚说道。

“我们本来关系就不好。”欧蕙冷冷地说道，“是你自己说不想跟我这样的人做朋友。”

“那你一开始还跟我道歉，说要跟我好好相处？”乔晚觉得匪夷所思。

“那是因为我以为你有背景，但是后来才知道，你根本没什么背景，那我也就不需要忌惮你了。”欧蕙直白地说道。

乔晚眼眸一抬。

欧蕙盯着她：“你是杨柏帮忙弄进来的。乔晚你真恶心，不喜欢杨柏，还利用他的关系得到工作。”

在这个时候，乔晚算是明白欧蕙对她的态度转变的原因了。那天杨柏过来找欧蕙吃饭，八成告诉了她乔晚是他托关系弄进琴行的事情。知道乔晚的后台是杨柏后，欧蕙也就不必忌惮乔晚了。而且因为杨柏对乔晚的帮忙，欧蕙更是妒火攻心，所以才冷落乔晚。

“这份工作是我应得的。”乔晚看着欧蕙说道，“我的工作是因为他弄丢的。”

“你被弄丢的是博朗琴行的工作，不是七音琴行的工作。”欧蕙冷冷地盯着乔晚，“你根本就配不上七音琴行……啊！”

乔晚的手肘在欧蕙的锁骨上压了一下。

她的力道很大，欧蕙的锁骨被她的手臂硌得生疼，欧蕙当即痛得叫出了声。

乔晚看着她发红的眼睛，表情也变得冰冷：“配不配不是你说了算的。你最好给我保持礼貌，露出微笑，别让别人看出我们俩有矛盾。我需要这份工作养家、养儿子，要是因为你让我丢了工作，我不会放过你。”

乔晚放着狠话，欧蕙也疼得越发厉害，眼泪大滴大滴地落下，鱼死网破一般冲着乔晚吼道：“我就是要让别人知道我们有矛盾！就是要让琴行辞退你，让你没工作……”

“你怎么知道琴行知道我们有矛盾辞退的会是我？”乔晚问，“当初参加面试见到我以后，你告诉杨太太了吧？”

正在哭的欧蕙表情微变。

乔晚看着她的表情说：“杨太太知道我进了面试，肯定会找关系让他们不要录用我。结果呢？结果我还是被录用了。”

“这说明什么？说明杨柏的关系比杨太太的关系硬。”乔晚继

续说道，“到时候你跟我闹，让琴行知道我们俩之间有矛盾，琴行必须辞退一个人。你说琴行是辞退关系硬的我，还是辞退你？”

欧蕙的眼睛里充满了恐慌。

看着她的表情变化，乔晚也松开了对她的压制，直起身体，冷淡地看着她：“好好工作，不要再搞这些乱七八糟的事情。”

说完，乔晚打开门离开了欧蕙的钢琴教室。

和欧蕙谈完以后，乔晚回到了自己的钢琴教室。

虽然和欧蕙那么说，但乔晚也要更加努力认真地工作了。她今天的话暂时压制住了欧蕙，但不知道能压制多久。

她是靠杨柏的关系进来的，而关系是最不牢靠的，既能让她进来，也能让她被辞退。她现在能靠的只有自己。

乔晚有能力，也会好好工作，让自己对琴行的价值超过杨柏的关系。这样万一以后欧蕙真跟她鱼死网破，琴行为了息事宁人必须赶走一个钢琴老师，她希望自己能靠实力留下。

她需要这份工作，需要养乔小桥和母亲。她没背景，只能靠自己。

和欧蕙聊过之后，乔晚去向吕雯反馈了一下结果。她没说过程，只说欧蕙是心情不好。欧蕙的几个学生因为喜欢乔晚被转到了乔晚手里，所以欧蕙对乔晚有些不满也正常。吕雯相信了这个说法，就没再管这事。

反馈完后，乔晚回了自己的钢琴教室继续上课，这一上就到了晚上八点。

琴行在暑假的课程最晚也就是上到八点多，乔晚下课的时候，琴行里的人已经走得差不多了。她离开琴行，上了下行的电梯。

现在这个时间，大厦里基本已经没什么人了，电梯里也只有乔晚一个。电梯下行了一层后，停了下来，门一开，外面有个女人抱着一堆资料走了进来。

“去几楼？”乔晚看她抱着东西不方便，问了一句。

“负二层。”女人对乔晚说道，“谢谢！”

女人手上全是资料，穿着宽松的长裙，小腹隆起，是个孕妇。

乔晚按了负二层的按钮，电梯门关上后开始平缓下行。电梯里的两个人都没说话，女人的手机铃声响起，格外清晰。

听到手机铃声，女人伸手去拿手机。而她的手一离开，手上的资料一下子掉到了地上。

“哎。”女人惊叫一声，也不管手机了，赶紧蹲下去捡资料。可是她怀有身孕，蹲下并不方便。在她努力下蹲的时候，乔晚已经蹲下去，帮她把资料全都捡起来了。

“喏。”乔晚把资料整理好，笑着递给了女人。

女人接过乔晚递过来的资料，连声道谢：“谢谢！谢谢！”

“不客气。”乔晚回道。

乔晚帮了忙以后，两个人也没那么生分了。女人抱着资料，对乔晚说道：“怀孕了好不方便。”

“是有些。”乔晚点头，看了一眼女人的小腹说，“不过你这肚子都很大了，不请产假吗？”

“才五个月呢。”女人说道，“要过两个月再请。”

她说完，乔晚惊讶了一下：“五个月肚子这么大？”

“对呀！”女人笑起来，摸了摸孕肚，对乔晚说道，“你没怀过孕，不知道吧？”

听她这么说，乔晚有些不好意思：“我已经生过了，有个 4 岁的儿子。”

“哎呀，真的？”女人惊呼了一声，上下打量着乔晚说，“你完全看不出生过孩子的样子，保持得真好。”

不光她这么说，基本上见过她的人都这么说。被人夸赞，乔晚笑着说了声“谢谢”。

这时，电梯到了一层，乔晚和女人道别后下了电梯。

离开电梯，乔晚走出了大厦。

中央大厦前面是个小广场，现在这个时间，广场上有不少来往的人。乔晚出了大厦后，去了大厦一楼的面包房。面包房的面包过了八点打八折，乔晚买了两个，当她和乔小桥明天的早饭。

买完面包后，乔晚朝着地铁站的方向走去。

中央大厦附近就有地铁站，在马路对面，她需要穿过一条马路。乔晚走过大厦的小广场，来到了斑马线前等待着绿灯。

她抬头听着红灯发出的“嘀嘀”声，正在这时，不远处一辆黑色的劳斯莱斯朝着她驶了过来。

这种豪车跟她这种普通人一般没什么关系，乔晚并没有在意，直到车上走下一对贵气十足的夫妇。他们走到她面前，一把握住她的手，激动地说道：“女儿，我们终于找到你了！”

乔晚被吓得刚买的面包都掉了。

马路上不太方便说话，乔晚和那对夫妇去了大厦一楼的咖啡厅。坐在卡座上，乔晚看着对面情绪还没平复下来的夫妇，小心翼翼地问道："叔叔、阿姨，你们是不是认错人了？"

"没有。"女人更加激动了，像是怕错过乔晚，伸手就要去抓乔晚。乔晚下意识地躲避，旁边的男人也拉住了妻子。

"自己的女儿我们还是认得出来的。"男人握住妻子的手，还算镇定，但看着乔晚的眼睛里也满是掩饰不住的慈爱之情。

"你是不认识我们了吗？"女人神情痛苦地问道。

乔晚打量着对面的夫妻，点了点头，但是没有说她失忆的事情，问："你们的女儿失踪了？"

"是的，四年前的冬天在加拿大失踪的。"此时女人已经平复了情绪，看见乔晚眼神里的陌生之意，发现她确实忘记了他们，现在只能一点儿一点儿地让她相信他们的身份。

听到他们说加拿大，乔晚摇了摇头："我没有去过加拿大。"

"你从小在加拿大长大，会弹钢琴，爱吃糖，不喜欢吃比萨。因为从你15岁开始，你寒暑假就一直在比萨店里打工。"女人说道。

乔晚抬眼看着她，她看上去四十几岁的年纪，但其实应该比四十几岁要大，眼角被岁月侵蚀的痕迹并不是那么好被掩盖的。

乔晚打量着她，空白的脑海里却没有一点关于她的记忆。

女人确实了解她的很多习惯，但是但凡熟悉她的人都会知道这些，这也并不能作为她是他们的女儿的凭据。

似乎看出了她的怀疑，女人打开自己的包，从里面拿了一个小布包出来，打开布包，里面是各种照片。

“这是你从小到大的一些照片，因为来得匆忙，我也没拿几张。你看看，是不是你？”女人说着，把照片推到了乔晚面前。

乔晚低头看向了照片。

小布包不大，里面包着的照片有六张，按照时间顺序叠放在一起。照片已经有些年头了，但是被保存得很好，只是照片边缘有些褪色，看得出被拿出来一遍又一遍地看过。

照片能带给人很强烈的共鸣感，因为它们是定格的记忆。

在乔晚看到那六张照片时，那照片里的人、照片里的背景，像是一股电流，轻轻地窜过她的身体和头脑。

乔晚的头像是被针线穿过，疼了一下。

这个时候，她脸上的警惕疏离之色才慢慢地消失了一些。乔晚伸出手，把照片拿在手里，死死地盯着照片，一动未动。

“这都是你的独照。”男人给她介绍着，“你出生的时候、上幼儿园的时候、上小学的时候，还有初中时和高中时你外出游玩的照片，你还能记得吗？”

乔晚抬头看向男人，眼中没什么情绪起伏。男人也怕刺激到她，不敢再说什么激进的话，于是打开钱包把里面的一张合照拿出来递给乔晚。

乔晚接过照片，合照里，乔晚抱着鲜花，她身后站着此时正坐在对面的男人和女人。

“这张照片就只有一张。”男人把目光落在照片上，说道，“上次我的钱包不小心掉进水里了，所以照片有些模糊了。你要是不信，我让家里的管家马上送一些别的合照过来。只是照片都在国外，可能要明天才能被送过来。”

乔晚拿着那张合照，眼神也变得有些鲜活起来。

“我现在有一个家。”乔晚把照片放在桌子上，说完这话后，抬眼看着对面自称她父母的夫妇继续说道，“我家里有一本相册，也有我出生时、上幼儿园时、上初中时、上高中时的照片，有很多，包括我和我父母、我和我刚出生的儿子，还有我从小学到高中的毕业照。”

“那不可能。”乔晚说完，女人惊疑地说道。

乔晚笃定地说：“有的，照片就在我家，我可以拿来给你们看。”

乔晚因车祸失忆，母亲就拿着相册一遍又一遍地给她讲过去的事情，希望她能找回记忆，但是收效甚微。

不得不说，这对夫妇拿过来的照片里的女孩和她长得确实很像，甚至可以说是一模一样，只有在小时候有些差别，到了高中时和大学时就基本上差不多了。

世界上有很多长相相似的人，他们可能是认错人了。想到他们已经找了女儿很久，好不容易找到了一个长相相似的女人，他们满怀希望地过来，最终却发现认错人了，这种失望和绝望可想而知，乔晚感到很遗憾。

“抱歉，我……”乔晚虽然很想帮助他们，但是除了这张脸好像确实没什么可以帮忙的。她道了歉就准备离开，但是对方显然并不打算放弃。

“做 DNA 检测。”男人说道。

乔晚抬头看了男人一眼，男人转头对女人说：“茹麟，不要放弃，我们可以做 DNA 检测。”

女人听到丈夫这么说，像是突然想到了什么，激动地说道：“对……对，DNA 检测。”

她说着，抬手放到了后颈上，摸索了一会儿后，从后颈处扯下一根自己的毛发。她拿出毛发后，用原来包照片的布包包好，递给了乔晚。

在已定的事实面前，乔晚觉得这么做没什么意义。但是对对面的夫妇而言，这是绝境中的一丝希望，可是到最后结果出来，很可能对他们是更大的打击。

“我觉得……”乔晚刚要开口，对面的男人对她说道：“我怕如果我们去做检测，你可能不相信结果，所以你拿着，亲自去做。”

夫妇俩目光殷切而期盼地看着乔晚，而且为了防止她疑心，已经贴心至此。乔晚若是再拒绝，就有些不近人情了。

她看着女人手上包着头发的布包，犹豫了一下，接了过来。

“好。”乔晚答应了。

对面的夫妇像是重新获得了希望，眼睛都变得明亮起来。

乔晚看着他们，说道：“你们留个地址给我吧，到时候检测结果出来，我让检测机构也给你们寄一份报告。”

乔晚这么做其实是不想亲眼看到他们失望。

“好。”女人连忙答应，又从包里拿了一张银行卡出来，放在了乔晚的手里，“检测的钱从这里面出，密码是卡号后六位。”

乔晚拒绝道：“不用……”

“我知道你还是不相信我们，答应我们做检测也是为了我们。”女人握住乔晚的手，眼中带着慈爱之色，说道：“这里面有一些钱。如果你不是我们的女儿，那这些钱就用来报答你的善心。”

女人的手掌细腻而干燥，乔晚被这样轻轻地握着，手竟然再没有什么动作。

“好。”乔晚接过了银行卡。

现在双方无论说什么，对方都不会信，只有等检测结果出来，才能让一方死心。乔晚从座位上起身，说道：“那我先走了。”

乔晚说着，对夫妇二人鞠了一躬，而后拿着头发和银行卡离开了卡座。在她离开卡座的时候，女人突然叫了她一声。

“林沅。”

乔晚下意识地回头，女人看着她笑着说：“其实你也觉得现在的生活不对，是吗？比如，现在的你和曾经的你，性格、喜好、审美，不一样对吗？”

乔晚转身离开了咖啡厅。

乔晚失神地上了回家的地铁。

地铁到达后，乔晚沿着马路回到了家。她在咖啡厅里耽搁了一些时间，到家时已经九点多了，乔小桥已经睡了，母亲依旧在客厅里等她。

乔晚进门，母亲从客厅过来到玄关迎接她，看到她后，眼睛里浮现一丝笑意。

“不是八点就下班了吗？”母亲说着接过她手上的背包放在了

门口的柜子上，“刚好，我给你煲了枸杞红枣羹。你上次来月经时痛经了吧，喝了会好些。”

乔晚痛经很严重，但是这些年在母亲的调理下已经好了很多。她当时疼得死去活来，是母亲去乡下的山上给她摘天麻煮的红糖鸡蛋。还有一次她感冒嗓子一直不好，母亲听说石花能治这毛病，就跑去乡下的悬崖上给她采石花。当时下雨崖壁很滑，母亲还摔了一跤。但是回来后，母亲不顾自己疼先给她把石花做了，她吃了就好了。

只有亲生母亲才能做到这个地步对吗？

“怎么了？”

胡玫和乔晚说着话，但是乔晚今天有些心不在焉的。胡玫关切地看着她，乔晚低头看了母亲一眼。

见乔晚看过来，神色有些不对，胡玫眼里出现担忧之色，问道：“怎么了？是不是工作不顺心？有人欺负你了？”

胡玫紧张地问着乔晚，乔晚看着她，半晌后笑了笑，说道：“没，我有点儿饿了，给我再卧个鸡蛋吧！”

女儿的脸上浮现笑容，胡玫的紧张情绪也松懈下来。她点了点头，说道：“好，小桥都没有你这么贪吃。”

说着，胡玫笑盈盈地去了厨房。

乔晚喝了汤，身体热乎了些。她去洗了澡，上床抱住香香软软的乔小桥，心里也重新热乎起来。

被妈妈抱住后，乔小桥迷迷糊糊地也醒了，转过身来将头埋在了乔晚的怀里。

“妈妈，我爱你！”

乔小桥每日的例行告白让乔晚嘴角疯狂上扬。乔晚抱住乔小桥的手臂收紧：“为什么这么爱妈妈呀？”

乔小桥：“因为你是我妈妈呀！”

乔晚低头：“那我要不是你妈妈呢？你还爱我吗？”

乔小桥想了想说：“不知道。”

得到答案，乔晚大为震惊：“嗯？不知道？”

乔小桥点头：“因为你不是我妈妈的话，你也不会爱我啊。”

小孩子的逻辑总是这么让人出其不意，乔晚愣了一下，说道：“怎么会？”

“娇娇的爸爸给她新找的妈妈就不爱她。”乔小桥说，“娇娇明明那么可爱。”

乔小桥这么一说，乔晚也明白了他的逻辑。在小孩子的心里，如果没有血缘关系，就算你表现出爱，他们也不会相信。

想到这里，乔晚低头亲了亲儿子的额头，说道：“妈妈忘记了爸爸，让你没有了爸爸，你会怪妈妈吗？”

乔晚为乔小桥付出了所有，但唯一做不到的就是让他父母双全，因为这件事情，乔晚对乔小桥一直很愧疚。

乔晚正在伤感，乔小桥突然抬起头来，说：“有爸爸不一定好。我看到隔壁苗苗班的晨晨的爸爸偷偷地和晨晨的老师拉手了。”

乔晚：“……”

这都是什么爸爸？

乔小桥说完，又补充了一句：“男人没一个好东西！”

乔晚："……"

孩子，你为何如此清醒？

关于爸爸的讨论告一段落，乔晚没再继续这个话题。刚才乔小桥那一番安慰的话着实管用，乔晚心里又暖烘烘的了。她抱着儿子，对儿子说道："那你是爱妈妈，并且只爱妈妈咯？"

"当然。"乔小桥回道。

"哎呀，我的乖儿子。"乔晚嘿嘿笑着，抱着乔小桥猛亲了起来。

乔晚带着毛发样本去了DNA亲子鉴定中心。

一般来说，个人的亲子鉴定流程还是很简单的，只需要提交样本，填个表格，等结果出来后，鉴定中心会把结果邮寄给个人。

乔晚到了以后，先提交了样本，然后做了登记。

"地址是这个吗？"工作人员接到登记表后确认了一下。

"是的。"乔晚点头。

"好。"工作人员说完，盖章后把收据给了乔晚，"结束了。"

做完这些事后，乔晚离开了鉴定中心。

亲子鉴定的费用没多少钱，乔晚缴费时用的是女人给她的那张卡，但是剩下的钱她不打算留下，出了鉴定中心后，她把卡寄去了女人留下的地址。

她在鉴定中心留的也是他们的地址，没有留自己的。她已经知道结果，不需要再靠着一张鉴定报告来确认她是谁。

做完这一切后，乔晚搭乘地铁去了琴行。

第五章

相　亲

上次乔晚警告了欧蕙后，欧蕙终于恢复正常。在只有两个人的时候，欧蕙依旧对乔晚冷脸，但最起码有第三个人在场时，她能保持基本的礼貌。

这样也就足够了，乔晚不想和欧蕙有什么冲突，就想好好工作挣钱，养家、养乔小桥。

但是这样风平浪静的日子总是短暂的，不过两个星期，刺激欧蕙的人又出现了。

乔晚刚上完一节钢琴课，接下来会有三十分钟的休息时间。她去茶水间接了水，刚要休息一会儿，门被敲了两下。乔晚说了声“进”，门外的人推门走了进来。

杨柏走进钢琴教室，抬手冲乔晚挥了挥：“嘿。”

乔晚看到杨柏，眉头挑了挑，笑了笑，问道：“又来找欧老师吃饭？”

杨柏上次来找欧蕙一起吃饭，还邀请过乔晚，不过那次乔晚和池故渊约了吃比萨，就没答应。

“我是来约你的。”杨柏也没隐瞒自己的意图。

乔晚：“……”

上次他还拿欧蕙做幌子，这次索性直接不装了。乔晚点了点头，看着杨柏赞叹道：“你还真是……持之以恒！”

持之以恒是褒义词，但这话听起来实在不像是褒奖，但杨柏不在意，看着乔晚，眼睛里全是喜欢之意。

“我不想放弃。”杨柏说道。

“可是我们不可能了。”乔晚拒绝道。

杨柏听乔晚说得这么斩钉截铁，想起上次的那个男人，问道：“你有男朋友了？”

“你觉得我像是有男朋友了？”乔晚笑。

杨柏道：“那个池先生……”

上次的事以后，杨柏消停了一段时间，原来是误会了她和池故渊的关系。在这种时候，乔晚如果承认有男朋友，那杨柏肯定会放弃继续追求她；可是她要是承认，那对池故渊也会造成一定的影响。

“我们俩只是朋友，现在都没联系了。”乔晚如实说道，“我和他更不可能在一起。我和他的差距，比和你的差距都大。”

乔晚提到差距，杨柏灵敏地捕捉到重点，上次那件尴尬的事发生之后，他们一直没有聊过这个问题。杨柏听了乔晚的话，说道：“我妈和你说什么了？说我们差距太大？”

"差不多。"乔晚点头。

杨柏了解地泄了口气，眉眼间全是无奈之色："我妈就这样，倒是能看上家世好的人，但人家家世好的人也看不上我啊！"

乔晚惊讶了一下："还有看不上你的家世的人？"

乔晚刚说完，外面的门突然被敲了一下："乔老师，你的快递。"

吕雯说话的工夫已经走了进来，看到杨柏，笑了笑："有朋友啊？"

"嘿。"杨柏落落大方地笑了笑。

这种男人向来招女人喜欢，而看到杨柏，吕雯就意会地看了乔晚一眼。乔晚看出她误会了，只说道："他也是欧老师的朋友。什么快递啊？"

乔晚这么一解释，吕雯眼里的暧昧之色直接消失。吕雯可惜了一下，而后把手上的文件递给了乔晚："不知道，应该是文件。"

"谢啦！"乔晚接过快递道谢，吕雯说了声"不客气"后离开了钢琴教室。

吕雯离开后，乔晚看了一眼文件上面的寄件地址，然后打开了文件。而在文件里面，还套了一个文件，上面贴着快递发票，看封口处也没有被开启的迹象。

乔晚翻过来，看了一眼那个文件的寄件地址。

杨柏正和乔晚聊天，被吕雯打断了一下，在吕雯走后，继续和乔晚聊起来："当然有比我家世好的人，人外有人，天外有天哪！"

他径自说着，乔晚却没有说话。她看着手上拆开的文件，拿着文件的手指像是在轻轻地颤抖。

“怎么了？”杨柏问完，乔晚已经起身离开了钢琴教室。

乔晚径直朝着琴行的门口走去。前台那里，吕雯正在接待一对家长和学生，见到乔晚过来，说道：“哎，乔老师，刚好，这边有个学生想上试听课……”

“我请假。”乔晚说道。

乔晚说完，没等吕雯再说什么，身影已经消失在琴行门口。吕雯看着乔晚离开的背影，有些莫名其妙。她很快回过神来，对身边的家长说道：“抱歉啊，钢琴老师好像有些私事，我另外再安排一位钢琴老师给您上试听课。”

乔晚离开琴行，径直走上了电梯，电梯内空无一人。

当电梯下行到 14 楼时，停了下来，电梯门打开，电梯外的一个女人走了进来。

女人手上还抱着资料，她看到电梯里站着的乔晚，惊喜了一下：“哎，是你。”

乔晚听到女人的声音，抬头看了对方一眼。女人是长发，穿着黑色的棉麻长裙，腹部隆起，是那天乔晚帮忙捡资料的那个孕妇。

见对方打招呼，乔晚礼貌地点了点头：“你好……”

在说完后，乔晚的表情骤然僵住了。

女人看着表情突然僵住的乔晚，完全不知道发生了什么事情，站在一旁，疑惑地观察着乔晚："你怎么了……"

女人还没问完，站在电梯另外一边的乔晚像是身体失去了支撑，痛苦地蹲在了地上。

乔晚手里拿着的是，DNA 检测中心的检测结果报告，是那个叫茹麟的女人寄来的。对方怕她以为他们作假，所以寄给她的资料都没有被拆开过，以确保信息为真。

资料上显示：她和茹麟有 99.9% 的血缘关系，是亲生母女。

她们是母女，那她和现在的母亲是什么关系？

从她有记忆起，乔小桥就是她的儿子。在她失忆前，乔小桥就已经出生了。如果她现在的母亲不是她的母亲，那乔小桥是她的孩子吗？

是吗？！

乔晚回了家。

家里空无一人，乔小桥在上幼儿园，原本母亲应该在家的。乔晚站在客厅里看了一会儿周围后，去了附近的超市。

乔晚一家人住的地方是个很繁华的社区，有个小型超市。超市旁边是一些小吃店和小吃摊，下午两点，小吃摊没什么人光顾。小贩站在烈日下，正在整理食材。

乔晚一眼就看到了戴着卫生帽正在煎里脊肉的母亲。

她和乔晚一样，是个很普通的女人，当时乔晚相信她是自己的母亲，也是因为两个人长相有相似的地方。她的皮肤也很白，五官很平凡，随着年龄增长，有白发，有皱纹，只是眼睛里始终带着对生活的期待，平凡而坚韧。

在这四年的时间里，她一心为乔晚，甚至不惜随着乔晚离开了生活了几十年的家乡，来到人生地不熟的A市照顾乔晚，照顾乔小桥。

乔晚从没有怀疑过自己的身份，也从没有怀疑过她，但是她其实不是自己的母亲。

她知道吗?

胡玫手上的里脊肉被煎得差不多了，她抬头时一眼看到了乔晚。乔晚也在看她，却没有过来，而且神情平淡。胡玫心下一慌，连忙把里脊肉弄下来，走到了女儿面前。

“我是在家里觉得太闲了，就想着出来工作锻炼一下的。”

他们来A市以后，女儿一直觉得对他们有责任，肩负起了养家的重担。可是母亲看在眼里，疼在心里，始终想替她分担。以前乔小桥太小了，母亲要照顾他离不开。现在乔小桥上幼儿园，她除了做一日三餐也没什么事，就想着出来打打工，能挣一点儿钱就能减轻一点儿乔晚的负担。

可是乔晚一直不让她出来，说太累、太热，甚至跟她发过脾气。现在被发现了，胡玫怕乔晚生气。

她有些手足无措，双手在围裙上轻轻地擦着，神色紧张地看着乔晚。但是乔晚并没有怪她，只是看着她，眼神陌生而复杂。

下午两点的烈日下，空气都是湿热的，乔晚浑然不觉，胡玫却看到她的脸已经被晒红了。她不知道女儿现在心情如何，把手放在了乔晚的额头前，给她遮阳。

“太热了，我们找个阴凉的地方，你别被晒坏了。”胡玫保护着她，像保护着一件宝贝。

乔晚刚刚筑起的堤坝，正在崩塌的边缘。

“你生气了呀？”胡玫看着乔晚，和她说道，“我不累的，干活干习惯了，平时闲不住。”

在他们家，父亲吃喝嫖赌，这么多年都是胡玫一个人撑起这个家。她的身体和容颜因为过度操劳而过度衰老，只不过相对清闲了两年，她就闲不住要出来。

乔晚看着她，依旧没有说话。

纵使胡玫愚钝，也看出女儿的不一样来。她依旧给乔晚遮着阳，问道：“怎么了？”

母亲的手掌轻轻地靠着乔晚的额头，上面还带了些手抓饼的味道。乔晚望着她，问道：“我当年是怎么出的车祸？”

“我不知道呀！”胡玫摇了摇头，说道，“当年是你爸把你带回来的，说你出了车祸，至于具体怎么出的车祸，我没有问他。”

提起当年的事情，胡玫看向乔晚，欣喜地问道：“怎么突然问这个？你记起来了？”

母亲不知道事情真相，一直以为乔晚就是她的女儿，还在等待着乔晚恢复记忆。

乔晚的心像是被拧成了麻绳。

烈日太晒了，她可能有些中暑，现在头昏脑涨，脑子里一片空白，像是要炸掉了。

乔晚的脸上浮现痛苦的神色，胡玫紧张地看着她，问道：“晚晚，你哪儿不舒服？想不起来我们不要硬想，慢慢来，妈妈在的。”

胡玫满脸焦急，想要带着乔晚去阴凉一点儿的地方。乔晚没动，喘息着休息了好一会儿，拉住了母亲的手：“我要出差几天。”

“啊？”胡玫愣了一下，“钢琴老师还要出差啊？”

“分部琴行的老师不太够，我过去支援一下。”乔晚找了个理由。

这是工作上的事情，胡玫自然不可能阻拦，点头：“好的，去几天？”

乔晚看着母亲，说道：“两三天吧，什么时候回来什么时候再说。”

“去哪儿啊？”胡玫问。

乔晚回道：“B市。”

胡玫听她说完，拿出了手机。母亲的手机是被乔晚淘汰的一部智能机，屏幕已经碎了。胡玫点开屏幕，搜索着B市的天气，说道：“那边比我们这儿冷，早晚温差大，明后天还要下雨，你要带点儿厚的衣服。对了，你知道你的外套整理好后被放在哪儿了吗？还要拿伞……”

胡玫操心地说完后，抬手解着围裙道：“我回去给你收拾行李。”

“不用了。”乔晚拦住了她。

胡玫看着乔晚，没动，乔晚看着母亲眼中的担忧之色，扯了扯嘴角，笑了笑：“我多大了，自己还照顾不了自己？”

见乔晚笑了，胡玫也笑了：“你就是照顾不了自己。”

被母亲说了这么一句，乔晚又笑了笑。她这么说，胡玫也没坚持，只叮嘱道：“那你把行李收拾好。什么时候走？”

“今天。”

“行。你收拾好东西走就行，这两天乔小桥跟我睡，你别担心我们，去了外面也要好好吃饭，知道吗？”

“知道。”

“去吧。”

“好的。”

乔晚回到家，拿了行李箱胡乱地收拾了一些衣物和用品，而后拉着行李箱打车去了城北。她找了一家酒店开了间房，睡倒在了酒店的床上。

她需要独立的空间梳理这些天发生的事情，等梳理好后，再去处理这件事。现在，就让她放空大脑睡过去吧。

乔晚在酒店里没日没夜地睡了三天，第三天早上，她在酒店里洗了个澡，收拾一下后，退房离开了酒店。

她没有回家，而是先去了她亲生父母留给她的寄 DNA 检测报告的地址。

她的亲生父母是开劳斯莱斯的，可见她的原生家庭家境优渥，他们常年居住在加拿大，在国内的住所也是临时的。住所在城西，城西沿海，在这里有大片别墅和高级公寓，这是 A 市最宜居的地段。

乔晚找到了她亲生父母所在的地址，这是一套拥有独立庭院的别墅，别墅外是铁栅栏，栅栏上花儿开得繁密艳丽。乔晚到了门口，按了门铃。

门铃刚响，门就被打开了，一个微胖的中年女人穿着干净得体的套装，像是这个家的管家。

“小姐。”女人很激动地喊道。

乔晚看着她，对她说：“我是……”

“我知道。”女人说道，“我已经通知先生和太太了。小姐，快进来。”

乔晚被热情地带进了门，女人已经喋喋不休地说了起来：“先生和太太这几天天天盼着你过来。你要再不来，太太就要忍不住去找你了，还是先生拉住她的。也是，你失踪了这么多年，家里人也跟着情绪低沉了这么多年。找到你之后，家里这才鲜活了些。”

乔晚听她说着话，心里想着亲生父母，有些不是滋味。

“对了，先生说你好像失忆了，你也忘记我了吧？”女人问道。

乔晚看着她，对她确实没有一点印象。女人看着她眼里的茫然之色，笑着说道：“我是家里的管家，你叫我梨妈就行。”

“梨妈好！”乔晚叫了一声。

“哎。”女人欣喜地点头。

两个人进门后，就是大片的草地，草地中间有一条小径。她们沿着小径走着，乔晚也打量了一眼别墅。

这是一栋典型的洋房建筑，偌大的花园，古典的喷泉，优雅而奢华。

乔晚和梨妈还没走到主宅，家里的人已经迎了出来。出来迎接的只有乔晚的母亲苏茹麟，她的亲生父亲林晏廷因为有工作先行回了加拿大。

苏茹麟看到乔晚，已经眼睛通红，压制着激动的情绪过来，抬手想要抱一下乔晚，但是又担心乔晚抵触，双手抬在半空中，始终没有抱下来。

乔晚看着母亲小心翼翼的样子，笑了笑，回手把母亲抱在了怀里。

母亲更有力地回抱住了乔晚。

“我的阿沅。”

乔晚本名叫林沅，出生在加拿大，生长在加拿大，从小开始学习钢琴，拿过的荣誉数不胜数。她看到了摆放在客厅里的她的所有奖杯和奖杯旁边她抱着奖杯的照片。

只是这些照片都是她的独照，没有她和父母的合照。

“家里的合照没拿，都在加拿大呢，你要是想要，让你爸寄一些过来。”苏茹麟看着乔晚端详着照片，以为她还不相信，说了这么一句话。

“不用。”乔晚说道，“我已经看过 DNA 检测结果了。”

DNA 检测结果比照片更能证明一切。

“好……好。”苏茹麟激动地点头，“反正你回加拿大以后，也是能看到照片的。”

苏茹麟在找到女儿并且与女儿相认后，就立刻计划了回去的事情。她说完以后，原本笑着的乔晚却表情顿了一下。

她的父母和她一直生活在加拿大，他们来中国也是为了找她。既然找到了，他们应该就要带着她回家了。

但是乔晚暂时不想回家。

苏茹麟看出了女儿眼中的犹豫之色，问道："怎么了？"

"我想先在中国待一段时间。"乔晚看着母亲说道，"在先前那个家里。"

听乔晚这么说，苏茹麟惊讶又失落："为什么？你不想认我们？"

乔晚现在的记忆都是在那个家里的，现在的乔晚像是从小被亲生父母送出去的孩子，长大以后，不想认回亲生父母，毕竟生恩不如养恩大。

"不……不。"乔晚看出母亲误会了，连忙否认道，"我不是不想认你们，我认的。"

苏茹麟放心了些。

"只是我有个儿子，还有那边也有个妈妈。我当年出车祸失忆，是他们一直支撑着我生活下来。"乔晚说道。

她睡了三天三夜，整理了一下接下来要做的事情。她暂时不打算把身份切换成富家大小姐，想作为乔晚继续在母亲和乔小桥身边生活一段时间。

她不是乔晚的事情，胡玫和乔小桥并不知道。当初他们来A市，也是她拍板决定的。现在她找回了记忆，找回了爸妈，拍拍屁股走了，那剩下乔小桥和胡玫，两个人该如何生活？

苏茹麟了解了乔晚的担忧，说道："我们可以给他们钱。"

乔晚抬头看着她说："那孩子呢？"

乔小桥才4岁。

苏茹麟想了想回道："可以收养。"

"我那个母亲，丢了女儿，又没了外孙，肯定会活不下去。"乔晚看向母亲，"我失忆以后，是他们支撑着我活下来的，我也想支撑着他们活下去。"

在这短短的两年时间里，他们一家三口经历了太多事情，早已经有了不可分割的羁绊。

"而且我想暂时用乔晚的身份生活。乔小桥说，不是亲生的母亲不会对他好，我怕他知道我的身份以后会对我生分。"乔晚抿了抿唇，看向母亲，说道，"所以拜托……"

苏茹麟握住了乔晚的手："你不用说拜托。"苏茹麟慈爱地看着乔晚，"你是我的女儿，我的女儿做什么都可以，妈妈都会支持你。"

乔晚的心像是浸入了温暖的海绵，四周都是软的，却让她有足够坚强的安全感。

"谢谢妈妈！"乔晚回道。

乔晚知道苏茹麟是她的母亲，也亲自找到了家里，可是现在是第一次亲口叫她"妈妈"。苏茹麟激动地握着乔晚的手，笑眯眯地说："不用谢，我为阿沅，不是，我为晚晚做什么都是可以的。"

乔晚回握住了母亲的手。

苏茹麟握着女儿的手，感受着女儿的温度，过了一会儿，对乔晚说道："但是你得答应妈妈一件事情。"

乔晚本来就觉得对不起亲生母亲，听她这么说，不假思索地答应道："可以，什么事情？"

苏茹麟打量着女儿，说道："你今年已经25岁了。妈妈可以让你继续在国内以乔晚的身份生活，但是你也必须关注一下自己的人生大事。"

乔晚："……"

怎么？母亲刚认回女儿就要逼婚吗？

"我回国以后，联系上了我在国内的同学。她有个儿子，比你大3岁，人非常优秀。你能不能答应和他见一面？"苏茹麟问。

乔晚："……"

就是说她虽然可以继续以乔晚的身份生活，但是也得担负起富家大小姐和富家少爷相亲的责任吗？

乔晚说道："其实我……"

"哎呀，"苏茹麟听出女儿话中的拒绝之意，笑着说道，"只是见一面，喝喝茶，聊聊天，又不是要做什么。"

说完，苏茹麟慈爱地看着她，问道："好吗？"

好……吧。

"好。"乔晚答应了。

"太好了。"苏茹麟开心地鼓掌。

乔晚看着她高兴的样子，原本沉重的心情也放松了许多。算了，妈妈开心就好。

乔晚现在还没找回记忆，今天虽然找到了家里，但因为没有过去的记忆，对苏茹麟还是有些陌生。但即便如此，苏茹麟的要求她都会答应，实在是贴心。

苏茹麟开心完，欣慰地看着乔晚，想起什么事情来，于是从包里拿了一张银行卡出来。她把银行卡递给乔晚，说："这是妈妈给你的零花钱。"

乔晚看到银行卡，连忙摆手："不用……不用……"

苏茹麟好笑地看着她，说道："宝宝，我是你妈妈呀！"

乔晚："……"

是哟。

即便已经长大了，妈妈也是会给女儿零花钱的。尤其这么久不见，妈妈心里应该更想给她钱，用来宽慰自己。

想到这里，乔晚接过了银行卡："谢谢妈！"

苏茹麟抬手摸了摸她的脸，笑眯眯地说道："乖乖。"

乔晚认了亲生母亲，然后母亲带着她和父亲通了个视频电话。做完这些事后，乔晚和母亲一起吃了早餐，然后乔晚被司机开车送去了中央大厦。

乔晚在酒店住的那二天，手机一直是关机状态，等开机以后，才发现吕雯快把她的手机打爆了。乔晚风风火火地回了琴行，吕雯看到她，先是放下心来，后皱起眉，低着头没搭理她。

"雯姐。"乔晚笑嘻嘻地觍着脸过去了。

吕雯面色冰冷地处理着手上的文件："乔小姐还知道回来？无

故旷课三天，是要被辞退的。”

乔晚心虚地说道：“我当时请假了。”

“你填请假单了吗？”吕雯抬眼看着她，“一声‘请假’就三天不来，你以为你是老板啊？”

“抱歉！抱歉！”乔晚连声道歉。

她道完歉以后，问吕雯：“这几天我没来，我的课……？”

“都分给老师们上了。”吕雯说道，“你这三天没来，以后也不用来了。”

见吕雯说得冷酷无情，乔晚连忙说：“雯姐，通融通融，我知道错了。只是这次事情太严重了，我必须得去处理。”

其实吕雯也看出乔晚那天离开时的神色了，乔晚是个能兜住事的女人，那天她脸色铁青，不顾一切地离开，肯定是出了什么让她宁愿放弃工作也要去处理的事情。

乔晚是小县城里出来的女孩，又是单亲妈妈，当时靠了关系进琴行，但是踏实能干，能力突出，做事认真，是个很好的老师。她很珍惜这份工作，也很认真地对待这份工作。

而且随着长时间接触，吕雯对她也是付出了些友情的。她出了事，吕雯自然帮她处理了。

乔晚诚心道歉，又那么讨好地看着吕雯，吕雯嘴硬地骂了她几句后，说道：“行了，行了，你今天的课我都排给老师们了，接下来的课自己去上。”

乔晚开心地欢呼：“谢谢雯姐！谢谢雯姐！”

吕雯看她如释重负的样子，也笑了笑，说道：“不过你的课都是那几个老师挤时间帮你上的，还被你的学生的家长刁难。一共是六个老师，你想想怎么感谢他们吧。”

那六个老师也是平时和乔晚关系不错的，吕雯说完后，乔晚立即说：“我中午请你们吃饭吧。”

吕雯哼笑了一声：“吃什么？”

“吃一楼的17co吧。”乔晚说道。

乔晚说完，吕雯将文件一摔：“你疯了？17co，六个人能吃到你破产。”

中央大厦一楼的17co是一家高端西餐厅，平时也都是大厦里的高管去吃，他们这些小员工只心动过，却没有去吃过。那里人均消费过一千元，加上乔晚和她，一群人要吃一顿可得差不多一万元。

吕雯替她着想，乔晚很开心，她妈妈给了她一张零花钱的卡，里面应该有几万块钱，请他们吃饭绰绰有余。

“哎呀，没事啊，你们帮了我这么大的忙，我请你们吃一顿17co怎么了？”乔晚笑道，“而且你不是一直想去吃吗？”

乔晚说去吃17co，也是因为吕雯曾经说想去。吕雯帮了她这么大的忙，她是该好好请吕雯吃一顿饭。

见乔晚坚持，吕雯上下打量着她，最后问了一句：“你中彩票了？”

乔晚：“……”

她没有中彩票，但是也不好和吕雯说出实情，想了想，点了点头：“差不多。”

乔晚这么说，吕雯没再拒绝，冲她笑了笑，说道："行，我拉个群，大家中午好好扒你一层皮。"

乔晚嘿嘿笑了起来。

乔晚向吕雯道完歉后，又向替她上课的六位老师道了谢。六位老师这三天上乔晚的课，又累还被家长骂，本来还有些不开心的，听说乔晚要请他们去 17co 吃饭后，纷纷表示乔晚不用客气。

中午，六位老师一个不落，去了 17co。

吃饭的一共是八个人，乔晚订了张大桌，大家围坐在一起，拿着菜单准备点餐。吕雯看着菜单上的价格咋舌道："我以为一个人消费一千元就差不多了，看这个样子可能得超出去啊。"

乔晚："没关系，没关系，你们尽情点就好。"

"哦——"其他几个老师见乔晚如此大方，挑眉戏谑地看向了她。

乔晚笑起来，说："我中了一注小彩票，几万块呢，你们随便吃。"

"你也太好运了吧？"有个老师说道，"那我要吃点儿好的，反正钱是白来的。"

"就是，这几天上课我还被你班小蕊的爸爸骂了。"另外一个老师说道。

"尽情点，尽情点。"乔晚听着老师们的吐槽，让他们不要客气。

然而几个老师最后还是客气了，主要还是因为乔晚的家庭条件。他们算是琴行里关系不错的几个人，乔晚的家庭情况他们也知道。她独自养着母亲还有一个上幼儿园的儿子不容易，她心怀感恩他们就很欣慰了。

乔晚这顿饭花了七千多块钱，她向几个老师道了谢，谢他们手下留情。老师们开玩笑让她抓紧时间去结账，不要想着逃单。

乔晚笑着去了前台结账。

收银台负责结账的是一位小伙子，年纪不大。乔晚过去说结账，他输入了账单信息后，乔晚把她的零花钱银行卡递过去刷了一下。

刷完银行卡后，乔晚输入了密码。等操作完后，前台的小伙子突然“呀”了一声。

乔晚有些心虚，看向小伙子，连忙问道：“怎么了？钱不够吗？”

不会吧？这也太尴尬了吧？

“钱不够？”这时候吕雯和几个老师也过来了，听到乔晚这么说，吕雯说道：“我还有，先……”

“不是不够，是我多刷了。”小伙子哭丧着脸说道，“我刚才不小心多按了两个零，刷了七十三万块。”

吕雯：“……”

乔晚：“……”

六位老师：“……”

刷了七十三万块且刷成功了，这代表她卡里的钱是七十三万块以上？这是她的零花钱卡，她妈妈竟然给了她这么大一笔零花钱，她这辈子都没见过这么多钱。

哦，不是，是她有记忆后的这辈子都没见过这么多钱。

乔晚一下子惊呆了。

倒是吕雯先反应过来，对前台的小伙子说道：“你去找你的老板过来处理一下。”

吕雯不愧是行政人员，紧急处理了相关事务。小伙子连忙去叫老板，吕雯则和几个老师看向了乔晚。

“乔老师，你到底中了多少钱？”吕雯问。

乔晚：“……”

她一直以为卡里就几万块钱啊，但是现在她也不知道有多少了。

“好哇，你故意少说的。你说中了几万块，我们为了给你省钱都没吃饱。”有个老师义愤填膺地说。

“对！”另外一个老师附和道。

乔晚：“……”

听说他们没吃饱，乔晚说道：“要不我们再点一点儿？”

“点！”有个老师说道，“给我来杯拿铁！”

“我要杯冰美式。”

“我要热美式……”

几个老师嘴上说着要狠宰乔晚一顿，结果最后也只是点了几杯咖啡，他们就算知道乔晚中了奖，有了很多钱，却还是体贴她。

其实乔晚完全不用体贴。

17co 的老板过来操作了一番后，乔晚的钱也被退了回来。大家开开心心地回了琴行，乔晚则去了中央大厦旁的24小时自动取款机，把银行卡插入后，输入了密码。

自动取款机的屏幕上很快显示了银行卡里的余额：4996500……

乔晚："……"

乔晚有钱了！她有钱后的第一件事就是去给乔小桥买东西。

乔小桥依依不舍地看着的大黄蜂乐高，买！乔小桥的同学向他炫耀过的机器人，买！乔小桥看到后移不开目光的会发光的奥特曼，买！乔小桥穿着很好看，但是因为太贵她没舍得买的那件连体裤，买！

乔晚下午的课程四点就上完了，下了课以后，她直冲商场，开始购物。

乔晚大包小包地买了一堆，最后都有些提不动了。她买完之后，坐在商场的休息区休息了一会儿。好在今晚她没课了，拿了东西就可以直接回家。乔晚准备在这里休息一会儿，带着东西直接回家。

她靠在休息区的座位上正休息的时候，手机响了起来。乔晚松开大包小包，拿出手机看了一眼，是她的亲生母亲的来电。

乔晚按了接听键。

"妈妈。"乔晚叫了一声。

"哎，晚晚，你下课了没有？"苏茹麟温柔地问道。

"下课了。"乔晚笑了笑，"我四点就下课了，现在在商场给乔小桥买东西。"

苏茹麟听到她在商场，问道："在哪家商场啊？"

乔晚道："SVP。"

苏茹麟："太好了。"

乔晚："……"

苏茹麟的语气明显欢快激动起来，乔晚觉得她妈妈的性格真的好活泼。

苏茹麟问乔晚："我早上跟你说的我那个同学的儿子，你还记得吗？"

乔晚："……"

就是那个相亲对象呗。

"记得，怎么了？"乔晚问。

"哎呀，他刚好也在SVP。"苏茹麟回道。

乔晚："……"

不会他们现在就要见面吧？

"我跟他妈妈现在在一起呢，你们晚上一起吃个饭吧？"苏茹麟道。

乔晚：还真是。

"不是，妈妈，我买了好多东西，都拿不过来了……"乔晚拒绝道。

苏茹麟说道："哦，这样呀，那刚好啊，到时候让他帮忙拿着，再让他送你回去。"

乔晚：我的亲妈啊！

"好了，好了，刚才你阿姨跟我说，她儿子就在一楼的那家西餐厅里，你直接过去找他吧。你阿姨跟他说了你拿了很多东西，你到那儿他就能认出你了。”苏茹麟说道。

“可是我……”乔晚刚要说话，苏茹麟心满意足地把电话挂断了。

乔晚：“……”

电话那端是“嘟嘟”的忙音，乔晚收起手机，看了一眼身边乱七八糟的东西。她靠在椅背上，稍事休息了一会儿，叹了口气，拿着大包小包去了一楼。

乔晚逛了差不多一个小时，现在已经到晚饭时间了。不过由于这家餐厅太过高端，商场里虽然人来人往，却很少有人来这里吃东西。

乔晚进去后，在餐厅里看了一圈。现在餐厅里没几个人，就只有两个女人还有一位老者，都不是她的相亲对象。

他应该还没来。

想到这里，乔晚先进了餐厅，找了个卡座坐下，把大包小包的东西放在了餐桌上。因为她妈妈只跟她说了要相亲，关于相亲对象的长相和名字她一无所知，既然如此，她就不着急找人了，让人找她吧。

乔晚放下东西后，拿了菜单看了起来。

池故渊刚进餐厅，就看到了被大包小包的东西包围的乔晚。她低着头，后背靠在卡座的椅背上，正看着手上的菜单。

他站在不远处看了她一会儿，见乔晚没有抬头的迹象，于是迈步走过去，坐在了乔晚的对面。

乔晚原本在看菜单，发现对面有人坐下，注意力也被吸引了过来。她原本以为来的是她的相亲对象，抬头一看，竟然是池故渊。

乔晚的眼睛里涌上一丝惊喜之色。

“池先生。”乔晚笑着打了声招呼。

池故渊看着她，问道：“在等人？”

“啊。”乔晚回过神来，点头道，“对啊，我在等人。”

这时候餐厅门口开始进人了，乔晚看着餐厅门口站着的年轻男人，怕那个男人就是她的相亲对象。如果相亲对象看到她对面坐着池故渊，肯定会误会什么。

“其实我是要相亲。他一会儿就过来了，要不你先……？”乔晚眼神犹豫，语气委婉地赶着人。

她说完，池故渊抬手拿过玻璃水壶，给乔晚倒了杯水，把水杯递到她的手边，才抬眼看着她说道：“我就是。”

乔晚：“……”

第六章

是我高攀

乔晚愣了三秒，问："所以你早就认出我了？"

他们的母亲认识，那他们俩以前肯定见过。当池故渊在 SHO 第一次见她时应该就认出她了，就算没有，后来在艾德西餐厅、度假村，还有喝奶茶时，这么多次他不可能没认出来。

他认出她了为什么不告诉她？或者她父母过来找她，是他告诉他们的？

乔晚的目光疑惑而又复杂，池故渊看着她说道："没有，我们以前没见过。"

乔晚："……"

所以他们纯靠缘分一次次地碰见，然后还成了相亲对象？

乔晚都不知道他俩是缘分太深还是太浅了。说缘分深，他们的母亲是同学，他们以前却没见过；说缘分浅，他们却老是碰见。

而相比她的疑问，池故渊的疑问更多。一个生活普通的单亲妈妈，怎么就一跃成了富家千金，还是他母亲的同学的女儿？

池故渊问乔晚：“怎么回事？”

乔晚简单地解释道：“我不是告诉你我失忆了吗？其实我现在的妈妈不是我的亲生母亲，她应该是救了我。她有个女儿叫乔晚，跟我长得一样，我又失忆了，所以她把我当成她的女儿了。而我真正的母亲是你母亲的同学。”

她的身世有些离奇，连见过大风大浪的池故渊都不信了。

“确定？”池故渊问道。

“确定。”乔晚喝了口水，说道，“做了 DNA 检测。”

不信什么都不能不信基因，也正是 DNA 检测报告让她相信这个事实。

“这样。”池故渊反应平淡，像是听了个故事，并且很快接受了这个故事的真实性。

乔晚笑了一声道：“是啊。”

两个人各自说完，餐桌上一阵沉默。他们已经认识了一段时间，但是彼此身份转换成相亲对象后，一下子就没了话题。

乔晚放下水杯，问对面的池故渊：“我来跟你相亲，你知道对象是我吗？”

池故渊看了她一眼，说道：“不知道。”

也是，池故渊应该怎么也想不到相亲对象是她。乔晚笑了笑，说道：“我也没想到是你。”

如果一开始双方母亲给了对方的照片，或许两个人能避免这次尴尬的见面。不过现在既然他们已经被母亲们安排见面，那么该走的流程就走一下吧。

想到这里，乔晚看向池故渊，问道："既然我们相亲遇到了，你有什么想法？"

乔晚主动提起这个话题，池故渊抬眸看了她一会儿，说道："可以试试。你呢？"

乔晚想到池故渊的回答可能是委婉地拒绝，没想到他竟然委婉地同意了。她稍稍吃了一惊，提醒池故渊道："你知道的，我有个儿子。"

关于乔小桥不是她亲生的这件事情，乔晚不打算告诉除父母以外的人。她会把乔小桥当成自己的亲生儿子养大，所以如果她结婚，希望未来那一半也把乔小桥当成亲生儿子。

"我知道。"池故渊说道，"我家对这方面的事不会太在意。"

乔晚挑了挑眉。一般大家族对血统什么的都还挺看重的，没想到池家这么开放，比杨家是好多了。

池故渊说完，问道："你呢？"

乔晚打量着池故渊。

其实不用打量，池故渊的模样早就已经刻在了她的脑海里，她的记忆只有短暂的四年，但在这四年间，池故渊是她见过的最俊朗、最优秀的男人。

她还开过玩笑说想嫁给他。现在有这个机会了，乔晚却并没有那么果断了。

实话说，她对池故渊有好感，但还没有到爱上的地步。不过正如池故渊所说，他们可以试试。

"我也可以试试。"乔晚回道。

两个人的想法一样，也就能大致了解对方的心意。池故渊点头，说道："那我介绍一下我的情况。"

相亲的流程就是，两个完全不感冒的人凑到一起互相交代一下背景、过去，如果两个人契合，则继续接触，在接触中产生感情就结婚，产生不了感情就找下一个相亲对象。

现在他们正在走第一步流程。

而在背景方面，池故渊实在是比她厉害太多了。

池故渊是天之骄子，拥有建筑学和管理学双学位，学管理是为了继承庞大家业，学建筑是随便学的，当作爱好。但是他自己开设的建筑工作室，享誉国内外，他本人也是非常优秀的建筑设计师。

池故渊简单地介绍完后，乔晚问道："感情经历呢？"

池故渊抬眸看了她一眼，乔晚与他对视后，笑了一下："你要不想说也……"

"有过一段感情。"池故渊说，"但是后来她走了。"

这样的爱情在现实生活中很常见，像池故渊这样的男人，认识的必定是非常优秀的女性。优秀的女性都自我意识强烈，不会依附于谁，两个人工作南辕北辙，有可能会分手。

乔晚没想到的是像池故渊这样优秀的男人竟然只有一段感情！他应该是能接触不少优秀女性的，却只有一段感情，这说明他很深情，且对感情责任感很强。这是一个男人非常突出的优点。

池故渊交代得差不多了，轮到乔晚了。没等他问，乔晚就说道："我是独生女，有一个儿子，目前在一家琴行工作。因为失忆，前几天才和亲生父母相认。我忘记我爸妈是做什么的了，也忘记我以前是做什么的、有什么学位了。目前就是这样。”

乔晚说完，池故渊问：“感情呢？”

乔晚：“……”

“感情啊……”乔晚搜刮着空白的记忆，最后摇头，“没有，我失忆后的这几年是没有的，本来可能会有，但是对方的母亲不同意，也就不了了之了。这件事你是知道的。”

她说的是杨柏和杨太太。

“但是失忆前肯定有。”池故渊说道。

“啊？”乔晚愣了一下。

“你儿子是在你失忆前出生的吗？”池故渊问道。

被他这么一问，乔晚想起乔小桥来，回过神来笑道：“啊，对，我失忆前肯定有感情经历。你介意……”

“不介意。”池故渊抢过话头，“你已经忘记他了，所以我不介意。你不要想起来就好。”

乔晚的眼睛动了动，她抬手摸了摸眉心，说道：“那应该差不多，因为我妈说医生说过我找回记忆的可能性几乎为零。”

说着乔晚笑起来：“要不是我亲生爸妈找到我，我可能就用乔晚的身份过完这一辈子了。”

“你喜欢你真实的身份吗？”池故渊问道。

“我喜欢啊，找到了亲生父母，他们爱我疼我。”乔晚笑起来。

乔晚说着，眨了眨眼睛，像是想起了什么事情，继续说道：“但是我也喜欢乔晚的身份。我失去记忆这四年，生命里所有的美好和善意都是乔小桥和我母亲给的。他们是我为数不多的记忆里的光。”

固然会有人说乔晚有了亲生父母不认，还和养母以及别人的儿子生活在一起，有些白眼狼，可是从乔晚的角度来看，她希望她能给两个家庭都带去温暖和快乐。

她也会尽力去做。

池故渊坐在卡座上，看着乔晚说起家庭时满足而愉悦的样子，抿了抿唇，拿起菜单说道："想吃点儿什么？"

两个人还不算确立关系，又像是确立了，反正以后就当男女朋友培养感情了。

在餐厅吃完饭，池故渊送乔晚回家。两个人走出餐厅后，池故渊先去了一楼的奢侈品店。乔晚见他过去，也走了进去。

"你要买东西？"乔晚问。

池故渊道："给乔小桥买件礼物。"

乔晚："……"

算起来，池故渊现在是乔小桥的继父候选人，从池故渊的角度出发，他确实要做些什么来提前打好他们之间的关系。

其实小孩子喜欢什么东西，并不太在意价格，有可能几十块钱的玩具就能哄得他们很开心。想到这里，乔晚对池故渊说道："这儿的东西太贵了，我们去四楼给他挑个恐龙就行了。"

池故渊说道："第一次见面要隆重些。"

乔晚："……"

这是池故渊和乔小桥之间的事情，她作为母亲确实不好插手。既然池故渊坚持，乔晚便没再劝，反正他也不差钱。

在她同意他给乔小桥买礼物后，池故渊的购物过程比她还要干脆。他看中了一辆小马车的摆件，直接让接待他们的店员包了起来。这是奢侈品店，乔晚寻思着这个摆件怎么也得几千块钱，但当单子打出来，店员报了价格后，乔晚怒掐人中。

她忍不住还是劝了一句："不用给小孩子买这么贵的东西。"

池故渊看了她一眼："不贵。"

乔晚："……"

好吧，他是亿万富翁。

乔晚无奈地说道："行吧。"

池故渊把卡递给了店员："刷卡。"

买完了摆件，池故渊开车送乔晚回家。

回去的路上，乔晚和池故渊解释说她暂时会以乔晚的身份生活，因为如果告知乔小桥和母亲她的身份，她怕两个人接受不了。池故渊相信了这个解释，没再多问。

半个小时后，池故渊把车停在了乔晚家的小区门口。

三天没见乔小桥，乔晚已经归心似箭了。池故渊把车停好后，乔晚道了声谢就连忙下了车。池故渊随着她下来，帮她把东西递给了她。

两个人今天开始相亲，但是相比和他在一起，乔小桥在乔晚心里的地位更高一些。这样的情况或许会持续一生，但是既然他接受了乔小桥，自然也会接受这样的情况。

"谢谢你送我回家，那我先走了啊。"乔晚接过池故渊递过来的东西，着急忙慌地要回家。

池故渊望着她的背影，问道："下次什么时候见面？"

乔晚："……"

两个人既然决定继续接触，就要经常见面培养感情。池故渊说完，乔晚回头说道："我明天晚上没课，我们一起吃晚餐？"

乔晚说完，觉得时间太赶了。他们今天刚见面，明天又要一起吃晚餐，会不会太给池故渊压力了？

想到这里，她刚要再说话，池故渊却答应道："我明天去琴行接你。"

听了池故渊的话后，乔晚笑了笑："行。"

说着，她转身要继续往前走，却听到不远处一个男童清脆欢快的声音传了过来。

"妈妈！"

乔晚动作一顿，再看过去时，乔小桥已经像个小鸡崽儿一样兴奋地朝着她跑了过来。眼看着乔小桥离她越来越近，他的模样也越来越清晰，乔晚在把乔小桥抱在怀里的那一瞬间，觉得心一下子被填满了。

"乔小桥！"乔晚双臂紧紧地搂住了他，心快速地跳动着。她感受着儿子的温度和重量，闻着儿子身上的奶香，眼睛一下子就红了。

乔小桥是她一手带大的，她做了他人生中所有时光里的妈妈，希望在未来的时光里还是他的妈妈。她对乔小桥和她有没有血缘关系这一点无所谓。

乔小桥被妈妈抱着，虽然三天不见他也挺想妈妈的，但是妈妈的力道实在是太大了，乔小桥被抱得身体都有些扭曲。他仰着头，用小手拍了拍抱着他的妈妈，叫了一声："妈妈？"

小家伙的声音像是从胸腔里挤出来的，乔晚从激动的情绪中回过神来，赶紧松开了他。她哈哈大笑起来，说道："抱歉，妈妈太想你了！"

说完后，她在儿子的脸上亲了好几口。

乔小桥感受着浓烈的母爱，注意力却已经被妈妈身后的男人吸引了过去。在他有限的4岁的人生中，这位池叔叔出现得还真是频繁。

"池叔叔好！"乔小桥礼貌地和池故渊打了声招呼。

儿子开口叫叔叔了，乔晚才想起池故渊来，赶紧回头对池故渊笑着说："抱歉，光顾着儿子了。"

"没事。"池故渊看着乔晚微红的眼圈，说道，"我先走了。"

"好。"乔晚笑起来，"谢谢你送我回来！"

"再见。"池故渊说着，和乔小桥也点头说了声"再见"。

乔小桥在妈妈怀里和池叔叔挥手再见，然后回头和妈妈说道："外婆还在等我们。"

"好嘞！我们回家！"乔晚抱着乔小桥，拎着大包小包的东西去和胡玫会合后回了家。

"你怎么买了这么多东西？"对乔晚买了这么多东西，胡玫少不了要埋怨。

但是乔晚知道胡玫不是真埋怨她，而是心疼她花钱。乔晚把双手搭在母亲的肩膀上，笑嘻嘻地说道："哎呀，出差发了好多钱，就买了一些嘛。行啦，你跳舞跳了一身汗，先去洗澡，出来再骂我，不然不舒服。”

胡玫听女儿这么说，嗔怪地抬手点了一下她的额头，无可奈何地去洗澡了。

母亲去洗澡后，乔晚一把抱起乔小桥坐在了客厅的垫子上，把给乔小桥买的礼物全部放在了乔小桥面前，说道：“这些全是你的，拆开看看吧。”

“哇！”乔小桥和妈妈亲热够了后，就被这些礼物惊到了，一双大眼睛里满是惊喜之色。

乔晚作为钢琴老师收入不低，但是因为要养一家三口，生活并不算宽裕。乔小桥很喜欢玩玩具，可从来不主动要。若是她给买，小家伙能开心得一晚上睡不着觉。

而这次她一下子买这么多，小家伙估计能嘚瑟好几天。想到乔小桥开心，乔晚比乔小桥还开心。

“大黄蜂！”乔小桥拆出了乐高，满脸兴奋。这个玩具他确实想要，但是从没有在妈妈面前表现出来过。可是他们母子连心，他想要的东西妈妈一看就知道，所以妈妈就给他买了。

除了大黄蜂，还有哥斯拉和奥特曼的各种模型，乔小桥高兴得在原地转圈圈。

乔晚看着他开心的样子，一把抱住了他，对着乔小桥猛亲了好几口：“爱不爱妈妈？”

“爱！”乔小桥开心地说道。

“哈哈哈。”乔晚捏着他的脸笑了起来。

乔小桥被妈妈捏着脸，问道：“不过妈妈你为什么给我买这么多玩具啊？”

“妈妈出差挣了点儿钱，就给你买了。”乔晚答道。

乔小桥听完，说道：“谢谢妈妈！”

乔晚心里甜丝丝的：“不客气！”

母子俩客套一番后，又咯咯笑着抱在了一起。乔晚松开乔小桥说道：“还没拆完呢，继续拆吧。”

“好。”乔小桥立刻开始拆新礼物。

乔小桥这个孩子有个特质，就是有什么好东西都要留到最后，所以池故渊给买的小马车摆件乔小桥自然放在了最后拆。

这件礼物的包装十分华丽，单看外观乔小桥就很喜欢。他拆开了两三层丝带，打开了礼物的盒子，之后像是被惊住了，先是沉默，最后轻轻地“哇”了一声。

乔晚观察着儿子的表情，笑着问：“喜欢吗？”

乔小桥回过头来，满脸雀跃，连小脸都红了：“喜欢！”

他说着，小心翼翼地把礼盒里的小马车拿了出来。小马车身上有漂亮的花纹，做工十分精致，比动画片里的小马车都漂亮。

“我最喜欢这一件。”乔小桥对乔晚说道。

乔小桥这么说，乔晚倒微微地吃了一惊。她买的礼物都是乔小桥想要的，这摆件是池故渊不知道乔小桥的喜好直接买的，没想到乔小桥竟然最喜欢这件礼物。

乔小桥喜欢池故渊买的礼物，这让乔晚莫名也觉得有些开心。她看着乔小桥说道：“喜欢就好，这是刚才送我回家的那个池叔叔给你买的。”

乔晚和乔小桥说明了一下礼物的来源。她刚说完，乔小桥就扭头看了她一眼。

刚才乔小桥脸上的兴奋和雀跃神色消失不见，他看着妈妈，而后把手里的小马车放到了一旁，重新拿起妈妈给他买的大黄蜂玩了起来。

乔晚：“……”

呃，她儿子好像不太喜欢她的相亲对象。

乔小桥不反对她找男朋友，但是也确实不太喜欢池故渊。也正因如此，乔晚暂时不打算告诉乔小桥她准备和池故渊发展的事情。

小孩子对一个人的印象说好改变也不好改变，不管怎么样，慢慢来吧。

和乔小桥一样，同样不喜欢池故渊的还有母亲胡玫。乔晚带着乔小桥洗完澡，哄睡了他以后来到了客厅里。

客厅里，母亲正在拆乔晚给她买的东西。乔晚给母亲买的都是衣服、首饰什么的。她自从来到这个家后，母亲就没日没夜地操劳，几件衣服反复穿，也没什么像样的首饰。

母亲并不是不喜欢打扮，实际上她很爱美，不然也不会这么热衷于跳广场舞。只是她要把自己所有的精力都投到女儿和外孙身上，无暇顾及自己。

她虽然没有给乔晚很好的物质生活，甚至说有些懦弱，但她是个很伟大的母亲。她付出了所有，甚至鼓起勇气为了乔晚放弃了自己的家。就凭这一点，乔晚也要养着她。

“你怎么给我买了这么多东西？”乔晚说她出差挣了些钱，所以买了些东西，胡玫一开始没多心，可是看到这么多的黄金首饰后，都有些怕了。

“你哪儿来的这么多钱？”胡玫看着乔晚，犹疑片刻后还是问了出来。

乔晚知道母亲心里是怎么想的，笑起来：“这都是我自己的钱，出差挣的，我还买了张彩票，中了些奖金。反正是我自己挣的，跟今天送我来的池先生无关。”

说完这话，乔晚就看见胡玫脸上的担心神色散了不少。

今天乔小桥在小区门口奔向乔晚的时候，胡玫就站在不远处，也看到了站在车跟前的池故渊。她上次就见过池故渊送乔晚回来了，但是乔晚说跟他没什么。可是单身男女，池故渊这么频繁地送她回家，说两个人之间没什么胡玫是不太相信的。就算乔晚没什么想法，池故渊肯定也是图乔晚什么的。

“那个池先生……”胡玫刚要交代乔晚两句，乔晚先跟她摊牌了。

“我们两个现在正在接触，接触得不错的话，可能会在一起，甚至结婚。”乔晚说道。

乔晚这么直接，把胡玫吓得眼睛都睁大了。

“但是他……”

胡玫忧心忡忡，刚要提醒乔晚，乔晚又说道：“他是我一个同事的妈妈介绍的，就是看上去俊朗了些，其实家庭也不算太高不可攀。”

说完，乔晚笑起来：“他是国外留学回来的，对我有儿子这件事不是很在意。他的家里人也不在意，我觉得这点挺好的。”

乔晚这么一说，把胡玫想问的问题都解答了，胡玫一时间竟没了话。

自从出车祸以后，乔晚像是变了个人，她以前那么唯唯诺诺，出车祸后倒是变得果敢又有主意。乔晚比她要聪明得多，她考虑到的问题乔晚肯定也都考虑到了。

听乔晚说完，胡玫也觉得池故渊是个不错的相亲对象了。

“那就好。”胡玫低声说道，“其实我们也不图对方大富大贵，只要他待你和小桥好就行了。”

乔晚看着母亲苍老的脸上是慈爱和满足的神色。乔晚伸出手臂，抱住这个瘦削的女人，笑着说道：“放心吧，他对我和乔小桥不好，我也不会跟他的。你女儿又不是嫁不出去，也不是在一棵树上吊死的性格。”

乔晚说到这里，胡玫的眼睑动了动。当初她就是因为在一棵树上吊死，所以才跑了出去。

现在她性情大变，变成眼前这个样子，胡玫是不用担心了，可总觉得少了些什么。

乔晚继续过着乔晚的人生。

在经历了身份的重大转变之后，乔晚的心态并没有发生什么变化，第二天一大早，她早早地去了琴行。

暑假期间，早上一般有课。老师们陆陆续续地进了琴行，还没到上课时间，大家便凑在茶水间里冲泡咖啡提神。今天吕雯带了自己做的小饼干，大家喝着咖啡吃着饼干闲聊。

大家正聊着，欧蕙走了进来。她一进来，吕雯就递了饼干给她，热情地说道：“欧老师吃一块吧。”

“谢谢。”欧蕙笑着接过了饼干。

“乔老师，我们几个商量了一下，昨天你请我们吃了一顿饭，往后几天我们轮流请你。”这时有个老师说了一句。

欧蕙拿着小饼干抬起了头。

乔晚一听，说道：“你们帮我上课了啊，这是感谢你们的，你们干吗这么客气？”

“这有啥？课时都累积在我们名下了。再说了，昨天一顿饭花了你七千多块钱，还是有点儿过分的。”有个女老师笑嘻嘻地说道，“但是我们没你有钱哟，请一顿两百块钱的简餐可不可以？”

女老师说完，大家哈哈大笑起来，乔晚也笑着说了一声“可以”，而后还抱了抱身边的女老师。

正在气氛融洽的时候，欧蕙站起身来说道：“我先走了。”

她语气冷淡，在这热烈的气氛中有些格格不入。几个老师刚回过神来，就已经看不到欧蕙的身影了。

见她莫名其妙地离开，有个女老师不明所以地问道：“她怎么了？”

吕雯倒是见识过一次欧蕙这样了，看了一眼乔晚，问道：“你俩又闹矛盾了？”

“没有。”乔晚回道。

上次欧蕙在吕雯身边已经闹过这么一出了，那次之后，乔晚威胁了欧蕙一番，欧蕙也老实了一段时间。可这种事情就像是封印，时间久了，封印就逐渐松动了。

欧蕙觉得她又可以了。

她这次这样闹，乔晚甚至都懒得找她费口舌。她索性闹大得了，乔晚无所谓，有底气。

早上的事情之后，欧蕙对待乔晚的态度逐渐明显。面对她的挑衅，乔晚没做任何回应。

相对于应付欧蕙，乔晚有更重要的事情要考虑。昨天池故渊说今天她下班的时候过来接她一起吃晚餐，乔晚今天一天都有些心神不宁的，不知道今天的晚餐时间该如何和池故渊相处。

他们昨天只是相亲吃了一顿饭，池故渊并没有把两个人之间的关系说死，但定了今天一起吃饭。那从池故渊的角度出发，他应该是想继续发展的吧？

但说不定他要一起多吃几顿饭观望观望。乔晚越想越没头绪，索性不想了。

下午的一节钢琴课下课后，乔晚送学生和家长离开教室。刚出教室门，乔晚就看到了欧蕙。欧蕙正和一个打扮精致的中年女人有说有笑，两个人朝着电梯的方向走去。

那个中年女人正是杨太太。

杨太太今天来琴行是谈工作的，谈完工作后顺便来看看欧蕙。欧蕙挽着她的胳膊，与她有说有笑，杨太太走着，问道："你几点下班？我们一起吃晚饭吧。"

“好。”欧蕙说道，“我请您。”

杨太太笑起来：“你跟我这么客气做什么？”

欧蕙贴在了杨太太身边，乖巧地笑道：“您帮我进了琴行，我还没好好谢谢您呢，您就不要跟我争了。”

欧蕙心怀感恩，杨太太自然心情舒畅，抬手点了一下她的额头说道：“好，不跟你抢。”

两个人正说着话，欧蕙抬头朝着某个方向看了一眼。杨太太跟着抬起头来，看到正前方站着的女人，脸上的笑容收敛了起来。

乔晚在这家琴行工作的事情，杨太太早就知道了。没想到她被博朗琴行辞退后，竟然被更好的七音琴行录取了。这样的结果，让杨太太的心里始终像扎着一根刺。可是乔晚的后台硬，杨太太没法把这根刺拔掉，只能忽略。她都忽略得差不多了，这根刺自己又冒出来了。

杨太太和乔晚之间现在已经不是杨柏的事情那么简单，当初在艾德西餐厅乔晚兜头泼了她一脸水，让她丢尽了脸面。杨太太何曾被这样羞辱过？她对乔晚已经是恨了。

当她们看过去的时候，乔晚也看了过来。好在这时乔晚的学生和家长刚好过来，她笑盈盈地迎着学生和家长进了她的钢琴教室。

几个人的身影消失后，杨太太面色冰冷地说：“晦气。”

欧蕙安抚着杨太太，说道：“别管就好了。”

“我倒是想管。”杨太太恨恨地说道，“但凡她的背景没那么硬，我让她在A市所有琴行都待不下去。”

杨太太说到这里，情绪变得有些激动，欧蕙低着头，轻抚着

杨太太的后背：“她的背景也没有您的硬吧？她来我们琴行是杨柏哥帮的忙，杨柏是您儿子，怎么可能比您的背景硬？……”

“你说什么？”杨太太转头看向欧蕙，一副难以置信的表情。

欧蕙被杨太太这么看着，有些惊讶，问道：“您不知道？”

“不知道。”杨太太说完，问，“杨柏哪儿有关系让她进来？”

“我们琴行的老板是杨柏哥的朋友。”欧蕙答道。

杨太太听到这里，停下了脚步。她想着杨柏和她因为乔晚起的争执，还有乔晚在侮辱了她以后，现在心安理得地接受着她儿子的帮助，以及杨柏作为她的儿子，竟然为了一个女人跟她对抗，气得说不出话来。

这时，两个人到了电梯旁。欧蕙按了下行的电梯，杨太太看着电梯下来，按了电梯的上行按钮，对欧蕙说道：“我上去一下。”

乔晚一节课刚上一半，吕雯敲门进来找她，神色紧张地说：“老板让你去他的办公室。”

乔晚：“……”

七音琴行不像博朗琴行那样的小作坊，乔晚来了这么久，还没被老板单独召唤过呢，也怪不得吕雯紧张。

乔晚和学生家长道了声歉，起身离开了钢琴教室。出了钢琴教室，乔晚问吕雯：“怎么了？”

“不知道。”吕雯有些担心，“好像有人举报你。”

“举报？”乔晚停了一下，这剧情怎么有点儿熟悉？

“对啊。”吕雯说道，“你先去看一眼吧，有事我们替你想办法。”

"行。"乔晚应了一声，上了上行的电梯。

七音琴行是A市最大的琴行，但是它的老板可能是所有琴行的老板中最吊儿郎当的。原本琴行的老板也很富裕，开琴行不图挣钱，只图开心，不过这么多年下来，竟也开得不错。

乔晚第一次来老板的办公室，敲了敲门，里面传来男人懒懒散散的声音。

"进。"

乔晚开门走进去，看到了门口坐在会客区沙发上的杨太太。看到杨太太，乔晚就大致知道发生了什么。她觉得杨太太作为一个事业型女性，没有包容别人的度量就算了，怎么每次搞事情都是找老板、诽谤她、让老板开除她这三件套，就没点儿新意吗？

七音琴行的老板名叫辛锐，年纪不大，烫着一头羊毛卷，长着一张娃娃脸。他气质很丧，整天抱着手机玩游戏，一副睡不醒的样子。

"老板。"乔晚先叫了辛锐一声。

辛锐听到她进来，依旧靠在他的办公椅上，头也没抬地说道："杨太太说你品行不好啊，还说你上一次被琴行辞退也是这个原因，你有什么要解释的吗？"

乔晚看了一眼杨太太，回头和老板说道："我和杨太太有些私人恩怨，上次的工作也是因为她被辞退的。"

辛锐确认道："误会是吧？"

"是的。"乔晚回道。

"那……"辛锐还没说完，话就被杨太太打断了。

“辛总，这位乔小姐19岁那年就生了一个孩子，孩子的爸不知道是谁。在好的家庭教育下，是不会教育出这样的女儿的，所以我说她品行不好，也不算是误会。您要知道，来琴行上课都是家长带着学生过来，万一有些男家长稳不住心思，和乔小姐有了些什么牵扯，对你们琴行的声誉也有一定的影响。”杨太太说道。

杨太太笑了笑，继续说道：“当然，我口说无凭，您也不信。以后如果我收集到了证据，我会随时过来找您的。”

她这就有点儿恶心了。

杨太太知道琴行不会随意辞退她，但是这次她的战略不是一步到位，而是拉长战线。辛锐一天不辞退她，她就揪着这件事情不放，一直来找。她和琴行有合作关系，辛锐不可能不让她来。一来二去，辛锐不胜其烦，肯定会为了规避麻烦直接辞退乔晚。

乔晚觉得就不该跟她多费口舌，又听她说了一遍自己19岁生孩子就不检点这种话，对方还诽谤她和家长的关系，乔晚实在不知道这样的女人怎么好意思开口说别人品行不端？

乔晚也没废话，说道：“老板等一下，我打个电话叫人过来解释一下……”

说完，乔晚拨了杨柏的电话号码。她早就该打这通电话了，只有杨柏能制止他妈。

“您好，您拨打的电话正在通话中，请稍后再拨……”

乔晚：“……”

正在通话中是什么鬼？

乔晚打电话的时候，杨太太并没有着急。辛锐是她儿子的朋友，就算杨柏来了，对她也没什么影响。最后杨柏劝说她离开了，乔晚距离被辞退的日子也就不远了，没有琴行愿意留一个麻烦。开始她忌惮乔晚背后的关系，怕自己做了什么事受到影响。既然乔晚背后的关系是她的儿子，那她有什么好怕的？她儿子总归不能不认她这个妈。

乔晚又拨了两次电话，仍是正在通话中。

旁边的辛锐等待着乔晚打电话，问道："怎么样了？"

"没打通，等一会儿……"乔晚回道。

乔晚说完，想了想，拨了欧蕙的电话号码。

"您好，您拨打的电话正在通话中，请稍后再拨……"

乔晚的火一下子上来了。她刚要去办公室外找欧蕙，她的手机铃声却响了起来。她停下脚步，看了一眼来电显示后按了接听键。

"喂，你过来帮我个忙。"

池故渊挂断与乔晚的电话后，乘坐电梯上了楼。电梯直达16层，池故渊到了七音琴行老板的办公室门口，抬手敲了敲门。

"进。"里面传来辛锐懒洋洋的声音，池故渊推门走了进去。

他一进门就看到了坐在会客区沙发上的杨太太。杨太太也看到了他，上次在艾德西餐厅帮乔晚挡住她泼的水的那个男人。

"好哇，竟然是你……"杨太太说着激动地从沙发上站了起来。

在杨太太站起来时，另外一个坐着的人也从老板椅上站了起来。从乔晚和杨太太进门后视线就一直没离开过手机屏幕的辛锐，把手机往身后一收，朝着池故渊叫了一声："池先生。"

辛锐一叫完，杨太太倒是愣住了。

不出乔晚所料，辛锐果然认识池故渊。她让池故渊上来帮她，就是预料到了这一点。

在辛锐叫完池故渊后，池故渊微微颔首算是打过招呼了，走到了乔晚身边，问道："发生什么事情了？"

乔晚看向会客区的杨太太，说道："杨太太诽谤我，说我品行不好，要让我的老板开除我。"

乔晚说完，池故渊抬眸看了辛锐一眼，辛锐连忙摆手："我可没有开除啊，还没呢！"

辛锐这么说的时候，杨太太已经从会客区走了过来，站在池故渊面前说道："你是那天在餐厅里帮她挡水的那个男人吧？这下好了，人证都来了。明明前段时间你还和我儿子纠缠不清，这才多久，现在就换了这位池先生……"

"没换。"池故渊说道。

杨太太的话被打断，她看向池故渊，池故渊目光平静地说道："一直是您儿子单方面追求乔晚，乔晚从没答应过他，所以乔晚不算换了人。"

简而言之，她儿子连被换的资格都没有。

自家儿子被这样贬低，杨太太哪儿还忍得住？她脸色一变："你……"

"您的儿子是杨柏对吗？"池故渊又打断了杨太太的话。杨太太困惑地看着他，池故渊继续说道："您在刚好，我有些话想对您说一下。"

作为一个年轻男人，池故渊的气场未免太稳了。杨太太竟然被他这种平静的表情震慑住了，困惑地打量着他："是又怎么样？"

"乔晚是我的女朋友。"池故渊说道。

杨太太："……"

乔晚："……"

辛锐："……"

池故渊话音刚落，办公室里马上陷入沉寂之中。杨太太最先反应过来，目光在乔晚和池故渊之间来回游走，问道："你跟我说这些做什么？"

"因为您儿子在知道乔晚和我的关系后，还执迷不悟地联系乔晚。"池故渊说道。

杨太太难以置信地说："怎么可能？"

"这事你可以回去问令郎。"池故渊道。

杨太太一下子没了话，池故渊继续说道："我告诉您这件事情，只是想让您回去后劝一下令郎。"

"您曾经也说过，两个人在一起要门当户对。这番话我希望您回去后也和令郎说一下，让他不要再痴心妄想。"

说罢，池故渊看了一眼身边的乔晚："毕竟我的女朋友，不是什么家庭都高攀得起的。"

杨太太："……"

乔晚："……"

牛哇！

第七章

池先生真是积德行善

在以其人之道还治其人之身这件事上，乔晚愿称池故渊为宇宙最强！没有比被自己的话打脸更难受的事了，也没有比看到别人被自己的话打脸更爽的事了，乔晚的心情一下子就好了。

杨太太的心情却不怎么好了，她开始是被池故渊震慑住了，池故渊三两句话把她家、把她儿子贬低得什么都不是，她反应过来后，像疯了一样骂池故渊。

“你算是什么东西？乔晚又算是什么东西？你知不知道我是谁？……”

“你家是做钢琴生意的，工厂在城南，那块地皮是租赁的，池家可以收回。”池故渊打断她的话。

乔晚就看着杨太太像是被点燃的炮仗，在火星燃到最后一秒的时候，哑火了。她的神情从震怒变成震惊，后来变成惶恐。

杨太太过惯了趾高气扬的生活，她的傲气，让她忽略了池故渊进来时辛锐叫的那声“池先生”。

在A市没有人不知道池家，但是她并没有将眼前这个男人和池家联系在一起。而现在看看，这个男人的气度、谈吐，哪一样不是出身世家的男人才有的修养？

杨太太的下唇颤抖了一下，她盯着池故渊，问道：“你是……？”

池故渊没有回答她，拉过了乔晚的手，对杨太太说道：“既然你这么喜欢让人丢工作，那么你也尝一尝丢掉工作的滋味吧。”

说完，池故渊回头对辛锐微微点头，带着乔晚离开了办公室。

乔晚和池故渊离开办公室后，碰到了在办公室外面站着的欧蕙。不知道欧蕙是什么时候过来的。欧蕙听到开门声，看到出来的人是乔晚和池故渊，她把手放在了身后。

她晚了一步，在她把手放在身后前，乔晚就看到了她手里拿着的正在通话的手机。

早在给杨柏打电话打不通的时候，乔晚就给欧蕙打电话确认了欧蕙也在通话中，是欧蕙占了杨柏的线，让她没法联系杨柏来处理杨太太的事。

不光这件事，说不定杨太太今天来也是欧蕙在煽风点火。而欧蕙这么做，都是因为杨柏喜欢乔晚。

有些时候，有的人坏得厉害，会让人觉得可怜。

在乔晚心里，欧蕙曾经是个很优秀的女孩，纯洁得像张白纸。她性格温柔，长得漂亮，业务能力强，乐于助人，乔晚曾经很喜欢她。而欧蕙拥有这些出色的条件，也足够让她得到她想要的爱情。

可是她偏偏不迈出这一步去争取，反而在背后阻拦别人。同时，她还在怨恨，怨恨杨柏不帮她而帮乔晚，怨恨她把乔晚当朋友乔晚却看不出她喜欢杨柏。

这样的女孩其实挺可怕也挺可怜的。

欧蕙显然刚到办公室外面没多久，她是来等待杨太太凯旋的。她也不知道办公室里发生了什么事。在乔晚出来时，她只下意识地躲闪了一下，很快就恢复镇定。但是乔晚的下一句话，又让她动摇了。

“把电话挂了吧。”乔晚说道。

欧蕙微微睁大双眸，乔晚这话是对她说的，她看看乔晚，又看了看池故渊。

“你说什么？”欧蕙没承认。

“打给杨柏的电话。”乔晚点明道，“我已经把事情处理完了，用不到他了。”

欧蕙抿了抿唇，说道：“我不知道你在说什么。”

欧蕙还在装傻，乔晚却不想跟她多费口舌，对她说道：“你今天自己递辞呈吧，我不想和你做同事了。”

说完，乔晚对身边的池故渊说：“我们走吧。”

乔晚说完后，就和池故渊一起朝着电梯走去。欧蕙反应过来，这种一直隐忍着被看穿的恐惧感爆发了。

“乔晚，你凭什么让我辞职？你不想和我做同事，就自己滚！”

乔晚却没理她，欧蕙的怒火上来，她朝着乔晚的方向走去，就要继续跟乔晚据理力争，然而这时电梯到了，乔晚和池故渊上了电梯离开了。

“乔晚！”欧蕙看着关闭的电梯门大叫了一声。

杨太太出门时，刚好看到了有些崩溃的欧蕙。刚才她在办公室找辛锐确认了池故渊的身份。在A市这种地方，他们杨家和池家相比顶多算是小门小户，她没有见过池故渊。在和辛锐确定池故渊竟然是池家的继承人后，杨太太已经冲出来准备道歉了。

可是看到欧蕙后，杨太太就知道乔晚和池故渊已经走了。

欧蕙声嘶力竭地喊了一声后，整个人像是被按了暂停键般定住了。定了一会儿后，她像是重新戴上了面具，回头看向杨太太。

“杨阿姨……”欧蕙笑着朝杨太太走了过来，“刚才乔晚说让我辞职，她怎么想的？……”

“你辞了吧，你不辞我帮你。”杨太太冷淡地说道。

欧蕙抬眸看了杨太太一眼：“杨阿姨……”

杨太太见识过这么多女人，像欧蕙这种小心思很多的小家碧玉她看得很清楚。欧蕙利用她，挑拨她和乔晚的关系，一开始若不是欧蕙说不定现在她也不会得罪池家。

想到得罪池家，杨太太已经自顾不暇，焦头烂额。

“我跟他们的矛盾是因为你而起的，为了寻求他们的原谅，我不能再跟你有什么联系。你回去跟你妈说一下，让她也不要再联系我了。”杨太太和欧蕙道。

“杨阿姨……”欧蕙急忙叫了一声。

“我从未想过让你和杨柏在一起。就算他和乔晚成不了，他的妻子也永远不可能是你。或许以前我们两家家境差不多，但是现在……你也认清自己的身份，找个合适的人嫁了吧。另外琴行这里，你自己辞职，想去哪儿去哪儿，别再弄出什么幺蛾子。”杨太太话音一落，看向欧蕙，“不然你是知道的，在A市的琴行，我还是说得上话的，你别把自己的路走死了。”

欧蕙的眼睛里浮上一层绝望之色。

乔晚和池故渊上了电梯后，电梯门一关，乔晚忍不住“扑哧”一声笑了出来。想到办公室里发生的事情，乔晚问池故渊：“你不会真要把地皮收回来吧？”

“不会。”池故渊看了她一眼，答道，“签了合同的，收回来算违约。”

乔晚笑着挑了挑眉：“哦。”

“但是可以涨租金。”池故渊说，“这次发生了这样的事情，他们肯定也随便我们涨。”

乔晚：“……”

乔晚听着池故渊的话，感叹地“啧啧”了两声：“真是奸商……”

她说完，池故渊回头看了她一眼。乔晚立马笑起来：“不过这次不是，这次你是为了帮我，是正义凛然！”

池故渊看她开心地说着，弯了弯嘴角没再说话。

刚才池故渊那么轻轻地一弯嘴角，乔晚看着一下子失了神。池故渊并不是不笑的人，但是沉稳，所以很少表露情绪。无论什么时候，乔晚都觉得他不动如山。

而这样的人，突然这么笑一下，真让人心动。

乔晚的心跳乱了两拍，她回过头来，电梯里的暧昧气氛让她想着要尽快找点儿别的话题。她望着电梯下行的数字，和池故渊说道："但是我自己也要支棱起来，不能老是被别人带节奏。"

乔晚不想做杨太太那类的人，但是在杨太太对她做出什么的时候，她也要适当地反击，不论怎么说，她都是有理的。她没有做错事，也不需要对于别人对她做的事情一味地忍让。

她说完，电梯门开了，池故渊从电梯上下去，对她道："在我身后就好。"

"总不能一直这样……"乔晚说。

她没说完，意会了池故渊的意思。池故渊这句话是说，她只要在他身后，他就会帮她。且不说她会不会这么做，单从现在两个人的关系……

"你就这么确定我们俩会结婚？"乔晚问。

她说完，池故渊低头看了她一眼。

"我们会的。"他说。

听到他的话，乔晚眨了眨眼睛，笑了起来。

乔晚和池故渊说着话，已经走到了池故渊的车前。池故渊开了车锁，乔晚照例去了副驾驶的位子，坐上车后说了一句："好香啊！"

池故渊的车里原本就有一股杉木香，但是这次的香味不是车里原带的，而是一阵温暖的花香。

待乔晚问完，还没反应过来，池故渊便伸长手臂，从后座上拿了一束花递到乔晚面前："送给你的。"

乔晚："……"

这是一束很大的花，包着香槟色的玫瑰、白色的洋甘菊、罗勒叶，还有向日葵，几种花凑在一起，色调温暖，乔晚很喜欢。

在车里这种狭窄的空间里，花香像是沉淀了。花束被池故渊拿过来时，花香拂面，乔晚感觉像有一股热气扑过来。

乔晚眼睫一动，抬眼看着花束后面的池故渊，伸手接过了花。

"谢谢！"乔晚笑着道了谢，抱着一大捧花，"这么隆重吗？"

池故渊说道："当然，这是第一次约会。"

乔晚："……"

这是两个人确定继续接触后吃的第一顿饭，也可以算是第一次约会了。美好的事物总能令人愉悦，抱着这么大一捧花，乔晚还是很开心的。

"那我们第一次约会吃什么？"乔晚笑着问道。

对今天晚上吃什么，乔晚有话说。昨天两个人第一次相亲，是池故渊请的。有来有往，今天乔晚想请池故渊吃饭。

"西餐。"池故渊答道。

乔晚挑了挑眉："你可真喜欢吃西餐。"

两个人第一次见面、第二次见面都是在西餐厅里，第一次相亲、第二次相亲也是在西餐厅里。不过乔晚对吃西餐没异议，因为她也喜欢吃。

但是池故渊嘴里说的西餐，和她印象中的西餐委实有些不一样。乔晚站在栈桥上，看着面前装饰得华贵精致的游艇，一时间竟然不知道该先迈哪只脚。

“在这儿吃？”乔晚问。

“在这儿吃。”池故渊答。

乔晚：“……”

这是一家游艇西餐厅，餐厅的扶梯旁，打扮得体的服务生正在等待他们登船。游艇上灯火通明，乐声悠扬，停靠在夜里的海边，伴随着海浪声和咸湿的海风，有一种朦胧的浪漫感。

作为第一次约会的餐厅，乔晚觉得这会让她终生难忘。

“上去吧。”池故渊说道。

他说话的工夫，已经把手伸到了乔晚面前。乔晚看了他一眼，把手放在了他的掌心里。池故渊握着她的手，两个人一起上了游艇。

两个人被带到了位子上坐下，乔晚这才发现这里竟然是那种单人西餐厅。整个餐厅只接待一桌客人，可以说是极致的体验了。

游艇上除餐桌外，还有个小型吧台，吧台旁则是乐台。乐台上有几个乐手，钢琴、小提琴、大提琴正在合奏，音乐优美，伴随着海风，实在是令人心旷神怡。

“想吃点儿什么？”池故渊打开菜单问乔晚。

“哦。”乔晚回过神来，也翻开了菜单，看着菜单，却问了另外的问题，“你是从哪儿知道这个餐厅的？”

这种餐厅在游艇上，接待的人又少，应该挺难找的吧？

“这是我的游艇。”池故渊说道。

乔晚：“……”

所以说这个餐厅也是他的？类似自己的小厨房？

池故渊回望着她："我帮你点？"

"你帮我点吧。"乔晚点头。这是他的小厨房，他肯定知道哪些菜好吃。

得到乔晚的同意后，池故渊拿着菜单点了餐，服务生接过菜单之后，点头退下去了厨房。

听说是池故渊的游艇后，乔晚竟放松了些，都是自家产业，也不用太拘束了。乔晚打量着西餐厅，想着池故渊竟然专门弄了一个西餐厅小厨房，于是又对池故渊说道："你是真喜欢吃西餐。"

"我都可以。"池故渊说。

乔晚："……"

也就是说，还有中餐、日本料理等小厨房？

想到这里，乔晚笑了一声，问道："有比萨店吗？"

池故渊抬眸看了乔晚一眼，乔晚与他对视道："上次请你吃饭，你说你喜欢吃比萨来着。"

"是的。"池故渊应了一声，"但是你不喜欢吃。"

所以他没带她去比萨店？

乔晚笑了起来，说道："你知道我为什么不喜欢吃比萨吗？"

"为什么？"池故渊问。

"因为我从 15 岁开始，就在比萨店打工，所以讨厌比萨的味道。"乔晚突然想起什么，眼睛一亮，"你要是去过加拿大，说不定还买过我卖的比萨。"

乔晚说到这里，一时觉得十分奇妙。她和池故渊的缘分就挺奇妙的，在她找回身份前，她就认识了池故渊，池故渊还帮了她好几次。那她大胆一点儿猜想，说不定池故渊在她失忆前他们也见过呢。

但是等她说完后，池故渊就否定了她的这个大胆的猜测。

“没有。”池故渊看着她说道，“你在比萨店打工那几年，我学业很忙，没有时间出去玩。”

池故渊知道她的年龄，往前推算一下，也知道她在比萨店打工的那几年是什么时间。那几年正是池故渊学业最忙的时候，他又是修的双学位，还念了硕士，整天忙着上课学习，确实没有时间出去玩。

听池故渊这么说，乔晚竟觉得有些遗憾，笑起来道：“那可惜了，不然我们肯定早就见面了。”

“是的。”池故渊应了一声。

两个人闲聊的工夫，晚餐陆陆续续地被端了上来，两个人开始享用晚餐。

池故渊的小厨房做出来的东西未免也太好吃了。从前菜到主菜，包括汤、甜品，每一道菜都像是为她量身定做的一样，精准地击中了她的味蕾。

不光如此，餐厅里的音乐也和美食契合，他们在这幽暗的大海之上，望着夜空，吃这么一顿晚餐，别提多美妙了。

乔晚没喝酒都觉得有些醉了。

最后一道甜品上来，乔晚拿着勺子敲了一下，与此同时，餐厅里的音乐也变了。乔晚吃了一口甜品，美食和音乐相融，乔晚的眼睛亮了亮。

“是这首。”乔晚说道，看向了乐台。

乐手们正在演奏她在SHO第一次见池故渊时演奏的那首曲子，后来池故渊再见她时，还问过她这是什么曲子。

“我很喜欢。”池故渊也望向了乐台。

这首曲子乔晚一直会弹，但是她搜过很多次，网上并没有这首曲子的曲谱。乔晚回头看向池故渊：“谱子是你自己扒的吗？”

池故渊转眸对上了她的视线。

乔晚看着他，眼神带着疑问。她说过不知道这首曲子叫什么名字，也没有搜到。若是他有这首曲子的曲谱，那说明是他扒的她的谱子。

“是的。”池故渊说道，“没有商演过。”

听到池故渊的话，乔晚一下子笑出了声。

池故渊以为这是她写的曲子，然后扒了她的谱子，那么就相当于是在剽窃，还专门跟她解释说没有商演过。

乔晚曾经也怀疑这是她写的曲子，但是后来想了想，觉得应该不是她写的。因为她虽然钢琴弹奏得不错，但是创作能力还是有些欠缺的，作不出这么完整美妙的曲子。

“这首曲子应该不是我写的，或者不是我自己写的。”乔晚看着乐台说着，然后回头冲池故渊笑着说，“不过你扒谱子扒得很完整嘛。这曲子合奏起来，都有点儿像舞曲了。”

一首相同的乐曲，用不同的乐器演奏出来是不同的感觉。这首曲子用钢琴弹奏，曲调是孤独的，像是叶落满地的秋天的感觉；而用小提琴、大提琴还有钢琴合奏时，则多了些优雅高贵的韵味，像是从肌肤上滑过的丝绸，柔软顺滑。

乔晚刚说完，池故渊站起来对乔晚伸出了手：“可以请你跳支舞吗？”

乔晚：“……”

乔晚不会跳舞。她以前可能会跳，但是失忆后她就是一个单亲妈妈，也没参加过舞会，唯一会跳的还是母亲教她的广场舞。

可是眼下这番情景、这样的音乐、这样的男人、这样的邀请，哪个女人能拒绝？

乔晚四肢僵硬地站在餐桌旁的空地上，对面前站着的池故渊说道：“我不太会跳，你小心点儿你的脚。”

池故渊低头看着她：“我带你。”

说完，池故渊伸出了手。乔晚抬眸看了一眼池故渊，放松一下后，把手递给了他。

池故渊接过乔晚的手，将一只搭在了他的肩膀上，将另外一只握在了他的手心里。两个人的距离一下子靠近了，乔晚闻到了池故渊身上清新好闻的冷杉香气。

“我要把手放在你的腰上。”池故渊征询着她的同意。

“可以。”

乔晚一说完，只感觉一只大手隔着单薄的衣料贴在了她的腰上。他的五指修长纤细，隔着单薄的衣料，乔晚能感受到他的手指的骨节、力道和温度。

乔晚的心跳一下子就不受控了。

“动一下脚。”池故渊出声道。

他的声音就在她的头顶上，说话时，呼吸喷在了她的耳侧。乔晚懵懵懂懂地动了一下脚，一脚踩在了池故渊的脚上。

“啊，对不起……”乔晚赶紧后撤。

她的脚后撤时，身体也往后退，但是并没有撤开，池故渊的手牢牢地搂在了她的腰间，禁锢住了她的动作。

“没关系，再来。”池故渊说道。

乔晚：“……”

得到池故渊的鼓励，乔晚也变得大胆了些。她再一次随着音乐探出了脚，这一次没有踩到池故渊，乔晚的眼神变得有些惊喜，她抬眼看向池故渊。

池故渊目光深沉地看着她，沉声道：“继续。”

“好。”乔晚收回目光，跟着音乐有节奏地跳了起来。

乔晚以前肯定是会跳舞的，要不然也不能在这么短的时间内就学会。她只是在开始的时候因为慌乱踩了一次池故渊，跳到后面的时候，她的舞步已经和池故渊的舞步完美地融合在了一起。

乔晚沉浸在音乐里，抬眼望着池故渊，越过池故渊望着他身后的深海。黑沉沉的深海里，一座孤独的灯塔闪耀着光辉。

这让乔晚想起了小美人鱼，随后想起了迪士尼公主，又想起了灰姑娘。她现在就像是南瓜马车上的灰姑娘，和王子一起跳舞，一切美好得像个梦，让她沉醉其中。

乔晚收回看向灯塔的视线，把目光落在了池故渊的身上。她看着他，与他对视。

池故渊有一双非常深沉的眼睛，每次乔晚对上他的视线，都觉得自己像是被吸入了浩瀚的宇宙之中。

这种深沉的眼神往往带着令人无法自拔的深情。

“我觉得……”乔晚看着池故渊，轻轻地笑了起来，“我觉得我有一点点心动了。”

池故渊望着她，深沉的眼眸动了动。

“但是这也有可能是在特定氛围下产生的荷尔蒙反应。”乔晚又补充了一句，“就像是看到电影杂志上的男人会产生爱情一样，不一定是真实的。”

乔晚说完，松开池故渊的手后退了一步。有时候理智像是一把冰冷的箭，能把所有的暧昧驱散。后退一步，乔晚觉得她的心跳恢复正常频率了。

“怎么样？”池故渊问。

“没了。”乔晚说完笑了起来。两个人已经分开，她笑着回到了餐桌前坐下继续吃甜品。池故渊随着她回来，坐在了对面。

“你会对电影杂志上的男人产生爱情？”池故渊问。

乔晚点头：“经常。”说完，她抬眼看向池故渊，“你也在杂志上出现过，我也对你的照片产生过爱情。”

但是那种感觉和实际上与本人接触后的感觉是不一样的。和本人接触感觉真实清晰，她反而要慎重，不像看着杂志上的照片，爱了这个还能爱那个。

乔晚说完，问池故渊："你会介意吗？"

"不会。"池故渊说道，沉吟了一会儿后，又对乔晚说，"我一直都是你的。"

所以她可以慢慢地爱。

池故渊话不多，偶尔一两句不经意的话，却能让乔晚很心动。她爱上他是迟早的事情，就是不知道他能不能爱上她。

在游艇上吃完晚餐，池故渊送乔晚回了家。乔晚今天原本是没课的，却这么晚回来，刚好又碰到了乔小桥。

乔小桥刚和外婆从公园回来，远远地就看到了乔晚和池故渊。他叫了一声"妈妈"飞奔过去，乔晚回头一下子抱住他，亲了又亲。

乔小桥感受着这浓烈的母爱，在妈妈的亲吻中，和站在妈妈身边的池故渊打了声招呼："池叔叔好！"

"你好！"池故渊回应了一句。

乔小桥和池故渊已经见过两次面了，每次他们的交流仅限于"池叔叔好"还有"你好"。但是今天两个人之间有了另外的话题，乔小桥看着池故渊说道："谢谢您昨天给我买的礼物！"

听到乔小桥的感谢，池故渊应了一声："不客气。"说完，他问道，"喜欢吗？"

"喜欢。"乔小桥冲池故渊笑了笑。

他笑完以后，妈妈差不多也亲完他了。乔小桥回头看向妈妈，问道："妈妈，你和池叔叔还有事吗？"

“没了。”乔晚摇头。

乔小桥说道：“那我们回家吧。我刚才在公园里学了一会儿滑板，身上都是汗，想回去洗个澡。”

乔晚刚才抱着乔小桥时，他的后背确实潮潮的。乔小桥是个很爱干净的孩子，听了他的话，乔晚应声道：“好啊。”

说完后，乔晚对池故渊笑道：“那我们先回去了，你回去路上也小心一点儿。谢谢你送我回来！”

妈妈和池叔叔说完话，乔小桥抬手礼貌地冲着池故渊挥了挥，笑着道：“池叔叔再见！”

池故渊看着乔小桥，应了一声：“再见！”

他说完后，乔小桥就和乔晚说了一句：“妈妈，我们走吧。”

乔小桥说完之后，乔晚答应了儿子的话，抱着儿子，朝着小区门口走去。池故渊站在车前，看着母子俩的背影消失在小区的黑影之下，才收回目光，打开车门上了车。

和池故渊道完别后，母子俩一起进了小区。乔小桥在妈妈怀里挣扎了一下，说道：“妈妈，我下来自己走。”

乔晚笑了一声，问道：“不想让妈妈抱着？”

“没有。”乔小桥回道，“流了汗不太舒服。”

听了儿子的话，乔晚把乔小桥放了下来。乔小桥从妈妈身上下来后，牵住了她的手。小家伙手上也出了汗，不过干得差不多了，只是有些热烘烘的。

母子俩牵着手，沿着小区的小路朝着家的方向走着。现在已经是晚上八点多了，天空中布满繁星，夜风吹得人有些舒服。

乔小桥从乔晚的怀里下来后，就沉默了许多。刚才池故渊在的时候，他着急回来洗澡，但是等只剩下他和妈妈后，他的速度就慢了下来。

妈妈牵着他的手，和他慢慢地走着。乔小桥抬眼看了妈妈一眼，停顿了一下后说道："其实我并不是着急回去洗澡。"

乔晚听了他的话，并不吃惊："我知道。"

乔小桥有些惊讶："你怎么知道？"

"你是我的儿子，你在想什么我当然知道。"乔晚笑眯眯地说。

乔晚和他说话的时候在笑，乔小桥却并不想笑，说道："我想让你和池叔叔早点儿分开。"

"我知道。"乔晚说道。

乔小桥停下了脚步。

乔晚跟着停了下来，她低头看着儿子。乔小桥紧皱着眉头说："那你还跟我一块儿回来。"

是的，他撒谎了，一般的妈妈若是知道孩子撒谎了都会戳穿孩子的谎言，并且批评他们。但是他的妈妈没有这样，只是笑着看着他，温柔而又包容。

这让乔小桥更难受。

乔小桥像是发脾气一样说完这句话后，就戳在那里不动了。他是在乔晚身边长大的，乔晚知道他不是在和她发脾气，而是在生自己的气。

乔小桥是个乖巧到令人心疼的孩子，若是做错了事，比起大人的责骂，自己心里更为难受。

看着小豆丁一样戳在那里的乔小桥，乔晚收起笑容，蹲在了他的身边。

“你不喜欢池叔叔，不想让我和他在一起并不是你的错。你只是在害怕，害怕他会带走我。”乔晚说道。

乔小桥抬眼看着她，眼睛已经被憋红了。

“他会吗？”乔小桥问。

“不会。”乔晚笑着说。

见乔小桥眼睛里光芒一闪，乔晚说道：“哎，但并不是说我就要离开池叔叔，不跟他在一起了。”

乔小桥：“……”

乔晚看着儿子又把头扭向一旁，笑了起来，说道：“乔小桥，没有人能带走妈妈，如果他要带走我，那也得带走你。我会开始新生活，可我是带着你一起开始新生活，并不会抛弃你。如果一个男人想要跟我在一起，那必须融入我的家庭，而不是我去迁就他。”

乔小桥回头又看向了妈妈。

乔晚的这番话，对一个 4 岁的孩子来说，理解起来并不是那么难。妈妈说得很对，对妈妈找新男朋友的事情，乔小桥从未阻拦，因为他知道妈妈不会和那些男人在一起。直到第一次见到池故渊，那种即将失去妈妈的感觉让乔小桥感到十分恐慌。

他看得出妈妈对池叔叔的好感，也看得出池叔叔不讨厌妈妈。两个人之间好像有某种关联，十分契合，注定要在一起，事实证明的确如此。

当一个 4 岁的小男孩失去他生命里最重要的人时，会变得很自私。妈妈占据了他成长的所有时光，他想和妈妈在一起，不想把她分给别人。

但是现在妈妈告诉他，她不会抛弃他。如果对方要求她抛弃他，那妈妈会选择抛弃对方，而不是抛弃他。妈妈对他的爱，无私而伟大。

乔小桥在幼儿园里见过很多小朋友的爸爸妈妈。在一个完整的家庭里，妈妈们并没有他的妈妈那么累，爸爸会帮忙承担家务，承担责任，除此之外，爸爸对妈妈的爱会让妈妈感到幸福和慰藉。

如果妈妈和池叔叔在一起，那么妈妈也能和那些完整家庭的妈妈一样，轻松很多，得到很多东西。

妈妈对他那么无私，他不能只想着自己。

乔晚在向乔小桥做了保证之后，乔小桥的情绪随着沉默慢慢地缓和下来。乔晚知道他听懂并且相信了她的话，于是抬手摸了摸乔小桥的头，问道："所以，你能为了妈妈给池叔叔一个机会吗？"

她问完，乔小桥点了点头。

得到儿子的同意后，乔晚开心地"耶"了一声，一把把儿子从地上抱起来转了三圈。乔小桥同意给池故渊一个机会，这代表着他不会因为她和池故渊在一起而不开心了，乔晚很开心。

被妈妈抱着转了三圈，乔小桥也"咯咯"笑了起来。转完以后，他被妈妈放了下来，而后母子俩牵着手继续往家走去。

乔晚开心地走着，叫了一声乔小桥。

"嗯？"

“妈妈得告诉你一件事情。”

“什么事情？”

“其实我跟你池叔叔还没在一起，我俩只是在相亲，在不在一起还不一定呢。”

乔小桥：“……”

那你刚才跟我说得那么严肃，那么凝重干吗？！

乔晚提前跟乔小桥说，是想提前把他的心结解开。因为她和池故渊最后指不定就成了。而且就算他俩不成，她的亲生母亲肯定还会给她介绍别人。她这样给乔小桥打好预防针，有备无患。

解决了这件事，乔晚也算是了了一个心结，当晚抱着儿子呼呼大睡。第二天一大早乔晚去了琴行上班。

乔晚去上班的时候，欧蕙刚办完离职手续从行政办公室里出来。这段时间，乔晚因为欧蕙，被为难，被辞退，被诽谤，现在欧蕙辞职，这些事情也算是尘埃落定了。

两个人在前台碰了面。欧蕙看了乔晚一眼，然后收回目光离开了琴行。目送着欧蕙的背影离开后，乔晚也回过头来。

吕雯刚给欧蕙办完离职手续，从办公室里出来就看到了乔晚。昨天乔晚被老板叫去办公室，吕雯担心了一晚上，看到乔晚，赶紧过去问了一句：“昨天到底发生什么事了？”

乔晚和欧蕙之间有矛盾，昨天欧蕙和杨太太在一起时吕雯也看到了。而杨太太去老板的办公室，吕雯也知道。杨太太是为了欧蕙去找老板的，但最后竟然是欧蕙过来办了离职手续。吕雯对此十分好奇。

“没什么事，就是有人诽谤我，我解释给老板听了。老板觉得我没错，就把罪魁祸首欧老师给辞退了。”乔晚说道。

吕雯难以置信地问：“老板这么深明大义？”

“哎，你什么意思？”辛锐刚进琴行，就听到自己的员工在怀疑自己。

辛锐一开口，吕雯被吓得回头，看到辛锐，立马收起自己怀疑的表情，说道：“不是的，我只是没想到老板这么无微不至，会管这些小事。”

确实，基本上这个老板就是挂名的，除了出钱买了两层楼，添置了琴行设备，其他各方面的事都是他家里派人来帮他打理的。而辛锐平时什么事都不管，就会玩游戏。

“这虽然是小事，但是涉及琴行老师的名誉问题，我不能不管。”辛锐说道。

吕雯听了这话，倒是对他刮目相看。世界上这样公平且为员工出头的老板不多了。

辛锐说完，冲一旁的乔晚笑了笑，说道：“嘿嘿，你说对不对，乔姐？”

吕雯：“……”

乔晚：“……”

什么乔姐？

辛锐这声“乔姐”是冲着池故渊叫的，但是乔晚是员工，辛锐是老板，他这样当着大家的面叫她“乔姐”实在不合适。

乔晚让辛锐把她带去了他的办公室。

到了办公室，乔晚冲辛锐笑了笑："老板，你怎么叫我乔姐啊？这是在公司。"

辛锐见乔晚如此客气，回过神来，说道："哦，我以后私下叫。"

乔晚："……"

私下他也不能叫啊！她的老板是她的小弟，这叫怎么回事啊？

"您为什么这么叫我啊？"乔晚问。

"你不知道吗？你是池先生的女朋友的消息在我们圈子里都传遍了。你可是池先生的女朋友，那不叫乔姐叫什么？"辛锐道。

乔晚："……"

昨天池故渊过来给她解围，说她是他的女朋友，但只是在办公室里说的，当时办公室里就四个人，她不传，池故渊不传，杨太太肯定也不会传……

乔晚问："谁传的？"

辛锐立即回道："我呀！"

乔晚："……"

乔晚实在是想不到，这个整天沉迷打游戏的羊毛卷老板竟然还是个大嘴巴。他要是传点儿真消息就罢了，可是这件事是假的啊。

"不是，老板，谁让您传的啊？"乔晚有些哭笑不得。

看出乔晚的无奈，辛锐后知后觉，小心地问道："啊？这是秘密不能传吗？"

乔晚抬手摸了摸眉心，说道："倒不是秘密，只是暂时来看，这是个谎言。杨太太跟我积怨已深，她还说过我的家世配不上她家的话，所以当时池先生才说我是他的女朋友，其实是为了打杨太太的脸。”

乔晚简单地解释了一下，辛锐就明白了。他一副恍然大悟的表情，说道：“哦，池先生真是个大善人哪！”

乔晚：“……”

怎么？池故渊成为她的男朋友是积德行善吗？

乔晚和老板谈完她和池故渊的关系，辛锐表示以后不会再这么叫她，但是能让池故渊这么帮她，那表示她和池故渊关系匪浅，辛锐表示还是会很尊敬她。

有老板护着，乔晚在琴行工作更有安全感和幸福感了。

离开老板的办公室，乔晚回到了自己的钢琴教室。她刚回去没多久，吕雯就拿着课程本过来了。对老板叫她乔姐的事，她还一脸八卦的样子。

“怎么回事？老板都叫你乔姐！”吕雯笑嘻嘻地看着乔晚问。

“老板开玩笑呢。”乔晚笑着说道。

就他们老板那吊儿郎当的样子，确实有些像开玩笑。不过开完玩笑之后，他们还去办公室谈，那就有点儿不像是在开玩笑了。乔晚不说，吕雯也没问。既然吕雯能看透这一点，琴行里其他人自然也能看透。反正经过这么一遭，以后在琴行里乔晚算是畅通无阻了。

吕雯和乔晚关系渐好，乔晚能在琴行里好好地待着，吕雯还是挺为她开心的。

“啥时候让老板叫我一声雯姐就好了。”吕雯痴心妄想地说完后开始和乔晚说正事，“欧老师今天突然辞职，琴行招新的老师需要一段时间，她手上的课要分配给你们几个同级的老师上一下，可以吗？”

欧蕙辞职是让乔晚爽了，可是对琴行来说还是有一定的损害的，尤其是吕雯要考虑后期和家长协商给孩子换老师的事情，更增加了她的工作量。所以吕雯说要把欧蕙的课程分配给乔晚一些时，乔晚义不容辞。

“可以啊。”乔晚答应。

吕雯低头画了一下课表，问道：“周一晚上和周三晚上两节可以吗？我看你周一晚上和周三晚上没课。”

她之所以给乔晚安排周一晚上和周三晚上，是想让她白天清闲一些。琴行相对来说，上晚上的课还是比较好的。

吕雯说完，乔晚说道：“给我安排白天的课吧。”

“嗯？”吕雯疑惑，“你晚上有事啊？”

乔晚也不算晚上有事，不过她和池故渊都上班，两个人的空余时间都在晚上，要想培养感情，她就得把晚上的时间空出来。

“对啊。”乔晚说道，“给我安排白天的课就行。”

吕雯没多问：“行，那我给你安排周二早上和周四下午，两节课，可以吧？”

“好呀。”乔晚答应了。

第八章

亲子运动会

早上辛锐叫了一声“乔姐”，乔晚和同事们解释过辛锐是在开玩笑后，仍然明显感觉出同事们对她客气了很多。在工作中同事们客气，也能少很多麻烦，这也不算什么坏事。乔晚晚上上完课后，坐地铁回家了。

乔晚几点下课几点到家，乔小桥和胡玫都是知道的。乔晚刚从地铁站走到家附近的路边，就看到了在路边等待的乔小桥。看到乔晚，乔小桥叫了一声：“妈妈！”

乔晚走过去，想要抱他，乔小桥说道：“牵手吧，刚下班很累。”

儿子体贴，乔晚欣慰地蹲下抱住了他，猛吸了两口气，变得精力满满了。

“外婆呢？”

“外面太热了，我让她先回去了。”乔小桥说道。

“乔小桥很会体贴人嘛。”乔晚笑着夸奖道。

被夸奖了，乔小桥点头接受："是的。"

乔晚哈哈大笑了起来。

母子俩牵着手朝着小区的方向走着，乔小桥跟在妈妈身边，看了乔晚几次，欲言又止。最后，他还是问了出来："池叔叔今天没送你吗？"听见儿子过问自己的感情状况，乔晚笑："我今晚有课，他也忙，就没约。"

"哦。"乔小桥应了一声。

昨天乔晚和乔小桥谈了她和池故渊的问题，乔小桥同意给池故渊一个机会。但他给池故渊一个机会和接受池故渊还是不太一样的，中间还有很长的路要走。既然乔小桥愿意给池故渊一个机会，后面就要看池故渊如何一点儿一点儿地把他的心门打开了。

只是乔晚最近晚上都有课，好像没啥机会让乔小桥和池故渊接触。

"我们周五下午有亲子运动会。"乔小桥和乔晚说着幼儿园发生的事情。

幼儿园的小孩都四五岁，园里经常组织一些亲子活动来增进家长与孩子之间的感情。亲子运动会就是最常见的项目。

"真的呀？那你报名了吗？"乔晚笑着问道。

乔小桥是有些想报名的，看着妈妈问："你有时间吗？"

一般这种运动会是要跑、跳、动脑的，外婆不太适合参加。

乔小桥说完，乔晚笑着点头："有啊，我周五下午没课。"

听到乔晚有时间，乔小桥又问："那你想参加吗？因为可能好多是同学和同学的爸爸一起参加。"

在幼儿园孩子的家庭里，大部分是母亲照顾孩子的时间多，所以这样的运动会，更倾向于让孩子的父亲参与，以增进父子之间的感情。而且最主要的是，父亲是男人，在运动方面比女人要强一些。

没想到儿子小小年纪就这么有绅士风度，还知道询问女士的意见。

乔小桥耐心地等待着妈妈的回答，乔晚也认真地思索了一下后，冲儿子点头一笑："我愿意。"

"耶！"乔小桥开心地把拳头握了起来。

"哈哈哈！"乔晚笑了起来。

乔晚的课不算多，加了欧蕙的两节课后，工作量也还算可以。不过有些老师着急升二级钢琴老师，需要快速累积课时数，课时就多得离谱，甚至没什么休息时间，比如，她隔壁的秦老师。

周四上午，乔晚刚下课，外面就传来敲门声。乔晚说了声"进"，秦老师推开门走了进来。

两个人的钢琴教室挨着，所以两个人关系不错，上次乔晚有事，秦老师也帮忙上了几节课。

"秦老师，有什么事吗？"乔晚问。

秦老师刚进门就一副有些难以启齿的表情，乔晚索性先开了口。听乔晚主动问，秦老师笑了笑，说道："我女儿前几天身体出了些状况，刚去医院检查完，明天下午要进行手术。但是我明天下午有课，我想可不可以请你帮忙上一节课？"

秦老师比乔晚年长，她的女儿也已经上小学。女儿自小身体就有些问题，一直在平稳地治疗，只是偶尔会有一些突发情况，也会让秦老师措手不及。

原本秦老师也帮她上过课，更何况是关于孩子的事情，乔晚立即点头道：“当然可以，你明天下午的课是几点？我帮你上就好了。”

“谢谢。”秦老师感激地说道，“我的课是下午两点到五点，一共三节。”

说完以后，秦老师问乔晚：“你明天下午没事吧？因为我就在你的隔壁，两个学生也认识你，我想让亲近些的老师帮我上课会比较好。”

秦老师还专门解释了一下，乔晚笑着说：“没事呀，我明天下午没课的。”

“那就好。”秦老师放下心来，最后又道了一声谢，“等回来请你吃饭。”

“客气什么？”乔晚笑起来，“祝你女儿手术顺利！”

秦老师笑着点头，然后就关门离开了。

秦老师离开后，钢琴教室里就剩下了乔晚。想着刚才秦老师进门时憔悴的样子，乔晚不免叹息了一声。

秦老师家境不错，虽然已经三十几岁，但是一直保养得很好，可是有些事情，是有钱也解决不了的，比如，她女儿的病。她女儿的病情稳定还好，如果不稳定，秦老师自然要受一番折腾。平日看不出什么来，一折腾她就显得憔悴，乔晚甚至能看到她哀愁的眼睛旁边细细的皱纹。

在这种时候，乔晚就觉得身为父母，不需要自己的孩子有什么大成就，只要孩子健康快乐就好了。

乔晚答应了帮秦老师代课，周五上午上完课后，她就没有离开琴行。中午她和琴行的同事一起吃的饭，秦老师的学生在一点半就早早地来了。乔晚带着学生先去了钢琴教室，和家长闲聊了一会儿。

她正聊着，手机闹铃突然响了。

“抱歉。”乔晚笑着向家长道了声歉，而后拿过手机看了一眼。

手机屏幕上是她定的两点的闹铃，闹铃提醒她下午两点记得去幼儿园参加亲子运动会。

乔晚看到“亲子运动会”的时候，大脑先是空白了两秒。等回忆涌上头来，乔晚一下子从琴凳上站了起来。

她把答应乔小桥去参加亲子运动会的事情给忘了！

乔晚定的闹钟是一点四十分，琴行距离幼儿园有半个小时的路程，估计运动会开始前还会有动员啥的，要耽搁些时间。她如果现在去的话，应该能赶上！

“乔老师？”

乔晚脑子里正想着去参加亲子运动会的事的时候，旁边看到她突然站起来的家长奇怪地叫了她一声。

乔晚回过神来时，发现家长和学生都在看她。

乔晚：“……”

啊！她还得上课！马上要上课了！她找谁来给孩子上课？她说了自己没事情，满口答应帮秦老师忙的，现在怎么好意思再去找其他老师给学生上课？

她接下来要上三节课呢，从两点上到五点。

怎么办？

乔晚的大脑在飞速地运转着。

既然这边的事情不好解决，那她解决乔小桥那边的事情就好了。想到这里，乔晚对学生和家长说道：“抱歉，我先出去打个电话。”

出了钢琴教室，乔晚火速拨通一个电话号码，那边一个男人的声音传来。

乔晚：“你有时间吗？帮我个忙！”

下午两点，幼儿园亲子运动会正式开始。

现在是夏天，幼儿园的亲子运动会在室内举行。这种运动会一般是小型的，在各自班级的教室里进行。教室被清理干净，地上画了线，旁边放了道具，家长抱着孩子坐在教室墙边，留出中间的空地用来比赛。

运动会开始前，是老师们进行动员。老师在上面讲话，乔小桥坐在自己的位子上，望着门口。

他身边坐着几个小朋友，都被爸爸抱在怀里，在开心地和爸爸说着悄悄话。

运动会马上开始了，但他妈妈还没有来。旁边一个被爸爸抱着的小男孩看着乔小桥哼了一声：“你干吗要报名参加运动会？你又没有爸爸。”

小男孩语气趾高气扬，眼神不屑。他这话说得难听，抱着他的爸爸听到了，低头亲了他一下，笑着说道："别这样说别人。"

但是这样的提醒带着满满的宠爱，丝毫没有责备的意思。

小男孩自然感觉得出来，哼了一声，又说："我又没有说错。"

小男孩的话说得越来越过分，乔小桥身边的一个小姑娘说道："曲子航，你再这样说当心我告诉老师。乔小桥没有爸爸，又不是没有妈妈，他妈妈会来参加的。"

"你看看我们同学哪有妈妈来参加的呀？他妈妈就算来了，肯定也拿倒数第一。"小姑娘说完，曲子航更气了。小姑娘叫娇娇，是幼儿园园花，长得漂亮声音甜美，曲子航很喜欢她。可是她老是跟乔小桥在一起，导致曲子航讨厌乔小桥。

娇娇听了曲子航的话后，说道："老师说亲子运动会主要是增进孩子和爸爸妈妈之间的感情的，爸爸妈妈都能参加。老师还说，友谊第一，比赛第二！"

"哼！那我就看看你到时候能不能拿到第二。拿不到可别哭鼻子！"曲子航道。

乔小桥本想和曲子航争执两句，但听他说到这里，觉得跟他争执都是浪费口舌，只说道："比赛第二的意思不是说拿第二。"

曲子航问："那是拿第几？比赛马上开始了，你妈妈现在都没来，说不定你连倒数第一都没机会拿。"

乔小桥没搭理他。

池故渊接到乔晚的电话后，开车来到了幼儿园，说明了自己的身份后，幼儿园门口的向导领着他来到了乔小桥所在的班级。

此时班级教室里，刚做完运动会的动员，吵吵嚷嚷的。池故渊站在门口后，教室里的人竟然慢慢地安静下来。

教室里的老师、家长和学生齐齐看向了他。

池故渊望着他们，微微颔首："你们好，我是乔小桥的家长。"

池故渊做完自我介绍后，教室的角落里，乔小桥面无表情地从座位上站了起来。

"哇！乔小桥，你爸爸太帅了吧！"池故渊一到，大人们还没怎么样，小姑娘们先叽叽喳喳地尖叫起来。

乔小桥："……"

这不是我爸爸。

"乔小桥的爸爸太帅了，怪不得乔小桥也这么帅！"

"哎呀，好帅呀！好帅呀！"

夸赞声此起彼伏，就连乔小桥身边的娇娇也加入了"夸夸群"："乔小桥，你爸爸长得好好看呀！"

曲子航刚才还在嘲讽乔小桥没爸爸，没想到乔小桥的爸爸就来了，还长得这么帅。曲子航听到娇娇也夸，抱着小胳膊哼了一声："帅又怎么样？他又不能赢比赛。"

娇娇听到这话，不满地对曲子航说道："你怎么知道乔小桥的爸爸赢不了？"

小男孩胜负欲超强，曲子航说道："有我爸爸在，他肯定赢不了！爸爸，给娇娇看一下你的肌肉。"

这边闹成了一团，而乔小桥已经走到了池故渊身边。池故渊低头看着乔小桥，最后蹲下了身体："你妈妈帮同事代课，所以让我过来帮忙。"

池故渊就算蹲着，乔小桥也得仰头才能和他对视。不管怎么说，今天是池故渊来帮忙。听池故渊这么说，乔小桥礼貌地说道："谢谢池叔叔！"

乔小桥带着池故渊去了他的位子上，娇娇用小手捧着脸蛋，满眼星星地看着近在咫尺的池故渊："哇，乔小桥，你爸爸近看更帅！"

乔小桥："这不是我爸爸。"

"啊？"娇娇愣了一下。

乔小桥说完，想着自己语气这么不好有些不礼貌，就和娇娇说道："这是我妈妈的朋友池叔叔。"

对乔小桥对他的身份的解释，池故渊并未多说什么，只是对娇娇还有娇娇的爸爸轻轻颔首，算是打了个招呼。

幼儿园的亲子运动会开始了。

池故渊是第一次参加这样的运动会，教室的黑板上有游戏的规则，他来得比较晚，在其他家庭开始准备时，他还没看清楚游戏规则。

今天亲子运动会项目一共有四个。前三个游戏算是半决赛，孩子和家长们两个人一组，五组比一局。比赛是积分制，每一局的第一、二、三、四、五名，分别对应五、四、三、二、一分。三场游戏的积分累加，得分最高的三组家庭参加总决赛。

总决赛只有一场游戏，分出胜负也就分出第一、二、三名了。

池故渊看完游戏规则后，回头看向教室内。现在第一局的五组家庭的比赛已经开始了，池故渊正在看他们如何玩游戏。

他没有孩子，也没参加过这种亲子运动会，所以没玩过这些游戏。

场上比赛热火朝天，加油声此起彼伏，池故渊看着比赛的玩法时，前面的乔小桥和他说了一句："随便玩玩就好了。"

乔小桥的语气很平静，有着和这个年纪的儿童所不符的老成。他在说这话的时候，眼睛却紧紧地盯着游戏那边的场景。

池故渊看着面前的小男孩，应了一声："好。"

乔小桥和池故渊是第三局。

亲子运动会的第一个项目很简单，亲子接力跑。项目规则是家长先跑向教室对面，教室对面的桌子上有一道题目，家长做出题目后，老师确认答案正确后，家长跑回到孩子身边。待家长过来后，小朋友再跑向对面。对面桌子上会有一道益智题目，小朋友做完确认答案正确后，跑回来。哪个小朋友先跑回到家长身边按铃，哪组家庭获胜。

这个项目不但要求家长和小朋友运动能力好，还考验家长和小朋友的智力，充满了不确定性。要是家长和小朋友有一项不行，那么就耽搁时间了。

据前面两局的比赛情况来看，最容易出问题的是家长这里。老师给家长们准备的题目好像很难，家长们在做题上耽搁了不少时间。

两局比完后，池故渊和乔小桥去了起点候场。刚才还是在看别人比赛，现在轮到自己比赛了，乔小桥的表情都凝重起来。

池故渊低头看着他，小家伙的注意力全在比赛上，被看了一会儿后乔小桥才察觉池故渊的目光。乔小桥收起凝重表情，问道：“怎么了？”

“没什么。”池故渊回过头去。

在两个人说完话后，裁判说了一声“预备”，家长们马上专注起来。

“开始！”裁判一声令下，五位家长朝着教室对面跑了过去。

教室并不算大，所以也不太能考验得到家长们的运动能力，因为他们还没开始加速，就已经跑到对面了。这个时候，腿长的优势就显现出来了。

池故渊第一个到达对面，拿起桌子上的题目看了一眼。题目是一道长题，加减乘除都有，池故渊扫了一眼，在旁边写出了答案，整个过程不超过十秒钟。旁边的裁判甚至没反应过来，池故渊就把答案递了过去，裁判这才回过神来。

家长们觉得老师们出的题目不简单，但其实这是最简单的加减乘除运算题，只是比较麻烦而已。一般家长做完一道题要两三分钟，而池故渊可能就用了两三秒。

他是口算的？

裁判赶紧看了一眼答案，对池故渊说道：“正确！”

裁判说完，池故渊已经朝着乔小桥跑了过去。

乔小桥的小手已经攥成了拳头，在裁判说“预备”的时候，他的手心就出了一层汗。他看着池故渊离开他的身边，跑去了教室对面，在其他家长刚拿到题目时，池故渊已经写出了答案。

听到裁判的一声“正确”，乔小桥眼睛猛地一亮，心跳都快了起来。这个时候，池故渊已经跑到了他的身边。

池故渊跑过来后，轻轻地对他说了一声：“跑。”

乔小桥像离弦的箭一样飞速地跑了过去。

乔小桥飞速地跑到了教室对面，老师已经递了题目给他：找出图片里和其他三项不相同的一项。

乔小桥血液沸腾，脑子也在飞速地转动。他指出了正确答案后，裁判笑着说了一声“正确”。

乔小桥得到“正确”的指令后，飞速地跑到了池故渊的身边。他跑得太快，差点儿冲进了池故渊的怀里。池故渊伸手一把拉住了他的小臂，乔小桥在失去平衡的同时还不忘按了一下到达铃。

“乔小桥第一名！”

乔小桥开心极了！

第一项游戏，池故渊和乔小桥强强联合，拿到了第一名。两个人一起按铃，池故渊的手碰到了乔小桥的手，能感受到乔小桥的快乐和激动情绪。乔小桥的眼睛里也满是赢了以后的喜悦。但在池故渊看向他时，乔小桥忍了忍，又恢复了平时老成和冷静的模样。

池故渊看着小家伙，什么都没说。

不管是在智力方面还是在体力方面，池故渊和乔小桥都是家长和小朋友中拔尖的。第一场游戏胜利后，他们乘胜追击，最后不出所料地晋级总决赛。

总决赛选出了三组比分最高的家长和小朋友，乔小桥、曲子航，还有另外一个小姑娘的家庭组合。小姑娘和乔小桥一样，都拿了 15 分的满分，曲子航就稍差了一些，拿了 14 分。因为在第一项比赛里，他爸爸计算得太慢，只拿了第二名。

以第三名的成绩晋级总决赛，还被他嘲讽过的乔小桥压制，曲子航心里格外不爽。但是接下来总决赛的项目，可是他爸爸的强项，他一定要拿到第一名，一雪前耻。

曲子航的小宇宙爆发了！

总决赛的项目确实是曲子航的爸爸的强项，游戏规则是：裁判放音乐，家长和小朋友围着一张报纸转圈，等音乐停下后，家长和小朋友要把报纸对折，然后快速地踩到报纸上，踩在报纸外面算输，谁用时最少谁赢。

这个项目不考验智力，考验的是体力和平衡力。曲子航的爸爸是健身教练，平时做多了这些运动，这个游戏对他来说毫无难度。

在游戏开始前，曲子航就一副胜券在握的样子。

三组家长和小朋友在准备，娇娇过来给乔小桥打气："乔小桥加油！"

娇娇又给乔小桥加油，不给他加油，就是想让乔小桥赢。曲子航一脸不满地看向娇娇说道："你再给他加油他也不能拿第一。"

娇娇反驳道："但是刚才他三场都拿了第一。"

曲子航说："那是因为他不跟我们一组，他要跟我们一组，根本拿不了第一。"

娇娇继续反驳道：“可是你第一场比赛也没拿第一呀！”

曲子航要被气死了。

“哼！不管怎么样，有我爸爸在，他肯定赢不了。”曲子航生气地说。

曲子航说这话的时候，娇娇也看了一眼曲子航的爸爸。不得不说曲子航的爸爸真的很强壮，T恤下那大大的肌肉真的好可怕。

反观乔小桥的爸爸，长得很高，也很挺拔，体形修长，能看出来也是很有力气的，但是相比曲子航的爸爸夸张的肌肉来看，还是有点儿秀气。

在小孩子的世界里，长得壮的就厉害，所以曲子航这么说，娇娇还真反驳不了他了。而乔小桥同样是4岁的小朋友，认知自然和娇娇差不多。

乔小桥现在的心情纠结又紧张。

他知道池故渊赢不了曲子航的爸爸，可同时对拿第一又有强烈的渴望，这种渴望让他有种侥幸心理，希望自己能拿到，所以他很紧张。

在娇娇和曲子航说话的时候，乔小桥的小手又攥了起来。马上就要开始比赛了，教室里吵吵嚷嚷的，乔小桥却紧张得什么都听不到了。

很快，老师让娇娇下去，让三组家长和小朋友开始准备。乔小桥紧张得脸部线条都绷紧了。

家长和小朋友们一前一后地站在了大大的报纸旁，三组家庭隔得远，让他们就算过会儿转圈转晕了也不会撞在一起。

三组家庭站好后，教室里其他家长和小朋友都屏息以待，紧张地观看着最后的角逐。

裁判看到他们准备好后，抬起手道：“预备——

“开始！”

喊完“开始”，裁判按下了音乐播放键。

第一首音乐是《小跳蛙》，愉快的前奏一起，教室里的小朋友们都开心地唱唱跳跳起来。而站在教室中央的三组参赛人员，则围着报纸走了起来。

乔小桥走在前面，报纸不算大，音乐只放了一会儿，他就围着报纸走了三四圈了。三四圈走下来，还是这么小的圈子，乔小桥还是有些晕的。

好在这个时候音乐停下了，乔小桥立刻反应过来，蹲下把报纸对折。他刚折叠好报纸，池故渊和他便一同站在了被折叠好的报纸上。

报纸被折叠之后面积就不大了，刚好够两个人站立，为了站稳，乔小桥也顾不得什么，紧紧地搂住了池故渊修长的双腿。

小家伙短短的胳膊刚好能将池故渊的双腿搂住。可能是太紧张，他的力道不小，紧箍住了池故渊。感受着小家伙的贴近和他的手臂间的力道，池故渊微微低下了头。

乔小桥没看他，在看一旁的两组家庭。和他们一样，曲子航和爸爸也已经站在了报纸上。另外一组的小姑娘，转着圈圈转跑了，最后没站到报纸上，而是去了小朋友堆里，跟他们打闹成了一团。

原本这种比赛就是为了促进感情，玩玩而已，小姑娘的爸爸也不在意，女儿不想继续比赛，他也没站上报纸，笑着随着女儿去了。

就这样，乔小桥和曲子航进入了冠亚军争夺战。

到了冠亚军争夺战，相比刚才，难度自然提升了一些。已经比赛到最后，乔小桥全身心地投入到了比赛上。

这次音乐放的依旧是《小跳蛙》，可是相比第一场，这次音乐明显长得多。除此之外，因为报纸已被折叠，面积比刚才小了一半，转的圈数就多了一倍，这样人也更容易晕了。

乔小桥一边转着圈，一边全神贯注地听着音乐，还张开手，随时等着音乐停下时去折叠报纸。

他转啊转啊，头越来越晕，就在他转不动时，音乐停了。

耳边的音乐消失，乔小桥当即停下身体去折报纸。可是转了这么一会儿，他有些站不稳，眼前甚至冒出了星星。乔小桥看到了报纸，伸手去拿，却没拿到。他心里越来越急，小手一个劲儿地去够报纸，却死活拿不到。

到了关键时候，他没有多余的注意力去关注曲子航那边是什么样子。他想起了妈妈说的话，磨刀不误砍柴工，要让自己稳定下来再去折报纸。

在他停下动作，想要等自己不那么晕了再去叠报纸时，面前的报纸被叠了起来，只剩下了一本书的面积大小，完全不够一个大人和一个小孩站立，甚至不够一个大人双脚站立。

池故渊折好报纸，把双臂放在了蹲在地上的乔小桥的腰间，轻轻一用力，小家伙腾空而起。池故渊把他放在自己的脖子上，单脚站在了报纸上。

“第一名！乔小桥！”裁判大声地喊出了乔小桥的名字。

在乔小桥的名字被喊出来时，池故渊感受到了他身上的两只小短腿迅速而激动地蹬了起来。在他身上的乔小桥像是被压抑了许久，终于被放出来的小猛兽，握着双拳兴奋地大叫起来：“耶！我赢啦！第一名！”

小家伙的声音里带着喜悦、振奋和开心，他的情绪没有再被他压抑，他就像一个正常的有着强烈胜负欲的孩子在得到胜利之后那样，毫无顾忌地开心庆贺放飞自我。

教室里的小朋友们都在庆祝，家长们则在鼓掌。池故渊在这欢快的气氛中站直了身体，一只手扶着乔小桥的腿，另外一只手放在了他的耳朵前。

一只小手伸了过来，“啪”的一声，两个人击掌。

小家伙的手很小，不过池故渊的掌心大，手心湿润温热，触碰在池故渊干燥清凉的掌心上。池故渊微微低下头，勾起了嘴角。

这一声击掌声因为乔小桥的用力十分清脆，甚至超过了教室里的其他声音。乔小桥在看到池故渊将手举过来时，就忘我地去击掌了。而击完掌以后，清脆的声音像是一道雷将乔小桥劈醒了。

他们现在有这么亲密了吗？

你以为这样你就可以把我妈妈带走了吗？

乔小桥收起喜悦的情绪，重新变得面无表情。

亲子运动会在小朋友们的欢声笑语和曲子航的痛哭流涕中结束了。幼儿园也放学了，池故渊带着乔小桥离开了幼儿园。

运动会开了两个小时，结束时才四点多。乔小桥跟着池故渊走出幼儿园后，停下了脚步。

池故渊的车停在路边，他开了车锁，回头时看到了站在原地一动不动的乔小桥。

乔小桥看到他回头看过来，对他说道："池叔叔再见！我等我外婆来接我就好了。"

池故渊今天只是来帮他参加亲子运动会的，运动会结束了，两个人也该分手了。乔小桥说完后，便扭头不再去看池故渊。

池故渊望着小家伙，问道："我今天帮你拿了第一名，你准备怎么谢我？"

乔小桥还是第一次见到让一个小朋友感谢的大人。不过乔小桥确实也该感谢他，没有他就没有自己今天的第一名。

"我会让我妈妈感谢你的。"乔小桥说道。

池故渊沉默了一会儿，问乔小桥："你是男子汉吗？"

"我当然是男子汉！"乔小桥回道。

"那我帮的是你的忙，你还要让你妈妈帮你感谢我？"池故渊反问道。

乔小桥竟然被问住了。

虽然说池故渊的问题刁钻，但他说得很有道理。乔小桥是一个自尊心很强且很懂礼貌、会感恩的小朋友。

他站在一旁，低头踢了一下脚边的小石子，问池故渊："那你

想怎么样？”

池故渊看着低头踢着小石子的4岁小男孩，问道：“你有零花钱吗？”

乔小桥抬头：“啊？”

在他抬头时，池故渊拉开了车后座的车门，道：“请我喝奶茶吧。”

乔小桥：“……”

乔小桥坐着池故渊的车，去了上次妈妈带他喝奶茶的商厦。乔小桥把自己的零花钱递给池故渊，池故渊去买了一杯奶茶过来坐下了。

一大一小两个人坐在上次坐的那个休息区，池故渊把剩下的零花钱递给了乔小桥。乔小桥接过零花钱，低头等着池故渊喝完奶茶。

池故渊只点了一杯，那自然是只有他自己喝。乔小桥闻到了奶茶香甜的味道，想喝，但忍住了。

没想到池故渊把奶茶盖子打开，然后把奶茶倒进了另外一个空杯里，一分为二后，递给了乔小桥半杯。

“一人一半。”池故渊说道。

奶茶经过这么一倒，那更香了。乔小桥忍不住抬头看了一眼奶茶，但是没接。

“这是感谢你的奶茶，我不喝。”乔小桥说。

池故渊看着他的眼睛，说道：“运动会是我们一起参加的，胜利的奶茶也该一起喝。”

乔小桥：“……”

为什么这个男人说话总是这么有道理？

乔小桥被说服了，可是仍然没有动，只不过此时的眼神已经从拒绝变成了犹豫。他对池故渊说道：“我外婆不让我喝奶茶，每次我和我妈偷偷出来喝奶茶都被我外婆发现了。”

“你们每次都喝一整杯。”池故渊说。

乔小桥看向他：“对啊，怎么了？”

“喝完了奶茶你们还能吃下晚饭吗？”池故渊问。

乔小桥：“……”

是的，每次喝完奶茶后他们都特别饱，根本吃不下晚饭。而根据他们的饭量，外婆一眼就能看出来他们偷吃零食或者喝奶茶了。

“只喝半杯不会被发现。”池故渊还在诱惑他。

乔小桥接过了奶茶。

玩了一下午游戏，一杯冰凉香甜的奶茶能带给身体和心理巨大的慰藉和能量，乔小桥一口奶茶伴随着三颗珍珠下肚，整个人都舒坦了，甚至和池故渊之间的关系不自觉地近了一些。

乔小桥嚼着珍珠，问池故渊：“你怎么知道我们每次都把奶茶喝完了？”

“你妈妈每次都会喝完。”池故渊说。

池故渊回答得很快，乔小桥愣了一下，回头看向池故渊：“你怎么知道她每次都会喝完？”

池故渊低头看了一眼乔小桥。

乔小桥知道的，池故渊只和他们喝过一次奶茶，而且那次他们分开的时候，他和妈妈的奶茶并没有被喝完。那池故渊是怎么知道妈妈每次都喝完奶茶的？

乔小桥盯着池故渊，虽然他是个4岁的小男孩，但是他比大人还敏锐。池故渊和他对视，微微抿了抿唇，说道：“猜的。”

乔小桥缓缓地放松下来，那还差不多。

两个人坐在休息区，一人抱着半杯奶茶喝着，没再说话。

半杯奶茶很快被喝完，乔小桥用力一吸，吸了满口空气。他低头看了一眼杯子，已经空空如也。

乔小桥喝完了奶茶，池故渊作为大人，喝得比他还快，已经放下空杯等他了。乔小桥拿着两个空杯扔到垃圾桶里。

喝完了奶茶，乔小桥也准备回家了。

乔小桥虽然答应过妈妈会给池故渊一个机会，可是他不想和池故渊的关系变好得太快。池故渊目前正在追求他的妈妈，而他如果对池故渊没那么友好，会给池故渊追妈妈造成一定的阻碍，这也会让池故渊在追上妈妈后更加珍惜妈妈。

乔小桥从休息区的座位上下来，对池故渊说道：“喝完奶茶了，现在可以了吧？我要回家了。”

池故渊仍然坐着，听了他的话后，神色平静地问他：“要不要一起去接你妈妈？”

乔小桥：“……”

第九章

那要见你朋友吗？

乔小桥和池故渊相处的时间越来越多了。

乔晚从琴行下班，来到了地下停车场，从电梯上下来后，没想到在电梯门口等待她的还有乔小桥。乔晚惊喜地一把抱起了乔小桥："你怎么也来啦？"

不管他是怎么来的，能见到妈妈还是开心的。乔小桥看了一眼池故渊，说道："池叔叔问我要不要一块儿来接你，我就一块儿来了。"

乔晚笑起来，看了身边的池故渊一眼，又低头看了看乔小桥。今天她忘了乔小桥的亲子运动会，让池故渊临时顶替她去参加了。这是两个人第一次独处，乔晚还挺好奇的。

在询问情况之前，乔晚跟乔小桥道了歉："对不起啊！妈妈帮同事代班，把亲子运动会的事情忘了。"

男子汉怎么会让妈妈歉疚？

乔小桥说道："没关系。我和池叔叔拿了第一名。"

乔晚惊喜地问道："真的？"

"当然。"提到第一名，乔小桥语气里带着掩饰不住的骄傲，"奖状还在车上呢。"

"哇！我们家乔小桥真厉害！"乔晚夸完，又夸了池故渊，"池叔叔也厉害！"

池故渊微微勾了勾嘴角。

两个大人目光对视，眼中都是笑意，还有一丝不易让人察觉的情意。

乔小桥看着自己的妈妈，心中还是有些异样的情绪。他收起笑，对妈妈说道："妈妈，我们回家吧。"

乔晚回过神来，低头看向乔小桥，笑道："到晚饭时间了，我们请池叔叔吃了饭再回去好吗？"

乔晚今天晚上没课，原本也是要和池故渊一起吃饭的。

乔小桥低头想了想，说："可是我已经请他喝过奶茶了。"

乔晚："什么奶茶？"

"池叔叔说男子汉要自己表示感谢，我就用零花钱请他喝了杯奶茶。"乔小桥说道。

乔晚抬头看了池故渊一眼，向池故渊确认。池故渊点头："是的。"

两个人已经用自己的方式解决了这次帮忙的行为，乔晚感觉惊奇又开心，笑起来："那我们家乔小桥还真是个男子汉！"

得到了妈妈的夸赞，乔小桥的情绪也好了些。

“我请你们吧。”在乔小桥的情绪刚缓和的时候，池故渊开口说了这么一句话。

乔小桥：“……”

乔晚看向池故渊，池故渊说道：“庆祝乔小桥在亲子运动会上得了第一名！”

你怎么这么多理由啊？！

乔小桥刚要说话，妈妈却附和了这个提议，点头道：“对，乔小桥拿了第一名是要庆祝一下！”

乔小桥无能为力了。

一起吃饭的事情就这么定下了。乔晚牵着乔小桥的手，三个人朝着池故渊的车走去。乔晚低头看着乔小桥，询问他的意见：“乔小桥想吃什么？火锅、烤肉、西餐、川菜……？”

乔小桥被妈妈牵着，低着头道：“我想吃红烧肉、泰式柠檬虾、鱼香肉丝，还有外婆做的葱油小饼。”

这几道菜都是母亲的拿手菜，乔小桥确实也爱吃。但是现在三个人是去外面吃饭，总不能让母亲跟着一块儿去餐厅做饭吧？

“但是今天我们是出去吃，外婆没法做啊。”乔晚解释道。

乔晚这么说，乔小桥嘀咕了一句：“那我们回去吃，让池叔叔走不就好了？”

小家伙的声音太小，人又矮，乔晚没听到他说什么，俯了俯身，问道：“什么？”

她刚问完，身边的池故渊说道：“去我家吧。”

乔晚抬头看向了池故渊。

刚才乔小桥说的这几道菜都是家常菜，出去吃远没有在家吃的那种味道。池故渊说完，乔晚看了他半晌后，才反应过来。

池故渊是有小厨房的。他们上次去游艇吃的西餐，就是池故渊自己的餐厅。

想到这里，乔晚笑起来，问道："你家里有厨师会做这几样菜呀？"

池故渊看了她一眼，摇了摇头："没有。"

乔晚："那去你家谁给做啊？"

池故渊："我。"

乔晚："……"

池故渊的家在城西，是一栋设计感很好的独栋别墅。别墅被建在山上，面朝大海，人坐在露台上可以遥望星光。

乔小桥坐在厨房的小板凳上，正在帮妈妈洗菜。大人有大人的烦恼，小孩子也有小孩子的烦恼。乔小桥边洗着菜，边想着自己是怎么从请池故渊喝奶茶到带着妈妈来池故渊家吃饭，把路越走越窄的。

"洗好了吗？"乔晚洗好了青椒，问身边的乔小桥。

"好了。"乔小桥把手里的黄瓜递给了妈妈。

"谢谢乔小桥！"乔晚笑着接过乔小桥手里的黄瓜，起身把洗好的蔬菜递给了池故渊。

池故渊站在厨台旁，正在清理虾线。回到家后，他换了一身浅色系的棉质线衣和灰色的运动长裤，柔软单薄的布料覆盖住池故渊的身体，却掩饰不住池故渊身上散发的荷尔蒙气息和魅力。

原本池故渊就已经够有魅力了，竟然还会做菜。不管他做得如何，现在只是在厨房里这样看着他，她就觉得够赏心悦目了。

池故渊的家很大，厨房也很大，窗户开着，空气流通，吹在三个人身上，在夕阳下有一种温馨感。

乔晚和乔小桥洗菜，池故渊收拾食材做饭，现在只是这样感受一下，乔晚都对未来憧憬不已。

她在 19 岁时就做了乔小桥的妈妈，虽然乔小桥不是她亲生的，可是自从做了母亲之后，让她对爱情的定义变得务实、温馨了许多。她不需要一个男人和她爱得死去活来，她只想和自己的爱人与孩子在一起简单温暖地生活。

现在她过的就是这种生活，池故渊也能给她这种生活。

乔晚站在厨台旁，抬头看着池故渊。他低着头，侧脸轮廓分明，身形修长，手臂舒展，手指骨节分明，娴熟地用牙签去除着虾线。

乔晚看得入了神。

池故渊处理完手上的虾，才回头看了乔晚一眼。

“怎么了？”池故渊与她平视。

他穿着浅色衣服，衬得瞳仁更为乌黑深沉，乔晚像是被他的眼神吸引了进去，心跳漏掉了半拍，等她回过神来，脸都有些发烫。

“没什么。”乔晚抬手摸了摸眉心，回头笑着看向池故渊，“我只是在想好不好吃。”

池故渊做饭非常好吃。

美食能令人放下戒备心，乔小桥吃到最后，甚至已经忘记了要提醒妈妈在陌生男人家要矜持。

因为他就不够矜持。他吃完饭以后，躺在池故渊家的客厅沙发上睡着了。

晚饭是池故渊做的，乔晚帮忙收拾了餐桌，和池故渊一起洗了碗。之后乔晚回到客厅，看到了熟睡的乔小桥。

乔晚的眼睛蒙上了一层柔光。

乔小桥是个戒备心很重的小孩，在陌生人家里从来不敢睡觉。如果他能睡着，说明在心里已经认可了池故渊不是个陌生人。

其实乔晚让池故渊帮忙去参加幼儿园的亲子运动会，确实是有私心的。她想让乔小桥和池故渊相处，想看乔小桥的反应，也想看池故渊的表现。现在看到乔小桥这个样子，她也终于完全放下心来了。

在她看着乔小桥时，池故渊也走了过来。乔晚察觉他过来，说道：“我叫醒他。”

吃了一顿晚饭，现在已经八点了，他们也该回去了。

“让他睡一会儿，等醒了我再送你们回去。”池故渊说道，“下午的亲子运动会，他消耗了不少体力。”

小孩子体力消耗得快，来得也快，确实睡一觉就会好很多。乔小桥还有起床气，要是她现在把他叫醒，指不定他对池故渊的印象又要变差了。

想到这里，乔晚点了点头："好。"

池故渊拿了一条毯子给她，乔晚给乔小桥盖上以后，两个大人站在客厅里，一时间没什么事干。池故渊看了乔晚一眼，问道："看月亮吗？"

"啊？"乔晚愣了一下。

池故渊说的看月亮是在他家客厅外的露台上看。池故渊家的别墅是开放式的，在客厅的推拉窗外，是一个木板搭建的露台。露台上放置着两把藤椅和一张桌子，露台前方则是泳池。别墅的位置在半山腰上，正面刚好对着海。夜里冰凉的海风吹来，即使在这三伏天的夜里，仍旧有些凉，池故渊也给乔晚拿了一条毯子。

乔晚披着毯子，坐在了藤椅上。

池故渊说的看月亮，就是坐在藤椅上看夜空。露台上视野非常开阔，两个人坐在藤椅上遥遥望去，能看到冰冷的崖壁、漆黑的海。一轮圆月高悬，今晚的月比平时看到的月要清冷皎洁得多。

今天天气不错，除月亮以外，夜空中繁星点点，坐在这样的室外，乔晚有种熟悉的感觉。

她平时很少看夜空，而且市里的视野和环境并不如城西好，也看不到这么美的夜空。乔晚觉得这种感觉十分熟悉，肯定和她以前的记忆有关。

这种熟悉的感觉，不但包括这海、这月、这星光，还包括了在身边坐着的人。只是当时她看月亮，在身边坐着的人肯定不是池故渊。

池故渊泡好了茶，走过来递给了乔晚一杯。

“谢谢。”乔晚将手臂从毯子里伸出来，接过热茶。看着这种夜景，吹着这种海风，在露台上喝一杯热茶，别提多惬意了。

乔晚端过杯子喝了一口，红茶浓郁的香气让她挑了挑眉。

“好喝。”乔晚说道。

池故渊看到她眼睛里的喜欢之意，确认她不是在客套，微微勾了勾嘴角，算是回应她。

露台外没有开灯，靠着月光也能把池故渊照亮。池故渊的肤色在月光下更白，轮廓更为分明了。

他笑着的时候，薄唇勾起，下颌线都分明了许多，像是从漫画里走出来的美男。

但是他和漫画里的美男又不一样，池故渊是立体的、温热的，近在咫尺，乔晚甚至能听到他的呼吸声。

她好像又对他有一点点心动了。

而这种心动，在池故渊回头看向她时骤然被放大，甚至让乔晚下意识地收回了目光。红茶的香气都掩盖不住她的心跳，乔晚目光乱飘，最后问了一句：“你会经常坐在这里看月亮吗？”

乔晚把双脚踩在藤椅上坐着，姿势放松，说这话的时候，还低头喝了一口茶。

池故渊看着她毯子下的身体，回应了一句：“没事的时候会自己坐在这里。”

乔晚听到他的话，回头笑着问道：“没有和别人一起看过？”

池故渊答道：“没有。”

“你前女友呢？”乔晚问。

池故渊抬眸看向了她。

乔晚也觉得自己今天好像喝茶喝醉了，怎么问的问题都这么怪？但是她想知道这个怪问题的答案。

两个人对视着，像是互不相让。

“只有你。”池故渊回道。

乔晚的心里像是开了花。

在池故渊说完后，乔晚回过头来，用牙齿轻轻磕着杯沿，杯沿下的嘴角一点儿一点儿地扬了起来。

池故渊看着她弯起的眼角，听着她用牙齿在杯沿上轻轻磕碰的声音，说道：“我有一样东西要给你看。”

乔晚问道：“什么？”

池故渊的视线对上她的视线，乔晚的眼里带着期待和星光。池故渊把手机拿出来，发了一条短信。

乔晚看着他这番动作，眼睛里的期待之色慢慢地消失，笑了起来：“不会让我看你发短信……”

“砰！”夜空里传来一声巨响，打断了乔晚的话。

乔晚转过头看去。

在这清凉的夜里，在这视野开阔的露台上，在这漆黑的海面和璀璨的夜空上，一束烟花炸裂开来。

望着四散的烟花，乔晚从藤椅上一下子站了起来。

烟花让沉寂的夜空变得喧嚣，流动的花瓣伴随着巨大的声响，在夜空中落下，像流星一样坠进了深海里。

乔晚的心“怦怦”地跳动起来。

这是一幅很难让人抑制住激动情绪的景象，那绽放的烟花近在咫尺，每一个火星仿佛都清晰可见。四下无人，只有夜风和海浪，那烟花像是只为她绽放。

这是池故渊送给她的，独属于她的浪漫风景。

在这样的夜里，这样独一无二的浪漫场景，没有人会不心动。

这个男人太会玩了！乔晚在心里为池故渊疯狂爆灯。

烟花是池故渊让放的，早在让乔晚和乔小桥来他家里时，他就已经想好了计划。对这份礼物，乔晚很喜欢，她仰着头望着夜空，眼里映着星光和月光。

纵使夜色这么美，池故渊的目光却始终没有离开过乔晚。

“好看吗？”池故渊问。

“好看啊！”乔晚笑着点头。

池故渊看着她，喉结轻动：“那你现在对我还是只有一点点动心吗？”

池故渊问完，天边的烟花随着海风落下了。乔晚望着他，眼睫轻轻地颤动。

“乔小桥会不会醒了？”

乔晚答非所问，转头看向了客厅内。客厅里开着一盏小夜灯，能看清沙发上乔小桥的身体的轮廓。

池故渊低头看着乔晚，目光依然深沉，只是那样盯着乔晚。在乔晚的表情和肢体变僵硬前，池故渊也回头看向了客厅。

“应该没有。”说完，池故渊回过头来对乔晚建议道，“今晚住下吧。”

乔晚又抬头看向了他。

现在已经快九点了，乔小桥没有清醒的迹象，有可能会一直睡到天亮。要说母子俩在池故渊家住下也没什么，房子够大，两个人目前处于接触阶段，两个人的母亲还是同学，他们也算朋友……

“不了吧。”乔晚拒绝了池故渊的好意，走进了客厅，“我直接抱着他回家就好了。要是我们不回去，我妈会担心的。”

乔晚说话间已经到了客厅的沙发前，小家伙趴在沙发上正睡得香甜。乔晚俯身要去抱他，池故渊已经提前弯下腰，把熟睡的乔小桥抱在了怀里。

在她怀里已经有些分量的乔小桥，到了池故渊怀里后，就像个沉睡的瓷娃娃，看着娇小可爱。池故渊的臂弯显然有力且有安全感，小家伙毛茸茸的脑袋还在池故渊的怀里蹭了蹭。

乔晚：“……”

今天乔小桥和池故渊相处了半天，但她能明显看出来乔小桥一时还不太能接受池故渊。要是他知道自己在池故渊怀里睡得这么香甜，不知道该是什么表情。

乔晚想着这事的工夫，已经拿出手机，对着儿子“啪啪”拍了两张照片。

对乔晚突然的动作，池故渊垂眸看向她。此时两个人之间的气氛已经恢复如常，乔晚抬头冲他笑了笑，说道：“到时候给乔小桥看看。”

池故渊会意，点了点头：“好。”

池故渊开车载着母子俩回了家。

一路上，乔小桥依旧睡着，到家了也没醒。池故渊开了车门，抱下乔小桥，送乔晚进了小区。

两个人回去的时候已经九点了，小区里没什么人。月光投射在地上，小区的绿化在小径上投下了一片阴影，和三个人的身影重叠。

乔晚跟在池故渊的身边，踩着干净的地面，心跳声还在耳边回荡着。她看着地上的人影，男人高大，女人纤细，男人怀里还抱着个孩子，是一幅很温馨也是她期待的画面。

“乔小桥会滑滑板？”池故渊问乔晚。

乔晚回过神来，看向池故渊点头道：“嗯，刚学会。”

“有时间可以带他去滑雪。”池故渊说，“他应该会喜欢。”

乔晚抬头。

池故渊这么说，是想带着她和乔小桥一起出去玩。他们两个人要想在一起，乔小桥的意见很重要，三个人的磨合和融洽相处也很重要，池故渊很愿意主动走出这一步。

“好，有时间去。”乔晚点头，“不过现在这个季节，滑雪场不开吧？”

“室内滑雪场。”池故渊回道。

乔晚看向他：“你知道在哪儿？”

“嗯。”池故渊说，“我建了个自己玩的。”

乔晚一时间没了话，自从烟花绽放时池故渊问了她那句话以后，她就比往常沉默了些。

池故渊也没在意，问乔晚：“明天晚上你没课，一起吃饭吗？”

两个人现在是接触阶段，所以一有时间就会凑在一起培养感情。往常池故渊这么说的时候，乔晚并没有太多的感受，可是今天池故渊这么一问，乔晚竟有些紧张了。

她镇定了一下，点头道：“可以啊。”

池故渊说道：“下班我去接你。”

乔晚点了点头：“好。”

乔晚家所在的单元距离小区门口并不远，穿过两条小径后，五分钟就能到达。而今天这五分钟似乎格外漫长，她和池故渊像是聊了很久以后，才到了她家的单元楼前。

“我到了。”乔晚停下脚步和池故渊说了一声。

池故渊也停下了，两个人面对面站立着，池故渊看着她没了动作。两个人对视了片刻，乔晚笑了笑，看向池故渊怀里的乔小桥，伸出手臂说道：“给我抱着吧。”

从在池故渊家睡着，到池故渊抱着他上车下车，现在还抱着他走了这么一小段，乔小桥完全没有醒的迹象。

他这可真是够有安全感、睡得够熟的。

池故渊看向她，随后把乔小桥递给了她。从池故渊的怀里到了乔晚的怀里，女人的力气和怀抱都与男人的不同，乔小桥先是有些不适应，可是因为妈妈的味道太过熟悉，他到了妈妈的怀里后，小脸在妈妈的臂弯里蹭了两下，很快就又睡了过去。

小家伙还是有些重的，可这是甜蜜的重量。把乔小桥重新抱在怀里，乔晚不安稳的心跳都安稳了许多。

乔晚抬眼对池故渊笑了笑：“谢谢你送我回来！我先走了，你路上也要小心！”

叮嘱完后，乔晚对他点了点头，转身朝着单元楼走去。

乔晚的身形纤细柔弱，但是抱着孩子的时候，格外有力量。池故渊叫住了她：“乔晚。”

乔晚疑惑地回过头来。池故渊还站在原地，身上换了休闲的衬衫和西裤，依旧有一种与此处格格不入的精英感。

“怎么了？”乔晚不知道他叫她干什么，笑着问了一句。

池故渊没有回答。

他依旧站在那里，目光平静地看着她。没多久，在乔晚要问出下一句话前，池故渊走到乔晚身边，抬手捧起乔晚的脸颊，在她的额前轻轻地吻了一下。

浅尝辄止的吻像是微风拂过脸颊，池故渊松开捧着乔晚的手，垂眸与她对视。

“晚安！”

乔晚抱着乔小桥回到了家里。

母亲依旧在等他们，看到熟睡的乔小桥，免不了说了乔晚两句。乔晚一一应着，母亲见母子二人平安回来，也就没再说什么。

时候不早了，乔晚抱着乔小桥先把他放回了卧室里。

小家伙没有要醒的迹象，洗澡只能等明天了。乔晚放下乔小桥后，拿了自己的睡衣和浴巾，去了洗手间。

狭窄的房间里，洗手间也十分狭小，刚好够两个人转身。乔晚进去后把睡衣和浴巾搭好，而后拧开了花洒。

水流倾泻而下，伴随着水流声，乔晚双手揪住胸前的衣服，抑制不住地无声尖叫起来。

她被池故渊亲了！在被他亲的那一刹那，乔晚觉得自己差点儿要心梗了！

啊——

昨天的事情发生以后，乔晚和池故渊之间的关系像是发生了变化，又像是不足以发生变化。他们现在的关系依旧不算明朗，对方的心意就像是在一片薄雾之中，看得清楚轮廓，却不能看清楚具体是什么。

乔晚来琴行上班第一次穿了裙子化了妆。

说起来，在美女如云的琴行里，乔晚的外形十分普通，可是她身上的气质是出类拔萃的，加上今天她穿了裙子化了妆，远远望去，身形袅娜，气质出尘，肤色又白，还是很令人心动的。

这种心动并不是简单的看着惹眼，而是感觉。在看到乔晚时，大家会忽略她平凡的五官，注意她的气质。在这方面，乔晚绝对是尤物。

早上乔晚一过来，吕雯看着她眼睛都直了，走过来说道："可以啊！乔老师，今天也太漂亮了吧！”

“谢谢！”对别人的夸赞，乔晚向来不忸怩。

这时前台工作人员也加入了聊天之中，问道：“乔老师今天打扮得这么好看，有约会呀？”

提到约会，乔晚想了想，说道：“算是吧。”

“是就是嘛，什么叫算是？哎，说说呀，有男朋友了？”吕雯八卦地问道。

乔晚还没说话，他们的老板又适时地出现了。辛锐听到乔晚有男朋友了，立马重复了一句：“乔姐！你有男朋友了？”

乔晚：“……”

上次她和辛锐说了不让他叫“乔姐”以后，辛锐并没有听进去啊，仍我行我素地叫“乔姐”。实际上他的年龄比她还大。

平时就算了，辛锐这次问到了点子上，吕雯也没管老板，等待着乔晚的回答。乔晚见他们都盯着自己，笑了笑，说道：“是。”

“哇！”

乔晚一说完，前台这边除了吕雯和辛锐，还有一些刚到的钢琴老师也听到了。琴行少有八卦消息，大家纷纷打听。

“男朋友是谁呀？”

“对方长得帅不帅呀？做什么的？我们见过没有？”

“是不是 ××× 学生的那个舅舅呀？哎哟，我看那个舅舅对你蛮有意思的。”

“还有某个学生的叔叔。”

“是呀！是呀！”

乔晚："……"

大家八卦得热火朝天，乔晚有些哭笑不得，一一否认后，这才被放过朝着自己的钢琴教室走去。

她刚摆脱了那些老师，辛锐却跟着一块儿过来了。乔晚看了他一眼，笑着问道："老板，你干吗？"

知道池故渊和她是朋友关系后，就算不是男女朋友，辛锐对她一如既往地尊敬，三天两头往她的钢琴教室跑，两个人现在已经很熟了。

"我来向你道歉的。"辛锐扬着眉头，得意地说道。

他来道歉，却丝毫没有道歉的姿态，这让乔晚有些好奇他要道什么歉。

"道什么歉？"乔晚问。

"嗐，你忘啦？"没想到乔晚贵人多忘事，辛锐收起表情提醒道，"就是我上次在我们圈子里传你是池先生的女朋友那件事情，不是给你造成困扰了吗？"

辛锐这么一说，乔晚想起来了。之前她和池故渊的关系还不明朗，所以她让辛锐不要瞎传来着，但是现在的情形和之前不太一样了。想到这里，乔晚说道："其实没什么，我……"

"怎么没什么？"辛锐很不满意乔晚这不在意的态度，"我必须道歉，而且已经做出了改正。"

辛锐又恢复了一脸得意的表情。

看着他这个表情，乔晚心里一下子有些没底："你改正什么了？"

提到这个，辛锐尾巴翘得老高，他得意扬扬地说道：“还能改正什么呀？当然是纠正错误的信息呀。我开始不是传你是池先生的女朋友给你造成困扰了吗？现在我已经把你不是池先生的女朋友的消息传出去了。”

乔晚：“……”

你以后能在你那个圈子里闭嘴吗？

辛锐得意扬扬地说完，乔晚却一副一言难尽的样子。他收起笑容，小心地询问：“怎么了？我又传错消息了？”

乔晚看了他一眼：“倒是没有，只是你以后能不能不要传这些乱七八糟的消息？”

“怎么了呀？”辛锐不解地问道，“上次我传错了确实造成误会了，可是这次我传对了呀。你看你今天刚好去和男朋友约会，要是被别人碰到，都不会说你脚踏两条船了。”

乔晚：那我还真是谢谢你了。

不过话虽这么说，辛锐也表示以后不会乱传乔晚的事情了。其实在辛锐这里，乔晚若是和池故渊没啥关系的话，那他也不会传她的什么消息了。

上完一天班，下班后，乔晚乘坐电梯去了地下停车场。

早在她下班前，池故渊就到了。他还是站在电梯门口等她，电梯门开，乔晚走出来，池故渊望着她，眼睫轻轻地一动。

乔晚今天化了妆，还穿了裙子，和平时是不一样的风格，让她看着像是变了个人。

今天在琴行已经被注视了一天，但是在池故渊看过来时，乔晚的心还是轻轻地一提。她走到了他身边，笑着问：“还可以吗？”

池故渊和她对视：“很漂亮！”

“谢谢！”得到夸赞后，乔晚开心地笑了起来。

两个人会合后，一起朝着池故渊停车的位置走去。乔晚穿了连衣裙，还搭了一双白皮鞋，走在地下停车场的地面上发出“嗒嗒”的声响。

池故渊听着声音，对乔晚说道：“你很少穿裙子。”

乔晚一听，笑了起来。确实，两个人自认识以来，这还是乔晚第一次穿裙子。她对池故渊说道：“对啊，穿裙子多少有些不方便。以前要照顾乔小桥，现在要上班，我还是怎么方便怎么来。”

说完，乔晚看向池故渊：“这条裙子还是我第一年参加琴行的年会时买的，这是我唯一的一条裙子。”

工作后，总会有一些场合需要盛装打扮一下，乔晚就买了一条裙子，也仅此一条。不管是音乐会，还是年会，她都只穿这一条裙子。由此可见，乔晚对穿着打扮有多随意。

而对穿着打扮如此随意的乔晚，今天却穿了一条代表盛装的连衣裙，也可以看出她对见他、对两个人一起吃晚餐有多看重。

这是以前没有的情况。

池故渊安静地看了乔晚一眼，伸手帮她打开了副驾驶座的车门。

乔晚今天打扮得十分隆重，与此对应，池故渊把这顿晚餐安排得也十分隆重。

晚餐是订好的，在一家日本料理店里进行。乔晚和池故渊到了以后，日本料理店经理亲自来接了二人，将他们领进了店里。

这是一家私宅模式的日本料理店，店铺就是一整栋日式建筑，由木质长廊连接，围成一圈。中央是日式庭院，假山流水，伴随着惊鹿清脆的声响，格外有意境。

池故渊和乔晚被经理带去了最里侧的包间，包间推拉门一开，里面的景象映入了眼帘。包间也是日式风格，地面上铺着藤席，里面是矮桌和蒲团。

乔晚在看到包间里的景象时，就觉得这个包间肯定是店里最好的。

这家店位于城北的山上，隐匿于丛林之中，面朝着深谷，视野开阔。而乔晚和池故渊所在的这个包间，刚好能看到窗外美景。

现在是傍晚六点，斜阳落山，染红了天边云彩，余晖温柔地洒落在包间的餐桌旁，实在令人心旷神怡。

窗户是打开的，山间的风透过窗户吹进来，竟丝毫没有热意。乔晚随着池故渊坐在了矮桌旁的蒲团上，风吹起了她的袖口，乔晚舒服地眯了眯眼。

池故渊坐在她的对面，看着她的神色，问道："喜欢这里？"

乔晚冲池故渊笑了笑，说道："喜欢。"她说着，端起杯子喝了口大麦茶，"你总能找到这种美妙的地方。"

她觉得在这种地方，就算不吃饭，只是坐着看景聊天，也会度过一个非常棒的夜晚。

乔晚端详着对面的池故渊。他今天不用上班，穿着一身休闲西装。他的穿着一向简单，但是能被他的身材和气质衬托得不简单。

有些人是靠衣装修饰，比如她，池故渊则是修饰衣装。

“你和以前的女朋友是怎么认识的？”乔晚问。

她问完，池故渊抬头看向了她。

被池故渊深沉的眼睛看着，乔晚的心轻轻地提了起来。从昨天开始，乔晚好像对池故渊的上一段感情充满了好奇心。

但实际上，乔晚现在应该还没资格问这些。她问完后，反应过来，低头笑了笑对池故渊说道：“我只是好奇，你这么优秀的男人，怎么就只有一段感情？在我之前，你应该和其他女人相过亲……”

“我们不是相亲认识的。”池故渊平静地看着乔晚，“她是我朋友的妹妹，那天我和我朋友去他家的时候，刚好碰到了她。”

池故渊并没有让她继续胡思乱想，把他的上一段感情的相遇交代清楚了。

和相亲这么老套的方式不同，池故渊和他的前女友的相识方式十分浪漫。就像是一本言情小说的开篇，他去朋友家玩，碰到了朋友的妹妹。两个人目光相触，一见钟情，爱意弥漫。

这是乔晚主动问的，可是池故渊说完后，乔晚却没有了继续探询下去的欲望。因为继续问下去，她或许会沉入这个爱情故事里。到那个时候，她是局内人，也是局外人，这会让她有些把握不住自己在这段关系里的定位。

总而言之，池故渊爱过别的女人，有一段浪漫的爱情过往。但是现在那段感情结束了，不管那段感情与现在她和池故渊的感情相比是多么令人心驰神往，可是都已经过去了。

乔晚看着池故渊，刚才池故渊打断了她的话，她的双唇微微张着。在池故渊说完后，乔晚微微合上唇，勾起了嘴角。

“这样。”乔晚说着，端起水杯又喝了口水。

乔晚对过去的事情显然没了兴趣，池故渊拿过了菜单，问道：“点单吗？”

“嗯？”乔晚回过神来，看向池故渊手里的菜单，点头道，“好。”

刚才的一段对话，像是一段小小的插曲，在点单之后，就那么被两个人抛诸脑后。之后日本料理一一被送上来，烤物的香气和寿喜锅沸腾的热气交织在一起，像是把那段插曲给抹掉了。

乔晚和池故渊也有了新的话题，无非是与工作、生活相关，偶尔还说到乔小桥。

和聊天相比，乔晚现在把更多的心思放在了吃东西上。不得不说，池故渊带她来的这家日本料理店口味是真不错，尤其是寿喜锅，可以说是她吃过的最好吃的寿喜锅了。寿喜锅食材新鲜，酱料鲜甜，煮在一起好吃到乔晚都快将舌头吃掉了。

乔晚咬着魔芋结，问池故渊：“这家日本料理店是你家的吗？”

池故渊为了吃西餐，专门弄了个游艇西餐厅。为了吃日本料理，他专门弄座日本料理宅院也没什么新奇的。

受了池故渊的影响后，乔晚现在的格局已经变得很大了！

“不是，这是我朋友开的。”池故渊回道，“不过这里很封闭，平时基本上也只有一些朋友过来。”

乔晚听到，抬头看向池故渊：“那会碰到你朋友吗？”

乔晚眼睛亮晶晶地看着他，池故渊与她对视，反问道：“你不想碰见吗？”

被这么一问，乔晚一时间竟不知道该如何回答。两个人现在的关系模糊不清，还没有接触过彼此的亲人朋友呢。

“没有。”乔晚回答了池故渊的问题，笑了笑，“反正早晚都是要见面的。”

乔晚这么说，代表以后两个人的关系会变得明朗。

池故渊看着她，给她倒了杯水，应声道：“是的。”

第十章

做我女朋友好吗?

话虽这么说，但今天若是突然碰到池故渊的朋友，乔晚还是有些不知道该如何应对。这是池故渊的朋友的小厨房，来吃饭也是不用花钱的，两个人吃完后，准备离开了。

今天宅院里很安静，路上他们也没碰到几个人。在乔晚放下心来，准备和池故渊上车时，不远处有车声由远及近地传来，池故渊被人叫住了。

“故渊。”一个女人温柔的声音传了过来。

伴随着她的声音，车子也停了下来。乔晚看向车子的方向，一个女人笑着从驾驶座上下来。

这是个传统意义上的美人。她拥有一头乌黑漂亮的长发，脸庞精致美丽，气质温婉可人。她穿了一身简单的白色连衣裙，长裙束腰勾勒出女人窈窕的身材，拥有一种复古迷人的气质，举手投足间都散发着女人的魅力。

在乔晚看向她时，她已经走到了他们身边。女人翩翩而至，带来了一阵淡淡的香气。她走到池故渊身边，简单地和他拥抱了一下，池故渊则叫了她的名字。

“尹雪。”

尹雪轻笑一声，声音也格外温柔好听。和池故渊拥抱结束后，尹雪说道：“我听说你也在，就过来了。”

尹雪专程为他而来，池故渊看向身边的乔晚道：“我们刚吃完。”

说着，池故渊为乔晚介绍了尹雪：“这是我朋友尹雪，这家餐厅是她开的。”

池故渊介绍完尹雪后，要和尹雪介绍乔晚，还没开口，尹雪已经笑着看向了乔晚，说道：“我知道。你女朋友乔晚是吗？”

池故渊看了一眼尹雪，尹雪解释道：“我听他们都在传。”

听到这里，乔晚笑起来，说道：“那你消息还不太灵通，现在他们已经开始传我不是池故渊的女朋友了。”

乔晚说完，伸手和尹雪握手，重新自我介绍了一遍：“乔晚。”

在尹雪这样的大美女面前，就连娱乐圈的女明星都不免有些黯然失色。但是长相平平的乔晚，丝毫没有被压过去。她温和浅笑，举止落落大方，这样说完，倒让尹雪有些惊诧。

“你好，尹雪！”尹雪和她简单地握了一下手。

两个人简单地打过招呼后，乔晚就没再说话。尹雪是过来找池故渊的，跟她没什么关系，她等着就好。

尹雪和乔晚自我介绍完后，回头看向池故渊，问道：“你明天晚上有时间吗？”

池故渊问道：“有什么事情吗？”

他一问完，尹雪笑了笑：“你果然忘了。我明天过生日，会在家里举办一个小型派对，你也一块儿来吧。”

池故渊虽不记得她的生日，但是她但凡邀请，池故渊都会应邀。她说完后，池故渊应了一声：“好。”

尹雪见池故渊答应，眼睛里又浮上了笑意。她回头看向乔晚，和池故渊说道：“那好了，不打扰你们了，我也要去吃点儿东西了。”

乔晚微笑着对她颔首，两个人简单地对视后，尹雪离开，转身走进了餐厅。

和尹雪的会面简单又短暂，尹雪离开后，乔晚和池故渊也离开了餐厅。

两个人上了车，池故渊照例送乔晚回家。对池故渊的朋友，乔晚多少还是有些好奇，更何况是这样漂亮的女人。

乔晚上车系了安全带，问池故渊：“你们是关系很好的朋友吗？”

乔晚问完，池故渊看了她一眼，乔晚也在看他，等待着他的回答。池故渊看了她一会儿，说道：“我们的爷爷奶奶是故交，我们在小时候就认识了。”

“那认识时间很长了啊！”乔晚笑起来，说完添了一句，“那你还忘了人家的生日？”

刚才尹雪问池故渊明天晚上有没有时间，池故渊还反问尹雪有没有事。若是他们从小就认识，爷爷奶奶又是故交，他们的感情应该还可以，池故渊却不记得她的生日。

池故渊回过头去边发动车子边说：“我爷爷奶奶的故交很多。”

所以，尹雪是他众多朋友中的一个。

“那你爷爷奶奶有没有让你和她相亲？”乔晚问。

池故渊回头看了乔晚一眼，见他看过来，乔晚笑起来：“你看我们两个相亲是因为我们的母亲是故交，所以你和你爷爷奶奶的故交的孙女相亲，应该也是正常的事吧？”

“没有。”池故渊回道。

“竟然没有？”乔晚奇怪地说了一句。如她所想，池故渊如此优秀，身边肯定不乏像尹雪那样优秀的女人，但是乔晚没想到池故渊竟然没和她们相过亲，而是只和她相亲了，这让乔晚觉得池故渊像是为她量身打造的相亲对象一样。

乔晚虽然还是觉得奇怪，但并没有再问什么。池故渊开着车，也没有再继续说这个话题，两个人就这样开车回了乔晚家。

今天晚餐吃得早，两个人回去的时候才不过晚上八点。小区门口夜市刚开，来来往往到处都是人。池故渊把车停在小区门口，乔晚开门下了车。

刚打开车门下车，乔晚就感受到一股黏腻的热意。前几天入伏以后，A 市的天气越来越热了。乔晚下车时，池故渊也跟着下了车，乔晚笑着看了他一眼，说道：“那我回去了。”

乔晚说完，对池故渊笑了笑，转身朝着小区门口走去。她还没走两步，身后传来池故渊的声音：“我送你进去。”

乔晚回过头来，池故渊已经走到了她的身边。乔晚看着他，眼睛动了动，笑着说：“好。”

说完，两个人并排朝着乔晚家所在的单元楼走了过去。

昨天已经送乔晚和乔小桥回来过一次，池故渊知道她家单元楼所在的方向，进了小区以后，小区门口的喧哗声像是被隐匿了一般，周围霎时间安静了下来。

小径两边是安静的绿植，甚至连空气都比小区外清新，乔晚和池故渊并排走着，一路沉默间，来到了单元楼门口。

乔晚停下脚步，回头看向池故渊笑着道：“我到了。”

池故渊也停了下来，抬眼看了看乔晚家所在的楼层，有一盏灯亮着，光亮温馨而又朦胧。

池故渊收回目光，低头看向了乔晚。

乔晚就站在他的面前，抬眼看着他。月色下，她的眼睛漆黑清澈，她安静地看着他，像是在等待着什么。

池故渊看着她，轻声道：“晚安！”

乔晚的眼睫轻轻地颤动，她回过神来，眨了眨眼：“啊，好，晚安！”

乔晚说完，转身朝着单元楼走去。

“乔晚。”池故渊叫住了她。

乔晚骤然停住脚步，回过头来看向他，眼神明亮：“怎么了？”

池故渊望着她，问：“你明天有时间吗？”

乔晚点了点头：“有，怎么了？”

“我明天去参加尹雪的生日派对，缺个女伴。”池故渊说道。

乔晚想起尹雪的生日派对来。当时尹雪只邀请了池故渊，毕竟是小型派对，去的都是亲近的人，自然不会邀请她这个只见了一次面的人。

而这样的派对，尹雪自然会邀请一些他们共同的朋友。池故渊想让乔晚和他一起去，还要她做他的女伴。

乔晚的眼睛里泛起了一层光。

她笑着看向了池故渊，想了想说道：“但是明天的派对应该很正式吧？我没有合适的晚礼服。”

乔晚连裙子都只有一条，更何况是晚礼服。

池故渊说：“我给你买。”

乔晚轻声笑了起来。

她觉得自己现在像是在趁火打劫，可是池故渊不会在意一件晚礼服的钱，她也不在意。她这样说，不过是两个人之间的情趣罢了。

池故渊答应给她买晚礼服了，她好像也没有什么理由拒绝这个邀请。想到这里，乔晚眼睛亮晶晶地眨了眨，点了点头：“好呀，我参加，谢谢啦！”

最后的那声道谢是感谢池故渊给她买晚礼服，乔晚说完后，笑着指了指单元楼的楼门，说道：“那我进去了。”

乔晚说完后，笑着转身朝着单元楼的门口走去。她还未走进单元楼，身后的池故渊又叫了她一声。

“乔晚。”

乔晚听到他的声音，无奈地回过头来，说道：“你不会想反悔……”

乔晚的话还没说完，就被池故渊的动作打断了。在她回头时，池故渊已经走到了她的身边。男人高大挺拔的身影带来气势上的压迫感，乔晚抬眸望向他，池故渊把双手放在了她的脸颊边。

他的手像昨天那样捧着她的脸颊，他的手掌很大，掌心温热干燥。在捧起她的脸颊时，他低头，把吻落在了她的额前。

简单又短暂的吻，乔晚却能清晰地感受到他的温度。乔晚的心脏像是在那一瞬间被握住一样，整个人无法动弹。

而在这时，池故渊低头附在了她的耳边，他的声音低沉，像是水滴落入了深潭里。

“现在是真的晚安。”

乔晚被握住的心脏被松开，血液沸腾，心脏急速地跳动起来。

这是池故渊第二次吻她，可是比第一次感觉要清晰深刻得多。有可能是因为她做好了心理准备，也有可能是因为今天没有乔小桥分她的心，她能更好地去感受这个吻。

乔晚眼睫轻颤，抬眼看向池故渊。

池故渊已经松开了放在她颊边的双手，看着乔晚说道：“明天见！”

“啊。”乔晚愣了一下后，反应过来，“好。”

说着，她转过身走进单元楼，朝着电梯门口走去。

池故渊目送着她的背影离开，乔晚安静地站在电梯门口等待着电梯。等电梯一到，乔晚走进电梯，在电梯门关上的那一刹那，高兴地在电梯里转了一个圈圈。

池故渊望着慢慢地消失在眼前的乔晚，嘴角轻轻地勾了起来。

关于尹雪的生日派对，池故渊说给乔晚买参加派对的晚礼服，自然是说到做到。不光礼服，池故渊连乔晚的妆造都一并包揽了。

他给乔晚选了一件墨绿色的抹胸长裙，乔晚皮肤白，墨绿色的长裙衬托得她肤如凝脂，光彩照人。她的头发很黑很漂亮，也没怎么打理，只用一个钻石发卡将一旁的头发别在了耳后。长发之下，女人的锁骨精致漂亮，连接着直角肩，气质冷傲娇俏，乔晚还从来没有这么美过。

换好晚礼服后，乔晚从换衣间里出来，在外面等待的池故渊在看到她时，站直了身体。

乔晚拎着长长的裙摆，走到了他面前，眼睛在灯光下闪闪发光，只有捏紧的手指，透露了她些许紧张的情绪。

“怎么样？”乔晚转了个圈。

她的长发伴随着她的动作轻轻地扬起，发间散发出淡淡的女人香气。

池故渊望着她，动了动喉结：“很漂亮！”

得到池故渊的肯定，乔晚这才放松了些，笑了起来，说道：“那就好。”

她今天是作为池故渊的女伴出席生日派对的，总不能让池故渊跌份儿。池故渊说漂亮，那就是漂亮。

乔晚完成妆造后，池故渊还给她配了个镶钻石的手拿包。乔晚拿过包，对池故渊说道："那我们出发吧。"

派对八点开始，现在已经七点了。

"等会儿。"池故渊叫住了她。

"啊？"乔晚回过头来。

池故渊站在她的身边，不知什么时候手里多了一件首饰盒。他打开红丝绒首饰盒，里面是一条钻石项链。钻石项链的主钻看着有鸽子蛋那么大，在灯光下熠熠生辉，分外璀璨。

池故渊将项链拿出来，戴在了她的脖间。

他的手指在她的后颈上摆弄着项链的接扣，偶尔手指还会触碰她的皮肤，他的双臂像是环抱着她，乔晚感觉整个人被他圈在了怀里一般。原本项链上这么大一颗钻石，乔晚会觉得重的，可是她没感觉到，只感觉她被池故渊的气息包围着。他身上的气味明明是清凉的冷杉香气，她却热得像是浑身被罩在了热气里似的。

戴完项链后，乔晚觉得自己快要被热气蒸窒息了。

戴上项链后的乔晚更为光彩照人。钻石项链的主钻虽然大，却没有完全夺走乔晚的风采，而是和她的气质相得益彰，为她添上了一种华贵和冷傲感。

池故渊低头看着眼前的乔晚，深沉的目光在她身上流连。最后，他的视线对上乔晚的视线，说道："更漂亮了！"

乔晚笑了起来。

像池故渊这么优秀的男人，也是有缺点的，比如，在夸赞她的时候，就只有“漂亮”这一个形容词。

但是恰恰就是这个“漂亮”，能平复乔晚的诸多情绪，比如，第一次参加池故渊那个圈子的聚会的紧张，以及不知道如何在派对上表现的局促。

他很懂她。乔晚总觉得要么池故渊很容易看透她，要么是池故渊很了解她。但他们认识不久，那肯定就是她太容易被池故渊看透了。

尹雪的生日派对在她城西的一栋独栋别墅里举办，是一个私人形式的小型派对，她只邀请了跟她关系比较亲近的朋友。

乔晚和池故渊到的时候，派对还未开始。车子停在了别墅花园后的灌木丛旁的停车场里，还未下车，乔晚就听到了花园里的欢声笑语。

越过灌木丛，乔晚看到了派对上的景象。花园被修整得很漂亮，以鲜花和彩灯装饰，在夜晚也有一种安静的璀璨感。派对上的年轻男女端着香槟杯，穿着晚礼服，言笑晏晏。

车子停下，池故渊下车后，来到了副驾驶座边给乔晚打开了车门。他站在车门口，乔晚此时坐在副驾驶座上望着花园里的景象，没什么动作。

“怎么了？”池故渊垂眸看着她问道。

乔晚将目光从花园里收回，看向池故渊：“他们都认识吗？”

刚才乔晚看了一眼里面的景象，花园里只有十几个人，大家三五成群地闲聊着，面上带笑，看样子像是都认识。

乔晚说完，池故渊越过灌木丛看了一眼花园里的情况，对乔晚说道：“都是平常的朋友，没邀请外人过来。”

尹雪是个不太喜欢热闹的人，在尹家，除了整十的生日，都是这种自己举办的小型派对，朋友们凑在一起热闹热闹。

池故渊一说完，“外人”回头看向了他。

乔晚确实是外人。这个派对上，大家互相认识，而她只认识池故渊。一开始池故渊邀请她作为女伴出席，她还以为派对上怎么也会有像她一样的人，没想到现在一看，这里里里外外就只有她一个是“外人”。

乔晚一下子又有些焦虑了。

池故渊敏锐地捕捉到了她的情绪变化，低头看着她问道：“要离开吗？”

面对这种全都是陌生人的环境，作为一个“外人”，任何人都难免会感到局促。

“啊？”乔晚抬头看了池故渊一眼。她确实感到局促，却没打退堂鼓。她和池故渊在一起，以后这样的场合还会有很多。

想到这里，乔晚笑了笑，直起身体，对池故渊说道：“我今天打扮得这么漂亮，怎么能这样就走？”

乔晚这么说，池故渊已经意会了她的意思。他伸出手，乔晚笑着把手放在了他的手心里，池故渊牵着她的手从车上下来，在乔晚挽住他的手臂时，池故渊说道：“你跟在我身边就好。”

听了池故渊的话，乔晚笑着点了点头：“好。”

乔晚和池故渊到了派对所在的花园。

花园里，大家正在闲聊，活跃气氛。在池故渊和乔晚出现的刹那，场上安静了几分钟，大家收回目光，纷纷看向了乔晚和池故渊。

他们都是池故渊的朋友，他过来，大家自然少不了和他打招呼。而大家打完招呼后，注意力就自然而然地放在了乔晚身上。

被这么多人注视着，乔晚笑得礼貌大方。池故渊低头看了她一眼，给在场的人介绍了乔晚。

“这是我的女伴，乔晚。”

池故渊介绍完，乔晚对大家微微颔首，说道：“你们好！”

在这场派对里，乔晚像个陌生的入侵者，让原本热闹融洽的气氛变得有些生硬。可是这种生硬并不会影响太大，她自我介绍完，有人已经开了口。

“知道，故渊的绯闻女朋友。”

那人说完，场上的人随即笑了起来。

因为这么一句玩笑话，生硬的气氛就这样消失了，乔晚从来没有像现在这样感谢辛锐。感谢大喇叭辛锐，让她以池故渊的绯闻女友的身份提前让这个圈子里的人知道了她。

气氛重新活跃起来，乔晚心中的紧张感也消失了些。她随着他们笑着，这时，尹雪注意到了他俩。

尹雪在看到池故渊身边的乔晚时，眼神微微地变化了一下，之后嘴角勾起一个得体的笑容，她端着香槟杯朝他们走了过来。

“故渊、乔小姐，欢迎！”尹雪走过来，和池故渊简单地拥抱，和乔晚握手，展现了东道主的热情。

在这全是陌生人的派对里，见过一面的尹雪倒成了乔晚的熟人。看到尹雪，乔晚自觉亲切。尹雪今天穿了一件白色长裙，搭配着高贵典雅的珍珠饰品，衬托得她更加成熟有韵味。

得到欢迎后，乔晚冲尹雪笑了笑，说道："生日快乐！"

"谢谢！"尹雪笑着回应了她。

乔晚把手上的礼物递给尹雪，笑着说："这是礼物。"

尹雪的生日礼物是池故渊准备的，在来之前，他把礼物给了乔晚，让她交给尹雪。池故渊的礼物，由乔晚交过去，也表明了乔晚的女伴身份。

尹雪垂眸看了一眼乔晚递过来的礼物，笑着接过，随手将其递给了身边的助理，后又抬头和池故渊道了一声："谢谢！"

"生日快乐！"池故渊祝贺了一声。

在三个人寒暄的时候，花园里又有新的客人过来。尹雪端着香槟杯，脸上带了一丝歉意，说道："你们随意，我这边还有人需要照应……"

"你忙。"乔晚笑着说道。

尹雪看了一眼池故渊，笑着离开了。

祝贺了尹雪生日快乐，送了生日礼物，乔晚今天参加生日派对的任务差不多也就完成了。她刚松了口气，身边的池故渊握住了她的手，说道："我带你认识一下我的朋友。"

乔晚："……"

池故渊带着乔晚走到了一对年轻夫妇面前，两个人出色的外形让乔晚以为自己穿越进了偶像剧里。

池故渊带着她在两个人身前站定后，简单地给她介绍了一下夫妇二人。

“这是陶牧之，我朋友，这是他的妻子林素。”

陶牧之身形挺拔修长，五官俊朗，穿着一身西装，身上带着一股淡漠谪仙感。相比他的淡漠，他的妻子林素却火辣四射，穿了一件简单的明黄色丝绸吊带连衣裙，勾勒出了玲珑的身材。

“你们好，我叫乔晚！”池故渊介绍完夫妇二人后，乔晚自我介绍了一下。

林素低头笑了一下，随后又抬起头来，笑容还未收起，眼波流转，格外明艳。

乔晚笑道：“冒昧问一下，你是明星吗？或者是模特？”

乔晚还从没有见过像林素这么漂亮的女人。林素的五官很精致，轮廓分明，有一双顾盼生辉的狐狸眼，眼梢上挑，脉脉含情，让她整个人看上去生动明艳。

乔晚说完，林素轻声笑起来，对乔晚摇了摇头：“不是，我是拍明星和模特的摄影师。”

“这样啊。”听林素解释完自己的职业，乔晚钦佩地说道，“厉害！”

两个人一来二去地寒暄着，关系像是拉近了一些。被乔晚夸赞，林素看着她，眼尾轻轻地挑了挑，意味不明地说了一句：“我修图也很厉害。”

林素说完，陶牧之低头看了她一眼。

“修图？”

乔晚奇怪地问了一句，林素还没说话，一旁的陶牧之已经握住了林素的手。他牵着妻子，对乔晚和池故渊说道：“她今天喝得有些多，我带她去醒醒酒。”

乔晚还没问出个所以然，陶牧之就带着林素离开了。和林素聊了这么两句，乔晚还挺喜欢她的，也不知道林素怎么只说了一句“修图也很厉害”，陶牧之就看出她喝酒了。

乔晚奇怪地看向两个人离开的方向，池故渊则低头对她说：“我们去那边。”

“啊。”乔晚回过神来后，应了一声，“好。”

说着，乔晚和池故渊也离开了。

陶牧之带着林素离开后，去了花园边缘的灌木丛里。灌木丛浓密高大，在灯光下投下一片黑漆漆的影子，两个人走进去后，身影就隐匿在了那片黑影里。

陶牧之松开牵住林素的手，抬手摸了摸她的脸颊。她的脸很热，不知道她是不是喝醉了。

“你知道你刚才说了什么吗？”陶牧之问林素。

林素被他摸着脸，小脸蛋索性靠在了他的掌心里。听了陶牧之的话后，她抬头看着他，一双狐狸眼里泛着朦胧的水光，语气娇俏地说：“我说什么啦？”

被林素反问，陶牧之垂眸看着她，喉结轻动。

他并没有回答，而此时，林素的双臂像水蛇一样环抱住了他的脖颈，她将身体靠在了陶牧之的身上，声音比刚刚还要小一些：“亲亲——”

陶牧之的理智被这声撒娇给击溃了。他抿了抿双唇，用双臂揽住了林素有些滑下的身体，低头在她的唇边吻了一下。

“以后不可以这样了。”陶牧之轻声叮嘱道。

“嗯嗯嗯。”林素敷衍地答应着，和他吻在了一起。

和陶牧之夫妇分开后，池故渊带着乔晚去认识了一下其他朋友。她是池故渊的女伴，尽管在这场派对里算是外人，但看在池故渊的面子上，大家对她都礼貌有加。

值得池故渊介绍给乔晚的朋友也没几个，介绍完后，池故渊就和朋友寒暄，乔晚跟在一旁听着。几个人正闲聊着，尹雪走过来叫了池故渊一声。

“故渊。”尹雪走过来，对其他几个人微笑颔首后，又对池故渊说道，“今天法国那边的设计师 Lee 也过来了，你要不要过去和他打个招呼？”

池故渊是做建筑设计的，Lee 也是。尹雪说完后，池故渊点头：“好。”

说完，池故渊带着乔晚准备去与 Lee 打招呼。

在过去前，乔晚也看到了站在那边的 Lee，除了他，还有其他几个外国人。尹雪察觉乔晚的视线，冲她笑了笑。

“他们是法国人，不太会说中文，到时候我们交谈会用法文，而且话题都是和建筑相关的，你在那儿可能会尴尬。”

尹雪说完，又对池故渊说道："乔小姐来了以后还没吃什么东西，要不我们过去和他们打招呼，让乔小姐去那边吃点儿东西？今天的菜品都是我从国外请来的厨师做的，甜品也十分不错。"

刚才池故渊带乔晚和朋友打招呼时，除了和林素交谈了两句，其他人和乔晚只是简单地寒暄和微笑。在这种陌生环境里，和他一起社交，远不如她自己行动自在。况且刚才他已经带她熟悉了环境，她也确实没吃东西。

尹雪说完，池故渊低头看向乔晚，询问她的意见："要吃点儿东西吗？"

池故渊这么说，正和乔晚的心意，她连忙点头道："行，我刚好饿了。"

说着，乔晚就要离开，池故渊却拉住了她的手。乔晚回头，池故渊说道："别离开太远，我就在那边看着你。"

即使让她自由活动，他怕她不习惯，也还是要让她在他的视线范围里。乔晚心下一暖，点头道："好啊。我去吃糕点。"

听她说完，池故渊放开手，乔晚冲他笑了笑，然后对尹雪也笑了笑，这才离开。

池故渊目送着乔晚的背影离开，这才回过头来。尹雪看着两个人，轻提一口气，笑了笑道："走吧。"

说着，她和池故渊一块儿去了 Lee 那边。

乔晚离开池故渊后，果然自在了许多，就是派对上众人的目光还是似有似无地朝她这边看。

来了这么一会儿，乔晚已经适应了这些目光。她走到餐台前，看到餐台上各式各样的甜品，眼睛微微放光，挑了一个吃起来。

派对前段时间的应酬过后，众人也都有些饿了。餐台前除了乔晚，对面还有几个人也正在挑甜品吃。乔晚过来后，她们便抬头看向她，乔晚冲她们笑着点了点头，算是打过招呼后，低头继续吃自己的。

不得不说穿上礼服之后，胃口都小了许多，乔晚吃了半块甜品差不多就饱了。她回过头去，望向了池故渊的方向。似乎是察觉她的目光，池故渊也抬眸看向了她。两个人的目光一对，乔晚的眼角一弯。

看到乔晚的笑，池故渊也放下心来，回头继续和几个外国人交谈。

乔晚还是第一次见到这样的池故渊，他站在几个人中间，平静谦和，说话时也不卑不亢，周围的人在认同地频频点头，脸上满是钦佩之色。

这样的男人，实在是过于迷人。

“乔小姐！”

乔晚正看着池故渊犯花痴的时候，身后有人叫了她一声。乔晚回过头去，看到身边站了两个女人，年龄和她相仿。

“你们好！”乔晚礼貌地笑着回应。

乔晚打完招呼后，两个女人中穿着粉色礼服的那个看了一眼餐台上的糕点，对乔晚说道：“这是尹雪姐专门从欧洲请过来的糕点师做的甜品，味道还可以吧？”

对方像是找话题和她闲聊，乔晚低头看了一眼餐台上的糕点，点头道：“确实不错！”

乔晚说完，旁边那个穿着黑色礼服的女人笑了一声：“既然不错，乔小姐就多吃一点儿，毕竟以后都不一定有机会吃了。”

穿黑色礼服的女人说完，和穿粉色礼服的女人对望一眼，两个人皆笑了笑。

乔晚：“……”

面对两个人的笑容，纵使乔晚不够敏感，也能体会她们笑里的鄙夷之意，再配上她们前面说的那番话，乔晚确定她们是当面来给她难堪的。

乔晚看着两个女人，脸上的友好表情已经收了起来。但显然两个人并没有就此打住，见乔晚没有反驳，穿粉色礼服的女人对穿黑色礼服的女人说道：“小路，你别这么说，乔小姐是池先生的女伴，想吃甜品让池先生给买就行了。”

说完，穿粉色礼服的女人看向乔晚，眼神已经毫不掩饰，笑着说道：“乔小姐手段了得，都能让池先生带你参加派对了，让池先生给买点儿甜品还不是小菜一碟？对吧，乔小姐！”

待穿粉色礼服的女人说完，乔晚观察了一下四周，问道：“你们想在尹小姐的生日派对上闹吗？”

乔晚这是在提醒对方，她们现在在尹雪的生日派对上，要是起了冲突，大家面上都不会好看。

但她们显然毫不顾忌她的提醒，在她说话时，穿粉色礼服的女人此时脸色已经沉了下来。

“是我们闹吗？闹场的明明是乔小姐吧。”

听对方这么说了一句，乔晚倒有些不懂了，问道：“我闹什么场了？”

周围有人也注意到了这边的情况。穿黑色礼服的女人看了一眼四周的情况，拉扯了一下穿粉色礼服的女人。穿粉色礼服的女人不顾拉扯，和乔晚对峙起来。

“你明知道今天是尹雪姐的生日派对，还要作为池先生的女伴出席，这不是闹场是什么？”穿粉色礼服的女人说道，“如果不是你，今天池先生的女伴原本是尹雪姐。”

这个时候，乔晚算是明白了，她们是在替尹雪打抱不平。尹雪对池故渊有好感，邀请他参加她的生日派对，两个人刚好做男女伴。谁料半路杀出她这个程咬金，毁了尹雪的算盘，眼前的人就把错都怪到了她的头上。

乔晚望着面前的两个人，不卑不亢地说道：“那要这么说，闹场的人应该是池故渊。今天我之所以来参加这场生日派对，是你们的池先生亲自邀请我来的。”

乔晚的一句话，让穿粉色礼服的女人怒极反笑：“池先生亲自邀请你来？你还真是敢说。谁不知道你乔晚有手段，先是散播你是池先生的女朋友的消息，后怕事情败露，又出来澄清。这样一来，你既和池先生攀上了关系，又把自己择得干干净净。这次你参加派对做池先生的女伴，还不是用了同样的手段？你竟然说是池先生亲自邀请你来的，你怎么敢……？”

在她们眼里，甚至在参加这场派对的众人眼里，乔晚能成为池故渊的女伴，定然是用了什么手段。而前段时间圈子里传她是池故渊的女朋友的事情，也是她在背后操纵。在他们的认知里，她不过是一个平平无奇的女人，能得到池故渊的青睐，必然是她有心机，却不是池故渊主动追她。

乔晚往前走了一步，刚要开口，她的肩膀被一只手压制住了。男人宽大的掌心落在她的肩头上，掌心温暖干燥，一并压制下了她升腾起来的怒火。

乔晚猛地回头，池故渊已经站在她的身边。他用手轻轻地揽着她，将她护在了他的怀里。乔晚抬眼望着池故渊，眼睫轻轻一颤。

在她们交谈的时候，池故渊原本在那边和建筑工作室的几个人聊天。聊天的间隙，池故渊看到了乔晚微变的脸色，于是打断交谈走了过来。他走过来时，刚好听到穿粉色礼服的女人说的那番话。

在池故渊过来时，穿粉色礼服的女人脸上高高在上的表情已经不见了。当着池故渊的面，她还是不敢如此放肆的。现在池故渊站在乔晚身边，摆明了要替她撑腰，穿粉色礼服的女人也不敢再和乔晚对峙。

但是她不再说话，并不代表这件事情就这么过去了。在她低头要离开时，池故渊开了口：“乔晚确实是我亲自邀请过来做我的女伴的。”

池故渊一开口，不光穿粉色礼服的女人，周围看热闹的人，也齐刷刷地朝着池故渊和乔晚看了过去。

刚才穿粉色礼服的女人的那番话是质问乔晚的，但是现在池故渊过来，亲自解答了这个问题，穿粉色礼服的女人被池故渊当场打了脸。

被当众打脸的滋味并不好受，穿粉色礼服的女人脸色变得十分难看。可是对方是池故渊，她不敢和池故渊说什么，只能小声地附和道："我知道了。"

被这样当场针对，穿粉色礼服的女人显然并不好过。可是她刚才也是这样针对乔晚的，现在角色调换，她也知道刚才乔晚是什么心情了。

乔晚注视着这一切，并没有说话。

显然穿粉色礼服的女人想就这样把这件事情揭过去，她附和完以后，就要离开，可池故渊并没有就这样结束这件事情的意思。

"你刚才说圈子里传乔晚是我女朋友的这件事情是乔晚传的？"池故渊问。

穿粉色礼服的女人听了池故渊的话，硬着头皮看了他一眼，又看了乔晚一眼，模棱两可地说道："圈子里的人是这样传的。"

"麻烦你到时候跟圈子里的人解释一下，这件事情不是乔晚传的，是我传的。"池故渊说。

乔晚转头看向了他。

不光乔晚，在场听到池故渊说这句话的人也都看向了他。池故渊和这样的流言实在是不太相符，他想要什么样的女人没有，何必在圈子里传这样的消息？

穿粉色礼服的女人也被池故渊说蒙了，难以置信地问道："您为什么这么传？乔小姐真是您的女朋友？”

池故渊道：“不是。”

穿粉色礼服的女人这才镇定了些，可是池故渊的下一句话，让她愣在了当场。

“她不是我的女朋友是因为她还没有接受我的追求。”池故渊说道。

说到这里，池故渊顿了顿，低头看向身边的乔晚，叫了她一声：“乔晚。”

乔晚抬头看向他：“嗯？”

“做我的女朋友好吗？”池故渊问。

池故渊说完，乔晚的心脏像花瓣一样轻轻地绽开。她定定地看着他，眼角慢慢地弯起，点了点头，说道：

“好呀！”

第十一章

去他家

池故渊放低姿态，当众表白，乔晚当场接受。就这样，尹雪的生日派对上，诞生了一对情侣。

池故渊牵着乔晚的手，带着她回到了刚才聊天的地方。

乔晚答应得迅速，答应过后，还有点儿蒙蒙的。池故渊带她过去，用法语介绍了一下她。乔晚听不懂法语，但看尹雪变了脸色，差不多猜到池故渊是以女朋友的身份介绍她给他们认识了。

乔晚被牵住的手动了动，池故渊的手是完全握住她的手的。她一动，池故渊就察觉了，回头看了她一眼。

但乔晚并没有什么事情，和池故渊对上目光，心底像是有蜜在流淌，甜得她扬起嘴角。而看到她的笑容，池故渊眼中满是柔情，他勾了勾唇，回过了头。

乔晚是因为她的平凡而被池故渊圈子里的人揣度、怀疑和看不起的，面对这些揣度、怀疑和看不起，池故渊用自己的行动替乔晚反击了回去，给了她所有的安全感。乔晚像是置身厚重的苍穹之下，被足够强大的人保护着，没有人再能够伤害她。

派对在这个插曲后，继续平静地进行着。在池故渊向乔晚告白后，派对上的所有人看向乔晚的眼神都格外收敛。而即便如此，在派对后面的时间里，池故渊也没再放她独自待着，将她放在他的身边，半步都没有离开。

在池故渊和派对上的人交流时，乔晚就跟在旁边，大家的目光没有开始时那么放肆，却也忍不住好奇打量她。毕竟能让池故渊这样的男人当众表白，她却这么平平无奇，任谁也会对她充满好奇心。

在这种注视下，派对进行了两个小时。晚上十点，派对终于结束，乔晚也和池故渊离开了别墅的花园。

这种生日派对，虽然是好友间的私密聚会，大家吃吃喝喝玩玩，但是到后面全是应酬，加上穿着礼服和高跟鞋，就那么站着笑两个小时，人还是挺累的。

乔晚穿着这么漂亮的礼服，全程都得提着气。等和池故渊一起上车以后，她才终于把那口气松了下来。

“很累吧。”池故渊坐在驾驶座上，看了她一眼。

“有点儿。”乔晚回头看向池故渊笑着说道。

离开了喧闹的派对，一关上车门，两个人被隔绝在车子封闭狭窄的空间内。狭窄的空间往往令感官更清晰，乔晚看着面前的池故渊，闻到了他身上淡淡的冷杉香气。

心脏猛地跳了一下，乔晚的脸上浮上一层热气。

来的时候，两个人还只是暧昧的相亲对象，参加完派对，重新回到车上后，两个人却是男女朋友了。

这样的身份转变，让人不脸热都难。

可乔晚还留有一丝理智。当时在派对上，池故渊当众向她表白，是为了让圈子里的人不要看低她。这样的事情池故渊不是第一次做，上次他为了帮她打杨太太的脸，还说她是他的女朋友。也正是因为那次的事，圈子里才传出她和池故渊有关系。

乔晚收回了放在池故渊身上的视线，抬眼看着车子前方隐秘的灌木丛，唇边扬起笑容，说道："刚才在派对上谢谢你帮我出头，还对我表白说让我做你的女……"

乔晚话没说完，她的唇便被吻住了。

乔晚不是没被池故渊吻过，也不是没被亲过嘴唇，可是池故渊吻的是她的额头，她是被乔小桥亲的嘴唇。这两种情况都和现在池故渊吻住她的唇是完全不一样的。

池故渊的唇贴在了她的唇上，触感柔软、温热，带着些清凉的香气。他一点点地贴着她的唇，而后一点点地侵入，乔晚的身心都深陷进了这个充满柔情的吻里。

池故渊有着很好的吻技，也或许是乔晚的吻技太差劲，反正亲到最后，乔晚已经头昏脑涨。她的心跳声撞击着她的耳膜，发出"咚咚"的声响，手扶在门把手上，她才能勉强支撑住瘫软的身体不滑落下车座。

在她快呼吸不上来时，池故渊才离开了。

两个人的唇隔着那短短的距离感受着对方的温度。池故渊英俊的脸庞近在咫尺，清晰地放大了他的帅气和真实感。

乔晚一阵口干舌燥，轻舔了一下唇。

池故渊的手支撑在副驾驶座的车窗上，他的身体像是一道暗影，把明亮的乔晚完整地包裹在了他的怀里。

看到她舔唇，池故渊喉结轻动，低头在她的唇边轻吻。两个人就在这个吻中相互凝望，最后池故渊再次离开她的唇。

“还谢吗？”男人垂眸看着她，声音低沉沙哑。

她以为池故渊是为了帮她又撒了个谎，池故渊就用实际行动告诉她，他不是在撒谎，他们现在确实已经是男女朋友关系了。

乔晚的心脏还没归位，她看着池故渊：“不谢了。”

乔晚被池故渊送回了家。

她到家的时候，已经快十一点了。母亲照旧等着她，埋怨了两句她回家太晚。乔晚笑嘻嘻地和母亲打着哈哈，母亲最终也没多说什么。乔晚是和池故渊出去的，母亲还是不用太担心她的安全的。

乔晚推着母亲回了房间后，就回了自己的房间。拿了洗漱的东西，乔晚赶紧洗了澡，而后上床抱住了乔小桥。

乔晚的心跳还没有平复，她闭上眼睛就能想到池故渊跟她告白，和她接吻，不一会儿不光心跳没平稳下来，脸上的温度也升上去了。

被这么抱着，乔小桥睡得再熟也被抱醒了。他迷迷糊糊地转过头来，乔晚对着他的小脸蛋亲了一口，也不说话，只是嘿嘿笑着。

看到妈妈这么开心的样子，迷迷糊糊的乔小桥也笑了起来。他有开心的事情时，总是会和妈妈分享。妈妈若是有了开心的事情，肯定也想和他分享。

“妈妈你好高兴啊。”乔小桥转过身来抱住了乔晚，看着她道。

乔晚抬手摸着儿子的头，眼睛亮晶晶的：“对啊。”

乔小桥感受着妈妈的开心，问道：“是发生什么事情了吗？”

他问完，乔晚已经开心得弯起了眼角。她确实需要和乔小桥分享她的喜悦，若是不和别人分享，她觉得今天晚上她能憋死。

乔小桥问完，乔晚点头，凑到儿子的脸旁边，和他鼻尖对着鼻尖，像是说秘密一样告诉乔小桥：“我和你池叔叔在一起了。”

乔小桥听完，定定地看着眼前开心的妈妈。他的眼睛里带着些孩童共情的快乐和欣慰之色，清澈又干净。

看了一会儿，乔小桥抱住乔晚，在她的唇边轻轻印了一个吻：“恭喜你呀，妈妈，又多了一个爱你的人。”

乔晚脸上的热意在乔小桥说出这句话时，霎时间涌入了眼里。她轻轻笑着，将乔小桥抱紧，低头在他的额前亲了一下。

“谢谢宝宝。”

乔晚和池故渊确立了恋爱关系，生活依旧如常，第二天，乔晚照例去琴行上班。

上周五乔小桥的幼儿园亲子运动会那天，乔晚的钢琴教室隔壁的秦老师的女儿要做手术，所以乔晚帮忙上了一下午课。周一下午，秦老师从医院回来，去了乔晚的钢琴教室。

秦老师到时乔晚正在看资料，看到秦老师，乔晚抬头笑起来：“哎，秦老师你回来了。”

“嗯。”秦老师笑着把手上拎着的纸袋递给了乔晚，说道，“我买了些甜品，你看看喜不喜欢吃。”

这是秦老师的感谢礼，乔晚笑着收下了，说道：“谢谢。”

乔晚说着，把甜品拿了出来，准备开吃。秦老师看着她，问道：“你接下来没课吗？”

乔晚打开甜品盒子，递给了秦老师一块，笑着摇头道：“没。我只有下午四点有一节课，然后就是晚上的两节课了。”

秦老师接过甜品，问道：“那你今天晚上都没法和男朋友约会了。”

乔晚：“……”

昨天池故渊在派对上跟她表白的事情，一晚上的时间消息在他的圈子里就传遍了，辛锐自然也知道了。今天他到了琴行后就大肆宣扬，虽然没说池故渊的身份，但是大家都知道乔晚已经谈恋爱了。

听秦老师说完，乔晚先是无奈一笑，然后道：“对啊，课比较满。”

“我替你上吧。”乔晚说完，秦老师看着她说了一句。

“啊？”乔晚抬头看向了秦老师。

七音琴行的课时数，只用于钢琴老师的级别升级参考，比如三级钢琴老师要上满多少节课才能升成二级钢琴老师，除此之外，没有任何奖励，所以一般其他老师帮忙代课的话，原本的老师是要还回去的。

秦老师看着她愣住的样子，笑起来道："我今天下午就四点没课，然后晚上也没课，刚好可以替你上。这样的话，你今天就没课了，现在就可以去找男朋友了。"

秦老师说完，乔晚反应过来。

是哦，这还挺令人心动的。

可是随即乔晚看向秦老师，问道："你女儿刚动完手术，你晚上不需要去陪护吗？"

"不用。"秦老师回道，"她爸爸在呢，我这两天都不用过去。"

既然秦老师这么说，乔晚也没客气，拿出嘴里咬住的甜品勺，笑着道："那好，那就拜托你了。"

"客气什么？"秦老师笑着回了一句。

和乔晚商定好代课的事情后，秦老师离开了乔晚的钢琴教室。

乔晚坐在琴凳上，吃了一口甜品后，拿出手机给池故渊打了个电话。

她和池故渊确立了恋爱关系后，除了昨天脸红心跳地接吻和她兴奋得半夜都没睡着，好像和以前并没有什么不同，但说是跟以前一样吧，又不太一样。比如现在，乔晚在给池故渊打电话时，还没听到他的声音，她的心跳频率已经变得不太正常了。

"喂。"池故渊的声音传来，乔晚嗯了一声。

她嗯完，听到了那边男人的轻笑声。甜意在心口弥漫，乔晚也笑了起来。看，谈恋爱还是不一样的。

“怎么了？”池故渊听着乔晚的笑声，问了一句。

“啊，我是想今晚要不要一起吃饭？”乔晚问。

“好。”乔晚主动约他，池故渊自然答应，问道，“你几点下班？我去接你。”

池故渊说完，乔晚笑了笑：“我现在就下班了。你呢？”

她说完，池故渊沉默了一会儿，回道：“我还在忙。”

现在才下午两点，一般上班的人肯定在忙。

听池故渊这么说，乔晚应了一声，道：“哦，那我……”

“你要来我这里吗？”池故渊问。

话被打断，乔晚听着池故渊的提议，眼睫微微一动。

乔晚是第一次来池故渊工作的地方。

池故渊的工作室离琴行的中央大厦不远，也在A市金融中心圈。工作室在另外一栋大厦里，占据了大厦顶上两层。乔晚乘坐电梯直达，刚下电梯，映入眼帘的就是池故渊的设计工作室。

池故渊的工作室是做建筑设计的，这一点也体现在了他们的工作室设计上。工作室设计简约，艺术感和实用感并重，乔晚还以为到了现代艺术展馆。

她刚从电梯上下来，就有人迎了上来。女人穿着一身浅灰色职业套装，扎着低马尾，精明干练，看到乔晚，脸上是职业化的礼貌微笑。

“请问是乔小姐吗？”

乔晚点头："是的。"

女人的笑容加深，她对乔晚说道："您好，我是池总的助理安妮。池总让我在这里等您，他正在开会，让我先带您去他的办公室。"

乔晚对她微一点头，应道："好，麻烦你了。"

"您太客气了。"安妮笑了笑，随后伸手对乔晚说道，"乔小姐请吧。"

乔晚跟着安妮，进入了池故渊的工作室。

和工作室外部的设计相比，内部设计更有风格。乔晚跟在安妮身后，观察着工作室内部的情况，在快走到办公室时，隔着玻璃门，看到了会议室里正在开会的池故渊。

会议室是封闭式的，不过外壁用厚重的隔音玻璃阻隔，乔晚听不到里面的声音，却能看到画面。与会的有十几个人，坐在会议圆桌边，池故渊坐在上首的位置，正背对着会议室的门望着前方展示的屏幕。

池故渊现在是在工作，穿着西装和衬衫，即使是坐着，也看得出剪裁得体的西装下他修长挺拔的身体轮廓。他侧靠在圆桌旁，手上拿着一支中性笔，骨节分明的手指握着笔杆，在桌子上有一下没一下地敲着，似乎正在思考。偶尔他会用中性笔指一下屏幕上的设计方案，讲解的高层虚心听着，听完后做好笔记以备修改。

他们工作室正在做一个中外联合项目，是给某座城市设计一座博物馆，最近正加班加点做着最后的修订工作。

会议正在紧张进行着，乔晚的目光落在池故渊身上，一直没有移开。工作中的池故渊仍旧是那副沉稳的模样，可在沉稳中又多了一种果决的安全感。仿佛有他在，有他的指点，手下的人就知道工作如何进行。

这种强大和令人安心的魅力，让乔晚深陷其中。

乔晚并没有打扰池故渊，目光在他的背影上流连了一会儿，就随着安妮去了池故渊的办公室。

池故渊的办公室位于大厦的顶层，一个人的办公室是其个人品位的最高体现。如果工作室的设计让乔晚感觉像进入了花园，那池故渊的办公室则让她有种在花园里又发现了世外桃源的感觉。

池故渊的办公室更像是一套高级公寓。偌大的办公室里，阳光透过落地窗刚好落在办公桌的桌边。

办公室分了办公区、会客区、休息区和休闲区，乔晚就算自己在这里待着也不会无聊。

将乔晚带入池故渊的办公室后，安妮就先行离开了。她告诉乔晚有什么需要可以随时叫她，她的办公桌在池故渊的办公室外面。乔晚答应后，安妮关上了办公室的门。

这下池故渊的办公室里只剩下了乔晚自己。

乔晚是第一次来池故渊的工作室，也是第一次来池故渊的办公室。两个人认识以来，一直是池故渊去她工作的地方接她，送她回家，都是他在她的世界里接触她、了解她。现在她来到了他的办公室，第一次闯入了他的世界。

虽然是第一次闯入池故渊的世界，乔晚对这个世界的感觉却并不陌生。

办公室的色调并不是冰冷的黑、白、灰，相反是那种带有木质纹理的浅褐色，阳光透过落地窗洒入室内，散发出安静温暖的味道。

乔晚沉浸在这种温暖中，有些恍惚。阳光洒落在办公桌旁，让乔晚有种她在梦中曾置身这个场景的感觉。

但这种感觉并没有持续多久，就被办公室门口传来的开门声打断了。乔晚回过神，就见池故渊正站在门口看着她。

两个人目光对视，乔晚笑起来，池故渊也随之一笑，关门走了进来。

"开完会了？"乔晚从办公桌所在的高台上走下来，笑着问道。

"对。"池故渊应声，走到了乔晚身边，低头看着她，"等很久了？"

乔晚耸肩，打量着办公室，说道："没有，我都还没参观完你的办公室你就回来了。"

听了她的话，池故渊抬手在她的头上轻轻揉了揉，说道："那你继续参观，我刚好还有些工作需要做。"

说完，池故渊越过她，走到办公桌前坐下了。

男人的手掌很大，手指修长，他抬手揉她的头发的动作太过熟练，甚至让乔晚感觉他以前肯定揉过无数次。但是在她的印象中池故渊是第一次这样揉她的头发，所以她才会在反应过来后心脏疯狂乱跳。

胸腔涌上的甜蜜感让乔晚回头看了一眼池故渊。池故渊坐在电脑前，目光专注地看着屏幕，正在对设计方案做着最后的修改。

相比在会议室里表现的强大气场，认真工作的池故渊更有魅力。

乔晚脸发热，摸了摸刚才被池故渊摸过的头发，笑着继续在池故渊的办公室里乱逛。

池故渊的办公室很大，可是再大的办公室也有参观完的时候。在池故渊的办公室瞎逛了半个小时，乔晚没的逛了。她坐在休息区看向办公桌后的池故渊，他还在电脑前工作。

办公室里一片安静，这样无聊地坐着时间好像更为漫长。乔晚坐在沙发上，歪着脑袋开始发呆。

手上的工作并未完成，池故渊目光越过屏幕，看了一眼坐在沙发上的乔晚。

“乔晚。”池故渊叫了一声。

突然被叫到，乔晚吓了一跳，猛地回神，看向办公桌后的池故渊，应了一声：“啊？”

池故渊坐在办公椅上，盯着她：“过来。”

乔晚听话地站了起来，走到池故渊的办公桌前看了一眼他的电脑屏幕，好奇地问道：“忙完了？……哎——”

乔晚还没说完，腰上覆上了一只手，男人手掌轻轻用力，乔晚双腿失去平衡，重重地坐在了他的双腿上。

“哇，有没有压到……”乔晚怕压到池故渊，挣扎着要站起来。但是池故渊的双臂拢在了她的腰间，收紧，乔晚像是被挤压的海绵，后背和池故渊的胸膛紧紧地贴在了一起。

乔晚的脸蓦地热了起来。

后背贴着男人的胸膛，隔着薄薄的衣料，她甚至能感受到他的体温，顿时感觉喉咙有些发干，声音也有些发软：“你干什么？”

乔晚问完，自己都觉得这个问题有些多余。池故渊将她紧抱在怀里，下颌靠在她的肩上，侧过头，双唇贴在了她的耳边：“抱你。”

男人的声音低沉沙哑，热气拂过她的耳边，乔晚的心跳霎时没了节奏。

面对这个样子的男人，谁能不上头啊？乔晚觉得自己的脸快充血爆炸了。

池故渊安静地抱着她，像是从她身上汲取着能量。乔晚被他这样抱着，沸腾的血液和狂跳的心脏半晌平复不下来。

相比她的表现，池故渊则平静得多，后面甚至背靠在办公椅上，松开了抱着她的右手，拿着鼠标继续工作起来。

乔晚就这样被他抱着，看着男人拿着鼠标娴熟地在屏幕上画着复杂而又精美的设计图。

“要不你先工作？”乔晚觉得再这样下去，她的心脏可能就要跳出来了。

她说话的工夫，身体试探性地要离开，可是还未离开，她的腰就被男人的手臂重新重重地拉回了怀里。她的后背和男人的胸膛撞在一起，乔晚觉得自己快没了。

池故渊并未理会她的话，依旧操作着鼠标，视线专注地停留在屏幕上，和乔晚商量起今天的晚餐来：“今晚想吃什么？”

有了交谈的话题，乔晚的注意力从池故渊和她的身体接触上转移开来，乔晚想了半天，回道：“都行。”

她说完，男人轻声一笑。笑声响在耳边，乔晚的耳朵一下充血。

“吃中餐？”池故渊问道。

乔晚这时候哪里有思考的能力，只是随着池故渊的话点头附和：“中餐好，中餐好。”

“去哪儿吃？”池故渊又问。

乔晚又被问住了。

两个人出去吃过很多次晚餐，基本上都是吃西餐或日料，唯一一次吃中餐，还是乔小桥点餐，去池故渊家池故渊做的。

乔晚想到这里，灵光一现，回头看向池故渊问道：“去你家？”

池故渊和她的目光对视，半晌后喉结轻轻一动：“去我家可就不是单单吃饭这么简单了。”

那还吃啥？

乔晚问：“去你家还有什么事吗？”

池故渊收回目光，下颌搭在她的肩膀上，没说话。

点击鼠标的声音再次响起，池故渊继续工作。乔晚安安静静地望着屏幕上的一道道线条，没再打扰他。

池故渊就这样抱着乔晚修改完稿子，结束了今天的工作。他把修改完的稿子发了邮件，问乔晚：“具体想吃什么菜？”

乔晚回头看着他问：“我想吃什么菜你都会做？”

池故渊回她：“是。”

乔晚笑起来，说道：“红烧鱼、油焖虾。”

听了乔晚报的菜名，池故渊说道：“没有蔬菜。”

“啊。”乔晚反应过来，刚要说话，身体一下腾空，被池故渊单手抱了起来，“哎！”

池故渊抱她起来是因为他要从座位上站起来，她在他身上坐了这么久，他丝毫没有腿麻的迹象，单臂揽着她的腰，似乎轻轻一用力，就把她抱了起来。

“清炒莴苣。”池故渊选了个蔬菜，低头问她，“可以吗？”

被腾空抱着的乔晚脸红心跳，笑着握住了池故渊宽大的手掌，道：“可以，可以，你放我下来……”

但是池故渊没听她的，反而单手抱着她下了办公桌所在的台阶。

眼看着池故渊就要这样抱着她出门，乔晚老脸挂不住，连声提醒：“外面还有人啊！”

她挣扎着说完，就听到了池故渊的轻笑声。乔晚愣了愣，被放了下来。她的心跳还没恢复正常速度，男人的吻就落在了她的唇上。

她来池故渊的办公室陪着他有两个小时了，除了两个人抱在一起，还没有这么亲密的举动。乔晚的心一上一下，被男人轻吻着，她有些站不稳，抓住了他胸前的衬衫。

池故渊吻得很温柔，乔晚像是突然掉进了甜蜜的旋涡里，望着他漆黑的双眸，一点点地沦陷，被他吞噬。

乔晚觉得自己要死在池故渊的深情和温柔里了。

好在池故渊并没有让她“死”，在乔晚喘不过气来之前，结束了这个吻。男人的唇在她的嘴角、鼻尖轻触，最后落在她的耳边和额边。

“走吧。”池故渊声音沙哑地说道。

乔晚：“……”

他们本来不就是要走的吗？是他硬压着她在这儿亲的。

乔晚面红耳赤地和池故渊离开了他的办公室，连安妮和她道别她都只是低头说了声再见，没好意思抬头。乔晚匆匆进了电梯，和池故渊一起离开了工作室。

她报了今晚要吃的菜，接下来就是准备食材了。池故渊显然不经常自己在家做饭，家里并没有现成的食材。两个人先去了超市采购，然后才一起回了池故渊的家里。

这次他们去的依旧是池故渊的海边别墅。已经来过一次，乔晚感觉也没那么陌生了。池故渊拿着晚餐食材进了厨房后，乔晚跟着进去帮忙。

除了要做红烧鱼、油焖虾和清炒莴苣，池故渊还买了菠菜，准备做个汤。晚餐三菜一汤，丰富又有营养。

池故渊放下食材后，先回卧室换了一套家居服。原本的西装精英男，变成儒雅居家男，不管是哪种风格，池故渊都驾驭得游刃有余。

他抬手挽起袖口，露出肌肉紧致有力的手臂，开始清理鱼。

乔晚站在一旁，问道："我要帮忙做点儿什么？"

鱼和虾不太好清理，而且有味道，池故渊看了一眼旁边的购物袋，对乔晚说道："把莴苣和菠菜清洗一下就行了。"

"好。"得了吩咐，乔晚拿了蔬菜清洗起来。

两个人今天去的是精品超市，莴苣是提前削好的，菠菜根上的泥也已经处理干净，乔晚只需要拿水简单冲洗一下就好，做起来非常简单。

她清洗完把蔬菜放到了一旁的篮子里，然后就没事做了。

相比她的清闲，池故渊则忙碌得多。他不光要处理食材，一会儿还要做菜。乔晚总不能看着池故渊一个人忙碌，看了一眼灶台上放置的购物袋，把里面的虾拿了出来。

"我挑一下虾线吧。"乔晚说。

正处理鱼的池故渊回头看向她，说道："不用，别伤到手……"

他还没交代完，乔晚已经打开了装虾的袋子。袋子里面的虾跳进了水池里，像是进了油锅，顿时水花四溅，乔晚一下被溅了个正着。

乔晚："……"

水并不是油，溅在身上倒是不疼，只是她的上衣霎时湿了一大片，同时还有虾子蹦到了她的身上。

这些虾子的生命力这么顽强的吗？

乔晚拿着刚撕开的装虾的购物袋愣在当场。池故渊走了过来，抬手挡下往她身上蹦的鲜虾，低头看了她一眼。

“都湿了。”池故渊说道。

乔晚今天穿的上衣是白色雪纺衫，衣服被溅湿，里面的衣服的颜色也一目了然。

池故渊一说完，乔晚下意识地低头看了一眼，随后红着脸把贴在胸前的衣服拎了起来。而她做这个动作的时候，池故渊已经把目光转向了一边。

乔晚：“……”

这算什么事啊？

“都湿了……”乔晚重复了池故渊的话，后看向他问，“怎么办？”

池故渊回过头来，低头看着乔晚，想了想说道：“你可以去洗个澡，衣服先穿我的。”

乔晚：“……”

原本好好的约会因为她的不小心一下变成这么窘迫的局面。她今晚菜都点好了，他们也准备好了食材，总不能因为她的衣服湿了不吃饭就回家。

“也只能这样了。”乔晚回道。

听到乔晚同意，池故渊拧开水龙头洗了洗手，对她说道：“去我的房间吧。”

说着，池故渊带着乔晚去了他的房间。

西方经济学 著

下 册

青岛出版集团 | 青岛出版社

第十二章

似曾相识

乔晚确实来过池故渊家，可是第一次进他的房间。池故渊的卧室简约整洁，浅灰色的装潢看上去舒适温柔。在进入池故渊的房间的那一刻，乔晚感觉像是又陷入了池故渊的怀里，被他的味道包裹住了。

“浴室在里面。”池故渊指了指浴室的方向，然后看了一眼乔晚身上的衣服，“洗完后，衣帽间在这边，里面都是我的衣服，干净的，你可以随便挑着穿。”

乔晚随着池故渊指的方向看过去，确认了浴室和衣帽间的位置。

池故渊做完这些，低头看了一眼面前的乔晚。她在跟着他进来时，已经松开了拎着衣服的手，现在湿透的白色雪纺衫贴在胸前，露出了玲珑的胸部轮廓。

池故渊眼神微深，转开目光，说道：“我出去了，就在厨房里，有事你随时叫我。”

乔晚应道：“好。”

池故渊转身离开了卧室，还带上了卧室的门。卧室的门一被关上，乔晚顿时松了一口气。现在她这个样子，实在有些狼狈，她不太想让池故渊看到。

放松下来后，乔晚脱掉上衣走进了浴室。

池故渊的浴室完全可以看出是单身男人的风格，干净明亮。乔晚冲洗了一下身上，借用了一下他的沐浴露。

她一直以为池故渊用了香水，所以身上才有那种冷杉香气，没想到是他的沐浴露的味道。她一洗完，身上也全是池故渊身上的味道了。

不知为何，这让乔晚觉得有些暧昧，所以洗完澡后，她裹着浴巾赶紧去了池故渊的衣帽间。

这个衣帽间都快有她现在租的房子那么大了，里面放着池故渊的全部衣服，同款式不同颜色的西装、衬衫、领带，除此之外，还有不同颜色的同款大衣，将衣帽间填得满满的却不显逼仄。

乔晚裹着浴袍，一下有些选择困难了。她还从没想过在男人的衣帽间里都能犯选择困难症。

她叹为观止地参观着池故渊的衣帽间，看了一会儿，挑到了她要换的衣服。一会儿是在家里吃饭，衬衫、西装自然不合适，乔晚拿了一件白色的 T 恤套上。

她和池故渊有着非常明显的体形差，他的衣服套在她身上又宽又大，乔晚套上 T 恤低头看了一眼，T 恤下摆到她的大腿了，她甚至不用穿裤子了。

虽然如此，这样还是有辱斯文的，乔晚决定出去把自己的短裤套上。

换好衣服，乔晚没在衣帽间里待太久，转身就要离开。可是在她离开的时候，T恤衣摆被衣柜门给钩住了。乔晚往前走了一步，察觉后面的拉力，回头看了一眼，把T恤从衣柜门上拿了下来。

池故渊的衣柜都是非常昂贵的私人手工定制款，那自然十分顺滑，乔晚拿下T恤的时候，衣柜门被拉开了一些。

她俯身关上柜门的一刹那，隔着衣服看到了衣柜深处放置的相册。

乔晚关柜门的动作一下停住了。

她一向不是个敏感的人，可这样一个有着深色封皮的相册藏在这么深的地方，她只是偶然看了这么一眼，不知道为何就被吸引了注意力。

乔晚在看到相册时，感觉脑袋像是被针扎了一下，被扎过的地方，有什么画面流露了出来，画面很模糊，很杂乱……乔晚的手下意识地朝着那本有着深色封皮的相册伸了过去。

"好了吗？"

乔晚伸出的手一下顿住了。

外面传来池故渊的声音，乔晚像是陡然从梦中清醒过来。

她在干吗？

这是池故渊的衣帽间，他既然把相册藏到这里，就代表着不想让人看到，她竟然不征求池故渊的同意就伸手去拿。

乔晚，你的好奇心也太重了吧！

回过神来，乔晚狠狠地唾弃了自己一下。她站直身体，随手把衣柜门关上，对门外的池故渊说了一声：“好了。”

说完，乔晚离开了衣帽间。

乔晚没穿内衣和裤子，从衣帽间出去的时候还是把浴巾裹上了。

池故渊站在衣帽间门口，看到了裹着浴巾的乔晚。她里面套了白T恤，白T恤太大，袖口都遮到了她的小臂。

相比上半身的保守，下半身则开放得多，白T恤遮盖到大腿，女人的双腿纤细修长，白皙笔直。

乔晚看着站在衣帽间外等着的池故渊，有些不好意思地说道：“不好意思啊，我洗澡有些慢。”

池故渊的目光和她对视，乔晚冲他笑着，他眼睫一眨，眼神平和，说道：“不急。我来告诉你晚饭做好了。”

“哇。这么快！”乔晚惊讶地说道，把浴巾往上拽了拽，说道，“那我们去吃饭。”

她这么一拽，白T恤的衣摆被浴巾往上带了带。池故渊的目光无意识地被吸引过去，乔晚察觉他的目光，低头一看，脸“噌”地红透了。

“啊，我……”乔晚把浴巾往下扯了扯。

在她脸红心跳、手足无措的时候，池故渊转过身去，朝着卧室门口走去：“你收拾好直接来餐厅吧。”

乔晚听到他的话抬起头，只看到男人挺拔的背影消失在卧室门口。卧室门被关上，卧室里只剩下乔晚一个人。

房间里开着空调，乔晚还是出了一身汗。说起来，刚才自己那个样子真是有点儿欲拒还迎的意味。要是普通男人，说不定两个人早就滚到床上去了。

乔晚想到这里，看了一眼池故渊的房间里的床，那床看上去真是又大又软又好睡。

想到这里，乔晚像是陡然从一场绮梦中惊醒，抬手敲了一下不太清醒的脑袋。她是不是疯了，在想什么呢？

敲完脑袋，乔晚清醒了一些，又看向了又大又软又好睡的床。

可是她这样想也没什么吧？

两个人现在是情侣，迟早要睡到这张床上的。

乔晚咬住了有些发麻的唇。

不对，她还是觉得不对劲。他们虽然是情侣，但是昨天才确立关系啊，现在就想睡在一张床上的事，未免操之过急了。

想到这里，乔晚赶紧收回了目光。她裹了裹浴巾，穿上了内衣和裤子。

这么一阵胡思乱想，加上要吃饭了，乔晚就把衣帽间看到那本相册的事情给忘了。

池故渊做的三菜一汤，乔晚完全没有在旁边指挥，他也没有询问她的喜好，但是做出来的菜十分合她的口味。

不光咸淡刚好，也让乔晚有种吃母亲做的饭菜的熟悉感。

乔晚吃了一口红烧鱼，好吃到差点儿把舌头咬掉，忙竖起大拇指，对池故渊的厨艺赞不绝口：“你这顿饭做得真是太绝了。”

池故渊坐在餐桌对面，问道：“喜欢吃？”

“嗯嗯。”乔晚连连点头。

在她点头时，池故渊刚刚剥好最后一只虾。他将剥好的虾肉放在一个小碗里，然后把小碗放在了她的旁边，拿了纸巾擦着手指说道：“那以后天天给你做。”

正在享用美食的乔晚被池故渊的这句话击中了。所谓的爱情不就是刚谈恋爱时的热烈，还有热烈过后一粥一饭的浪漫吗？池故渊给了她热恋的感觉，也许了她细水长流的浪漫。

乔晚快被这个男人迷死了。

然而偏偏池故渊撩人而不自知，这话像是平常闲聊一样说出来，丝毫没有刻意的亲昵感，反倒更让人觉得真诚。

池故渊说完这话后，没再听到乔晚说话，抬头看了她一眼。她也在看他，眼睛里泛着月色一样的柔光，池故渊被这柔光吸引住，与她对视。

“怎么了？”

乔晚的眼睛弯了弯。

她收回目光，拿起筷子夹了虾，对池故渊笑着说道：“没什么，只是有种感觉……刚才那番景象我以前像是经历过。”

池故渊看着她，没有说话。

乔晚说完后，已经笑出了声，问道：“你没有过这种感觉吗？就是有时候你正经历一件事情，可是恍惚间觉得自己以前也经历过这样的事情。”

“d é j à vu。”池故渊说道。

他突然冒出一句法文，乔晚的注意力一下转到了他这边，她问道：“啥？”

“似曾相识。”池故渊解释道，“科学研究表明，你以为你刚才经历的那番景象以前经历过，其实是你的眼睛比大脑处理信息快，造成的信息误差现象。”

乔晚：“……”

这竟然还有科学依据？

池故渊解释完，乔晚一下没了声音，眼巴巴地看着他。池故渊抿了抿唇，说道：“我也有过。”

听了池故渊的话，乔晚笑了起来。

这种感觉有科学依据是挺好的，但是池故渊说完后，乔晚觉得自己好没文化的样子。现在池故渊说他也有过这种感觉，那他们之间的距离就又拉近啦。

两个人很快吃完晚餐，一起收拾了餐厅，去厨房洗了碗。做完这些，乔晚回到客厅，坐在了沙发上。

她吃完了满意的一餐，血液集中到胃部，乔晚有了昏昏欲睡的感觉。她后仰在沙发上，闭目养神。

池故渊洗完碗后，回卧室洗了个澡。他做了顿饭，也出了些汗。

洗完澡，池故渊去茶水间泡了两杯茶，回到客厅时，发现乔

晚蜷缩在沙发上像是已经睡着了。

池故渊端着两杯茶，走到了客厅沙发前。

客厅的沙发长度刚好够乔晚睡的。乔晚在池故渊家洗过澡后，头发没有扎，披散在洁白的T恤上，形成了鲜明的对比，水润殷红的唇轻轻抿着。

池故渊把茶杯放到一旁，轻微的磕碰声让乔晚嘴角一弯，她笑着睁开眼，男人的吻落在了她的唇上。

客厅里静悄悄的，冷杉的香气纠缠在一起，在客厅里蔓延。清凉的气息被温热的吻扰乱，乔晚喉头微动，仰起脖颈，池故渊的吻沿着她的下颌线到了她的耳边，最后落在了她的脖子上。

乔晚的身体陷入沙发中，心陷入池故渊的柔情里，残存的一丝理智还想着别的事情。他们昨天才确立关系，可是接吻的次数和娴熟程度丝毫不亚于已经在一起很久的情侣。

可能这就是缘分和两个人的契合度吧。乔晚想。

“下雨了。”池故渊靠在沙发上，乔晚则靠在他的身上。他们刚接完吻，清醒后的乔晚坐了起来，和池故渊端着茶杯在沙发上喝茶。

落地窗外有了些雨声，乔晚回头看了一眼。因为黑云的遮挡，客厅里已经暗了下来，池故渊开了一盏小夜灯，灯光柔和。

即将步入8月的A市，迎来了一场台风，这雨就是台风到来的征兆。

外面的雨声渐渐大了，还有了风声，不过不管外面如何狂风呼啸、大雨倾盆，房间里依旧温馨又平静。

在夏天这样的傍晚看雨是一件非常惬意的事情。

乔晚靠在池故渊的怀里，喝着热茶，和他一起望着窗外的景致。看了一会儿雨，乔晚起身下了沙发。

她这个动作让池故渊把注意力放在了她的身上，他就见乔晚穿上拖鞋后，走到了客厅的一角。

那个地方放置着一架三角钢琴。

乔晚坐在琴凳上后，手指落在了琴键上，第一个音符响起，池故渊目光微动，乔晚回过头来，冲他笑着弹奏起来。

乔晚弹奏的还是那首曲子。

以前听这首曲子的时候，乔晚总是能想到孤寂的秋景，可是今天惬意地看了一会儿夏雨，觉得也挺适合在此时听的。

落地窗外，风还在呼啸，雨滴拍打着玻璃窗，嘈杂一片，人置身偌大的空旷房间里，安静地望着外面的雨，这何尝不是一种孤独？

乔晚低头看着琴键，手指在琴键上流畅地飞舞。

上次乔晚来池故渊家也看到了这架钢琴，本以为是个摆设，可是今天弹奏了一下，琴键的灵活度表明主人经常使用它。

乔晚这么想的时候，池故渊走到了钢琴旁边，低头看着她演奏了一会儿，然后坐在了她的身边。

钢琴曲已经弹奏了一半，乔晚转头看向池故渊，池故渊把手指放在琴键上，弹奏的琴音和她弹奏的完美地融合在了一起。

这是乔晚记忆里的钢琴曲，池故渊很喜欢，他第一次注意到她也是因为这首曲子。后来，两个人在游艇上吃饭，池故渊还让餐厅的乐队表演了这首曲子。他扒了她的曲谱，又会弹钢琴，那么自然会用钢琴弹奏这首曲子。

乔晚对此并不意外。

她意外的是池故渊弹奏得很流畅，竟超越了她。他双手修长，骨节分明的手指准确地落在每一个琴键上，除此之外，还和她的弹奏配合，用了和音。

原本孤独的乐曲，因为他的加入，变得轻快又甜蜜起来。

乔晚望着身边的池故渊，双手不知不觉地停了下来。

池故渊转头看向她，也停了下来。

钢琴声消失了，空旷的客厅又被昏暗和孤寂感笼罩。

乔晚看着面前的池故渊，说道："d é j à vu。"

池故渊深沉的双眸下，有什么情绪在轻轻翻涌。

乔晚属于现学现卖。这句法文是池故渊刚才在餐桌边说的，她现在像模像样地学了出来。

池故渊没说话，乔晚先笑了起来。

"我觉得刚才这个场景也似曾相识。"乔晚说道。

但这肯定是她的视觉和大脑的信息处理误差造成的错觉，她从来没有和池故渊在雨夜下的客厅里这样弹奏过这首曲子。

池故渊望着她，喉结轻轻一动。

他并没有回应她学的法文，乔晚笑着笑着，一时间有些尴尬。虽然池故渊刚说这个单词没多久，可乔晚毕竟第一次说这个单词，不确定自己是否说得正确，在池故渊听来是不是很蹩脚。

"我说得是不是不太对？"乔晚问。

池故渊从她身边站了起来。

乔晚：“……”

池故渊并没有回答她，甚至都没停留，转身进了他的卧室。

乔晚：“……”

他怎么了？不至于因为她说了个单词他就觉得丢脸到回房间里待着吧？

在乔晚还没反应过来时，池故渊又折返了回来。他又走到了她面前，没有坐下，低头俯视着她。

男人的目光深沉而意味不明，乔晚仰头与他对视，问道：“怎么……”

她剩下的话消失在了池故渊的吻里。

在和池故渊的几次接吻中，乔晚每次都被吻得七荤八素。年轻男女在这种亲昵的举动中，最后难免由情到欲。

但是池故渊的吻干净纯洁，深情绵长，被吻到最后，乔晚只感觉到“咚咚咚”的心跳声。

结束了长吻，池故渊看着眼神有些涣散的乔晚开了口：“我知道这样可能有些唐突。”

池故渊顿了顿，神情平静地单膝跪在了她面前：“你能嫁给我吗？”

事发突然，乔晚愣了大概三秒。她在池故渊卧室的时候，还觉得自己想着两个人上床的事操之过急，好家伙，现在池故渊直接向她求婚了？！

乔晚回过神来。

“这确实有点儿唐突了。”乔晚回道，停顿了一下，又委婉地对池故渊说道，“你要不要再考虑一下？”

乔晚虽然拒绝得挺委婉，也觉得自己有些不给池故渊面子。池故渊这种天之骄子，没想到有朝一日求婚会被拒绝吧？

但池故渊的神色并没什么变化，他像是知道会被拒绝，看着她说道：“是你该考虑一下。”

乔晚目光微动，池故渊继续说道：“我的想法不会变，我会等你考虑清楚，等你同意。”

乔晚的心跳频率又不受她控制了，她深吸了一口气，想平复这躁动的心跳，但收效甚微。被这样坚定地选择，任哪个女人都难以抗拒。

若是池故渊再坚持一下，她可能就同意了，但是好在池故渊并没有再进一步。他确实是君子，不让她在这种时候盲目答应他的求婚，而是等她考虑好后再给他答案。

他合上了戒指盒子。

钻戒的璀璨光芒随着盒子合上被遮住，刚才的求婚像一场没结果的话剧戛然而止，乔晚从这场话剧中出了戏。

她看着面前单膝跪地的池故渊，弯着眼笑了笑：“你要不要先起来？”

求婚被拒绝，池故渊还跪着呢。男人单膝下跪，姿态多少有些卑微，可是池故渊跪着的时候，高贵和优雅的气质丝毫没减，像个骑士。

乔晚说完，池故渊站了起来，戒指盒被放在了琴台上，男人的手指压在琴键上，一阵杂乱的琴音中，乔晚的下颌被男人的手指勾起，两个人又吻在了一起。

求婚的事情像两个人约会中的一场小插曲，就这样平淡地结束了。但是这并不代表没让乔晚心中生出波澜，甚至在被求婚后的几天，乔晚还能无意识地想起这件事，每次都一阵心跳加速。

欧蕙辞职后，吕雯又招了两名钢琴老师，不但把欧蕙的课程分走了，其他老师的课程也相对轻松了些，这样乔晚的空闲时间也更多了。

步入8月，空闲下来的乔晚，一部分闲暇时间会和池故渊约会，另外一部分闲暇时间则用来陪伴家人。她除了陪胡玫和乔小桥，还有没有回加拿大的苏茹麟。

自从找到乔晚后，苏茹麟就留在了国内，一直住在城西的别墅里，等待乔晚过去找她。

对乔晚失忆的事情，苏茹麟在乔晚认了她以后就没再着急了，甚至很少提及以前的事情。因为乔晚出车祸伤到了脑子，她担心过于着急地说一些过去的事情会刺激到乔晚。

苏茹麟说，只要乔晚知道她是妈妈，那么想不想得起来以前的事又有什么要紧的呢？乔晚觉得妈妈说得对，所以对失忆的事情看得也没那么重要了。

和苏茹麟相认后，乔晚但凡有时间就会过来陪伴苏茹麟。经过一段时间的相处，两个人之间的感情也慢慢深厚了些。乔晚虽然没有恢复记忆，但是能感受到苏茹麟身上那种熟悉的亲切感。

可能这就是母女连心吧。

乔晚下午没课，来到了城西别墅。梨妈早早地开门迎接她，乔晚叫了一声“梨妈”，梨妈笑眯眯地领着她进了门。

“你上午说要过来，太太忙了一上午，正在给你做你喜欢吃的慕斯。”梨妈道。

乔晚嗜甜，尤其爱吃慕斯。苏茹麟在国内没事，专门报了个甜品课程，现在已经出师，每次乔晚过来，苏茹麟都会给她准备一些甜点。

乔晚听到这话，惊喜地睁大了眼睛，笑着说道：“那我要去看看。”

梨妈笑着点头，给她开了门：“去吧，就在小厨房里。”

乔晚对梨妈笑了笑，轻车熟路地去了小厨房。

家里一共有两个厨房，一间给家里厨师做饭用，另外一间则是给家里的人用。家里一般是厨师准备餐品，若是家里人想自己准备，就去小厨房。

苏茹麟报了甜品烘焙课程后，小厨房里的用具就渐渐被添置满了。乔晚进去的时候，苏茹麟刚把奶油搅好。

察觉乔晚过来，苏茹麟抬头看向她，眼神变得惊喜：“宝贝。”苏茹麟放下东西，过来就要抱乔晚。

临抱她之前，苏茹麟突然想起身上全是面粉，又把手臂收了回来，笑道：“我还做了欧包，正在烤。”

见母亲把手臂收回去，乔晚却往前走了一步，抱住了她。被乔晚抱住，苏茹麟也不管了，回抱住乔晚笑着说道："要不要一起做？"

反正乔晚抱她的时候身上也沾了面粉，家里也有乔晚的衣服，等结束了以后换一身就好了。

"好啊。"乔晚欣然同意。

乔晚喜欢吃甜品，平时刷小视频之类的也会刷到一些制作甜品的小视频。她看着手痒，可是因为太忙，家里又小，所以一直没有付诸实践。今天刚好有机会，她在小厨房帮起了忙。

她虽然看过不少视频，制作经验却没多少，所以能帮的也就是搅拌奶油，或者筛糖霜。母女俩齐心协力，边做着甜品，边闲聊。

闲聊的话题自然离不开乔晚的感情状况，苏茹麟熔化着巧克力，问乔晚和池故渊最近如何。

乔晚在决定和池故渊交往那一天，就把他们的关系和母亲说了。乔晚能和池故渊在一起，苏茹麟非常开心。两个小辈的爱情，长辈不好插手，今天苏茹麟也是第一次问他们的交往状况。

提到池故渊，乔晚下意识地嘴角上扬，甜蜜的神情掩饰不住，说道："挺好的。"

苏茹麟看着她的神情，笑道："刚开始是谁不要去见面的？"

被母亲揶揄，乔晚一下脸红，笑着说："那时候我也不知道是现在这个样子啊。"

苏茹麟随着她轻笑了一声，乔晚继续说道："不过他好像比我更急。前几天，他向我求婚了。"

苏茹麟闻言手上动作顿了一下，转头看向乔晚："求婚？"

"对啊。"乔晚无奈地笑了笑。

"那你怎么回复的？"苏茹麟问。

乔晚头也没抬，不以为意地道："没答应。那是我俩交往的第二天，他就求婚，也太急了，您说对吧？"

乔晚说着看向母亲，像是寻求她的附和。苏茹麟却并没有附和她的决定。

"你应该答应的。"苏茹麟看着乔晚说道。

乔晚愣了一秒，提醒母亲道："但是那时候我们才交往一天。"

听到女儿这样说，苏茹麟温柔地笑了笑："可是他很爱你啊。"

乔晚："……"

确实，乔晚虽然不知道自己哪里吸引了池故渊，池故渊确实如母亲所说的很爱她。有时候，乔晚觉得自己也很爱池故渊，但是比起池故渊对她的爱，她的爱就显得非常浅薄。

话虽如此，他们刚交往一天，就算池故渊再爱她，她也不可能答应他的求婚吧？而且一般的父母对女儿的婚姻大事不都很慎重吗？有的父母甚至会以局外人的身份观察女儿的感情，好让女儿不要过早沉浸在爱情中，要冷静清晰地分析情况。

毕竟他们这是要结婚，不是单纯谈恋爱了。

乔晚觉得有些奇怪。

但是母亲的温柔神情，让她感觉母亲并不是在逼婚，而是真的认为这场婚姻对她来说有百利而无一害。

乔晚对上母亲的目光，说了自己的想法："我觉得太急了。"

乔晚说完，苏茹麟又笑了笑。苏茹麟回头继续筛着糖霜，对乔晚说道：“婚姻是不分缓急的。池先生爱你，身家清白，他的家世和你也足够匹配，对一个女人来说，这已经是婚姻对象的最好选择了。”

对乔晚来说，池故渊确实是最好的结婚对象，甚至说，在任何人看来，池故渊配她绰绰有余。池故渊是她的最优选择，她却不是池故渊的最优选择。然而池故渊选择了她，她应该把这当成一个千载难逢的机会抓住，而不是放走他。

一般人有这种想法是正常的，可是她的亲生母亲不该这样想。因为不管外界如何看待她和池故渊之间的关系，在亲生父母面前，她永远是世界上最优秀的女人。她永远可以有自己的想法，做自己认为最优的选择。

虽然苏茹麟对池故渊向乔晚求婚的事情有不同的看法，可是乔晚已经拒绝了池故渊，苏茹麟没有过多讨论，只是在事后跟她分析了一下，告诉她如果池故渊再次求婚，她应该答应。

乔晚同意了母亲的建议，在别墅里吃过下午茶以后，和母亲告别，回了先前的家。

乔晚今天的课都在晚上，下午时间空余，陪伴完了亲生母亲后，就准备回去陪伴乔小桥和胡玫。

下午三点半，乔晚到了家，刚好赶上接乔小桥放学。自从谈恋爱后，乔晚能来接乔小桥的机会也越来越少，乔小桥从幼儿园出来，看到妈妈后，立刻小鸡崽一样张着双臂跑了过来。

“妈妈！”

乔晚“嗖”的一下把乔小桥抱了起来，对着乔小桥三连亲。

乔小桥被妈妈亲着，抱着妈妈的脖子问道：“妈妈今晚一起吃饭吗？”

“当然。”乔晚笑着答应。

乔小桥说道：“那你可有口福了，今晚外婆做红烧排骨！”

“哇！”乔晚惊讶了一声，抱着乔小桥说道，“那我们赶紧去接外婆！”

“好！”乔小桥答应，然后被乔晚抱着小跑着去了超市。

自从乔晚被之前的琴行辞退，胡玫决定出门挣钱以后，就在那家手抓饼店里做下去了。原本乔晚不答应，可是母亲闲不住，做些事情能转换一下心情，乔晚也就随她去了。

不过乔晚把那个手抓饼店买了下来，并且让老板安排母亲做了店主，这样母亲基本上白天都在店里做手抓饼，不会被晒着、热着了。

当然这件事乔晚是瞒着母亲的，要让母亲知道她有那么多钱，必然又会有一番怀疑。原本她最近往家里拿的钱就比往常多，已经引起母亲的怀疑了。

其实有时候乔晚还是觉得胡玫才是她的亲生母亲。她和苏茹麟在一起，虽说亲密，可是总有些客气。比如今天下午，苏茹麟想要抱她，但怕身上的面粉弄脏她，就选择不抱了。若是胡玫，肯定是直接抱住她，然后再给她拍一下身上的面粉。

有这样的差别其实也是正常的。现在在胡玫这里，她仍旧是乔晚，是胡玫的亲生女儿，胡玫对她自然不见外。而在苏茹麟那里，她是失散多年的女儿，重新见面，总是需要慢慢地磨合。

乔晚抱着乔小桥去了手抓饼店，接了母亲后，一家三口去超市买了食材，然后回到家里。

乔晚感觉，自从认回了亲生父母后，和乔小桥还有母亲好久没有这么其乐融融了。人生的变化总会引起家庭的变化，对她的变化，母亲和乔小桥应该都能感觉到，但是他们很尊重她，尊重她和池故渊谈恋爱占据一定的时间，而陪伴他们的时间更少。

乔晚很感激他们。

一家三口回了家，胡玫就开心地去了厨房。乔晚给乔小桥换了衣服后，也去了厨房帮忙。对乔晚过来帮忙，胡玫脸上有着掩饰不住的笑意，她让乔晚把蔬菜清洗干净，肉就别动了，因为排骨有些碎骨渣，她怕扎到乔晚的手。

乔晚拆开蔬菜包装，看着母亲开心的样子，心情也变好了许多。母女俩在厨房忙碌，乔小桥在客厅里玩积木，偶尔厨房里的母女俩一起看向客厅里的乔小桥，收回目光时，会相视一笑。

胡玫是个典型的家庭妇女，平时在家就是做饭洗衣，做饭的时候手脚十分麻利。她边将排骨焯水，边和乔晚闲聊。

“你最近和池先生还不错吧？”胡玫问。

乔晚的人生大事一直是胡玫的心结。因为乔晚身份特殊，有乔小桥这个儿子，人生大事并不是那么好解决。而乔晚也不过23岁，不可能为了乔小桥一辈子不找对象。现在乔晚找到了这么优

秀的池先生，他也不在意乔晚有儿子，胡玫的一桩心事总算放下了些。

听到母亲问自己，乔晚抬头看了她一眼，母亲低头清洗着排骨焯水焯出来的血沫，刚才的问题就是随口问的。

乔晚抿了抿唇，说道：“挺好的，他前几天向我求婚了。”

胡玫闻言回头看向了她。母亲眼中的犹疑，让乔晚有些紧张。

“这么急？”胡玫说道，站直了身体，神情变得有些严肃，“池先生是个很不错的男人。可是就算再不错，你们两个刚确定关系没多长时间。关于他，你了解得不够深，要是结婚以后再去了解，发现问题可就晚了。”

乔晚手上的动作也停了下来。

胡玫先是提醒了一番，见乔晚没说话，焦急地问道：“你……你不会答应了吧？”

乔晚看着母亲眼中的焦急和紧张之色，回道：“没有。”

胡玫提起的心霎时放了下来。

“那就好。”胡玫松了一口气，笑了一声，回头继续洗排骨上的血沫。

乔晚看着清洗血沫的母亲，想着刚才母亲听到池故渊向她求婚时的表现，感觉胡玫的样子才是正常的亲生母亲的反应。

步入8月，工作室的项目进入收尾阶段，池故渊也忙了起来。他上午在会议室开了一上午会，下午在办公室修改方案，整天几乎都待在工作室里，连喝水的时间都没有。

这个项目关系到工作室以后在欧洲的口碑和订单，大部分工作池故渊亲力亲为。他的设计是对方看中他们工作室的一大原因，对这个项目，池故渊也倾注了很多心血。

建筑设计一直都是池故渊最大的爱好，他从大学开始就参与建筑设计的项目，后来开工作室，独自承接项目。

做喜欢的事情总是令人愉悦的，但池故渊的身份和旁人不同，他肩上有着很重的担子和责任。三十岁之前他势必要回池家继承家业，所以仔细算来，留给他做建筑设计的时间也没剩多少了。越是如此，他对工作室的发展就越是关注，争取在能做这项工作的时候，把能达到的目标都达到。

池故渊在做设计时很少分心，中午十二点开始在屏幕前修改方案，到了下午三点都没有离开。等到手边的手机响起铃声，他的注意力才从方案中分出一些来。

安静的办公室里，手机铃声显得突兀又清晰。池故渊放开鼠标，拿过一旁的手机。即使池故渊连续工作三个小时，脸上也毫无疲态，倒是在看到手机屏幕上跳跃的电话号码时，双唇抿成了一条线。

手机铃声持续响着，池故渊按了接听键："喂。"

电话那边的人沉默了一下，然后发出了一声轻笑："故渊，是我。"

听到那人的话，池故渊低应了一声："我知道。"

池故渊的态度算不上冷漠，可是过于平静也让那边的人有些不知该如何继续对话。那人又沉默了一下，和池故渊寒暄道："在忙吗？"

显然对方没有要快速进入主题的打算，池故渊将目光落回电脑屏幕上，手上继续工作，应道："在修改设计方案。"

提到设计方案，对方也有了话题，低笑一声道："你们和欧洲合作的那个项目我也看了，很厉害。原本这个项目该我们这边承接的，但是对方看中了你，就定了你们。"

说完，那人笑了笑："这么久不见，你一如既往地厉害。"

对那人的称赞，池故渊神情平淡，眼底也未起波澜。他向来是沉稳的人，可是对方长久不进入主题，有些耽误他的工作时间。

池故渊想到这里，停下手上的动作，开门见山地问："有什么事吗？"

池故渊问完，对方的笑声戛然而止。双方沉默半晌后，那人说道："我回国了，能去你的工作室找你聊聊吗？"

"老师再见。"

乔晚坐在琴凳上，门口扎着双马尾的小姑娘正冲着乔晚挥手道别。乔晚笑盈盈的，也挥了挥手，道："小蕊再见。"

乔晚和小蕊道完别，小蕊随着妈妈一起离开。

钢琴教室里只剩下了乔晚，她望着门口的方向，脸上的笑容过了一会儿才消失。

等回过神来，乔晚拿过了手机。

手机屏幕上显示现在的时间是二点十五分。乔晚今天的课程已经全部上完了，她一身轻松。

接下来的时间，她都没课了。距离晚饭时间还早，乔晚盘算着要做些什么。

她打开通讯录，找到了池故渊的电话号码。

这个动作完全是无意识的。乔晚和池故渊在一起后，随着两个人的感情渐深，她的空余时间也越来越多地用在和池故渊的相处上。

看着池故渊的电话号码，乔晚心想自己真是个恋爱脑！

她怎么能一有时间就想着和池故渊谈恋爱呢？有这个时间，她更应该多陪伴亲生母亲、胡玫还有乔小桥吧？

乔晚唾弃了自己一会儿，打开了最近的通话记录。昨天下午，她联系过苏茹麟，还在城西别墅和母亲一起吃了下午茶。

昨天她们见过面，今天她可以暂时不去了。

而她和胡玫的聊天记录更是频繁，除此之外，她还天天留宿家里，陪着乔小桥睡觉，几乎天天陪伴着他们，给他们的时间好像也挺多的。

乔晚仔细想了想自己最近的时间分配，好像大部分时间给了苏茹麟和母亲还有乔小桥，倒是池故渊，自从那次求婚后，两个人几天的时间里就在一起吃了一顿饭，还是在外面吃的，吃完他就送她回家了。

这样怎么行？感情是需要培养的，她不能光想着亲情，忘了爱情。

想到这里，乔晚心安理得地拨了电话。

在按下拨号键的一刹那，乔晚已经笑了起来。她耐心地等待着电话被接通，响了两声后，池故渊的声音传了过来。

“乔晚。”

池故渊有着和他的长相匹配的、十分好听的声音，而在他吻过她之后，声音会带有一丝沙哑，透着若隐若现的性感和迷人气息。

她喜欢听池故渊叫她的名字，有一种沉稳的力量，像是非她不可的那种感觉。

“嗯。你在忙吗？”乔晚笑着问道。

她说完，就听到了那边的键盘声，池故渊却道：“不忙。”

乔晚的笑容加深。

只要她找他，不管再忙，他都是以她为主。乔晚心里也涌上了甜蜜的感觉。

“我已经下课了。”乔晚说道，“你要是不忙，那我过去找你？”

乔晚所在的琴行和池故渊的工作室距离并不远，她中午或者下午没课的时候，都可以去找他打发时间。她已经去过很多次了，每次池故渊都欣然同意。

乔晚虽说是询问池故渊的意见，但是已经料到了他的答案，所以在问完后，已经从琴凳上站了起来。可是她还没离开，池故渊的声音传了过来。

“别过来了。”池故渊说道。

正准备离开钢琴教室的乔晚顿住脚步。

第十三章

珍　惜

池故渊说完后，乔晚一时间没了声音。这种感觉说失落好像有些浅了，就像笃定一件事情实际却事与愿违，乔晚一时间不知道该说什么了。

池故渊解释道："我要忙项目设计的收尾工作。"

解释完，池故渊又说道："抱歉。"

乔晚这才回过神来。不管她有多失落，池故渊不让她去找他是因为工作，没必要跟她道歉。

"这有什么好抱歉的？当然是工作要紧。"乔晚笑起来。

乔晚表示理解，池故渊却并没有因为她的理解而放松心情，声音依旧有些紧绷："我会提前下班，五点的时候去接你一起吃晚饭。好吗？"

现在已经三点多，距离五点也没多少时间了。两情若是久长时，又岂在朝朝暮暮？

听到这话，乔晚欣然同意：“好啊。”

听到乔晚同意，池故渊也放松了些，话里带了笑意：“过会儿见。”

“过会儿见。”

在乔晚说完再见后，池故渊挂断了电话。

乔晚收起脸上的笑容，看了看空荡荡的钢琴教室。

刚才小蕊和她妈妈离开的时候，乔晚都不觉得教室空荡荡的，怎么和池故渊打过电话，不能马上见到他后，却觉得教室里空荡荡的呢？

乔晚的心情一时有些低落。

她不能马上去找池故渊，距离五点还有一个多小时，她要怎么消磨这一个多小时的时间？乔晚这样想着，已经从门口走回教室坐到了琴凳上。

她放下手机，手指按在琴键上，不知不觉就弹奏出了她和池故渊四手联弹的那首曲子。

既然弹起来了，乔晚索性继续弹了下去。

这首曲子已经刻在了她的骨子里，就算不去想曲谱，她的手指也有了肌肉记忆，这样不费脑子的曲子，更容易让她放空。

今天的这件事情，乔晚觉得有些奇怪。

以前她去找池故渊的时候，他也在忙工作啊，她不想打扰他，他还抱着她工作呢。

那今天怎么就不行了？

池故渊不想让她过去找他，是因为工作，还是因为其他事？

难道他不想让她看到工作室里的什么人？

乔晚："……"

那人不会是女人吧！

池故渊挂断电话没多久，外面的安妮敲门，然后叫了一声："池总。"

"进。"池故渊头也没抬地应道。

得到池故渊的同意，安妮推门进来，站在门口，对办公桌后的池故渊说道："刚才前台打来电话，说有位林先生找您。"

池故渊动作一顿。

办公室里安静下来，安妮等待着池故渊的回复。但是往常果断的老板，今天竟然没了声音。

"要见吗？"安妮询问。

安妮的声音让池故渊回过神来，池故渊抬头看了安妮一眼，说道："让他进来吧。"

"是。"说完，安妮关上了办公室的门。

安妮出去后没多久，池故渊的办公室的门再次被敲响。池故渊抬头看向门口，说了一声："进。"

话音一落，门被打开，一个身材高大的年轻男人走了进来。男人眼里带着笑，看向池故渊，语气笃定地说："就知道你不会不见我。"

方才林烨打电话给池故渊，想来他的工作室找他，但他没同意。他不同意，林烨就直接过来了，他也没说不见。

林烨了解池故渊，池故渊也了解他，所以对他的到来，池故渊并不感到惊奇。两个人做了好几年的朋友，关系亲近，对对方的性格以及习惯了如指掌。

对林烨的笃定，池故渊没有什么回应，目光重新落回了屏幕上。

他属于不请自来，又被如此冷落，林烨眼里闪过一丝尴尬之色。他是来了，但看池故渊的表情像是并不打算与他多说。

林烨也只尴尬了一会儿，池故渊不想同他说话，那他就自己找些话题与池故渊说。林烨打量了一番池故渊的办公室，笑道：“你这办公室的风格怎么和你以前的不一样，品位换了啊？”

在加拿大的时候，林烨和池故渊合伙开过建筑设计工作室，作为主合伙人，池故渊的办公室和现在的办公室面积差不多。不过池故渊向来喜欢简约的风格，现在的办公室偏现代简约风格。

池故渊的品位和以前相比简直是截然不同。

他头也没抬地说：“工作室的设计是设计师们做的，我没参与。”

听了池故渊的话，林烨微微惊诧。

作为设计师，自己工作的空间很少会交由外人设计。林烨如此，池故渊也是如此。不知道池故渊为什么会让别的设计师帮忙设计办公室。

但林烨也只惊讶了一会儿，观察着办公室，评价道：“这名设计师不错，看来你在国内也做得风生水起。”

好的设计师是设计工作室的关键，设计师定义了工作室的能力。不过也是池故渊厉害，对池故渊来说，建筑设计一直是他的爱好，所以在招设计师这方面，他向来舍得砸钱，就当个爱好来培养了。

林烨还在观察，池故渊手上的设计图设计了半晌，也没什么进展。眼看林烨又要找话题寒暄，池故渊开门见山地问：“你想做什么？”

池故渊问完，林烨收回打量办公室的目光，看向了他。

林烨定居加拿大，很少回国，这次不但回国，还不顾他的反对来了他的工作室。两个人多年未见，林烨势必有什么事找他。

林烨确实有事，轻轻笑了笑，走到了池故渊的办公桌旁，双手支撑在办公桌上，对坐着的池故渊说道：“我想回国和你合作。”

林烨提出了自己的想法，池故渊听完，目光平静地注视着他。

两个人对视良久，谁都没说话，林烨的气势逐渐弱了下去。他看池故渊这个样子，可能不会答应。

林烨皱了皱眉头。

他和池故渊有矛盾。因为这个矛盾，池故渊和他分道扬镳。两个人是大学同学，后来成为朋友，然后是合伙人，关系一直很不错。可那个矛盾发生后，两个人至今不曾往来。

这么多年过去，林烨觉得池故渊也该气够了。其实到现在，林烨都不认为那个矛盾能够影响他和池故渊的关系，因为对他来说，那真的是很小的一件事，他不知道池故渊为何耿耿于怀至今。

“我爷爷去世了。”林烨收回手臂站直身，眼中浮上了悲伤之色，“他这个年纪，算是喜丧了。”

说到这里，林烨轻吸了一口气，看向池故渊，眼神有些无奈："事情过去那么久了，我觉得也差不多了。小恋的事情我很抱歉，但实在是跟我无关，我一开始并不知情……"

"不要提她。"

在林烨提到那个名字时，原本平静的池故渊眼中终究起了波澜，他打断了林烨的话。

林烨的眉头皱得更紧，池故渊望着他说道："这件事永远不可能过去，你们也永远不要在我面前提她。"

乔晚和池故渊约了五点见面，但是四点刚过，池故渊就到了。

这次池故渊没在地下停车场等她，而是来到了她的琴房里。乔晚坐在琴凳上，看到从门口走进来的池故渊，开口道："你……"

话音未落，乔晚的下颌被抬起，池故渊吻住了她。

乔晚的心脏快速跳动起来，她同时慌了神。两个人交往了几天，面对池故渊的吻，乔晚还是毫无招架之力。而现在，他们身在她工作的地方，琴房门没锁，随时会有人进来看到他们的举动，乔晚又羞又慌，感觉自己的脸红得要炸开了。

在她被吻到无力又惊慌的时候，池故渊的吻结束了。乔晚眼睫颤动着抬头看向池故渊，问完了她没问完的话："你怎么过来了？"

乔晚的嗓音都有些酥软了，她问完之后，小小的钢琴教室里弥漫着一层暧昧的热气。

池故渊眼中的汹涌情绪逐渐平静，他将手放在乔晚的头上，轻揉了两下，说道："急着想见你，就过来了。"

啊，这该死的情话。

乔晚眼神闪烁，而后眼里涌现笑意，点了点头："哦。"

她被池故渊的情话甜得七荤八素，也没去问既然他想她为什么不让她去他的工作室等他。现在池故渊已经过来了，她还追究那事干啥？

想到这里，乔晚笑着起身对池故渊说道："那我们现在走吗？"

"嗯。"池故渊伸手。

乔晚把手放在他的手里，两个人十指交握，走出了钢琴教室。

池故渊是第一次来她工作的地方，既然来了，势必引起同事们的注意。乔晚和池故渊出门，碰到了隔壁钢琴教室的秦老师，而后乔晚还没走到前台，吕雯还有其他几个要好的老师已齐刷刷地聚到了前台那里。

乔晚要经过前台去乘坐电梯，但是还没走出琴行，就被前台那里的一干女人的目光团团围住了。乔晚谈恋爱的事情，大家也已经知道了。可是当着大家的面介绍男朋友这样的事情，还是令乔晚觉得害羞。

"这是我男朋友，池故渊。"乔晚红透了脸，强装镇定地给吕雯她们介绍了一下池故渊。

乔晚这么一说，仿佛听到了吕雯她们内心的尖叫声。可是几个人面上还是比较镇定的，只是小范围地疯狂了一下。

“你看，我就说是乔老师的男朋友吧。”

“这也太帅了！我长这么大没见过这么帅的男人。”

被众人夸赞，池故渊微微颔首打了个招呼：“你们好。”

几个老师就差尖叫了。

当然，在想尖叫的情绪中还有对池故渊的满意，和对乔晚的这份感情的欣慰。几个人虽然是同事，才认识不久，但脾性很合，大家相处得还是蛮不错的。

这时，乔晚也差不多放松下来，和吕雯她们说道：“我们要去吃饭了，先走了。”

乔晚说完，几个女人纷纷挥手：“走吧，走吧，快去吧。”

和她们道别后，乔晚笑了一声，和池故渊牵着手离开了琴行。到了电梯旁边，两个人还能听到琴行前台那里女人们的讨论声。

离开琴行后，乔晚开开心心地和池故渊去了地下车库。

在和池故渊朝着他的车子走的时候，乔晚牵着池故渊的手，笑着说道：“你以后常来接我吧。”

池故渊回道：“可以。”

乔晚哈哈笑了起来。

在乔晚开心地笑着的时候，池故渊看向她，叫了她一声：“乔晚。”

“啊？”乔晚笑着回头。

池故渊收回目光，看着前方说道：“我们出去玩吧，离开 A

市。”

乔晚：“……”

乔晚和池故渊吃过晚饭后，池故渊送她回家。她今天回来的时间比往常要早，胡玫和乔小桥刚吃完晚饭。

见她回来，胡玫有些吃惊，看了一眼餐桌，问乔晚：“吃过晚饭了吗？”

乔晚伸手把儿童餐椅上的乔小桥抱下来，笑着道：“吃过了。”

“吃过就好。”乔晚饿不到，胡玫也就放下心来，收拾完碗筷，端着去了厨房。

客厅里只剩下了乔晚和乔小桥，乔晚带着乔小桥去洗手间洗干净了手，而后跟他回到客厅搭积木。

虽说乔晚吃过了晚饭，神情看着也没什么特别的，但是她今天提前回来，乔小桥还是挺在意的。他在一旁搭着积木，看了她一眼，问道：“你和池叔叔的感情出问题了？”

正在看儿子搭积木的乔晚：“……”

乔小桥这么问，乔晚有些哭笑不得，摇头道：“没有。”

“哦。”答案在意料之中，乔小桥应了一声。

她还没说什么，乔小桥就察觉出她的不对来，果然乔小桥是她的亲生儿子。乔晚笑着把搭积木的乔小桥揽过来，捏着他的脸蛋亲了两口。

“不过我确实有事要和你商量，所以提前回来的。”乔晚说道。

乔小桥问：“什么事？”

“池叔叔想带你和我出去玩。”乔晚道。

自从她和池故渊交往后，三个人共同相处的时间就只有在池故渊家里吃的那一顿晚饭。这次池故渊突然说要离开A市出去玩，时间不短，乔晚不可能让乔小桥自己在家里，自然要带着乔小桥。

对乔小桥来说，池故渊不过是个优秀的陌生男人，和他相处一下午是一回事，和他相处好多天就是另外一回事了。

所以池故渊在和她说要跟他们出去玩的时候，乔晚并没有立刻答应，说要回来问一下乔小桥的意见。

乔晚说完，看向乔小桥：“你想去吗？”

在乔晚说池故渊要带他们出去玩的时候，乔小桥就停下了搭积木的动作。乔晚期盼地看着他，等待着他的答案。

乔小桥和池故渊是注定要相处的，就算乔小桥这次不去，以后两个人也是要长久生活在一起的。对他们这个家来说，这是一次很好的磨合之旅。

乔晚希望乔小桥答应，可也尊重乔小桥的意见。

她看着思考中的乔小桥，耐心地等待着。乔小桥思索了一会儿，抬头问道：“去哪儿？”

见乔小桥有了兴趣，乔晚笑起来：“去H市，在我们国家最南边，可以去游泳、冲浪、坐游艇，还有好吃的水果。”

乔晚简单介绍了一下。

“去多久？”乔小桥继续问。

乔晚回道：“两周。”

“那我上学的事情呢？”乔小桥又问。

“我帮你跟老师请假。”乔晚说道。

“什么时候去？”

“明天。”

乔小桥愣了：“这么急？”

其实不光乔小桥，乔晚也觉得急。她觉得池故渊带她和乔小桥一块儿出去玩这件事情就挺急的，像是突然提出来的，搞得她也猝不及防。这就算了，他们还明天就去。所以她今天回来这么早，一来是和乔小桥商量，二来是收拾行李。

“是啊。”乔晚应了一声后，笑着看向乔小桥，“小乔总有什么业务要处理吗？”

乔小桥虽然只是个幼儿园的小屁孩，但是也有自己的交际圈子和事情要做。

“没有。”小乔总摇头。

乔晚笑起来。

“去吧。”乔小桥答应了。

得到乔小桥的答案，乔晚顿时舒了一口气。乔小桥答应和他们一起出去玩，这是他进一步接受池故渊的信号。两个人未来能好好相处，乔晚就很开心了。

乔小桥答应后，乔晚笑着捏了捏他的脸，拿了块积木帮他搭了上去。

得到了他的同意，妈妈明显放心且开心起来。乔小桥低头看着面前的积木，却有了心事。他拿着手上的积木，半天没有搭上去，沉默半晌后，叫了乔晚一声：“妈妈。”

正笑着的乔晚应道："啊？"

乔晚低头看向他，乔小桥抬头对上妈妈的视线，犹豫了一下后问道："到时候是你跟我一起睡吧？"

乔晚愣了三秒。

三秒过后，她吃惊于自己竟然愣了三秒！

乔晚回过神来，连忙对乔小桥点头，肯定地说道："当然啦，我当然是和你一块儿睡啦。"

得到妈妈的确认，乔小桥这才算轻松了一些。他才四岁，去外地还做不到自己睡。

听到妈妈说完，乔小桥点了点头，低头继续玩积木了。

儿子低头玩着积木，乔晚的心跳却还没平复下来。乔小桥是因为害怕自己睡才问的这个问题，乔晚却想到其他地方去了，甚至畅想了一番，想得自己都脸红了。

但是她想归想，这次他们出去玩带了乔小桥，应该不会有时间和空间去做她刚才想的那些事情。

在客厅陪着乔小桥玩了一会儿，乔晚去了厨房。厨房里母亲正收拾着，乔晚拧开水龙头就要帮忙洗碗，胡玫看到后，连忙说道："不用，不用，都是油，你别占手了。"

乔晚还没碰到水，就被母亲弄到了一旁。她无奈地笑了笑，说道："又不脏，一会儿就洗完了。"

"我马上就要洗了，就这几个碗，你上了一天班，去和小桥玩一会儿休息休息。"胡玫说道。

乔晚今天没什么课，也不算累。但是胡玫总认为她上一天班很累，家务活基本上不用她干。偶尔她想帮忙，都被胡玫赶出去了。

母亲坚持，乔晚也没继续插手，就站在厨房里，看着母亲刷锅洗碗。胡玫手脚麻利地干着活儿，抬头看到乔晚还没离开，意识到了什么，问道："有事吗？"

乔晚和乔小桥说了一起出去玩的事情，也是要和母亲说一下的。这次她和乔小桥随池故渊出去，要留母亲一人在家。他们来到A市后，还是第一次没有人陪伴在母亲身边。

其实乔晚觉得还是有些愧对母亲的，毕竟原本是他们一家三口相依为命。但是现在，她要组建新的家庭，带走乔小桥，母亲就变成孤零零的一个人了。当初他们来到A市，乔晚说过永远不会让他们分开，永远不会离开胡玫。可到了现在，她也不得不如此了。

乔晚有种背叛母亲的感觉。

乔晚心中有愧，胡玫却依旧温和地看着她，等待着她的回答。乔晚抿了抿唇，对母亲说道："池先生说要带我们出去玩一段时间。"

乔晚说完，胡玫怔了怔，但随即恍然。她重新展露笑容，问道："带你和小桥？"

"对。"乔晚回道。

"那很好。"母亲说。

乔晚抬头看向母亲。

面对着女儿的目光，胡玫温柔地笑了起来。她收回视线，低头继续洗着碗，像唠家常一样和乔晚说："以后你要是和他在一起了，小桥和他之间的关系要先磨合好。现在你们一起出去玩，刚好可以磨合一下他们之间的关系。"

这次池故渊带乔晚和乔小桥出去玩，确实是有这个好处的。未来她如果和池故渊组建家庭，乔小桥和池故渊之间的关系也决定了他们家庭关系和谐与否。

而乔小桥和池故渊关系融洽，池故渊融入他们的新家庭，那也代表，以前她、母亲、乔小桥的家庭结构被打破，以后就是她、池故渊、乔小桥的家庭结构了。

这样母亲会像个外人被隔开了。

她和池故渊打算交往时，就注定了会是这种结果，可是她还没有经历过，所以感觉不到。就像动手术前，知道要被割开皮肉，感觉没什么可怕的，可是现在，就要开始一点点地把皮肉剪开了，这种置身其中的清晰疼痛感慢慢涌现，并且叠加在一起了。

胡玫说完，发现身边的女儿没有开口说话，知道女儿心中在想什么，转头看向乔晚，笑着说道："我自己在家挺好的，你不用担心。出去以后，你们好好玩，注意安全。只要你和小桥好，我比谁都开心。"

胡玫并不是感觉不到分离的疼痛，但是母亲的伟大之处在于，她就算感受到疼痛，可看到自己的女儿和外孙幸福，那也是甜蜜的。

乔晚是胡玫活下去的动力支撑。这几年来，她那么坚强地活着，都是为了乔晚和乔小桥。而在这个时候，乔晚不由得想到了她的身世。面前的这个女人，如果知道自己的女儿已经去世，而她不过是个冒牌的女儿，那该多绝望？

乔晚抬手抱住了母亲。

被乔晚抱住，胡玫仍旧笑着，手上的碗也洗干净了，她用湿漉漉的手拍了拍乔晚抱着自己的手背，还不忘叮嘱："一定要注意安全啊。"

女人的手掌上满是老茧，拍她的时候，乔晚能感受到那历尽沧桑的粗糙感。

乔晚心中五味杂陈，没有继续往下想，只笑着点了点头："知道啦。"

胡玫轻轻笑了起来。

得到乔小桥的同意和母亲的支持后，和池故渊一起出去玩的事情就这样定下了，乔晚准备打电话给池故渊，告诉他这个消息。

她站在阳台上，拨通了池故渊的电话号码。电话很快被接通，池故渊的声音传来："乔晚。"

听到男人的声音，乔晚抬头看着阳台外落日的余晖，勾了勾嘴角。

"我刚才问了乔小桥，乔小桥同意和我们一起出去玩。我也告诉我妈这事了，她也同意。"乔晚说道。

听到乔晚的话，池故渊应了一声："好。"

虽说当时乔晚没答应和他出去旅行，但他已经把大致的旅行安排都跟她说了。他们是去 H 市，会在那里待两周。池故渊在 H 市有私宅，到时候他们可以直接在那处别墅里住。

事情定得急，但池故渊准备得还是挺充分的。

乔晚在池故渊提出去旅行时，也是有些心动的。在她有记忆的这几年里，她几乎没有出去玩过。不光她，乔小桥也是，他甚至没有坐过飞机。

对旅行，每个人都是心驰神往的，乔晚也是如此。可是之前因为担心儿子和母亲，所以心里压着事情，现在儿子和母亲都同意这事，乔晚感觉心都飘起来了，开始期待明天的旅行。

“我订了明天早上的机票，六点的时候，我会过去接你们。”

商议好事情，池故渊和乔晚说了明天的计划。他不光定这事定得急，出发的时间都这么早。可是早去可以早点儿玩，乔晚没多想，点了点头说道：“好啊。”

“明天见。”池故渊道。

“明天见。”乔晚道。

两个人说完这句话后，代表这通电话也要结束了。往常两个人的通话都是池故渊等待乔晚先挂断电话。但是今天，池故渊等待了一会儿，乔晚都没有挂断电话。

池故渊安静地听着听筒里乔晚的呼吸声，半晌后，问道：“还有什么事情吗？”

池故渊说完这话，沉默的乔晚这才啊了一声。

乔晚双手支撑在阳台上，脸有些热。她确实是有事的。池故渊提出来，她也没扭捏，和池故渊说道：“其实也没什么，就是到时候我们不是住在一起嘛，我要和乔小桥住一个房间。”

乔晚说完，这下换池故渊沉默了。

乔晚：“……”

乔晚在说完这话的那一刻，体会到了什么叫“此地无银三百两”的尴尬感。她刚才为什么要特意强调她要和乔小桥住一个房间？她和乔小桥住一个房间不是理所应当的吗？她这样特意强调，倒显得池故渊想要和她睡一起一样。但实际上，他们根本就没有住在一起过，这次出去也肯定不会住一起啊！

乔晚觉得自己八成疯了！

在乔晚尴尬得有些无地自容的时候，沉默的池故渊问了一句：“乔小桥要求的？”

乔晚：“……”

她该怎么回答？这是乔小桥要求的。可是如果乔小桥不要求，她就和池故渊睡一个房间吗？若这不是乔小桥要求的，那她是在欲迎还拒？

“那个……”乔晚摸着眉心，有些吞吞吐吐。

她还没想好怎么说，池故渊又问道：“能让乔小桥接一下电话吗？”

“怎么了？”乔晚问。

“没什么。”池故渊回道，“和他说说话。”

两个人明天就要见面，有什么话不能明天说吗？但是池故渊要求，乔晚也没拒绝，应了一声，拿着手机去了卧室。

卧室里的乔小桥正在准备自己的行李。要和妈妈出去玩，今天他都没时间陪外婆去公园。乔小桥刚把外套放进行李箱，就看到妈妈走了进来。

乔晚拿着手机，说道："池叔叔想和你说话。"

乔小桥听到池故渊想和自己说话，眼睫动了动。自从上次幼儿园的亲子运动会后他和池故渊就没怎么交流过了，听见池故渊主动要求和他交流，乔小桥抬手去接手机。

乔晚将手机递给他时按了免提。乔小桥看了妈妈一眼，乔晚冲他俏皮地笑了笑。她也有点儿好奇，池故渊想和乔小桥说什么？

见妈妈要听，乔小桥也没说什么，拿着手机，礼貌地叫了一声："池叔叔好。"

乔小桥叫完，电话里传来池故渊的声音："你好。"

一大一小简单地打了招呼，乔小桥一边拿着手机，一边整理行李："妈妈说你要和我说话。"

"嗯。"池故渊应了一声，"刚才你妈妈跟我说，出去玩的这些天，你要和你妈妈住在一起。"

听池故渊说完，乔小桥看了一眼妈妈，应道："是的。"

池故渊问："你自己睡害怕吗？"

池故渊问完，乔小桥整理行李的动作一顿。他要求和妈妈一起睡，有一部分原因是害怕，但是他不想承认。

"我是小孩，小孩都是和妈妈住一起的。"乔小桥简单地说道。

池故渊沉默了一会儿，才说道："你已经四岁了，虽然还是个小孩，但也已经成为一个小男子汉了。"

乔小桥听着池故渊的话，彻底停下了整理行李的动作。而电话那端，池故渊还未说完。他评价完乔小桥是男子汉后，得出了一个结论："小男子汉是不会跟妈妈一起睡的。"

池故渊说出这个结论后，一旁的乔晚很无语。

池故渊说要和乔小桥说话，她以为他想在出行前和乔小桥培养感情，万万没想到他是想在出行前坑乔小桥一把。上次他就用这套"男子汉"理论坑了乔小桥一杯奶茶。现在他故技重施，准备坑乔小桥一个妈妈。

但是乔小桥向来吃这套。他一直自诩男子汉。如果他真是男子汉，那就不应该和她一起睡。如果乔小桥不和她一起睡，那跟她一起睡的就是池故渊。

这个男人怎么还算计小孩呢？！

乔晚想到这里，怕乔小桥上当，开口想要提醒乔小桥。而她还没说话，只见乔小桥神色平静地冲电话那端的池故渊问了一句："你是在用激将法激我吗？"

乔晚："……"

乔小桥说完后，电话那端的池故渊没了声音。

乔小桥继续对池故渊说道："那你放弃吧。我就算不做男子汉，也是要和妈妈住一起的。"

乔小桥说完这番话，不光电话那端的池故渊没了声音，连乔晚也愣住了。她反应过来后，眼睛里涌上一丝雀跃之色。

儿子，聪明啊！

乔晚既开心于乔小桥没上池故渊的当，又感动于乔小桥就算不做男子汉，也要和她住在一起，心里一时间五味杂陈。她一把搂住乔小桥，在他脸上亲了两口。

而在她亲完乔小桥后，电话听筒里传来了池故渊轻轻的笑声，得到乔小桥的回答，他轻应了一声：“好。”

池故渊应完，对乔小桥说道：“明天见。”

“池叔叔明天见。”乔小桥礼貌地和池故渊道别，然后挂断了电话。

等电话被挂断，乔晚再也忍不住，抱着儿子哈哈大笑起来，说道：“儿子，聪明呀，没上你池叔叔的当！”

乔小桥被妈妈抱着，眼里也隐隐带着些得意之色。他没表现出来，低头继续整理着行李：“奶茶怎么能和你比？”

他当时被池故渊激到，顶多损失两个星期的零花钱。但是这次如果他再被池故渊激到，可是要损失两个星期的妈妈，乔小桥当然不可能上当。

乔晚听到这话，心里比喝了奶茶还要甜。她笑嘻嘻地亲着他，说道：“哎呀，哎呀，宝贝儿子亲亲。”

乔小桥见妈妈抱着自己，笑眯眯地亲着。她显然并没有生气于他刚才和池故渊说的话，也没有生气他继续要和她睡在一起。原本这次出去玩，应该只有妈妈和池叔叔的，但是现在不但要带着他，妈妈还不能和池叔叔过二人世界。可妈妈并不觉得有什么，反而支持他这样做。

乔小桥感受着妈妈对他的亲昵，像是含着一颗糖果，糖果超甜，但是也越来越小。他不知道什么时候，这颗糖果就会被他吃完，以后就再也没有这种甜蜜的糖果了。

“妈妈。”乔小桥叫了乔晚一声。

“嗯？”乔晚抱着乔小桥亲了一会儿后，也开始准备第二天的行李了。听到乔小桥叫她，她回头看着儿子，问道：“怎么了？”

乔小桥看了妈妈一会儿，和她说道：“我快长大了。”

乔晚听他说完这句话，脸上的笑容顿了顿。乔小桥说完这话后，低下头继续整理着行李，边整理边继续说道：“我长大了，能和你住在一起的时间越来越短了，所以不会放过每天和你住在一起的日子。”

乔晚的眼睫轻轻一动。

小家伙在说这番话的时候，手上仍旧收拾着行李。他把自己的衣服和用品整整齐齐地放在了行李箱里，独立又懂事。出生在单亲家庭，乔小桥原本就比普通小孩敏感早熟。在她和池故渊在一起的那一刻，乔小桥也在心里准备着和过去的生活告别。因为他知道未来妈妈会和池叔叔住在一起，也会和妈妈新生的弟弟妹妹住在一起，到时候妈妈属于他的时间会越来越少。但是知道妈妈属于他的时间越来越少，他也并没有生气哭闹，只是更加珍惜现在的时间，小心翼翼地享受着还独属于他的妈妈的关爱。

乔晚站在床边，看着整理着行李的乔小桥。先是母亲，后是乔小桥，乔晚在一点点地认识到她的生活变化给这个家庭成员带来的变化。除了她，母亲和乔小桥其实并不太喜欢这样的变化，可因为她能获得幸福，他们接受且适应着。

面对这样的事情，乔晚总是会心软。可是她心软过后，就回归理性。她不可能这样生活一辈子，他们也是，他们一家三口迟早要做出改变。

想到这里，乔晚笑了笑，对乔小桥说道："好，妈妈也不会放过每天和你住在一起的日子。"

经过一晚上的准备，第二天一大早，池故渊来接他们了。乔晚抱着乔小桥，拉着行李箱下了电梯，刚出电梯，就看到了等待在单元楼门外的池故渊。

现在才早上六点，朝阳未升，只是有些天光。男人站在天光之下，衣着休闲，身材挺拔修长。听到电梯门开合的声音，池故渊朝这边看了过来。见到乔晚和乔小桥，他走过来，接过了乔晚手里的行李箱。

池故渊看了一眼乔晚怀里的乔小桥。昨天晚上收拾行李，想着明天去旅行，乔小桥亢奋得睡得比较晚，早上又起得太早，所以现在还没醒呢。

见池故渊看过来，乔晚冲他笑了笑，说道："乔小桥还没睡醒。"

而她这么一说话，没睡熟的乔小桥稍微睁了睁眼，看到站在妈妈对面的池故渊，叫了一声："池叔叔好。"

乔小桥叫完，眼皮就又沉重地耷拉下去。

池故渊看着他，应了一声："你好。"

"我们走吧。"一大一小打完招呼，乔晚把快要掉下去的乔小桥往上托了托，笑着和池故渊说。

乔小桥今年四岁，相对来说，他的身形比普通四岁小孩要高一些，所以也重一些，尤其乔小桥现在睡着，比往日显得更重一些，乔晚身形比较单薄，抱着他有些吃力。

池故渊看了一眼乔晚，问："要不要我抱着？"

池故渊说完，乔晚讶异了一下。她看了一眼池故渊后，低头看向了怀里的乔小桥。

经过上次幼儿园亲子运动会，乔小桥对池故渊的态度比起以前要好了些。可是现在池故渊对乔小桥来说仅仅不是陌生人了而已，还没到亲人这么亲近的地步。两个人以前手都没怎么主动牵过，更何况池故渊现在主动要抱乔小桥。

果然，池故渊说了这话后，乔晚怀里的乔小桥睁开了眼。他趴在她的肩膀上，看着面前的池故渊，眨了眨眼没有动作。

池故渊这话是和她说的，可乔小桥这样无疑是无声地拒绝。乔晚怕池故渊尴尬，连忙说："不用，我抱着就好了，他也没多重……"

乔晚话还没说完，怀里的乔小桥突然直起了身体，短短的胳膊朝着池故渊伸了过去："可以。"

乔晚："……"

在乔晚愣神间，池故渊已经张开手臂。他抱住乔小桥的腰，没怎么用力，就把乔小桥从乔晚怀里接了过来。他单臂搂住了乔小桥的腰，而乔小桥适应了一下新的怀抱，然后趴在池故渊的怀里闭上眼睛又睡了过去。

一大一小两个人决定迅速，配合默契，倒让乔晚有些反应不过来。可当看到面前的两个人之间的融洽和亲密气氛，乔晚感觉心里像是笼上了一层日光。

原本乔晚还担心池故渊和乔小桥相处不好，可池故渊和乔小桥显然理解她的担心，所以两个人都主动朝着对方走近了一步，好让她不受困扰。

他们是因为爱她才这样，被两个男人宠着，乔晚心里涌上了一阵幸福感。

怀里空了下来，乔晚却笑了起来。池故渊抱着乔小桥看着她，说道："走吧。"

乔小桥也趴在池故渊的怀里看着她。被两双眼睛看着，乔晚笑着点了点头："好。"

第十四章

度　假

池故渊的车就停在小区门口，三个人出去以后，一起上了车。车子行驶了一个小时到达 A 市机场，待机半个小时后，三个人登了机。

三个小时后，三个人抵达 H 市。

H 市是中国最南端一座热带岛城。这里自很多年前就开始发展旅游业，是目前国内数一数二的旅游城市。城市在岛上，四面环海，绿植葱郁，实在是个度假的好地方。乔晚和乔小桥都是第一次来 H 市，刚下飞机，母子俩就被 H 市的碧海蓝天俘获了。

在到达 H 市之后，乔晚母子俩对度假的感觉也越发清晰了。在上飞机前，乔小桥就陷入了第一次坐飞机的亢奋之中。下飞机之后，乔小桥完全亢奋，在机场里撒欢看景。乔晚看着小家伙开心的模样，心里跟着开心起来。

这次外出旅行，是乔小桥人生中第一次旅行。以前在A市的时候，她整天忙工作，很少有时间陪乔小桥玩，更何况是外出旅行。这次旅行，既是让乔小桥和池故渊相处，也是她在弥补乔小桥。

看到乔小桥这么开心，乔晚也很愉悦和满足。

乔小桥在机场里到处看景色的时候，乔晚就跟在他身后和他一起看，女人和孩子在前面嬉闹着，池故渊则拖着两个行李箱跟在后面看着。在外人看来，他们真像和和美美的一家三口。

池故渊外出旅行的计划定得急，但是旅行该准备的事宜他都准备得很充分。三个人在机场待了一会儿，出机场后，早早等待在外面的池故渊的助理迎接了他们。助理开车带着三个人去了池故渊在H市的私宅。

那是一栋海边别墅，别墅有院子，有泳池，还有数不清的绿植，像个私人花园。别墅就在海边不远处，站在院子里，视线穿过一处茂盛的椰子树林，就能望见沙滩和大海。

正午的日光落在海面上，泛着粼粼的波光。海浪拍打着沙滩，白色的浪花一次次地涌上来，带来一阵阵潮湿的海风，让人感觉格外清爽。

助理将三个人送到后，就识趣地离开了。池故渊带着乔晚和乔小桥进了别墅。

乔晚和乔小桥一起住是昨天就定下的，进了别墅后，乔晚和乔小桥去了他们的房间。

池故渊的这处私宅，设计里带有浓厚的本地建筑风格。外观是白墙植被，里面则空旷明亮，装饰着一些艺术品。人只是在房间里待着，就能感受到度假的氛围。

乔晚和乔小桥的房间是套房，面积很大。套房里有一处大大的落地窗，落地窗外是泳池，再往外，则是一望无际的大海。人站在房间内，遥遥望去，泳池和大海在视觉上像是连在一起的，给人的感觉像是被海水环绕一样，心情都变得好了起来。

刚进卧室，看到眼前的景色和大床，乔晚顿时感觉心情惬意。她猛地扑到了床上，柔软的被褥将她包裹，乔晚将脸埋在被子下面，开心地笑了起来。

被子里还有阳光的味道，乔晚轻嗅了一下，从被子里扭过头，看向了一旁站着的乔小桥，笑容加深，问道："出来玩开心吗？"

此时乔小桥还在打量房间。他第一次来 H 市，也是第一次住景色这么好的房子，眼睛亮晶晶的，满是新奇之色。

"开心。"乔小桥点头道。

他确实是开心的。自从上飞机之后，他就亢奋得停不下来，只不过亢奋了一路，精神没有在飞机上的时候好了，但是也能明显看出他很开心。

看着站在床前的小家伙，乔晚心里一软，张开手臂道："抱抱——"

乔小桥看了一眼床上的妈妈，走过去抱了她一下。被他这么简单一抱，乔晚不满意地说道："你上来抱我嘛。"

乔小桥看着床上的妈妈，最终还是没有动作："没洗澡。"

乔晚："……"

乔小桥从小就爱干净，甚至有些洁癖，向来是不洗干净不上床的。儿子这么爱干净，妈妈却如此不拘小节。乔晚有些羞愧。

"抱歉，抱歉，你不要学妈妈……"乔晚说着直起了身体。

在乔小桥以为她要下床时，他却感觉他的身体被妈妈的手臂一把搂住，而后腾空，最后重重地落在了柔软的床上，还重重地回弹了一下。

在他发蒙的时候，耳边响起了妈妈哈哈大笑的声音。

"哈哈哈，哎呀，开心就要更开心一点儿嘛。"乔晚抱着乔小桥在床上翻滚了两圈，然后在他的脸上亲了两口。

感受着浓烈的母爱，乔小桥也回抱住了她，母子俩在床上玩了起来。

相比乔晚和乔小桥的房间的热闹情形，池故渊的房间里则安静许多。偌大的套房里只有池故渊一个人，他打开行李箱，开始收拾行李。

还未收拾多少，池故渊接到了安妮的电话。

池故渊这次外出度假两周，对工作室来说并不是一件好事。工作室目前最重要的一个案子到了收尾阶段，这段时间大家都在忙碌，池故渊也经常忙到很晚。在大家以为池故渊会带领他们一鼓作气地完成这个项目的时候，池故渊离开A市，去H市度假了，留下工作室里的工作人员鬼哭狼嚎。好在池故渊离开前下了通知，说会加奖金。既然有奖金，大家又干劲满满了。

安妮打电话来是跟池故渊汇报今天的工作行程的。她先把行程简单地汇报了一遍，对池故渊说道："昨天交的稿子被打回来了，那边的人说设计风格不好，要求您亲自修改。"

当时对方的项目定了他们工作室，主要还是看中了池故渊。工作室开了这么久，其实大部分时间是池故渊撑着，很少有人能独当一面。

"几点要？"池故渊问。

"下午五点。"安妮回道。

池故渊抬头看了一眼时间，现在已经下午一点了。

"知道了。"池故渊应了一声。

他并没有说多余的话，声音依旧平静如常。对别的设计师来说，这点儿时间会很紧张，可对池故渊来说，知道了代表他会做到，他就是工作室的定心丸。

听池故渊这么说，安妮也放下心来，然后想起一件事，又对池故渊说道："对了，今天那位林先生又过来找您了。"

说起这个林先生，安妮还真是印象深刻。昨天他就来找过他们老板，老板见了。但是老板见过后，脸色明显不怎么好，林先生却无所谓似的，今天又来了。

安妮能做到池故渊助理的职位，也是很懂得察言观色的。她甚至察觉出来，老板这次离开公司出去度假，也是为了躲这位林先生。

可是这位林先生说他是老板的朋友啊。而且林先生一表人才，玉树临风，看着就不是等闲之辈，也不太像会撒谎的样子。

安妮随着池故渊参加过不少酒会，像林先生这样的人还是见过不少的。林先生一看就家世很好的样子，能和池总做朋友也没什么奇怪的。

只是不知道他们之间到底发生了什么，安妮觉得奇怪，但是也绝对不会多问。

这是老板的私事，知道太多对她并不好。对这些事情，她只需要按照老板的安排去做就好了。

听到林先生又来了工作室，老板像是不太意外，只问了一句："他做什么了？"

"啊，他就问了您去了哪儿，什么时候回来。我说您出差了，一个月以后才回来，具体不知道去哪儿了。然后我就让他在您的办公室里待了一会儿，不一会儿他就走了。"安妮回道。

池故渊应了一声："知道了。"

又是"知道了"，但是池故渊这么说，代表现在和以后的事情都在他的意料之中，安妮也没过多担心。

她汇报完之后，又提醒了一句："那个稿子要五点之前完成修改。"

池故渊："知道了。"

安妮："……"

乔晚洗了澡之后，一身的疲惫感一扫而空。

她换了一件连衣裙，走出房间，看到了坐在沙发上正端着电脑工作的池故渊："你还有工作？"

池故渊闻言，抬眸看向乔晚。

乔晚刚洗过澡，头发还没吹干，垂落在肩上。湿漉漉的乌黑头发，衬得她的皮肤雪白。她穿了一件度假风的雪纺吊带连衣长裙，将玲珑的身段都遮盖了起来，只露出肩颈。

而乔晚的肩颈是最漂亮的，修长白皙，在长发下有水珠滑过，像是在闪光。

池故渊的目光从她的唇边落到下颌上，最后在她的锁骨旁流连，而后他收回了视线。

"昨天的方案有些问题，我修改一下。"池故渊解释道。

两个人都有工作，乔晚还好，请假别的老师就帮忙上课了。但是池故渊不行，有些事工作室的设计师应付不了，就得他亲自上阵。两个人交往之后，乔晚对池故渊的工作室的情况已经比较熟悉了。

听池故渊这么说，乔晚挑眉点了点头，走到他身边，在沙发一旁坐了下来。现在这个时间，阳光透过大大的落地窗刚好洒到沙发后背上。乔晚靠在沙发背上，把头发摊开，开始晒头发。

她今天用的沐浴露和洗发水都是别墅里的，带着淡淡的花香。她刚坐下，就像是风吹过了花丛，迷人的香气在四周飘散，池故渊将视线从电脑上移开，看了她一眼。

而乔晚还没意识到自己现在是什么样子，反而在池故渊看过来时，歪着头冲他笑了笑。

池故渊的眼中映着女人的身影。

“乔小桥呢？”他问道。

乔晚轻轻笑了笑，回道：“睡了。他在飞机上太亢奋，把精力都耗光了……”

乔晚话还没说完，池故渊俯身吻住了她的唇。

男人的这个吻一落下来，乔晚眼睫轻颤，就意识到了什么。她闭上眼睛，双手捧住池故渊的脸颊，吻了回去。

这个吻越发深入，气氛也越发炙热，等两个人分开时，定定地看着彼此，像是无形中做了什么决定。

“去我的房间？”池故渊问。

乔晚的心脏重重地敲击了一下胸腔，她看着池故渊，并没有回答，只问道：“你的工作……？”

“不用管它。”池故渊说完，将乔晚打横抱了起来。

乔晚的心跳得越发激烈了。

两个人迟早要做这件事情，只是她没想到会是现在。这也没什么，虽然有些突然，但气氛什么的已经到了。

被池故渊抱起来时，乔晚搂住了男人的脖颈。两个人一边吻着，一边朝着池故渊的房间走去。在走到池故渊的房间门口时，池故渊腾出一只手拧开了门把。门把发出轻轻的声响，伴随着这声声响传来的还有乔小桥的声音。

“妈妈？”

乔晚：“……”

池故渊：“……”

正沉浸在生理冲动中的乔晚仿佛被兜头浇了一盆凉水，霎时间清醒过来。她一下从池故渊的怀里跳下来，连忙说道：“我在这儿呢。”

说话的工夫，乔晚急匆匆地打开房门回了她和乔小桥的房间，留下了站在自己房间门口的池故渊。

池故渊显然还没从刚才炙热的气氛中抽离出来，手臂还保持着抱着乔晚的姿势，而怀里的乔晚已经没了踪影。

池故渊回过神来，却还未冷静下来。他站在房间外面，能听到乔晚的房间里她哄着乔小桥的声音。池故渊慢慢平静下来，还是回了自己的房间，冲了个冷水澡。

乔晚回到房间时，乔小桥正坐在床上，面对着偌大的空旷房间，有些局促不安。这里是陌生的环境，小家伙午睡突然惊醒，有这样的情绪是正常的。而她只顾着自己了。

乔晚心怀愧疚，赶紧过去躺在床上，说道：“我在这儿，刚才出去喝水了。”乔晚心虚地和乔小桥解释道。

乔小桥看到妈妈过来后，情绪平复了不少。妈妈躺下，他跟着躺了下来，小手攥住了妈妈的手。乔小桥没说什么，埋头在妈妈的怀里蹭了蹭。

被小家伙蹭了两下，乔晚心都化了，抬手摸了摸儿子的小脑瓜，柔声道：“睡吧。妈妈就在这里，不离开你。”

小家伙得到妈妈的保证，安全感慢慢涌上来，握住她的手的力道变小，却也没有松开，头埋在她的怀里重新睡了过去。

乔小桥的呼吸慢慢变得绵长均匀起来，乔晚躺在床上，停下了一下又一下拍打他哄睡的动作。她陪着乔小桥躺了一会儿，睡意也慢慢上来了，最后也闭上眼睛睡了过去。

有妈妈陪在身边，乔小桥这一觉睡得格外香甜。等他睡好醒过来时，房间里已经黑下来了。乔小桥从床上坐起来，看了一眼身边的妈妈。

乔晚陪着他也睡了，乔小桥醒过来的时候，她还没醒。昨天晚上她收拾行李，加上早起，也很疲劳。

乔小桥看了一眼妈妈，抬手把掀起的被角给她盖上。做完这事后，乔小桥下了床，离开了房间。

池故渊在洗完澡后，就抱着电脑继续工作了。他下午五点提交了方案，又给工作室的人开了视频会议，现在已经晚上七点，他还在忙明天的工作。明天他们要出去玩，所以他要提前把明天的工作安排好。

客厅里开着灯，乔晚房间的门一打开，池故渊就抬眼看过去，看到了门口小小的乔小桥。

“醒了？”池故渊问道。

乔小桥点点头，小心翼翼地关上房间门，说道：“妈妈还在睡。”

池故渊应了一声：“让她睡吧。”

说完，他看着乔小桥问道：“饿了吗？”

早上吃饭吃得早，中午吃的飞机餐，现在已经是晚上七点了，小孩也该饿了。

乔小桥点了点头。

见乔小桥点头，池故渊放下了电脑，从沙发上起身，对他说道："吃三明治可以吗？"

池故渊说话间，已经走到乔小桥身边。

乔小桥仰头看着他，回道："可以。"

"好。"池故渊应了一声，越过乔小桥去了厨房。

柔和的灯光下，男人的背影挺拔修长，带着满满的安全感，乔小桥看了一会儿，也进了厨房。

池故渊和乔晚还有乔小桥接下来要在这里生活两周，别墅里打扫得很干净，厨房的用具和食材也一应俱全，原本用于度假的私宅完全像是生活中的家，满是烟火气。

池故渊拿出了做三明治的食材，看到乔小桥站在那里，问道："你想看？"

"嗯。"乔小桥点头。

池故渊是给他做饭，他在这儿陪着也是应该的。

男人放下食材走到乔小桥的身边。

乔小桥还没反应过来，身体一下腾空，坐在了厨台旁的高脚凳上。

"坐在这儿吧。"池故渊说道。

说话间，他已经回到了厨台另外一边，拿了蔬菜和鸡蛋出来，准备做三明治，乔小桥则坐在厨台边看着。

从小就没有父亲，乔小桥对成年男性的认知在上幼儿园后才渐渐多了一些。而之所以变多，是因为他从其他小朋友的口中得知的。

他上了幼儿园以后，小朋友们叽叽喳喳地聊天时，话题总是绕不开爸爸妈妈的事。要么是妈妈给他们做好吃的东西了，要么是爸爸带着他们出去玩了……而在这么多的话题里，他鲜少听到爸爸给他们做饭的。

所以在乔小桥的认知里，爸爸是不会做饭的。

可是这一认知，在他认识池故渊后被打破了。即使乔小桥在刚开始对池故渊要带走妈妈有些抵触，可是随着交往变多，乔小桥不得不承认池故渊是个非常优秀的男人。而这样优秀的男人势必会让妈妈幸福的。

乔小桥不想有新爸爸，可是如果必须有新爸爸，那他也希望这个人是池故渊。虽然他们现在还不算亲近，但是以后总会慢慢亲近起来的。

乔小桥坐上高脚凳后，就专注地看着池故渊做三明治。厨房里只有煎蛋和切菜的声音，池故渊将面包片烤好，平铺在盘子里，看了一眼对面百无聊赖的乔小桥，问道："要不要帮忙？"

池故渊问完，乔小桥看了他一眼，在他给了一个肯定的眼神后，乔小桥点头："好啊。"

见乔小桥答应，池故渊把手边的番茄酱和蛋黄酱瓶子递给了他，说道："挤在面包上就可以了。"

乔小桥不会做饭，但是打打下手还是可以的。池故渊安排完，乔小桥便拿过番茄酱瓶子挤了起来。小家伙手小，番茄酱瓶子有些大，他双手握着番茄酱瓶子，用了吃奶的力气，认认真真地往外挤着番茄酱。

灯光下，小家伙认真而努力。池故渊双手支撑在厨台上，看着他的动作，嘴角浅浅地勾了起来。

厨房里煎鸡蛋的声音“吱吱”响着，池故渊看着鸡蛋，差不多后，翻了个面，然后和乔小桥闲聊了起来。

“这段时间在H市，你有什么想玩的吗？”池故渊问。

这次他们来H市带了乔小桥，旅行的性质就从二人世界变成了家庭旅行。这样的话，他们基本上就要以乔小桥为主，而对池故渊来说，以谁为主都可以。乔小桥开心了，乔晚也就开心了，那他也开心。

乔小桥挤着番茄酱抬头看了池故渊一眼，回道：“我想游泳、冲浪、开摩托艇，还有跳伞。”

小家伙到底是男孩子，喜欢的都是些刺激性项目。不过他喜欢这些也没什么，有大人带着还是可以玩的。

池故渊刚要应声，乔小桥继续说道：“不过我不会。”

像冲浪、开摩托艇还有跳伞，都是比较有难度的项目，乔小桥不会是正常的。

“游泳也不会？”池故渊问。

乔小桥摇头，头也没抬地说道：“幼儿园里的小朋友基本上都会游泳，都是爸爸教的。但是我没爸爸，所以没学。”

小家伙轻描淡写地说着，池故渊看着他，半晌没有说话。

若是乔晚在的话，乔小桥是不会说这话的。因为没有爸爸这件事情，乔晚始终觉得愧对他，他不想让妈妈自责，所以只有在乔晚不在的时候才会这样说。

乔小桥说完后，番茄酱也挤得差不多了，他抬头看向池故渊。池故渊接过了他挤好番茄酱的面包片，把生菜和煎蛋放了上去，说道："我可以教你。"

池故渊说完，乔小桥的眼睫动了动，他冲着池故渊笑了一下，点头道："好呀。"

乔小桥和池故渊做好三明治的时候，乔晚也从床上醒了过来。这一觉睡得格外沉，乔晚觉得自己好像好久没睡得这么舒服过了。

睁开眼后乔晚习惯性地摸了摸身边，空空如也。她一下从床上坐起来，叫了一声："乔小桥？"

她叫完乔小桥后，卧室门被推开，客厅的灯光洒了进来，乔小桥站在门口，对她说道："我刚才和池叔叔做晚餐了，起床吃饭吧。"

乔小桥叫了乔晚后，关门离开了。乔晚坐在床上清醒了片刻，明白过来乔小桥刚才说的话后，赶紧从床上起来。

离开卧室后，乔晚直奔餐厅，餐桌前，池故渊和乔小桥已经坐好了。餐桌上摆放着简单的晚餐，三明治、热牛奶，乔晚走过去，池故渊抬眸看了她一眼，道："醒了？"

乔晚点了点头。

她刚睡醒，还有些蒙。餐厅灯光柔和，池故渊和乔小桥坐在餐桌边等她。乔晚看着餐桌上的晚餐，想起乔小桥叫她起床时说的话。

“你们一起做的？”乔晚问。

池故渊和乔小桥不约而同地点了点头。

乔晚的心里霎时涌进了一股暖流，这股暖流顺着血液涌入四肢百骸，乔晚望着自己的爱人和儿子，轻轻笑了一声。

她拉开餐椅，坐在了乔小桥身边。池故渊把三明治递给她，乔小桥则给她倒了杯牛奶。乔晚接过三明治咬了一口，轻挑了挑眉毛。

“好吃。”她评价道。

得到乔晚的好评，餐桌上一大一小两个男人也拿着三明治吃了起来。乔小桥咬了一口，对身边的妈妈说道：“是我挤的番茄酱。”

口中还有着番茄酱的酸甜味道，乔晚吃着三明治，抬手摸了摸儿子的小脑袋瓜，笑着夸赞道：“是吗？真棒。”

得到妈妈的夸赞，小家伙咬着三明治，抬头看了一眼坐在对面的池故渊，说道：“池叔叔呢？”

乔晚：“……”

不知道什么时候，池故渊和乔小桥的关系已经这么好了。小家伙得到她的夸赞后，还不忘帮池故渊要一个。

乔晚看过去，池故渊正平静地看着她。乔晚眼中光芒绽放，心中带着绵绵的甜意，她点了点头，说道：“池叔叔也很棒。”

得到乔晚的夸赞，池故渊和乔小桥对视了一眼，乔小桥抬手，池故渊和他击了下掌。

乔晚看着一大一小两个人和谐相处的画面，笑容就没有停下来过。

今天是他们到H市的第一天，度假还没完全开始，可是乔小桥已经放开了身心，不光玩得痛快，和池故渊的关系也变得越来越好。

三个人吃完饭后，去海边的沙滩上散步消食。散完步，乔晚抱着乔小桥回房间洗了个澡。洗完澡后，乔晚借机离开了卧室，去了池故渊的房间。

池故渊刚洗完澡，身上只围了一条浴巾。乔晚从门外进来，冲到他面前，踮脚吻上了他的唇。女人的吻浅尝辄止，池故渊刚感受到柔软的触感，乔晚的唇已经离开了。

乔晚仰头看着他，眼睛里盈满笑意。

“我很开心，也很幸福！”说完这句话后，乔晚一溜烟地跑走了。

她原本想的就是亲完就跑，因为怕和池故渊继续亲下去的话，两个人又得出事，乔小桥还没睡觉呢。

有乔小桥在，两个人要做的事情是做不成了，他们只能等回A市以后再说了。

乔晚轻笑着跑回了自己的房间。

有池故渊和乔小桥在身边，乔晚是真觉得开心和幸福，整个人像是泡在棉花糖里，又软又甜又轻松。

这种生活真是太美好了。

要是能一直这么开心幸福就好了，乔晚想着。

她就在开心和幸福之中，度过了两个星期。

这两个星期的假期，乔小桥如愿以偿，池故渊不光教会了他游泳，还带着他冲浪、骑摩托艇、跳伞、潜水……乔小桥以前是班上唯一一个不会游泳的人，现在是班上第一个会冲浪、骑摩托艇、跳伞和潜水的人。

乔小桥开心得膨胀，和池故渊的关系有了质的提升。在离开H市的时候，小家伙就差改口叫池故渊爸爸了。

就这样，两周的假期很快结束，这次假期的任务也算圆满完成。假期结束，乔晚和池故渊带着乔小桥回到了A市。

乔晚外出旅行，她这两周的课程是让同事们帮忙代上的。代课是情分，乔晚在H市的时候采购了大批礼物，回来之后，一一感谢了帮她代课的老师。

乔晚还有不少钱，采购的礼物也价值不菲，老师们都很开心，表示她可以多出去度假。开完玩笑后，几个人凑在茶水间里，围着乔晚开始询问她这次旅行的事情。

上次池故渊来接乔晚，大家都看到了他的外形是如何不平凡。乔晚能和这样的男人交往，大家都替她开心，但同时也有些担心，毕竟乔晚是单亲妈妈，她要和人交往，那儿子和爱人之间的关系也不是那么好平衡的。听说这次乔晚也带了乔小桥一同去旅行，大家纷纷问乔小桥和池故渊之间相处得如何。

乔晚抱着咖啡杯，眼睛里漾着笑意，说道："还不错，乔小桥

现在跟池故渊已经很亲近了。”

“哇！”听见乔晚话里满是幸福感，大家纷纷起哄。

“池先生真是个好男人，没想到对乔小桥这么有耐心。”

“对啊，像一般男人，别说不是亲生的孩子，就算是亲生的都很少做到这个程度。”

“不错，不错，这个男人可以依靠。”

“事不宜迟，建议你原地嫁给他。”吕雯做了最后总结。

听到吕雯说的“嫁给他”三个字，乔晚忍不住笑出来，抿了抿唇，说：“太急了吧？”

“这还急啊？”吕雯说，“你俩现在各方面都合适，关系也磨合得挺好的，你还不赶紧把婚事定下来啊？我跟你讲，池先生这样的男人可不好找哦。”

吕雯说完，老师们纷纷点头。

乔晚端着咖啡杯却没什么表情，目光落在地上，有些飘忽，像是在想什么事情。

见乔晚这副样子，吕雯回过神来，试探地问道：“你是想等他开口？”

乔晚回过神来，笑着喝了口咖啡，回道：“没有。他已经向我求婚了。”

乔晚说完，茶水间里顿时鸦雀无声。

在无声中，乔晚又补充了一句：“就在我们刚确立关系的时候。”

说完，乔晚看向吕雯，寻求附和地问道：“确实太急了对吧？”

“什么啊？！”吕雯一巴掌拍在她的肩膀上。

乔晚端着咖啡杯，咖啡差点儿洒出来。她稳住手臂，看向吕雯和几个老师，大家全是恨铁不成钢的表情。

乔晚：“……”

“你们刚确立关系他就向你求婚，你竟然觉得太急？”吕雯说道，“你不觉得其实是他爱你爱得太深，所以在确立关系后，就立马向你求婚了吗？”

“我们刚相亲没多久，他怎么可能爱得太深啊？”乔晚道。

“你是刚相亲没多久，刚爱上他，但是说不定池先生爱了你很久呢？”有个老师说道。

乔晚愣住。

其他老师都附和起来，七嘴八舌地说了起来。

“这是池先生认为的命中注定的爱情啊，他就是觉得非你不可，所以才向你求婚的。”

“对啊。就算他刚爱上你，但是立马向你求婚，那不更代表他爱你爱得深沉吗？”

“哎呀，你真是身在福中不知福，要是我的话，当场就答应了。”

“就是，就是。”

大家叽叽喳喳地替乔晚分析着，乔晚看着她们替她着急的神态，最终还是回到了自己的想法上。

“我不知道，就是感觉太快了，而且……”乔晚顿了顿，才说道,“而且不知道为什么,我感觉自从认识他以后,包括和他认识,就像是在走一条提前修好的路,路途平坦,没有任何岔路,我就顺着那条路往前走,然后走到那条路的尽头。”

乔晚说出了自己的想法。

总的来说,她就是觉得有些奇怪。在认识池故渊之前,她走的路荆棘丛生;而在认识池故渊后,她的路突然变得平坦广阔。她不用担心会走错路,因为只有那一条平坦广阔的路。

开始她对此欣喜不已,可继续往前走,想去别的路或者想停一下时,总会有各种因素催促着她往前走,走到那条路的尽头。渐渐地,乔晚就察觉出不对劲了,然后便不想往前走了。

大家很认真地听着她的想法。她说完后,吕雯想了一会儿,问道:“那这条路的尽头是嫁给池先生吗?”

吕雯问完,乔晚看了看她,说道:“不知道,或许吧。”

吕雯笑了起来,眼神中带着鼓励之意:“那你闷头往前走就行了。其实任何爱情,到最后都是婚姻。池先生和你很般配,你们也很相爱,你不需要忌惮什么,因为不管你走得平坦还是荆棘丛生,尽头处都是池先生啊。”

吕雯的三两句话,像是把乔晚的顾虑打消了。乔晚一时间也有些怀疑自己是不是疑心病太重了。

乔晚与众人对视,然后笑了笑:“真的?”

“真的!”大家异口同声地说道。

听到大家的笃定回答,乔晚笑了起来。

乔晚回来后，想把课程补上，但是大家拿了她的礼物，纷纷表示便宜乔晚了，让她不用替她们上课了。乔晚感激不尽，在下午没课的时候，去了一趟城西的别墅。

外出度假两周，又有乔小桥在身边，乔晚都没敢和苏茹麟视频通话。母女俩两个星期没见，乔晚到别墅后，苏茹麟就抱着她说想她。

乔晚笑起来，看了一眼小厨房，苏茹麟正在做玛德琳。中午她说过来，苏茹麟问她想吃什么甜品，她说想吃玛德琳，苏茹麟就给她做了。

在她来的时候，玛德琳已经被放进了烤箱，母女二人只要等待就好了。烤箱不需要守着，苏茹麟带着乔晚去了客厅。

乔晚把给苏茹麟买的礼物送给了她。苏茹麟得到礼物很开心，而后小心又细致地将一件件礼物收了起来。

乔晚坐在沙发上喝了口红茶，看到了苏茹麟摊在桌子上的电脑和文件。苏茹麟还在忙工作上的事情。

苏茹麟来国内陪伴乔晚，工作也只能在网上完成，而这样的生活还不知道要持续多久。

原本乔晚定的是乔小桥上小学的时候，跟胡玫和乔小桥摊牌。可是这才过了没多久，乔晚觉得自己太自私了。她只考虑了母亲和乔小桥的情况，却没有考虑苏茹麟。

乔晚望着桌子上的电脑和文件发呆，苏茹麟看到后，把电脑和文件收了起来，笑着对乔晚说道："刚才有个视频会议。"

乔晚抬眼看了看母亲，问道："你一直在国内，工作的事情好处理吗？”

苏茹麟听了乔晚的话，收了收脸上的笑容，说道：“确实不太好处理。”

苏茹麟握住乔晚的手继续说道：“但是没关系，妈妈更想在这里陪伴你。”

这是苏茹麟第一次跟她说自己的难处，其实母亲都是有难处的吧，像苏茹麟，像胡玫，只不过胡玫从来没有跟她提过。

母亲但凡和子女说自己的难处，总会给子女心理上的压力，乔晚被压制下去的愧疚情绪也涌了上来。

她看着苏茹麟，提议道：“要不您回加拿大吧？”

苏茹麟看了她一眼，乔晚继续说道：“您常年在这儿陪着我，工作不说，和爸爸也是常年分居两地，这样下去根本不行。我不能因为我的事情，让你们这么痛苦。而且我也不是小孩子了，有些事情我自己能处理好。”

说到这里，乔晚冲苏茹麟笑了笑：“再说，我也不是一个人，有什么事情还可以让池故渊帮忙。”

听了乔晚的话，苏茹麟眼中涌上了一丝欣慰之色。确实，乔晚不是小孩子，不需要他们担心了。

但是苏茹麟没有答应乔晚的提议，说道：“可是你和池先生现在只是男女朋友关系而已，我们总归还是不放心。”

在父母眼里，两个人没结婚就代表没定下来。相比池故渊，他们是她的骨肉血亲，有些事情，还是他们处理起来更为安心吧，乔晚心想。

苏茹麟说完这些话，有些期待地看着乔晚。

乔晚见状，有些话说不出口了。

好在这时烤箱发出声响，打破了客厅的沉默气氛。母女俩同时回头看向小厨房，苏茹麟也回过神来，转头看着乔晚温柔地笑了笑，握住她的手说道：“先吃点儿玛德琳再说吧。”

第十五章

迷　雾

苏茹麟说“再说”，可是等乔晚吃完玛德琳，离开家里的时候，两个人都没再提这个话题。

下午四点，乔晚离开家，去了池故渊的工作室。

她下午和晚上没课，所以在早上的时候，就和池故渊约好了今天晚上一起吃晚餐。乔晚下班早，池故渊让她去看完母亲后就去他的工作室找他。

从H市度假回来后，池故渊和乔晚之间的关系变得亲密了许多，没有先前她想要来找池故渊，池故渊却不让她来的情况了。

家里派车送她直接去了池故渊的工作室。

电梯从地下负二层到了一楼，一楼有人按键，电梯门开了，但是电梯外没人。乔晚站在电梯里，等待着电梯门缓缓合上。

电梯门快要彻底合上时，乔晚听到外面有个男人的声音传了过来。

"等一下！"

乔晚抬手按了电梯的开门按钮，即将关上的电梯门重新打开了，外面一个高高帅帅的小伙子走了进来。

小伙子估计是一路狂奔过来的，身上还出了些汗。他进电梯后，就向电梯里的乔晚道谢："谢谢啊。"

"不客气。"乔晚也礼貌地回了一句。

小伙子道完谢后，看向乔晚，眼睛亮了一下，笑起来："乔小姐。"

乔晚看向小伙子。他和她年龄相仿，可是乔晚搜索了一下自己的记忆，没想起自己认识这么个小伙子。

看见乔晚疑惑的表情，小伙子笑着主动介绍了自己："我是池总的工作室的设计师助理，叫方洲。先前你来工作室找池总，我见过你。我们都知道你是我们未来的老板娘。"

方洲是个很开朗的大男孩，毛寸头、瓜子脸，眉目舒朗，笑起来时露出一口大白牙，让人看着就觉得心情好。除此之外，他对人还非常热情，有些话痨。

听他这么说，乔晚有些脸红，但也没有否认，笑着点了点头说道："你好。"

得到乔晚的回应，方洲嘿嘿一笑，说："我现在是设计师助理，来工作室，就是为了池总。他做过很多方案，我在刚上大一的时候就很喜欢他的设计，而且很佩服他。能在他的工作室上班，我觉得自己的运气真是太好了。"

方洲在说这些话时，眼睛闪闪发亮，看得出他是真佩服池故渊，也是真的热爱建筑设计这项工作。被他的热情感染，乔晚笑着说道：“和自己敬佩的人在一起工作是挺令人开心的事。”

“对啊。”方洲点头，笑着说，“其实我还很喜欢池总以前的设计，他以前有合作伙伴，叫林烨。林烨在国外也是非常出名的设计师，他们两个人合作的设计也拿过不少奖。不过后来池总回国，两个人就不在一起了。”

说到这里，方洲有些遗憾，但想了想又说：“池总出差的那些日子，我的设计老师说林烨好像来公司了。”

说完，方洲又振奋起来，乐观地继续说：“虽然我没见到他，不过林烨来找池总，说不定是想继续合作呢。这样的话，我就又有新的设计可以学习了！”

方洲显得诚恳而乐观，乔晚听他说着池故渊以前的事情，想多了解一下池故渊。

想到这里，她问道：“他们以前合作得很好，那为什么池故渊回国了啊？”

显然，方洲只是个小粉丝，太深入的消息他不知道，他摇了摇头道：“不知道。”

乔晚又问：“他们以前是在一起上学的？”

“对啊，都在加……”

方洲还没说完，电梯到了工作室所在的楼层，门一下就开了。方洲是来拿东西的，早就有同事在电梯门口等着了。

电梯门刚一打开，同事连忙招手：“方洲，快，快，老师等着了。”

“哦，哦，哦。”方洲赶快回神，和乔晚道别，然后连忙下了电梯。

方洲和同事风风火火地走了，乔晚也从电梯里走了出来。方洲刚才说的话，也被打断了，乔晚只听到了一个“加”字。

加什么？加州吗？

乔晚想起以前问过池故渊，他没有去过加拿大。

原本那也只是随口问的问题，答案是什么乔晚并不关心。想到这里，乔晚笑着摇摇头，起身去了池故渊的工作室。

池故渊外出旅行这段时间，工作室堆积了大量工作。他是工作室的一把手，不像她有人帮忙代课，大部分繁重的工作需要他亲力亲为。

乔晚到的时候，池故渊正在签文件。池故渊看到乔晚过来，深沉的目光变得柔和。

看到她他就开心，看到她他就轻松，乔晚能感受到她对池故渊的特殊性。这份特殊性来源于池故渊对她的爱。

乔晚的心情也好了起来，她走到池故渊的办公桌旁，看了一眼桌上的文件。

“还没忙完？”

池故渊旋转了办公椅的方向面向她，抬起手臂，一只手拉住了她。

男人只轻轻用力，乔晚的重心便转移了，身体倾斜，她下意识地哎呀了一声，而后坐在了池故渊的腿上。

两个人面对面地坐着，乔晚看着在面前放大的池故渊的脸，心脏不受控制地加速跳动起来。

池故渊揽着她的腰，手臂轻轻用力，乔晚的胸便贴向了他。而后，乔晚的唇被池故渊吻住了。

池故渊的这个吻像是在寻求安慰，或许他是工作太劳累，需要她来缓解疲劳；又或许是他太想她，需要她来缓解思念。

不管是因为什么，他的这个吻都是温柔又甜蜜的，乔晚接受着他的吻，轻轻扬起嘴角。

乔晚想的两种情况，池故渊都有。在过去的时间里，他甚至忘了这种缓解疲劳和思念的感觉。

她像是珍宝，重新落在了他的怀里，他小心翼翼地呵护着，希望能完全拥有她。

一个吻结束，池故渊放开乔晚，双眸平视着她，乔晚与他对视。两个人目光相对，女人的眼中盛满笑意。

“池故渊。”乔晚叫了他一声。

“嗯？”池故渊轻吻了一下她的嘴角。

乔晚双手贴在他的颊边，微笑着看着他，说道：“我们订婚吧。”

池故渊的心脏在这一刻像是停止了跳动，乔晚眼睛一眨不眨，神色坚定地看着他。

他以为自己是在做梦。

这自然不是梦，乔晚是认真的。

或许她觉得奇怪，但吕雯说得对，终点对就行了，走什么路无所谓。而且她一直想着自己的问题，却忽略了池故渊。

池故渊只是太爱她，所以向她求婚而已。

他是天之骄子，有很多选择，但是最后选择了她，这难道还不能代表他的心意吗？

她不应该想那么多，早就应该嫁给他了。

但是像她和池故渊这种情况，两个人不是随随便便去领个证就算结婚了。一场订婚仪式既能表明她的态度，也能给予池故渊安全感。

至于结婚，也就在订婚后不远了，他们可以慢慢来。

乔晚说完，低头笑看着池故渊。

在她说完订婚后，池故渊就安静下来了。他不是情绪外露的人，乔晚却能从他的眼睛里感受到那种终于得到和失而复得的情绪。

在他向她求婚被拒绝后，他应该一直承受着各种煎熬吧，想她为什么不同意，想她是不是要离开他。乔晚站在池故渊的立场上想，如果是她向池故渊求婚他不答应，她的心态早就崩掉了，她哪儿还会这么耐心又安静地等待？

男人眼中的情绪像是七月天边的乌云翻涌，而再厚的乌云也总有消散的时候，他最终平静下来。

“好。”池故渊说道，“我们订婚。”

乔晚笑了起来。

池故渊轻吻了她一下，像是小孩得到了心爱的糖果之后感到十分满足。乔晚心里也涌上了甜蜜感。

这个吻结束后，两个人额头相抵，相视而笑，只是这样亲昵地待在一起，就已经足够幸福了。

池故渊的手沿着乔晚的后腰到了她的后脑处，手指放在她的耳边，轻抚了一下她的头发。他垂眸看着她，说道："在订婚前，是不是要见一下对方的父母？"

正在感受着幸福甜蜜气氛的乔晚："……"

既然乔晚和池故渊决定订婚，那事情就要按照顺序一步步做起来了。

他们首先要做的，就是见家长。

本来乔晚和池故渊交往，就是双方家长一起促成的，他们在一起也是家长们的心愿，现在两个人要订婚了，双方家长肯定是支持和祝福的。可是话虽如此，乔晚还是紧张。

在池故渊说完见家长的事情后，乔晚就失去了思考能力。池故渊说要先去见她的家长，再带她见他的家长，她也稀里糊涂地答应了。

两个人离开工作室，先去了池故渊家里吃晚餐。在厨房帮忙削土豆皮的时候，乔晚才回过神来，身心一下都紧张地绷了起来。

"你爸妈会喜欢我吗？"乔晚拿着土豆，回头看向正在热油的池故渊问道。

池故渊回眸看了她一眼，目光深沉平静，回道："会。"

得到池故渊的肯定回答，乔晚并没有恢复自信。她走到池故渊身边，继续问道："你爸妈喜欢什么样子的女孩子？我需不需要做些什么？”

说着，乔晚低头看了一眼热油的锅，又问道：“我要不要学着做道菜？”

池故渊安静地站在一旁，待她问完后，一一回答道：“你不需要做什么，也不需要学做菜，他们知道你不会下厨。而且家里有厨师，没有厨师的时候我会做饭。”

池故渊说完，看着面前的乔晚，回答了她的第一个问题：“他们喜欢你这样的女孩子。”

乔晚目光微动，半晌后笑了。她现在不会不自信了，因为被池故渊带给她的安全感包围了，像是重新踩在了平地上。

乔晚笑着问道：“你怎么知道他们喜欢我这样的女孩子？”

锅里的油热了，池故渊没着急下菜，而是关掉了火，看着乔晚说道：“因为我喜欢你这样的女孩子。”

乔晚又笑了起来。

能让父母喜欢自己的儿子的爱人，那必然是儿子告知他们，他非常非常爱他的爱人。他的爱没人可以阻止，他们只能接受。而他们也感激她能给他们的儿子带来这样美好的爱情，所以喜欢她。

被池故渊这样爱着，乔晚可以有恃无恐，甚至可以横行霸道。她沉浸在这种安全感中，感受着池故渊带给她的幸福和甜蜜感。

她对一开始的想法无所谓了。反正不管她走的路如何，终点都是幸福的，池故渊会让她幸福。

在被池故渊安抚得不再紧张后，乔晚和池故渊一起完成了晚餐。两个人在餐厅吃过晚饭后，乔晚没着急离开，两个人离开别墅去了海边。

现在已经是晚上八点多了，天却没有黑下来。浩瀚的大海上空悬着一轮明月，皎洁的月光照亮沙滩，映出了两个人的影子。

乔晚穿着长裙，牵着池故渊的手，和他一起走在沙滩上。她赤着脚踩着细软的沙子，偶尔海浪会打上来，吞没脚底的沙，同时带来一阵惬意的凉意。

海浪越来越高，乔晚提起了裙摆，踩着湿漉漉的沙滩，说着今天发生的事情。

“今天乔小桥度假回来后第一天去幼儿园，非常开心。”

池故渊走在她的身边，也能感受到乔小桥开心后带给她的好心情。他低头看着她，问道：“开心什么？”

“开心他是班里第一个会跳伞、冲浪、骑摩托艇的人。”乔晚笑起来。小孩子的胜负欲很强的，只是一开始他什么都没有，所以装作不在意罢了。现在他拥有了一切，那种满足感会给童年带来很多快乐。

“你记得曲子航吗？”乔晚问。

池故渊去参加过幼儿园的亲子运动会，对乔小桥的同学也记得几个比较有特点的，曲子航就是其中一个。小男孩的爸爸是健身教练，小男孩满心以为运动会他们会赢，所以一直在激乔小桥。在乔小桥赢了以后，小男孩垂头丧气，乔小桥则激动得蹬腿。

“记得。”池故渊回道。

乔晚笑着道："他说乔小桥撒谎，然后乔小桥就让幼儿园的老师联系我，让我把我们去度假时拍的照片发给曲子航。"

小孩子的胜负欲一起来，真是很难灭下去，他们一定要争个输赢。

"我把照片发过去了，然后幼儿园的老师把手机给了乔小桥，乔小桥就拿着照片给曲子航看。曲子航看到后，说乔小桥的照片是合成的，他连游泳都不会，怎么会去玩这些项目？然后……"乔晚停顿了一下。

她转头看向身边的池故渊，眼中是盈盈的笑意："然后乔小桥说，他怎么不会游泳？这次去H市，他爸爸已经教会他游泳了。"

这些话是幼儿园的老师讲给她听的，乔小桥在说这番话的时候，神色非常认真且自豪。他若不是在心里认同了池故渊，是不会说出这样的话的。

"曲子航就说：'你怎么有爸爸？'乔小桥说：'我怎么没爸爸？上次运动会，我爸爸还赢了你爸爸呢。'"乔晚继续说道。

海边有海风，有海浪，还有乔晚的笑声。对池故渊来说，乔小桥的认同固然令他开心，可是乔晚的笑容更令他开心。

池故渊抬手摸了摸她的头。

摸头是个很简单的亲密动作，但是比起亲吻来，甜蜜感丝毫不少。除了甜蜜，这个动作还会给人一种宠溺的感觉。

乔晚站定，背朝大海，面朝池故渊，笑看着他。

两个人就这样安安静静地站着，池故渊的手沿着她柔顺的长发垂落在她的肩上。乔晚看着他，踮起脚想要亲他时，只觉得脚踝上一股力量涌来，身体重心不稳，直接趴在了池故渊的怀里。

池故渊稳稳地抱住了她，乔晚惊魂未定，回头看了一眼，刚才的海浪离开，很快重新席卷而来。乔晚还没反应过来，已经被池故渊抱了起来。

海浪一下卷到了男人的小腿位置，池故渊稳稳地抱着乔晚，说道："涨潮了。"

乔晚双臂搂住池故渊，双腿盘在了他的腰间，说道："我的裙子都湿了。"

池故渊低头看了她一眼，乔晚又说道："我们回家吧，我想洗个澡。"

池故渊看着她的眼神深沉而暧昧，他抱着她往回走，说道："好。"

离开湿漉漉的沙滩，两个人一起回了家。到家以后，乔晚拎着湿漉漉的裙摆，去了池故渊的卧室洗澡。

乔晚以前在池故渊的房间里洗过澡，第二次过来，已经轻车熟路了。她先去浴室简单冲洗了一下，然后看了一眼自己已经湿透的衣裙。

刚才涨潮，海水冲刷到了她的小腿处，裙摆全湿了，还沾了沙子，而上衣也有些皱了。

简而言之，她的衣服不能穿了。

但是池故渊家里没有她的衣服，没办法，乔晚只能穿他的衣服了。想到这里，乔晚挑眉一笑，而后离开浴室直接去了池故渊的衣帽间。

乔晚对池故渊那各式各样的衣服已经见怪不怪。她走到 T 恤所在的衣柜区，原本想抬手拿一件 T 恤，但是在转头时，看到了不远处悬挂着的男式衬衫。

池故渊的衬衫很多，但样式和颜色都差不多，简单的款式，以深色系为主，只是悬挂在那里，就能让人感受到衬衫散发出来的性感气息。

乔晚看着衬衫，脸微微一热，而后收回脚步，走到了衬衫所在的格间前。

在乔晚去洗澡的时候，池故渊也去客房的卧室里简单冲洗了一下。冲洗完后，他换上了客房里的家居服，而后来到了客厅里等待乔晚。

乔晚说要订婚，那他们接下来要先去见乔晚的父母，再去见他的父母，而后是双方父母见面。见面后，双方商定订婚的事宜，然后再邀请亲朋。

池故渊打开手机，看着通讯录里的名单。他在国内的好友不多，大部分朋友在国外。而在国外的那些朋友，不太适合被请过来。

池故渊正刷着名单，他的卧室的门把手响了一声。他抬眼看过去，看到了站在房间门口的乔晚。

乔晚只穿了一件深色衬衫，身形纤细修长，衬衫穿在她身上，长度到她的大腿中间，更让人浮想联翩。

她的皮肤原本就很白，在深色衬衣的衬托下，显得更为白皙。

在他看过去时，乔晚也抬眸看了过来。她的眼睛乌黑明亮，在白皙的脸颊上像是耀眼的黑曜石。

在池故渊看过来时，乔晚有一瞬间窘了那么一下，手不自然地拽了拽衬衫的下摆，又看向了池故渊。

男人的目光深沉，乔晚感觉心脏急速跳了跳，说道："我穿了你的衬衫。"

池故渊对她说道："过来。"

"啊。"乔晚觉得喉咙有些发紧，在卧室门口磨蹭了一会儿。而后，她走到了客厅的沙发旁。

她刚过去，池故渊就拉着她的手，让她坐在了他的腿上。

乔晚坐下，两个人目光平视，乔晚的舌尖轻抵了抵牙齿，目光锁住池故渊的眼。男人的眼中有什么情绪在翻涌，他看着她，低头轻吻了她一下。

两个人吻完，手上的力道都微微收紧了。

池故渊微微加大在她的后腰上的手臂的力道，但隐隐有些克制。他轻吻了乔晚一下，唇在她的嘴角流连，浅尝辄止。

"该送你回家了。"池故渊开口道。

现在已经九点了，乔晚确实该回家了。她要回家陪乔小桥睡觉，所以不能住下。

池故渊的声音有些沙哑，乔晚听着，手搭在他的肩膀上，低声说道："刚才乔小桥给我打电话了，说我今晚可以不回去……"

乔晚剩下的话被男人吞入了腹中。

该来的总是要来的，两个人回到了卧室。

关于男女之事，乔晚残存的记忆里并没有相关方面的体验和经验。她以前好像确实没有这方面的经历，因为她感觉第一次真的超级疼，还出了血。

后半夜才好了些，等两个人结束一切后，乔晚全身虚脱，池故渊抱着她去卧室洗了个澡。

池故渊在浴缸里放了水，两个人一起泡进了温热的水里。乔晚后背靠在池故渊的胸膛上，热水泡着身体，解了些乏，她顿时变得昏昏欲睡。

身后男人的唇落在她的发间和耳边，乔晚的精神又微微振作起来。

他们还有些事情要说。

乔晚和池故渊相亲到现在，她一直没有和他说过乔小桥的真实身份，在池故渊看来，乔小桥是她的亲生儿子。她后面也没解释，因为希望池故渊把乔小桥当成她的亲骨肉爱着。

但是乔晚千算万算，没算到自己是处女啊！

池故渊对此事并不觉得吃惊，可能当时无暇顾及其他的事。但是不管怎么说，这件事情是她骗了他，她还是要跟他解释一下的。

“乔小桥不是我生的孩子，他是乔晚的儿子。当时我们刚相亲，这件事情也只有我爸妈和我知道，我就没告诉你。后来我想，如果乔小桥是我儿子的话，你或许会像我一样爱他，所以我也没解释。对不起啊，骗了你。”

乔晚的声音都是哑的，但是语气里带着满满的歉意，她是很真诚地在向他道歉。

池故渊的吻落在她的颊边，他闻言动作停了一下，而后又亲着她的耳朵。

“没关系。”池故渊回应道。

他并没有在意她的谎言，但是乔晚并没有完全放下心来。她深吸了一口气，又慢慢吐出，问池故渊：“那你是不是还当他是我的儿子那样爱他啊？”

乔晚不是不相信池故渊，只是接受她的亲生骨肉和接受她捡来的儿子是两个概念。池故渊也许是爱屋及乌，可是乔小桥都算不得那个“乌”。

“你当乔小桥是你的儿子吗？”池故渊反问。

乔晚愣了一下，然后笃定地点头：“当然。”

池故渊双臂搂在她的腰间，说道：“那他自然也是我的孩子。”

他爱她，自然会爱她爱的一切，尽管那“一切”里，有些人或物与她没什么关系。

乔晚听了池故渊的话，觉得心脏变得滚烫起来。她回过头去，笑看着面前的男人，而后吻上了他。

两个人在水中接吻，浴缸中的水温丝毫没有降低。

“再来一次？”

“饶了我吧！”

男人低声笑了起来。

洗完澡后，池故渊抱着乔晚回了床上。乔晚泡了澡放松了身体，心里的事情也已经交代完毕，趴在床上不一会儿就睡了过去。

池故渊坐在床边，看着乔晚的睡颜。卧室里灯光柔和，却比不上男人温柔的神色。在温柔之下，男人的眼底是满足和幸福之色。

他找到了她，也重新拥有了她，这是他一生中最为幸福的时刻了。

昨天折腾到半夜，但可恶的生物钟还是让乔晚在早上七点半的时候就醒了。她睁开眼，窗帘的缝隙里透出了些光芒，乔晚感觉浑身像散了架，转头看了一眼。

池故渊还没有醒过来。昨天她睡了以后，池故渊好像还没睡，乔晚在梦里总感觉他一直在旁边看着她。

而现在她醒了，池故渊还睡着。

乔晚没有见过池故渊睡着的样子。而长得好看的人，不管是醒着还是睡着，模样都是俊美的。男人的五官轮廓在阴影下看着更为立体，他闭着眼睛，睫毛长而浓密，在眼睑下留下一片暗影。

男人鼻梁高挺，鼻梁下的人中也很明显，薄唇微抿，线条锋利。

这样一张脸，确实称得上像刀削斧凿的。

乔晚看着池故渊，想着就他这个样子，那他们的孩子样貌应该不会差吧？

乔晚想到这里，心脏猛地一跳，老脸一红。她为什么老想这些乱七八糟的事？虽然他们已经做了亲密的事情，可是还没订婚、结婚，离生孩子还早呢！

乔晚开始还是脸热，后来身上也热了起来，决定去洗洗澡让自己冷静一下。

身边的池故渊还睡着，乔晚放轻动作，小心翼翼地下了床，去了浴室。

到了浴室，乔晚抬头看了一眼镜子，原本就还没降温的脸再次飙到了高温。

昨天她和池故渊是挺疯狂的，就算她没了昨天的记忆，她身上乱七八糟的痕迹也会提醒她昨天的情形。

但是好在池故渊比较有分寸，痕迹都在隐秘的位置，她穿上衣服还能遮盖上，不然都没法去琴行上班了。

乔晚看了一会儿镜子中的自己，赶紧打开花洒开始洗澡。

简单冲洗了一下身体后，乔晚也慢慢清醒过来。她在池故渊家没有衣服，昨天的衣服也没有洗，所以最后她还是要先穿池故渊的衣服。

想到这里，乔晚又去了池故渊的衣帽间。

昨天她穿池故渊的衬衫，说实话是心里有些想法才穿的。今天她不能再让池故渊对她胡作非为了，所以还是穿 T 恤比较保险。

进了衣帽间后，乔晚直接去了 T 恤所在的格间前。她拿了一件白 T 恤顺手套在了身上。T 恤仍旧很大，盖到了她大腿的位置。等过会儿池故渊醒了，她还是要让他帮她弄一条裤子穿。

穿上 T 恤后，乔晚就准备离开衣帽间了。现在池故渊还没醒，她准备去做早餐。太复杂的东西她是不会，但是煎个鸡蛋还是可以的。

乔晚想着就往外走，走得太急，T恤衣摆再次被上次钩住她的衣摆的衣柜给钩住了。

乔晚："……"

小孩子都知道吃一堑长一智，她却被一个衣柜钩了两次。

处理过一次这种情况，乔晚蹲下身体，把T恤从衣柜门上拿了下来。她的力道不大，衣柜门并没有被打开。乔晚收回目光，同时准备站直身体，但是动作突然停住了。

乔晚想起了上次在这个衣柜里看到的那本相册。

想到这里，乔晚回头看了一眼衣柜。

对这本相册，乔晚上一次看到的时候就被勾起好奇心了，但是没看，因为当时她和池故渊的关系还没到现在这个地步。

现在乔晚心痒了。

可是不管怎么说，随便看别人的东西还是不太好。乔晚在理智和好奇之间纠结了一下，最后鬼使神差般打开了衣柜。

那本相册安安静静地躺在衣柜的衣服后面，乔晚伸手把它拿了过来。

池故渊醒过来时已经是早上八点了。他睁开眼，脑海中关于昨天的记忆立即汹涌而至。他略微勾起嘴角，看了一眼身边，乔晚不在。

他掀开被子下了床，简单套上家居服，而后叫了一声："乔晚。"

房间里没有人应声，池故渊又去外面找了一圈，外面也没有人。乔晚的东西都还在房间内，她应该是没离开的。想到这里，池故渊去了浴室，浴室镜子上布满了水汽，模糊一片，她应该刚洗完澡没多久。

她洗完澡八成是去衣帽间找衣服了，池故渊想到这里，朝着衣帽间走去。

他站在衣帽间门口，推开衣帽间的门，乔晚果然在里面。她背对着门口，坐在衣帽间的地毯上，头发垂在身侧，像是一株枯萎的花儿。

池故渊走进去问道："叫你怎么不答应？……"

他话没说完，已经走到乔晚身边，然后看到了她手里的相册。

池故渊的目光在一刹那定住了。

乔晚早就听到了池故渊叫她的声音，但是没有力气站起来。现在池故渊走到她的身边了，乔晚将手放在敞开的相册上，抬起眼，双眼无神地看着他。

"林恋是谁啊？"乔晚问。

乔晚在问完这句话后，突然又有了力气。她从地上站了起来，池故渊垂眸看着她，没有说话。

她以为池故渊是没有听到她的问题，举起手里的相册，让这本相册完完整整地出现在池故渊的视线里。

这是一本有些年岁的相册，相册里的照片也有些年岁了。相册的扉页上写着林恋的名字，里面则整整齐齐地排列着一张一张照片，有林恋的独照，有林恋和池故渊的合照。而照片中的林恋，和乔晚有着一模一样的脸。

乔晚通体冰冷，望着面前她深爱的男人，问道："所以你是因为我长得像她才爱我的？你把我当成了她的替身，对不对？"

在任何一段感情中，若是一个人全心全意地付出了爱，对方却只是爱着自己身上的影子或者躯壳，那这个人无疑会万分痛苦。

乔晚不是个容易受伤的人，可是她把池故渊放在了心里，以为池故渊会像糖一样在她心里溶化，但是池故渊把他自己拔了出来，带出了她的皮肉和鲜血。

乔晚的心里，血液汩汩地流着，痛苦堆积到极限，就是没有感觉了。

在她问出那番话后，池故渊的视线没有再停留在她手里的相册上，他看着她，下意识地否认了："不是。"

"那是什么？"乔晚笑起来，笑容带着冷意，"总不能我是这照片里的人，或者说乔晚是这照片里的人吧？"

她们三个人长着同样一张脸，若是乔晚还在，那池故渊照样可以和真正的乔晚谈恋爱。

想到这里，乔晚心里泛上一阵恶心感。

而池故渊只是看着她，没有再过多解释。

所以他默认了她是林恋的替身？但是在她问他的时候，他竟然否认了。

乔晚没想到铁证如山他还撒谎否认，他明明是那么完美无瑕的人。

乔晚说不上心里是失望还是悲凉，更严重的是，她觉得自己的心像是碎掉了，原本里面满满的幸福和甜蜜感流失了。

乔晚的咄咄逼问，以及一股脑涌上的回忆，让池故渊短暂地混乱了一下，但是他知道什么是最重要的，也就知道该如何对乔晚解释。

“你确实像她。”池故渊说道，“但你不是她，也不是她的替身。我爱的是你，不是爱像她的你。”

池故渊这种男人，就算是在撒谎，可是当人看着他深情的目光时，也会在那一瞬间被他说服，选择相信他。

乔晚相信了一瞬，可是手上沉甸甸的相册让她的理智回笼。她又发出一声冷笑。

她不想和他辩论了。无论他怎样解释，都改变不了他曾经和一个与她长相相似的女人交往过、他曾经那么爱过和她长相相似的女人的事实。不管池故渊是喜欢林恋，还是喜欢和林恋拥有同样长相的所有女人，她都是失败的。

在时间上，她是后来者，所以永远是林恋的替身。

若是她与池故渊相识得比林恋早些，或许这时候池故渊对她的爱才是最纯粹的。乔晚低下头，看着一张张林恋和池故渊拍摄的照片。羡慕？难过？她一时说不清楚自己的感受。

“她是谁？”乔晚执着地问。

乔晚的神情没有了刚才的悲伤和冷漠，她站在那里，低头看着手上的相册，手指摩挲过相片，像个局外人一样，想要听一些他和林恋之间的故事。

池故渊的目光始终落在她的身上，他眼中的情绪复杂得像是漆黑的夜，更让人看不透了。

“我朋友的妹妹。”

池故渊回答完，乔晚又问道：“林烨？”

池故渊的眉毛皱在了一起：“你怎么知道他？”

在这个时候，乔晚才听出了池故渊声音里一些不平静意味。她看了池故渊一眼，而池故渊在她抬头看来时，眉宇已经舒展开来。

乔晚是随便猜的。

她甚至是在昨天才第一次听到林烨的名字。林烨是池故渊的好友、同学，还是合伙人，只是后来池故渊回国，他们也分道扬镳。

至于她怎么猜到林恋是林烨的妹妹的，单纯是因为他们都姓林。

“竟然是真的。”乔晚说道。

在乔晚说出这句话时，池故渊放松下来。乔晚这样说，代表她并不认识林烨，也没见过林烨，刚才那个名字也是下意识说的。

“不是。”池故渊道，“她不是林烨的妹妹，是我另外一个朋友的妹妹。”

池故渊否定了她的猜测。而在他否定过后，乔晚如梦初醒。她刚才问池故渊这些做什么？她搞清楚林恋是谁，就能改变她和林恋跟池故渊相识的时间？

这些都是无用的问题，也是无用的猜测，乔晚觉得无趣极了。

她深深地看了一眼这个她深爱的男人后，眼睛里的爱意被一束冰冷的光割裂。

“我们分手吧。”乔晚开口道。

乔晚说完，把那本相册还给了池故渊。她脱掉身上的T恤，赤裸着身体离开了衣帽间。

她要和池故渊结束这段感情，不再有任何交集。

乔晚去浴室把自己脏兮兮的长裙和上衣穿上，而后头也不回地离开了池故渊家。

第十六章

真正的亲人

乔晚先给琴行打电话请了假，然后去了城西自己的家。苏茹麟刚准备吃早餐，见乔晚一身狼狈地走进来，赶紧让管家给她拿换洗的衣服。

乔晚去房间换了衣服，而后回到了餐厅里。苏茹麟还在等她，神情担忧。

昨天晚上太过放纵，她的身体也有些虚弱，乔晚喝了口热粥，而后舔了舔唇，抬头冲母亲笑了笑。

“发生什么事情了？”见乔晚冲她笑了一下后，苏茹麟才敢问出声。

听了母亲的话，乔晚拿着勺子又喝了一口热粥，回道：“没什么，我和池故渊分手了。”

乔晚说完，不光苏茹麟，连一旁照顾她们吃早餐的梨妈的眼神都变了变。梨妈和苏茹麟对视了一眼，苏茹麟看向一脸无所谓的乔晚，连声问：“到底发生什么事情了？你昨天不是还和我说想和他订婚吗？”

这样的变故对一个母亲来说，确实冲击力太大，尤其苏茹麟和池故渊的母亲还是同学关系。原本两个人谈得好好的，现在突然说分手就分手，乔晚心里对母亲还是有些愧疚的。

可是愧疚归愧疚，她不可能委屈自己做另外一个人的影子和池故渊在一起一辈子。

“我在池故渊的家里发现了一本相册。”乔晚说话的工夫，碗里的粥已经快被她喝见底了。南瓜小米粥熬得很浓稠，里面还加了红糖，原本是很甜的，乔晚却只能感受到热意，像是没了味觉。

她用勺子空舀了几下，后来索性放下勺子，说道：“相册里都是池故渊和一个叫林恋的女人拍摄的照片，那个叫林恋的女人和我长得一模一样。”

在乔晚说完这些话后，坐在餐桌另外一边的苏茹麟一下站了起来。

乔晚抬头看向她，眼神有些疑惑。

苏茹麟对上乔晚的视线，双手握紧了桌沿，而后又坐了下来。

“这太过分了。”苏茹麟说道。

在苏茹麟说完这句话后，乔晚眼里的疑惑之色才散开。果然，任何一个女人听到这样的事情都觉得匪夷所思。

既然母亲和自己是一样的想法，那就容易多了。

乔晚说道：“我不可能以一个女人的替身身份和池故渊一辈子

在一起，这让我很硌硬，所以最好的方法就是长痛不如短痛，和他分手。好在我们两个人只是交往，还没有进一步接触。我没见过他的父母，他也没来见过你，分手也还好。”

苏茹麟听她这样说，目光有些复杂，再听到乔晚的决定后，沉下心来想了一下，问道：“他解释什么了吗？”

乔晚看了母亲一眼：“解释了。他说他喜欢我，并不是因为我长得像林恋，只是喜欢我而已。”

“他说的这话或许是真的。”苏茹麟说道。

刚开始母亲还支持她，觉得池故渊这样做过分，现在母亲却像在替池故渊说话，乔晚感到匪夷所思。

“什么真的？”乔晚笑了笑，“他喜欢的是我？”

“对。”苏茹麟回道，“他是不是真喜欢你，你最能感受得到。”

乔晚怔了怔。

或许从看到池故渊的那本相册到现在，乔晚都处于一种不理智的状态。现在苏茹麟作为局外人点了她一下，让她能从另外的角度去想她和池故渊的关系，结果好像会有一些变化。

池故渊是不是真正爱她，她作为当事人确实最能感受得到。

他是真的爱她。从他的每一个吻、每一次拥抱、每一句话，甚至每一个表情和眼神她都能深切地感受到他对她的爱意。

这种爱意太浓烈了，像是发酵了很久的美酒，带着醇香的酒气，让她沉迷。所以她才会这么迅速又义无反顾地扎入他给她的爱情网里。

可是她仔细一想，这种爱情来得太快了。

他们相亲的时候，池故渊就要跟她进一步发展，后续也是一直在追她，等追上她后的第二天，他就向她求婚了。他像是爱了她很久，迫不及待地想要重新拥有她。

“重新”拥有她……乔晚又笑了一下。

这个“重新”已经代表了一切。她和池故渊之前从没有见过面，她也从未属于过池故渊，那他怎么会是“重新”拥有她？

她还是林恋的替身。池故渊想要从她身上找到林恋的影子，重新拥有林恋。

乔晚又恢复冷静了。

而在她发怔时，苏茹麟以为劝说成功，又给她舀了一碗小米粥。

乔晚看着碗里的小米粒，像是有些失神。

沉吟片刻后，苏茹麟像是鼓起了勇气，对乔晚说道：“你也并不知道那照片里的林恋是谁……”

“那能是谁？”乔晚打断了她的话，又看向了母亲，笑了笑，“总不能是我吧？你不是说我们以前没见过吗？”

苏茹麟的话一下被堵住了。

“我确实能感受到他是不是真正爱我，他的爱很深。可是妈妈，你说我们刚认识没几天，还是相亲认识的，你不觉得这种深沉的爱太不真实了吗？”乔晚继续分析道，“就像是他越过我，在爱另外一个人。因为我和那个人像，所以他把那些爱都给了我。”

苏茹麟表情变幻，握着碗，对乔晚说道：“他就是爱你的……”

“你是我的母亲吗？”乔晚问。

苏茹麟一下怔住了，定定地看着乔晚，说不出话来。

乔晚笑起来，对苏茹麟说：“一般这种情况，你不是应该先安慰我，然后再批评池故渊吗？你怎么像是和池故渊一伙儿的，就想着让我跟他在一起呢？”

说到这里，乔晚将笑容收了起来：“我不希望我的母亲是这个样子的。”

乔晚说这番话时，苏茹麟定定地看着她，像是有很多话想说，却什么都没有说出口。

乔晚收回了看向母亲的目光。

“事情就是这样，我很抱歉我没有做出你们想要的决定。”乔晚说道，“妈妈，对不起。”

说完，乔晚从餐桌边站起身：“我吃饱了，先去上班了，妈妈再见。”

乔晚离开后，苏茹麟才反应过来，看着乔晚的背影，起身就要追出去。

“小……”

苏茹麟还没说话，就被她身边的梨妈拉住了。

乔晚离开家，到了地铁站时才慢慢清醒过来。不管母亲说了什么，刚才在餐桌上，她都不该那样和母亲说话。

可能是今天早上发生的事情太多，乔晚也变得敏感暴躁许多。

在母亲替池故渊说话时，她自动把母亲划成和池故渊同一阵营了。然而怎么可能？苏茹麟是她的亲生母亲，不管苏茹麟说了什么、做了什么，一定是向着她这边的。

乔晚在意识到错误之后，想给母亲打个电话道歉。可是她现在脑子里乱糟糟的，怕自己和母亲通话时又被母亲说的什么话触动情绪，让事情变得更糟糕，于是作罢。

乔晚回到了家里。

昨天她没有回来，母亲和乔小桥都知道因为什么。现在是早上九点，母亲已经去了手抓饼店里。乔晚回到空荡荡的家里，待了一会儿后去了幼儿园。

她怕自己和胡玫说话的时候气到母亲，所以决定先见乔小桥。其实女人做了母亲后都会变得自私，她会对乔小桥无限包容，却自恃母亲会无限包容她，而肆意地对她们表达自己的想法，丝毫不顾她们的感受。

乔晚到幼儿园时，幼儿园刚准备上课。幼儿园老师找到了乔小桥，乔小桥走出幼儿园，看到妈妈后，笑着跑了过来。

“妈妈。”乔小桥叫了一声，而后钻进了妈妈的怀里。

母子俩昨天晚上没见面，乔小桥想她，她也想乔小桥。乔晚抱起乔小桥，在他脸上亲了两口，说道：“走，妈妈带你去喝奶茶。”

原本妈妈突然过来找他就挺奇怪的，而现在妈妈甚至要带他去喝奶茶。乔小桥对妈妈说道：“我还要上学呢。”

“今天先不上了。”乔晚道。

乔小桥低头看着妈妈，点了点头："行，不上就不上。"

"好嘞。"乔晚笑起来，抱着乔小桥打了辆车，去了喝奶茶的商场。

大早上的商场没多少人，两个人到了奶茶店都没排队。买了奶茶后，乔晚端着两杯奶茶到了休息区，递了一杯给乔小桥："干杯！"

乔小桥配合着妈妈充满仪式感的喝奶茶行为，也举起奶茶杯和妈妈的奶茶碰了一下，说道："干杯。"

干完杯，母子俩插上吸管，而后一人抱着一杯奶茶在座位上认真地喝了起来。

冰凉醇香的奶茶一下肚，乔晚感觉自己又活过来了。今天早上到现在，她都有种置身梦境的感觉。现在她醒过来后，奶茶的甜意在口腔中蔓延，但没多久，嘴里就没什么味道了。乔晚撑着的精神也慢慢萎靡了下来。

乔小桥抱着奶茶杯，靠在休息区座椅的靠背上，双腿搭在椅子前，和妈妈说着幼儿园发生的事情。

"曲子航说要让他爸爸教他跳伞，但是他爸爸不会。

"我们班有个小男孩想和爸爸妈妈出去玩，但是爸爸妈妈工作忙没时间出去。

"娇娇的爸爸跟她说，他的新妻子怀了个小弟弟，她爸爸说让她以后对小弟弟好一些。我不太喜欢她爸爸，感觉娇娇现在不太快乐了。

“但是她不是因为爸爸妈妈有小弟弟才不快乐的。要是她爸爸和新妈妈对她很好，那么就算有了小弟弟，她应该也很开心，就像我一样，如果你和池叔叔有了小孩，我也会很爱他们。

“妈妈……”

乔小桥叽叽喳喳地说着，乔晚听着小家伙的话，无论如何都张不开嘴了。

她明明不久前才和乔小桥说，让他给池故渊一个机会。也是在不久前，她让乔小桥敞开心扉和池故渊接触。现在乔小桥为了她敞开了心扉，甚至对池故渊已经付出了感情，她却没法和池故渊继续在一起了。

她让一个小孩子敞开心扉，又掐断了他的感情，这真是太残忍了。

乔晚没法对乔小桥开口。

“妈妈。”乔小桥说着说着，发现身边的妈妈始终没有说话，甚至连杯子里的奶茶也只喝了一小口。乔小桥是个敏感的孩子，妈妈昨天是和池叔叔在一起的，她今天没上班，来找他带他一起喝奶茶，而且心情明显不好。他很聪明，猜到她是和池叔叔之间有什么事情了。

“你和池叔叔吵架了吗？”乔小桥问。

小家伙再怎么想，也不会想到她和池故渊会分手。为了他们能在一起，乔晚付出了很多心血，也让他付出了很多。这么努力过后，眼看就要修成正果，谁都不会戛然而止的。

乔晚听到乔小桥的问题，看向了乔小桥。

小家伙抱着奶茶杯，双眸漆黑明亮，正看着她。乔晚看了他半晌后，点了点头："对，吵架了。"

她说完，乔小桥一副"果然如此"的表情点了点头："吵架没什么，大家都会吵架的，谁的错就谁先道歉，我们老师就是这样告诉我们的……"

"乔小桥。"乔晚叫了乔小桥一声。

乔小桥的话被打断，他看着乔晚应了一声："嗯。"

"要是妈妈和池叔叔分手，你会同意吗？"乔晚问。

乔小桥的目光定住了。

妈妈从来不会开这种玩笑，若是她这么说，那必然是认真考虑过的。对妈妈和池叔叔的感情，乔小桥其实并没有资格去同意或者不同意，这一切都看妈妈自己的想法。

"你舍得吗？"乔小桥问。

乔晚的心像是被刀尖儿扎了一下。

她舍得吗？

对，她和池故渊的这段感情，她舍得放弃吗？

乔晚从没有想过这个问题，而乔小桥替她想了。在她决定和池故渊分开时，她想的是如何给母亲和乔小桥一个交代，没有想过自己。

在乔小桥问完她后，她心里下意识地有了回答。

她不舍得。

乔晚觉得自己很贱。

明明池故渊不爱她，她只是被池故渊当成了替身。她以为

自己能潇洒地离开，可是等她潇洒过后，剩下的就是无尽的痛苦。

她不舍得结束这段感情，她非常非常爱池故渊。

可是为什么呢？

她对母亲说，池故渊认识她没多久，就能那么爱她，是因为他把她当成了林恋的影子。

但是她呢？她怎么就能这么爱他呢？

乔晚不知道。

她没有回答乔小桥的问题，乔小桥也没要她的答案。母子俩坐在一起，安安静静地喝完了奶茶。随后乔晚把乔小桥送回幼儿园，她则回到琴行，准备上班。

虽说她情场失意，但工作还是不能放下的。

早上她请了假，吕雯给她安排了其他老师帮忙代课。最近让老师代课太多，乔晚约了几个帮忙代课的老师还有吕雯，请她们去大厦楼下的西餐厅吃了顿饭。

餐厅里的几个老师闲聊着，马上就要9月了，学校开学，琴行里也要闲下来，准备放几天假。老师们七嘴八舌地讨论着假期想去哪儿玩。

“乔晚，H市怎么样啊？好玩吗？”有个老师询问着乔晚假期出行的事。

乔晚有些心不在焉，老师说完后，她回过神来，说道：“哦，还可以。”

“你怎么了？”吕雯观察着乔晚，从刚才吃饭她就心神不宁的，今天气色也不是很好。

“没什么。”乔晚轻舒了一口气，转头继续和那个老师说道：“观赏性的，那边海底世界、动植物园都挺好。要是游玩的话，水上游乐园，另外还有潜水、摩托艇、跳伞也都挺不错的。”

“那还挺好玩的。”那老师说着随口问了一句，“你们住在哪个酒店啊？环境怎么样？”

乔晚回道：“没住酒店，池故渊在那边有栋别墅，我们在那边住的。”

乔晚说完后，几个老师全看向乔晚，啧啧了两声：“乔老师，金龟婿啊，你可得抓好了！”

“对啊，昨天劝你的事情你想好了没？我们可迫不及待地想出份子钱了啊！”

“份子钱肯定有，就怕乔老师嫌少。”

大家开着玩笑，随后笑了一阵。

乔晚听着大家的笑声，心里有些不是滋味。昨天她们还劝她抓紧和池故渊结婚，她也迈出了那一步，但是今天她和池故渊已经分手了。

世事就是这么难料。

“乔晚。”

在几个老师正笑着的时候，乔晚突然听到有人叫了她一声。她看过去时，那个女人已经走到她身边。女人单手撑在她的椅背上，笑了一声：“真是你。”

乔晚在看到女人柔媚的狐狸眼时，想起来她是谁。

林素，池故渊的朋友陶牧之的妻子，上次在尹雪的生日宴会上她们见过面。

乔晚对林素的印象很深刻，林素完全是恃靓行凶。她五官太过明艳，让人想忘记都难。乔晚只见了她一面，就清晰地把她的样子刻在了脑海里。

乔晚已经见过她一次，对她的魅力有了抵抗力，其他几个老师却有些傻眼。

乔晚笑起来，说道：“好巧，你也来吃饭？”

林素在和乔晚说话的时候，也对其他几个老师微挑了挑下颌，算是打过了招呼。她长得漂亮，行事作风也格外飒爽，打完招呼后，对乔晚说道：“对啊。我这些天在顶楼拍杂志封面。你呢，在这儿工作？”

“嗯。”乔晚回道，“我在七音琴行当老师。”

“哦，对哦，陶牧之说过你是钢琴老师。”林素笑起来。

两个人简单寒暄了两句，收银台那边传来一个女人的声音：“林素。”

“啊？”林素回头，看到那边的人在等她，便直起身体，对乔晚说道：“我吃完了，先走了。有时间你可以去找我玩。”

说完，林素冲乔晚笑了笑，后又冲乔晚的几个同事笑了笑，然后起身走了。

几个同事的目光忍不住追随着她的背影。她是摄影师，穿着简单的背带裤和白T恤，黑色长发烫着卷，垂落到腰部，不知是腰肢太纤细，还是头发太浓密，长发竟然能完全遮挡住她的腰。

她走到收银台处，和刚才叫她的女人说了一声，而后两个人一起离开了餐厅。

待林素离开后，几个同事才回过神来。

“这是谁啊？明星吗？”吕雯感叹道。她身为HR，识人无数，还没见过这么漂亮的女人。

“不是，她是拍明星的摄影师。”乔晚看到吕雯的反应，想起自己第一次见林素时的反应，笑着回了一句。

“太漂亮了。”有个老师说道，“这样的女人，得多少人追啊？”

“她结婚了。”乔晚介绍道，“她丈夫是池故渊的朋友，一个心理医生。”

“哇！可惜了。”有老师感叹道，“‘英年早婚’啊。”

乔晚听她们说着，思绪被她们带跑，沉重的心情也轻松了一些。

虽说是她提的分手，但失恋的滋味并不好受。回到琴行的钢琴教室后，只有她一个人时，乔晚感觉自己快要被悲伤的情绪淹没了。

果然，分手并不可怕，可怕的是分手后过的每一分每一秒。乔晚的心像是被放进了搅拌机里来回搅拌，疼得她抽搐。她将手放在琴键上弹了一会儿，这种疼痛也没有缓解，直到她的学生来上课，让她分神，这种疼痛才缓解了一些。

但是她下午的课并不多，上完两节课，学生和家长道别离开后，钢琴教室里又只剩下她一个人了。原本琴声清脆、笑声满满的教室，像是一下被抽空了，完全安静了下来。在这种安静的气氛之中，乔晚感觉心脏又开始被搅拌了。

过了片刻，乔晚的手机响了。她拿起手机一看，上面是池故渊的名字。

乔晚的心脏抑制不住地猛跳了两下。

她爱池故渊远比她认为的要深刻，以往她看到池故渊的名字都会心跳加速，可是那时候是因为感觉甜蜜，现在是因为痛苦。

乔晚的心口疼了两下，而后她接了池故渊的电话。

"喂。"乔晚开了口。

电话那端并没有任何声音，乔晚甚至听不到池故渊的呼吸声。两个人拿着手机沉默着，不知过了多久，池故渊的声音才传过来。

"是我。"他的声音没了往日的深沉感觉，有些沙哑，像是许久不说话的人突然说话。她离开池故渊家后，就没和他联系了，不知道他今天是怎么过的，也不想知道。

"我知道。"乔晚应了一声，手垂下时不小心砸在了琴键上，杂乱的琴声响起，扰得乔晚的心也乱糟糟的。

她把手收回来，问："什么事？"

"晚上有时间吗？"池故渊问。

乔晚目光微动，回道："有。"

"一起吃顿饭？"池故渊又问。

乔晚抿了抿唇。

他们在早上的时候分手，是她提的，提完后她就走了。而对一段感情来说，这样的分手方式太仓促了。他们需要找个地方坐下来好好聊一聊，给这段感情画上一个完美的句号。

“行。去哪儿？”乔晚问。

“我们第一次相亲的那家餐厅。”

他们在相亲的餐厅开始这段感情，在相亲的餐厅结束，也算是有始有终。

“好。”乔晚答应了。

池故渊说道：“我去接你。”

“不用。”乔晚只是答应一起吃饭而已，其他的接触就没什么必要了，“我自己搭车过去。”

被乔晚拒绝，池故渊也没有说什么，乔晚有自己的想法。他没有坚持，应了一声：“好。”

“没什么事就挂了。”乔晚说完，把手机拿到面前，按了挂断键。

电话一挂断，乔晚感觉被绳子勒住的心脏落了下来，被勒的疼痛感还在一下一下刺激着她。乔晚把手机放到一旁，先镇定了一会儿，然后重新抬起头来。

她坐在琴凳上发了一会儿呆，而后从琴凳上起身，离开了琴行。

乔晚打车来到了他们第一次相亲的那家西餐厅，池故渊已经在那里等她了。他还是选了他们第一次相亲的那个位置，乔晚走了过去。

两个人明明只是一天没见，乔晚却感觉池故渊又变深沉了许多。以往的他像是深夜里的海水，有皎洁的月光，有翻滚的海浪。可是现在，他更像是山里许久未被发现的深潭，毫无灵气。

乔晚坐在了池故渊的对面。池故渊看着她，乔晚和早上时没什么区别，只是身上有了些脆弱感。

早上的事情，对两个人而言都造成了很大的伤害，乔晚很伤心。

看到面前脆弱的乔晚，池故渊将目光收回，拿了菜单，说道："点餐吧。"

乔晚应了一声，接过菜单翻看着。菜单和他们第一次相亲时一模一样，乔晚找了半天却没发现想吃的东西，最后点了一份和第一次相亲时一模一样的菜品。

二人点完餐，服务生拿了菜单离开，两个人沉默着，半晌没人开口。

池故渊向来沉得住气，这也是他一贯的作风。乔晚沉不住气，在池故渊给她倒水时，看了他一眼，说道："今天不是只吃饭这么简单吧。"

池故渊把她的水杯倒满水，放下水壶，应了一声："是。"

乔晚看着他，等待着他继续说下去。她的眼神带了些殷切之意，她不知道自己在期待什么，或许期待池故渊说出什么，能让她骗过自己，继续和他在一起？

但是池故渊接下来说的话，打破了她的期待。

“我想跟你道歉。”池故渊看着乔晚说，“我不该隐瞒林恋的事情，不该隐瞒我和林恋在一起过，也不该隐瞒你长得像林恋的事。对不起。”

乔晚的心口像是被捅了一刀，然后又被人将刀拔了出来，鲜血直往外流，流干了她的甜蜜和爱意。

池故渊的道歉彻底印证了她的想法。是的，他和林恋谈过恋爱，而她长得像林恋，他很抱歉，一开始没有跟她说过她是林恋的替身，让她爱上了他。

乔晚真正体验了什么叫心如刀割。

在池故渊给她打电话时，她还希冀着池故渊对他们之间的事情有着不同的解释。可是事已至此，还有什么不同的解释呢?

乔晚看向池故渊，目光如一潭死水。过了很久很久，乔晚才轻轻笑了一声，像是讥讽，又像是自嘲地问：“你为什么向我道歉呢？”她脸上的笑容一点点地收起，“你这样道歉，还不如说我就是林恋的替身让我更好受。”

乔晚和池故渊的感情彻底结束了。

他没有像刚被她撞破他曾经的恋人和她长得一模一样时那样态度模棱两可，而是向她道歉，证实了她就是替身。

乔晚连饭都没吃，起身离开了餐厅。

池故渊坐在卡座上，看着乔晚单薄决绝的身影彻底消失后，将目光落在了面前的水杯上。

水杯里的柠檬水清晰地映着他的面孔，池故渊望着自己，眼底的悲伤情绪汹涌而至。

在乔晚离开后不久，他们点的餐好了。服务生端着牛排，看着静静坐在座位上的池故渊，有些不敢上前，站在一旁安静地等待着。

“放在这儿吧。”池故渊并没有让他等太久，说了一声。

男人身周笼罩着一层低气压，可是并没有压迫人的感觉，他只是独自悲伤着，像是破碎的雕像。

听了他的话，服务生这才敢上前，把他的牛排放在了他面前。而服务生手里还有另外一份牛排，是对面那位小姐的。

但是现在那位小姐已经离开，两个人显然没聊好，她应该不会再回来了。

“需要为您打包吗？”服务生问。

“谢谢，不用了。”男人答道。男人说完这些，像是用尽了所有力气，最后优雅地对他说了一句：“能让我自己待一会儿吗？”

他说完，服务生意会，将餐盘放在了一旁，说道：“好的先生。”

服务生说完后就离开了。

池故渊一整天都没有来工作室上班。自从上次的大项目完成后，即使他不在，工作室的人也在各司其职地忙碌着。

上了一天班，设计师办公室里的设计师和助理们纷纷下班了。方洲仍旧坐在自己的工位上，还在忙碌。

上次的大项目，他虽然只是一个小小的设计师助理，但是最后项目上的落款也放了他的名字。这对一个小设计师来说，不光是事业上获得肯定，也是他人生中的重要一步，所以方洲最近工作起来也比往日更加卖力了。

他现在是设计师助理，做的都是杂乱的工作，有些需要在网上查资料。

有些资料十分难懂，方洲有不懂的地方就会在论坛上留言。若是有大佬看到留言，会给他解答。

这边方洲刚将一个问题发出去，就有人回复了。方洲看到回复，茅塞顿开，回头继续工作去了。可是他刚工作了不到一秒，回头又看了一眼那个回复的人的名字，登时脑袋像被劈了一下。

他把工作放到一旁，点开了那个人的主页，给那个人发了一条感谢私信。

方洲："您好林先生，感谢您为我做的解答。哇，没想到我竟然能得到您的解答，真是太令人激动了！"

方洲刚把私信发过去，显示就变成了已读，而后对话框上林烨的名字显示"正在输入……"

方洲振奋了！

林烨："举手之劳。"

方洲想：大佬都这么平易近人吗？

方洲："实不相瞒，我是您的终极粉丝，非常喜欢几年前您和我们老板合作的建筑项目……"

说完，方洲列举了几个项目。

林烨：“你在故渊的工作室工作？”

看到林烨的回答，方洲信心十足地继续和他聊了起来。

方洲：“是的，我目前是工作室的设计师助理。对了，前段时间我们工作室的那个项目我也参与了。”

林烨：“后生可畏。”

方洲：“不不不，还是前辈更厉害。”

林烨：“故渊回工作室了吗？”

方洲：“啊，您是说前段时间我们老板出去度假吗？回来了，他前几天回来的。”

林烨：“度假？”

方洲：“对啊，老板和我们未来的老板娘一起去的。”

林烨：“他有女朋友了？”

方洲：“对啊，您不知道吗？”

方洲发完这句话后就后悔了。他怎么能这么说？林烨是老板的好朋友，老板有女朋友这事林烨却不知道，自己这么问不是摆明了说林烨在他老板的心里不重要吗？

方洲：“那个……其实两个人刚在一起没多久。”

方洲解释了一句，林烨却似并不在意自己不被池故渊当朋友这件事情。

林烨：“他可能是要订婚或者结婚的时候再通知我们。”

不得不说，林前辈自我安慰能力很强。

方洲：“对啊，对啊。”

林烨：“不过你这么说，倒让我对他的女朋友有些好奇了。你有她的照片吗？”

方洲：“没有。”

林烨：“那真遗憾。”

方洲见林前辈说得这么遗憾，灵光一闪。乔晚第一次来工作室时，好像有人拍过她的照片，后来乔晚知道了，也没有说他们什么，那照片也就被保留下来了。

方洲：“但是我同事有，我给你找找。”

林烨：“好，谢谢了。”

得到林前辈的感谢，方洲更加干劲十足，不一会儿就在工作群里找同事们要来了未来老板娘的照片，然后直接发给了林烨。

林烨坐在电脑前，手上正拿着手机。不得不说，今晚他和这个叫方洲的人聊天，有些事情是挺让他意外的。

先是池故渊出去度假，故意躲他，后是池故渊有女朋友了却不告诉他。经过林恋的事情后，两个人的关系确实没那么亲近了，但也不至于疏远到如此地步。

在他奇怪的时候，方洲把照片发了过来。而林烨看到照片的一刹那，心中所有的疑问都被解开了。

他一下站了起来。

这个叫方洲的人发来的池故渊的女朋友的照片，上面的人和林恋的长相一模一样。林烨看到照片后，脑袋空白了片刻。而后他坐回位置上，仔细端详照片。

世界上总是会有长得一模一样的人，可是池故渊不是退而求其次的性格。他不会在失去林恋后，再找一个替身和他在一起。

这个女人必定是林恋。

池故渊怕自己见到她，所以在自己去找他时，特意带着林恋外出两周，就怕他们碰到。林烨心中想着，方洲的消息又发了过来。

方洲：“我们老板喜欢听钢琴曲，乔小姐是钢琴老师，听说他们是在一家西餐厅认识的。当时乔小姐在餐厅做钢琴师，刚好被我们老板看见了。不过两个人真在一起，还是因为乔小姐的母亲和我们老板的母亲有什么关系。您也知道，像我们老板这种身份的，他既然找女朋友，都是要求门当户对的。”

没等林烨问，方洲就把他听来的关于老板和乔晚的爱情故事讲了一遍。池故渊和乔晚的这些爱情故事，他们作为下属原本也是不知道的，但是老板高调，在尹家大小姐的生日宴上对乔小姐求爱，后来生日宴上的人传来传去，他们工作室的人也都知道了。

对老板和乔小姐的爱情故事，大家津津乐道，还挺羡慕的。要知道，他们早就听说像这样的家族都是联姻，他们老板能找到彼此爱慕的人着实不易。

林烨看到方洲发来的消息，皱了皱眉头。

林烨：“她姓乔？”

方洲：“对，我们都叫她乔小姐。”

林烨看着方洲的消息，没了动静。

方洲在和林烨说完老板的八卦消息后，林烨就没再回过消息了。方洲疑惑了一会儿，想了想，觉得林烨应该是好奇这事，所以直接打电话去问老板了。

林烨要是去问老板这事，老板肯定会问林烨都是谁告诉他这些事的，林烨会不会把自己说出来？

想到这里，方洲后知后觉地有些慌了。虽说老板平易近人，但是自己背后跟老板的朋友说老板的八卦消息总不是什么会让老板开心的事吧！

方洲的心一下提了起来。

第十七章

到底是谁?

乔晚离开餐厅后，打车回了琴行。晚上她还有两节课，强撑着精神上完后，回了家。

和池故渊在一起的这些天，乔晚回家都是池故渊送的。偶尔自己坐地铁，还有些不适应了。而她刚出地铁站，抬头就看到了地铁站外等着她的母亲和乔小桥。

乔小桥手里拿着两杯奶茶，正在马路上方的人行道上跳格子，母亲则坐在一边的灌木丛旁看着他。母亲还时不时地伸手护一下乔小桥，叮嘱他小心。祖孙两个人的温馨画面映入她的眼帘，乔晚感觉眼睛发涩。

立秋了，天凉了，夜风吹过，乔晚抬手抹了抹眼睛。乔小桥这时也看到了她，叫了一声："妈妈。"

小家伙喊完后跑到她的面前，抱住了她的双腿。乔晚则笑着抱住他，说道："你们怎么在这儿？"

“公园今天没有广场舞，我和外婆出来溜达，反正去公园也是溜达，来这边也是溜达，就来接你了。”乔小桥解释完，还把手上的一杯奶茶递了过去，“外婆说你上班辛苦了，给你买了杯奶茶，我也有。”

“不能喝完啊，喝完了该睡不着了。”在母子两人说话的时候，胡玫也走到了女儿身边，笑着叮嘱了一句。

乔小桥把冰凉的奶茶塞到了乔晚的手里，他们已经在这儿等了一会儿了，奶茶上全是水珠。乔晚的手湿了一片，她贫瘠的心像是被水浇灌，有什么嫩芽又冒了出来。

“妈。”乔晚看着胡玫叫了一声。

胡玫看着她，泛黄的眼珠里映着路灯的光芒。胡玫抬手将女儿鬓边的碎发别到了耳后，笑着说道：“走吧，我们回家。”

乔晚的眼眶瞬间热了。

不管她在外面遭受了怎样的痛苦，家里永远是温暖的，永远有人等待着她，接她回家。

“好。”乔晚笑着点了点头。

乔小桥站在中间，牵着妈妈和外婆的手，像个飞机头一样在前面走着，拉着两个女人朝着家的方向走去。

乔小桥势必是察觉了什么，或者说，母亲在听乔小桥说了她今天的反常行为之后，察觉了什么，所以今天他们没有在小区门口等她，而是去了地铁出站口。

一家三口牵着手，溜达着走到了家里。乔晚手里的奶茶一口没喝，她带着乔小桥去洗了澡，而后把他哄睡了，来到客厅，母亲还在那里等她。

母亲也刚洗完澡，坐在沙发上，神色温柔地望着她。乔晚走过去，坐在了母亲身边。

胡玫问道："出什么事情了？"

在今天下午之前，乔晚都还没有勇气和母亲说她和池故渊分手的事情，但是在池故渊向她道歉以后，她算是彻底死心了。

她看着母亲，母亲虽然尽量保持着平静，可眼中的担忧之色无法掩藏。乔晚握住母亲的手，而后脱掉拖鞋，转身躺在沙发上，头枕在了母亲的腿上。

"我和池先生分手了。"

胡玫落在她的颊边的手颤抖了一下。

客厅里因为她的这句话陷入了安静状态，胡玫半晌没有动作。她低头看着乔晚，最后粗糙的手掌落在了乔晚的颊边："我的女儿今天很难过吧？"

在早上她和池故渊分手后，她先去找了亲生母亲。她和亲生母亲的对话，有些像是在聊局外人的事情，任何的甜蜜和痛苦情绪都像是落在她的胸腔内。直到胡玫说出这句话，乔晚才真切地感受到了甜蜜和痛苦情绪落入心脏的感觉。

在她的感情里，母亲不会去关心她的未来如何，不会关心对方多么爱她，更不会关心对方做了什么让她做出这个决定，首先关心的是她是不是难过。

乔晚又像是有妈的孩子了。

但她又不是孩子，是成年人了，成年人不该让母亲担心。她没否认，抬头看向母亲，说道：“嗯，有些难过，但是该分手还是得分手。”

说完，乔晚问道：“您不想知道是因为什么吗？”

母亲说道：“你想说我就听。”

乔晚笑了笑，抱住了母亲干瘦的腰，说道：“我今天在他家里的时候发现了一本相册，相册里都是他和他以前那个恋人的合照。他的那个恋人叫林恋，和我长得一模一样。我认为他喜欢我并不纯粹，只是因为我长了一张和林恋一样的脸，他想从我身上找林恋的影子。我接受不了这样的爱情，所以跟他分手了。”

乔晚对母亲简单阐述了她的想法。

胡玫是个家庭妇女，在乔晚出事前，她只是个在家里干活的妇人，一辈子没见识过多少事情，也没体验过爱情的滋味。

他们那一代人，基本上都是相亲认识的，根本无所谓爱不爱，合适就结婚了。像是乔晚说的，因为池故渊喜欢她身上有前女友的影子，这份爱不纯粹，所以她分手，对胡玫来说，这是完全理解不了的。

乔晚深知这一点，和母亲说完后，眼睛里也闪过一丝像是做错事的神色，对母亲笑道：“对不起妈妈，我自尊心太强了……”

“自尊心强是好事。”胡玫打断了她的话。

乔晚抬眼看向了她。

或许胡玫并不理解所谓的纯粹的爱情，可是乔晚有乔晚的人生，有对自己的人生做决定的权利。不管她怎么做，胡玫都是支持她的。

胡玫对上了女儿的目光，眼睛里覆着一层柔光，抚摩着乔晚的脸颊。

“以前，妈妈老因为你遗传了我的优柔寡断自责。因为性格软弱，你受了很多伤。”胡玫想起曾经的乔晚。那时的乔晚像她一样逆来顺受，只会吞下生活的苦楚，从不会反抗。若不是那场车祸让她性情大变，她带着自己离开了那个男人，胡玫都不知道生活其实可以这么幸福。

只有勇敢和乐观才是美好生活的法宝，优柔寡断、逆来顺受注定不会有好日子过。

她喜欢也很庆幸乔晚是现在的乔晚。

“但是现在，你该断则断，虽然也会疼，可伤疤好了就好了。若是不断，那个伤口就一直愈合不了，会伴随着你疼痛一辈子。妈妈没本事，做不了什么，但是会永远陪伴你和小桥……”

说完，胡玫轻轻笑了笑：“尽我所能。”

乔晚在和池故渊聊完之后，心情低落到了谷底。可是晚上回家，母亲和乔小桥又让她的心情好了起来。

但是这种家人的鼓励，和那种失恋的痛苦并不相抵。第二天，乔晚既精神百倍，又心痛万分地去琴行上班了。

虽说乔晚失恋了，可还是很有钢琴老师的职业素养的。不管心里如何难过，在课上她依旧热情满满。

上午的两节课很快上完，乔晚和学生还有家长告别。学生和家长刚离开，她的教室门被敲了几下，吕雯走了进来。

听到有人进来，乔晚看了一眼门口，看到是吕雯，笑了笑：“我以为是谁呢。”

“还能是谁啊？”吕雯笑起来，“失望啦？想让你家池先生来接你啦？”

“池先生”三个字，像是三把刀插在了她的胸口上，乔晚半天没缓过神来。她和池故渊分手的事情还没和吕雯她们讲呢，她们还等着随份子。想到这里，乔晚说道：“其实……”

“不过你家池先生虽然没来找你，倒是有另外一个帅哥来找你了。”吕雯说完后，听到乔晚刚才说的话，问道，“其实什么？”

而乔晚也被她的话吸引了注意力，问道：“有人找我？谁啊？”

确实不光乔晚疑惑，吕雯也挺奇怪的，乔晚来上班后，除了池先生很少有人找她呢。听她问，吕雯回答道：“是位姓林的先生，他说他叫林烨，跟你说了名字你自然会见他。”

吕雯想了想刚才林烨说话的语气，看着乔晚又问道：“谁啊？你前男友啊？……”

她还没说完，乔晚已经起身离开了钢琴教室。

对“林烨”这个名字，乔晚一开始听方洲提起时觉得模糊，后来知道了林恋后，林烨这个名字就清晰地刻在了她的脑子里。至于为什么，乔晚觉得有可能因为他们都姓“林”。

可是当时乔晚问过池故渊，池故渊说林恋和林烨没什么关系。

这些都无所谓了，现在关键问题是林烨来找她干吗？

乔晚没有见过林烨，唯一知道的就是那次跟那个叫方洲的人在电梯里聊过几句，知道林烨是池故渊的故友、同学和合伙人，两个人关系好像挺不错的。只是后来池故渊回国后，他们就没什么联系了。

林烨来找她干什么？乔晚奇怪地想着。

就池故渊和林烨的关系来看，乔晚唯一能想到的林烨来找她的目的是劝她和池故渊和好。

那她肯定是不会跟池故渊和好的。

乔晚想着这些时，已经到了琴行的会客室里，林烨正在等她。

林烨是个三十岁左右的男人，风流倜傥，气质儒雅，看着就贵气不凡。

在她进门时，林烨也抬头看向了她，同时从座位上站了起来，目光微动。

他上下打量着她，乔晚感受着他的注视，有些不自在。她收回在林烨身上的目光，定了定神，问道："您找我？"

乔晚不认识他了。

但是林烨在看到乔晚的那一刻，就认定了她是林恋。他不知道林恋为什么换了个名字叫乔晚，也不知道林恋为什么不认识他了。

这些都不要紧。

林烨冲她笑了笑，说道："果真是你。"

乔晚问完林烨之后，他却模棱两可地说了这么一句话。乔晚看着眼前陌生的男人，又问道："请问您找我有什么事情吗？"

"我是你哥哥。"林烨自我介绍道。

听完林烨的自我介绍，乔晚有些无语。

他是神经病啊！

乔晚并没有把他的话当真，长话短说："是池故渊让你来的？"

乔晚眼中的陌生神色依旧没有消失，她平静地问着他这些话。以前，林恋从未这样和他说过话。

林烨不知道具体发生了什么事，乔晚不像是故意不认他，而更像是忘记了他。林烨看着乔晚，问道："四年前到底发生了什么事情？"

又是四年前，她出事的那个时候。乔晚没想到池故渊的朋友来劝她，竟然先说是自己的哥哥，又说四年前的事情，看来池故渊跟他说了不少事。

但是他说再多，乔晚已铁了心，她和池故渊是不可能再在一起的。

乔晚没回答林烨的话，而是说道："您是来替池故渊劝我跟他和好的吧？但是我想跟您说，您不用白费口舌了。我不可能跟一个心里装着别的女人的男人结婚，更何况那个男人心里的女人跟我长得一模一样。如果没什么事情的话，林先生请回吧。"

乔晚说完，微一颔首，就要离开会客室。而林烨在听到她的话后，从会客室的座位上站了起来。

"故渊从没有喜欢过别人，心里装的一直是你啊。这四年来，他从国外找到国内，就是一直不相信你死了，一直在找你。小恋，你和故渊之间是不是有什么误会啊？”

林烨叫出了她的名字。原本要离开的乔晚，动作猛地顿住了。她像是被雷贯穿了身体，闪电麻痹了她的神经，乔晚在回过头看向林烨时，眼中似还有隐隐的火星。

“小恋？”乔晚看着林烨确认。

林烨听到她问自己的名字，看着乔晚的反应，知道她是不记得他了，但是她好像也不记得她自己了。池故渊虽然和她在一起，可也是用的“乔晚”的身份，并没有跟她说她就是林恋。

林烨说道：“对，你叫小恋，大名林恋，是我二叔的独女。当年故渊随我回家，碰到你在客厅里弹钢琴，你们两个人就这样认识了，后来你们就在一起了。四年前，你出了一场车祸，从此音信全无，我这还是四年来第一次见你。”

乔晚听着林烨的话，脑海里想到的是她询问池故渊林恋是否是林烨的妹妹时，池故渊的否认答案。

他骗了她，林恋确实是林烨的妹妹。他为什么骗她？他怕她去找林烨，还是怕林烨像现在这样误会她就是林恋？

明明他们已经有了更大的伤口，池故渊却撒了个谎，在那个伤口旁又给她划了一道小口子。伤口不疼，甚至有些痒，但是她感觉硌硬。

这个池故渊，嘴里还有一句真话吗？

乔晚的情绪上下翻涌，她觉得她的心脏里的血都要涌出来了。

“您认错了。”乔晚克制着心痛的感觉，对林烨保持着基本的礼貌，“我不是林恋。我有自己的父母，父母也在人世。我很抱歉您的妹妹遭遇不测，但我不是……”

“你父母怎么可能在世？”林烨打断了她的话，“你父亲在你很小的时候就去世了，你母亲也在你十五岁的时候得了癌症，两年后去世了。在后来的日子里，你一直住在林家。”

乔晚的脑子像是被电钻钻了一下，嗡嗡地响。

“林先生，您这样有些不礼貌，对您失去妹妹我感到抱歉，但是您不至于咒我父母双亡吧？”乔晚笑了笑。

林烨看她的神色绝非在撒谎，也觉得奇怪，可奇怪的同时，坚定地认为乔晚就是林恋。

“我不是在诅咒你，是真的。你是我二叔家的妹妹林恋，我们虽然没在一起生活很久，可是我不会认错和自己有血缘关系的妹妹。”林烨说道，“你若是不信，我们可以做 DNA 检测。”

又是 DNA 检测，这让乔晚从林烨信誓旦旦地说她父母双亡的事情里抽离了出来，她重新平静了下来。

“这就不用了。我和我母亲也做过 DNA 检测，她是我的亲生母亲。”乔晚回道，“若是您不信，我可以拿我和她的检测报告给您看。”

乔晚如此笃定，倒将林烨给说得怔住了，林烨惊奇地喃喃：“怎么可能？”

“没什么事，我先走了。”乔晚说道。

“乔小姐！”林烨已经换了称呼。

乔晚回头看向他，林烨已经走到她面前。

“不管您那次的DNA检测结果如何，我希望您能够帮我一个忙，拿我的样本和您的样本重新去检测一遍。”林烨说。

乔晚蹙了蹙眉，没等她拒绝，林烨继续说道：“我找了妹妹四年，好不容易找到了她的一丝线索。若只是看别人的证据，我不会就这么简单地相信，所以求求你，帮我这个忙，让我死心，可以吗？”

林烨说着，朝乔晚鞠了一躬。

乔晚：“……”

看着面前的男人姿态如此卑微，乔晚压制下心中翻涌的不明情绪，说：“好。”

听她答应，林烨笑着起身，就要从头发上取样本。在这时，乔晚说道：“我能亲自来吗？”

林烨把手放下，笑着点头：“当然。”

他低下头，将头凑到了乔晚身边。乔晚看着男人的头发，从中挑选了一根拔下来。随后林烨起身，乔晚拿着头发，头也不回地走出了会客室：“有结果我会告诉您。”

乔晚拿着林烨的头发回了自己的钢琴教室，把头发放进了一个密封的小袋子里，在上面贴上了林烨的标签。做完这一切，她心里情绪来回翻涌，乔晚离开钢琴教室去了洗手间。

她的大脑和心脏已经承受不住这些天发生的事情，这让她的身体随之变坏，乔晚在马桶前俯下身，一阵干呕。等干呕完，乔晚满脸充血，抬起头来，血液下流回到了身体里，麻痹的身体慢慢缓和了过来。她盖上马桶盖，直接坐在了马桶上。

乔晚脑海中一片空白，耳朵里却是一些人的声音。

“你叫乔晚，是我的女儿，这是你的儿子，叫小桥……”

“你是林沅，我是你的母亲苏茹麟，这是你父亲。你四年前出了车祸，我们找了你很久，终于找到你了……”

“你是我二叔家的妹妹林恋，你若是不信，我们可以做DNA检测……”

乔晚感觉空荡荡的脑袋像是要裂开，靠在马桶上，身体像是被抽空了。

她没有过去的记忆，所以只是通过别人说的话来确认她的身份。一开始她是乔晚，有着母亲的爱和乔小桥对她的依恋；后来她是林沅，因为她和苏茹麟做了DNA检测；而现在她是林恋……

一次一次，乔晚像是找到了曾经的自己，很快又被人把她的认知推翻，然后那个人带给了她新的人生……

究竟哪个人生是真的？她又究竟是谁？

她过去相信合照，相信DNA检测报告，现在该信什么？或者，她究竟想成为谁？是拥有母亲和儿子的乔晚，是拥有财富的林沅，还是……池故渊的旧爱林恋？

人的心里总会有一杆秤，在她询问自己的时候，那杆秤已经偏离。

乔晚在想着这些事的时候，心里已经偏向了她是林恋的答案。

可是为什么？

为什么池故渊否认她是林恋，甚至否认她是林烨的妹妹，甚至不想让她认回她曾经的家人？而苏茹麟呢？若是她和林烨真有关系，而林烨说她父母早亡，甚至他也不认识苏茹麟，那苏茹麟做这一切是为了什么？

苏茹麟在认回她之后，除了给了她五百万元的零花钱，给她做了几次甜品，就是督促她和池故渊的感情进展，甚至在她和池故渊有矛盾时，苏茹麟也更多地倾向于池故渊。但是乔晚有和苏茹麟的 DNA 检测证明，是苏茹麟的亲生女儿。

这到底是为什么？

乔晚靠在马桶上，后脑磕在了卫生间的墙砖上，轻轻地磕了磕，脑袋里一片空白。

她想不起什么事，但是有些事情确实该做个了结了。

乔晚从琴行下班后，先去了一趟城西的别墅。昨天早上乔晚和母亲不欢而散后，母女俩就一直没有说过话了。乔晚没找苏茹麟，苏茹麟也没有找她。倒不是不关心，苏茹麟更像是太小心，生怕自己又说错什么，让乔晚胡思乱想，索性就没联系她。

得知乔晚要来，苏茹麟让厨房准备了一桌子晚餐。乔晚进门，看到苏茹麟，笑着叫了一声：“妈。”

苏茹麟原本是坐在客厅里的，神情也不太安定，待乔晚叫出一声“妈”后，她像是松了一口气，迎过来抱住了乔晚。

“妈妈以为你还在生气。”苏茹麟轻声说道。

乔晚抱住母亲，笑了笑，说道：“明明是我的错，我怎么可能还在生气？现在我过来，就是想向您道歉的，昨天早上我说话太冲了，希望妈不要介意。”

“介意什么？”苏茹麟笑起来，乔晚这么说，她也彻底放心了，看着乔晚的眼睛里满是慈爱之色，“昨天是妈妈做得不对，不该老想着让你们在一起。你既然不想和他在一起，就算了，管他如何爱你，你还是要以自己的想法为重。”

母亲都这样深明大义了，乔晚听了也笑了笑。

母女俩抱完，苏茹麟说道：“吃饭吧。”

她说着就要松开手，乔晚却拉了她一下：“妈。”

“嗯？”苏茹麟回过头来。

乔晚抬头看着她的头发，又低下头说道：“昨天我闹过后，您心情也不好吧？看，这儿长出一根白头发了。”

乔晚说着，手指撩过苏茹麟的刘海，落在了她头顶的位置。苏茹麟的长发是散开的，乔晚很快找到了那根白头发，而后轻轻地把它拔了下来。

乔晚的动作不大，苏茹麟甚至没什么感觉。乔晚拔下头发后给她看了一眼，苏茹麟却没在意，只拉着乔晚说道：“唉，年纪大了总会有白发的，好了，先吃饭吧。”

“好。”乔晚笑了笑，跟着她去了餐厅。

乔晚是在城西吃的晚饭，吃过之后就回了家。今天乔小桥和母亲还没来得及去地铁站等她，他们刚吃完晚饭出来，然后碰到了刚到小区门口的乔晚。

“你怎么这么快就回来了？”

乔小桥照例小鸟一样飞去找妈妈，胡玫也跟了过去，问了乔晚一声。乔晚的气色比早上要好些，胡玫也放心了些。乔晚听了妈妈的话，抬手揽过她的肩膀，笑着说：“下班就回来了。”

胡玫也笑了起来，忙问：“晚饭呢，吃了没？”

“吃啦。”乔晚笑着应着，“我这么大了还能饿着自己不成？”

乔小桥听完，抬头说道：“我这么大都不会饿着自己了。”

听了乔小桥的话，胡玫和乔晚皆笑了笑，乔晚在他的脑袋上揉了两下，说道：“行，行，行，知道你厉害了。”

胡玫对乔晚说道：“行了，大街上别这样，路又不宽，我们三个并排走会挡人家的路。你在我前面站着，站在小桥后面。”

乔晚回道：“好嘞。”

说话时，她从胡玫的肩膀上拿开手臂，胡玫哎了一声。她一出声，乔晚和乔小桥都看向了她。

“怎么了？”乔晚问。

刚才乔晚的手臂离开时，她的头皮像是被蚂蚁咬了一下。她看了一眼乔晚的手，说道：“没什么，你刚才好像用什么东西弄到我的头发了，没事。”

胡玫没在意，说道：“走吧。小桥，在前面好好看着点儿路啊。”

乔小桥应了一声：“知道啦。”

就这样，祖孙二人，从小到大排列成一列朝着胡玫跳广场舞的公园走去。

乔晚又去了一次 DNA 检测中心。

上次她来过，这次还算轻车熟路，只是上次只有两个样本，这次有四个样本，结果要稍慢一些出来，乔晚做了加急。

做完这些后，乔晚离开 DNA 检测中心，像是从没做过这些事情一样，回归到了自己的生活中。她依旧没从失恋情绪中走出来，可是痛苦多了以后，她的忍耐力也会变强，除非有更难过的事情到来，不然她应该会慢慢适应失恋的痛苦，然后忘记这些痛苦。

然而事情好像并不那么尽如人意，在她还没淡忘掉失恋的痛苦时，更深的痛苦伴随着四份检测报告到来了。

在她提交 DNA 检测样本的五天后，她收到了四份 DNA 检测中心寄过来的文件。四份文件，分别是她和乔小桥、她和胡玫、她和苏茹麟、她和林烨的基因检测。

乔晚拿着四份 DNA 报告坐在琴凳上，沉了口气，而后依次把文件打开了。

她或许没有记忆，但是基因不会说谎。她不知道自己是谁，那 DNA 检测结果会告诉她。

乔晚把四份检测报告打开，一一查看着报告最后的结果。四份报告，给了她关于她的身份的最终结论。

她不是乔晚，不是林沅，而是林恋。

乔晚拿着 DNA 检测报告去找了苏茹麟。

那天乔晚来找苏茹麟道歉后，没再来过。苏茹麟听说她要来，还特意给她做了蛋挞。乔晚刚去的时候，蛋挞的香气从小厨房飘散到外面，奶香和甜意混杂在一起，格外好闻。

苏茹麟走了出来，对乔晚说道："刚好，蛋挞刚烤出来，我拿给你吃。"

苏茹麟报了烹饪班，甜品做得越发不错。她在国内没什么事情可干，只能自己找些事情消磨时间。上次乔晚见了父亲以后，他没再回来过。原本苏茹麟也是要回去的，可因她和池故渊的事情就这么耽搁下来了。

他们认定她是他们的女儿，或者说他们知道她不是他们的女儿，但是也要把她当成亲生女儿，好让她认为他们是她的亲生父母。

乔晚没搭话，看了苏茹麟一眼，而后到了客厅沙发上坐下，把文件放在了茶桌上。

"我和您没有血缘关系，您找错人了。"

苏茹麟原本要去拿蛋挞，听了乔晚的话，眼神变得仓皇，回头看向乔晚。乔晚没有给她眼神，甚至不知道她是什么表情。

"你说什么？"苏茹麟到底先稳了下来，走到乔晚身边，看到了她手边的检测报告，收回目光，"你这拿的是什么？先前那份检测报告不是你亲自去测的，你也亲自看过了吗？我和你是亲生母女关系，你现在拿的这一份是怎么回事？"

对，上次测的结果确实表明她和苏茹麟是亲生母女关系，但是这一次，不同的样本，出来的结果是不同的。上一次 DNA 检测，苏茹麟从后脑那边拿了一根头发递给她。这次，是她自己亲手拔的苏茹麟的头发，要论信哪次的结果，乔晚自然是信自己取样本的这次。

苏茹麟那次取样本，乔晚甚至没注意苏茹麟是否真从头上拔了头发，或者是头发已经在手上，只是做了个取头发的样子。而在她手里的头发，可能是乔晚的亲生母亲的。

“我母亲的头发是谁给你的？”乔晚看着苏茹麟问道。

苏茹麟彻底慌乱了。

“乔晚，我……”苏茹麟还想解释，但乔晚并不打算听。苏茹麟能感受到，乔晚原本就与她不亲，对她只是信了血缘关系，而现在血缘关系也没了，乔晚对她就像是对一个陌生人。

“您先是认了我做女儿，然后又把我介绍给了池故渊，若是我同池故渊在一起了，那您这相当于诈骗。您拿着我的身世诈骗，若是我现在去报警，不光会牵连您，也会牵连您的丈夫还有您背后的人。只是我们母女一场，我不想闹得太难看。”乔晚说道。

乔晚太冷静了。

在苏茹麟慌得不知如何是好的时候，乔晚却像在下棋一样，按照她预设的路一步步地走着。在这场博弈里，不管苏茹麟下得多慢，最后的结果都是必输无疑。

“是池先生……”苏茹麟说道。

乔晚听到这话，眼睛里的亮光渐灭，唇边轻轻勾起了一个笑容。

果然是他。

乔晚在林烨找到她，告诉她她是林恋的时候，她还对池故渊抱有信任之心。池故渊说林恋不是林烨的妹妹，她信他。她拿了样本，得到 DNA 检测结果的时候，脑海中认识池故渊以后的事情突然就串联成一个大概的轮廓。

而那轮廓太过可怕，她不想多想，那个时候还是信他的。

但是现在，苏茹麟亲口告诉了她答案，乔晚对池故渊的信任被碾得粉碎，被一同碾碎的还有她的心脏。

和池故渊分手顶多是心如刀割，现在乔晚是连心都没有了。

她从苏茹麟家里离开，坐车去了池故渊的工作室。

现在整件事情像是池故渊给她做的一个局，池故渊在局外，看着她像只兔子一样一步一步走进他的局里。这种被圈养、被安排、被隐瞒的人生，让乔晚觉得恶心。

她一直是个人，不是池故渊的猎物。

乔晚从电梯上下来，直奔池故渊的办公室。

办公室外，安妮正在整理文件，看到乔晚过来了，欣喜地叫了一声："乔小姐……"

她还没叫完，乔晚推门走了进去，办公室的门瞬间紧闭。安妮脸上的笑容一僵，她想着刚才乔晚的模样，随后没敢继续待在这里，离开自己的工位去了外面。

乔晚进去的时候，池故渊正在工作。他有些走神，在听到开门声时，抬头看了一眼。看到乔晚，他重新低下头，又回过神来，再次看向了乔晚。

"乔晚……"

池故渊还没叫完她的名字，乔晚把手上的四份 DNA 检测报告摔到了他面前的办公桌上。

摔完之后，乔晚直愣愣地站在那里，看着眼前这个她爱到骨子里的男人，想着他所做的一切。乔晚想要说什么，可是最终那些话像是一个闷雷在她的胸口炸开，熏红了她的眼睛。

“解释一下吧。”乔晚说道。

乔晚刚进门时有多冲，现在就有多冷静。她并不是真正冷静，更像是心死了。

池故渊看了她扔过来的四份检测报告一眼，报告外标注着样本的名字。乔晚和胡玫、乔晚和乔小桥、乔晚和苏茹麟、乔晚和林烨……

看到林烨的名字，池故渊抬头看向她：“林烨去找你了？”

“不然呢？”她让池故渊解释，池故渊竟然说了这么一句话，乔晚笑了出来，看着林烨的名字，笑着说，“反正我没有任何记忆，就像一张白纸，你作为我曾经的记忆里的人，就可以在我这张白纸上挥毫泼墨，勾勒我的人生，是吗？”

池故渊眼睫微垂，说道：“是我的错。”

每次她和池故渊对质，都像是一枚导弹撞上了一团云，云冷却了导弹，导弹落回地面上，回到了乔晚的怀里炸开。

这是池故渊第二次向她道歉，比起上一次，伤害更大。乔晚觉得自己除了嘴巴还能说话，其他地方像是已经不存在了。

“对不起？”乔晚笑了一声，“你还真是会避重就轻。”

池故渊抬起眼看着她，眼睛像浩瀚的深海，深沉的爱意像要将她的理智吸走。乔晚只和他对视了一秒，就收回了视线。

她不是来找池故渊吵架的。

池故渊有足够的理由让她唾弃，但是她也有自己此行的目的。

虽然池故渊瞒着她，但是背后好像还有更深的秘密。这个秘密让他在认出她后，没有惊动她，最后筹划了这一切，走近她，然后两个人像是忘记了一段时空一样重新在一起。

若是池故渊有意隐瞒她，那他想隐瞒的事情必然与他有关。但他不让她知道她的身份是林恋，怕她联系林家人，也怕她看到他们曾经的相册，想起曾经的事情。

他为什么这样做？四年前他对她做了什么，造成的伤害比现在更大？大到他宁愿她把她当成林恋的替身跟他分手，都不跟她吐露半个字。

“四年前到底发生了什么？”乔晚问。

乔晚只想得到一个结果，但是池故渊不给她这个结果。

“你没必要知道。”池故渊回道。

乔晚说道：“那我就去问林烨。”

听到她提到“林烨”，池故渊目光微敛，看向乔晚说道：“他也不会告诉你。”

“凭什么你不告诉我，还不让别人告诉我？”乔晚质问道，“池故渊，你把你当成我的谁了？”

乔晚的每句话都像是尖锐的刀扎在他的心上。池故渊维持着平静的表情，只对乔晚说道：“你听我的。你就算知道你的身世，也不要去找林家人，他们不值得你记得他们……”

“他们不值得我记得他们？”乔晚打断了他的话，望着面前的男人，眼睛里带着难以置信的讥讽之色，“他们是我的家人，不值得我记得他们，那你一个陌生男人就值得我记得你了？！”

乔晚的话一个字一个字地传入了池故渊的耳朵里，他心口上的刀刺没有了，他的心脏已被乔晚的话割掉了。

乔晚在说完那番话后也愣了一下。池故渊的目光让她有些仓皇地把目光收回，然后她转身离开了池故渊的办公室。

乔晚不知道自己为什么会说出那番话，这种陷入未知的恐惧被人探寻和安排的人生太可怕了，她的精神早就到了崩溃边缘。她说出什么话、做出什么事，都没经过思考。

她或许痛恨池故渊做的这一切，可是扪心自问，池故渊并没有做过什么伤害她的事情。相比他，确实她所谓的家人更不可信一些，包括找上门来认她的哥哥。

她失踪了四年，她的父母皆已去世，林家人甚至没有找过她。她不知道林烨是怎么找到她的，八成是从池故渊身边的哪个人那里打听到的消息。

而他来琴行找她认她，与其说是为了她，不如说是为了池故渊。相比她，池故渊对林烨的价值更大。而她和池故渊的关系能让林烨继续和池故渊合作。

这种感情凉薄的事情，乔晚想清楚之后，总觉得并不意外。

乔晚浑浑噩噩地走到了琴行的楼下。电梯到了1楼，发出“叮”的一声，电梯门打开，乔晚走了进去。

“乔晚。”

林素在电梯门打开时，看到了有些心不在焉的乔晚。而乔晚确实心不在焉，在林素抬手和她打招呼的时候，甚至连个眼神都没给她。

林素叫了她一声后，乔晚这才回过神来，看林素的目光复杂而又茫然，冲她微微颔首："林小姐。"

林素看到了她手里的DNA检测报告，目光微动。

第十八章

真　相

乔晚在和林素打完招呼后，就按了电梯的关门键。门还未关上，一只纤细的手臂挡在了电梯门前。

原本下了电梯的林素重新上了电梯，挽住了乔晚的胳膊，笑着对她说道："乔小姐，你应该下班了吧，要不要去我家吃顿饭啊？"

乔晚转头看了她一眼。

林素在邀请她后，就笑盈盈地看着她，等待着她的回答。乔晚短暂地从自己的世界里走了出来，看着林素，半晌后点了点头："好。"

见乔晚答应邀请，林素笑容加深，说道："那去地下车库吧，我的车子停在那里。"

林素说完，抬手按了电梯按钮，电梯门应声关闭。电梯缓缓下行，很快到了负二层。

到了地下停车场，林素挽着乔晚的胳膊走出电梯，说道："我的车在那边，走吧。"

说着，林素又带着乔晚去了她的车边。

从乔晚答应林素去她家吃饭，到两个人上了林素的车，乔晚都未发一言。她像个布偶一样，任凭林素带着自己坐上了车子的副驾驶座，然后系上了安全带。

而在她不说话的时间里，林素的话一直没停过，但是她说的内容无非是一些寒暄的话，还有一些工作上的事情，无关痛痒。

"我家陶牧之做饭还挺好吃的，听说池故渊也会做饭，但是我没吃过，怎么样啊？"林素的话题很快转到了今天的晚餐上。

乔晚抬眸看了她一眼，回道："还可以。"

"哼哼——"林素哼笑了一声，和乔晚说着，"那我有机会一定要尝一下。"

她哼笑着说完这话后，目光从乔晚身上扫过，看到她手里拿着的四份文件，好奇地问道："刚才我就想问了，你手上拿的是什么啊？"

乔晚收回看向林素的目光，低头看了一眼手上的东西，说道："DNA 检测报告。"

说完，乔晚又抬眸看向林素："我失忆了，有很多人找我说是我的亲人，所以我想查查究竟谁在说真话。"

林素问："查到了？"

乔晚答："查到了。"

在乔晚说完这话后，车子里有了短暂的沉默，而后林素笑了笑，点头道："查到了就好。"

"可我还是不知道以前的事情。"乔晚说道。

林素的笑容微微收了收，然后重新绽开："哦。"

乔晚看着身边表情如常的林素，问道："林小姐是知道的对吗？而且林小姐曾经也想告诉我以前的事。"

乔晚说完，车子里又陷入了安静。

乔晚早该在林烨找她说她是林恋的时候，就串联起所有的事情的。但是因为在心中为池故渊留下的那一丝脆弱的信任感，让她没有去多想。现在真相大白，所有的事情也都串联起来了。

池故渊在第一次见到她时就知道她是林恋，没有着急地与她相认，而是做了一些准备，让苏茹麟和林晏廷做了她的亲生父母。他们是她的亲生父母的证据，除了池故渊给苏茹麟的那根她亲生母亲的头发，还有林晏廷的钱包里那张他们一家三口的合照。

当时乔晚看合照的时候，明显看出那张照片有些不清晰，林晏廷解释照片掉入过水里。而现在乔晚想来，林晏廷应该是怕她看出合成痕迹，所以才这样说。

那张照片是合成的，而合成那张照片的人正是林素。

当时在尹雪的生日会上，乔晚说林素很厉害后，林素曾莫名其妙地说了一句她修图也很厉害。那时乔晚还什么都不知道，对这句话也未多想，而现在乔晚细想下来，当时林素那句话其实是在提醒她也与此事有关。

池故渊下这一盘棋，势必要有亲近的人帮助，陶牧之和林素就是帮助池故渊的人。

而帮助池故渊必须了解原委，林素知道原委，所以才会提醒乔晚。说明不管如何，林素是有心想要让她知道真相的。而就算乔晚不知道，林素也是在提醒乔晚，她是知道这件事情的，若是以后乔晚想知道，那她可以告诉乔晚。

所以在林素邀请她吃饭的时候，乔晚答应了邀请。

车里一直沉默着，林素开着车，乔晚看着她，突然问道："我已经知道自己是谁了，现在你可以告诉我事情的原委了吗？"

林素听到乔晚这话，车子正好到了红绿灯前，她踩了刹车将车子停下。她转头看了乔晚一眼，回道："以前倒是可以告诉你，只是那次生日宴后，我答应我老公不要告诉你真相了。"

乔晚看着林素，眼中刚生出的光变得黯淡。在光亮彻底消失前，林素冲她笑了笑，说道："但是我老公不让我告诉你，那我让我老公告诉你不就好了？我老公告诉你，这样就不算是我告诉你的了，对不对？"

林素笑起来，漂亮的狐狸眼冲着乔晚俏皮地眨了眨。乔晚看着她，原本黯下的光重新亮了。

"对。"乔晚笑起来。

林素家也住在城西，和池故渊家有些距离。她家在城西一栋高级公寓内，公寓封闭，视野开阔，环境也格外清幽，在所属公寓单元的顶楼。

公寓里是一梯一户，里面是四百平方米的大平层。林素刷了电梯卡，电梯直达顶层，她开了指纹锁，喊了一句："陶牧之，我回来了！”

陶牧之从书房里出来：“今天怎么这么早？”

林素最近在拍摄一组商业杂志，经常工作到很晚，他会按时去接她，没想到今天她竟然自己回来了。

陶牧之走过客厅，走到玄关时，看到了林素身后站着的乔晚。

林素换好拖鞋后，朝着陶牧之小跑过去，挂在了他的手臂上，仰头笑着跟他说：“我还带了个朋友来家里吃饭。”

陶牧之低头看了一眼妻子，又看向玄关处换好客用拖鞋的乔晚，平静地打了声招呼：“乔小姐。”

对她的到来，陶牧之并不吃惊，抑或是这个男人情绪内敛。乔晚冲他微微颔首，说道：“陶先生，打扰了。”

“不打扰，请进。”陶牧之说完，让林素带着乔晚去了客厅。

到了客厅，陶牧之去茶水间沏茶，林素则带着乔晚在客厅的沙发上坐下。

乔晚简单打量了一下林素的家。

林素是摄影师，陶牧之是心理医生，他们家的设计也符合两个人的风格。房间装饰以暗色调为主，悬挂了些精致装裱的艺术品，另外还有一些书，整个家给人的感觉既艺术又学术，整洁漂亮。

“我们家很漂亮吧？”在乔晚打量屋子时，林素也看了一眼自己的家，笑着问了乔晚一句。

乔晚看向林素，笑了笑：“对，很漂亮。”

林素窝在沙发里，回了一笑。

林素是个长相很惹眼的大美人，即使穿着朴素，明艳的五官和气质也足够在所有场合成为最扎眼的存在。

这样漂亮的女人往往带有尖锐的危险感，林素也确实如此。可是在她回了家后，她就蜷缩在沙发里，更像是一只被豢养的乖巧小狐狸。

这种气质上的变化很奇妙，因为这个家给予她足够的安全感，她才能卸下浑身硬刺，安心舒适地窝在这里。

“陶牧之说池故渊是做建筑设计的，室内装修做得也不错，我们装修时问过池故渊的意见，他说陶牧之设计得很好，没什么可以修改的。不过也是，他们设计师应该都有自己的风格，很少掺杂进别人的风格里，这样比单独设计更难。”林素说道，然后问，“池故渊家里的装修也不错吧？”

林素又提起了池故渊，乔晚看向她，说道：“还可以。”

林素耸肩道：“不过陶牧之说池故渊现在这套房子包括办公室都不是他自己设计的。若是他自己的设计风格，常年住着，难免会想起以前的事情。就算他想不起来，那么如此潜移默化也会促使人想起来……”

说完，林素看向端着茶过来的陶牧之，笑嘻嘻地问：“对吧，陶牧之？”

陶牧之垂眸看向了妻子。

她今天带乔晚来家里，绝非吃顿晚饭这么简单。陶牧之看到乔晚时，也看到了她手里的 DNA 检测报告。除此之外，最近池故渊的情绪也说明了一些问题。陶牧之已经猜出发生了什么。

收回在妻子身上的目光，陶牧之将茶杯放下，递了一杯给乔晚，然后坐在林素身边，把茶杯递给了林素。

“是。”陶牧之回答了一声。

林素刚才说的那番话，虽然没点明，但意思很明了了。池故渊怕她想起以前的事情，所以他的住所和办公室都不是他的风格。他是怕他的设计风格太突出，乔晚若长期和他相处，会被唤起记忆，回想起过去的事情。

池故渊在隐瞒什么事情？为什么他不想让她想起过去的事情？

乔晚想着这其中的缘由，看向陶牧之，开门见山地问：“他过去伤害过我？”

所以他不想让她想起曾经的事情，想让她重新认识他，让他们重新在一起，忘记过去的痛苦回忆？

“没有。”陶牧之回道。

陶牧之回答完，乔晚皱了皱眉头，眼中浮现一丝奇怪和不信任的神色。

“那为什么？”

陶牧之看着乔晚，说道：“你想知道过去的事情？”

乔晚今天过来，就是为了知道以前的事情。可是真到了这步，她竟然犹豫了一瞬。

“是。”乔晚坚定地回道。

陶牧之得到乔晚的答案，神情仍旧没什么变化。

他想了想，对乔晚说道：“我是池故渊的朋友，若是由我来说你们曾经的事情，那你会觉得有失偏颇。不如你自己去探索一下，你自己查到，总比别人说的事可信度更高。”

乔晚笑了笑：“我想查，可是我失忆了。”

若不是失忆，她也不会转这么一大圈来找林素和陶牧之。

“我可以让你想起来。”陶牧之说道。

乔晚目光微变：“怎么想？”

乔晚和陶牧之进入了他的工作间。

陶牧之的工作间和他的家像是隔离开的，安静得像在另外一个空间。工作间的摆设和普通心理医生的办公室的装修差不多——书架、办公桌、会客沙发，还有一张柔软的躺椅。

乔晚进去后，陶牧之让她坐在了沙发躺椅上。

乔晚坐在沙发躺椅上，发了一会儿呆。

陶牧之在做着准备工作，看到她的神情，问道：“你确定吗？”

乔晚抬头看了陶牧之一眼：“确定。”

池故渊不想让她记起曾经的事，她有可能也自发地选择了遗忘曾经的事，那这注定是一段痛苦的经历。现在，她要依靠外力重新想起那些事。

不管过去如何痛苦，乔晚都不会后悔。她更想脚踏实地地生活，不想像现在这样，任人摆布。

“开始吧。”陶牧之见乔晚准备好了，便坐在了躺椅旁的椅子上。

乔晚靠在椅背上，看向了陶牧之的手。男人的手骨节分明，在她看过去时，他松开手指，从手中落下了一枚圆形的坠子。

乔晚没有被催眠过，却是见过这种场景的，目光凝聚在圆形的坠子上，伴随着陶牧之说话的声音，乔晚的意识渐渐沉入一片空白里。

乔晚过去的记忆是空白的，像是被封存了起来。被封存的记忆就在那片空白中。

林恋是在十七岁那年认识池故渊的。

两个人的相识很像话本里的桥段，林恋被林家认养的第一天，在客厅等爷爷奶奶时，林烨带着池故渊来家里做客，两个人就这样在客厅里碰了面。

林恋在加拿大出生，从她有记忆以来，她家的生活就极为贫苦。父亲是个不知名的画家，母亲是个钢琴老师，一家三口在多伦多清苦而又幸福地生活着。

家境虽然贫寒，但林恋有极好的父母，父亲是个温和儒雅的男人，母亲则温柔乐观。她继承了父母的性格，在爱和阳光下长大。在十五岁前，林恋都生活得幸福美满。

只是天有不测风云，五岁那年，父亲出车祸意外去世，她和母亲的生活在失去父亲的收入后，变得更为穷苦。就在这种贫穷的生活中，母女俩苦中作乐，安定生活，直到她十五岁那年，母亲罹患癌症，坚持了几个月也撒手人寰。

至此，林恋成了孤儿。

在查出母亲患癌症后，林恋开始在一家华人比萨餐厅里打工。这样的生活持续了两年，直到有一天林家的人找上她，告诉她，她是林家的孙女，她在这个世界上不是孤儿，还有爷爷奶奶，甚至叔伯婶娘和一众堂兄弟姐妹。

林恋对林家突然找上门这件事持怀疑态度，但她十七岁了，即将步入大学。大学的学费、生活费，远不是她在比萨店打工的收入负担得起的。所以在做了 DNA 比对后，林恋被林家人带回了林家。

对她的第一次登门，身患重病的爷爷和慈祥的奶奶给予了她极致的疼爱，而其他的叔伯婶娘，也对她的到来欣慰感动。

林恋感受着这样的亲情，渐渐地，也融入了林家的生活。

林家人待她极好。

加拿大有很多华人，林家是华人区的名门世家，从二十世纪开始，林家就生活在这里。林家是做建筑生意的，家大业大。而在这样的世家大族里，林恋没想到自己还能体会到这种浓郁的亲情。

林恋到林家后，就与爷爷奶奶生活在一起。爷爷奶奶对她极尽宠爱，在林家，若是林恋想要的东西，爷爷奶奶从没有说过“不”字。而或许是找到了亲生孙女感到欢喜，爷爷的身体也在林恋到来后慢慢转好。

林恋在林家生活的同时，和堂哥林烨的同学池故渊的接触机会也多了起来。

年轻男女，在一次又一次的接触中暗生情愫。林恋十八岁那年，池故渊和她走到了一起。

和池故渊在一起的那段时光，是林恋最开心的回忆。池故渊是个沉稳儒雅的男人，即使大不了她几岁，可是他对待她比任何人待她都更为耐心、细心。林恋在爱情的滋润下，快乐地生活着。

但是在这样幸福的生活中也难免会有些磕磕碰碰。

对林家来说，林恋是意外闯入的人，尽管他们拥有同样的血脉，可她是十七岁那年才进入林家的，相对其他兄弟姐妹来说，她和他们的关系自然浅些。

林恋和池故渊在一起后，她和林烨的亲妹妹，她的堂姐爆发了一次冲突。

在林恋认识池故渊之前，堂姐对池故渊已经暗生情愫。没想到半路杀出个林恋，把池故渊截和，堂姐找她大闹，后来在被爷爷奶奶训斥后，堂姐离开了家。

虽说爱情不分先后，林恋在那次的冲突中还是受到了影响。她告知了池故渊这件事，而池故渊告诉她，不论有没有她，他都不可能和她堂姐在一起。而无论有没有她堂姐，他都会坚定地和她在一起。

两个人的感情越发深厚，就这样到了春节。

国外庆贺春节的氛围并不算浓厚，可在华人街区，春节的气氛还是挺浓烈的。池故渊的家人多在国内，春节他也回国了。在离开加拿大前，池故渊和她说等她满二十岁，他会带她一同回池家。

他带她回池家，代表两个人认定彼此，要订婚、结婚，相携

一生。

林恋在这种美好的憧憬中去机场送别了池故渊，而后离开机场回了家。

若是那次送完池故渊，林恋如她原定的计划一样去一趟学校的话，或许就不会听到林家人关于她的谈话。而林家人也正是以为她送完池故渊后会回学校，所以在麻将室里边打麻将边聊起堂姐的时候，就扯到了她身上。

那个时候，林恋才算彻底明白，为何林家人在她十七岁那年才将她认回来。

她是作为续命工具为爷爷续命的。而早在她之前，她的父亲也作为续命工具为她的爷爷续了十年命。

林家有自己的算运大师。早在林家老爷子重病时，林家就用林恋的父亲的名字盖了一座空冢，用父亲的寿命给老爷子续命。父亲死后，轮到她成为工具。

同样是林家的子孙，为何她和父亲成了牺牲品？因为她父亲是爷爷的私生子，非奶奶所出。奶奶对这个私生子厌恶极了，包括她这个孙女。而为了奶奶丈夫的命，奶奶才不得不对林恋疼爱有加，甚至在堂姐因为池故渊的事情与她大吵时，奶奶也站在了林恋这边。

“被续命的子孙寿命是长不了的。”麻将声中，奶奶慈祥的声音里多了一丝讥讽之意，“因为寿命被续到老爷子身上了，她那爸爸不也年纪轻轻就出车祸死掉了吗？大师说的这个法子确实是管用的。那丫头来了家里之后，你们爸爸的身体越发硬朗。大师说，我们待那丫头越好，续命的效果就越好，所以当时小橙因池家那少爷的事情大闹时，我们才帮着那丫头。”

说到这里，奶奶冷嗤了一声：“帮着那丫头是权宜之计。她爸爸去得早，她的命也长不了。等她死了，让林烨和池家少爷多走动走动，池家少爷和小橙的婚事还不是板上钉钉了？”

麻将声混合着老人的声音，还有麻将室里婶娘们笑着的附和声，像是千万根利箭射向了林恋。

林恋通体冰冷，像是被放干了血。

所以在她认为她又有了亲人的疼爱，又可以在家人的陪伴中继续幸福地生活的时候，其实她所谓的“家人”是为了用她的命给爷爷续命。

这是多么可笑。

而他们的行为更是可笑。只因为算运大师的一句话就认为她父亲是因为给爷爷续命而去世的。

父亲的去世只是意外，并非因为算运大师所说的续命方法，也并非因为那座空冢。他们却信了，信了以后，甚至在她的身上如法炮制。

为何林家不把爷爷身体变好的情况归功于高速发展的医疗条件，而归功于一个算运大师？她无法理解，也不想去理解。这时候的林恋只知道，她并没有获得她所期待的亲情，林家人对她不过是利用。

林家到底是什么样的虎穴狼窝？

她在这些猛虎豺狼之中一直是外人，是被牺牲的那个。她从来没有得到过他们的疼爱，得到的幸福和偏爱以及宠爱都是虚假的，是梦里繁花，是昙花一现。

林恋不知道自己在麻将室外站了多久，等回过神时，麻将室里的人已经谈到了林橙和池故渊未来的婚事。在奶奶和婶娘们赞叹他们是“天作之合”“命定姻缘”的声音中，林恋离开了林家。

一开始她不知道她是因这种用处被林家认回的，现在知道了，必定不能继续留在这里。她不知道大师那种续命的说法是真是假，可是有父亲的例子在先，林恋也不得不信。

她像游魂一样在街上游荡。

那时候林恋六神无主，不知道该如何是好，只知道逃离林家。可是逃离林家之后呢？她要做什么？

林恋不知道。

她身边甚至连个能相信的人都没有。

或许她可以相信池故渊，但池故渊和林家渊源这么深，他知道自己是这样的原因被林家认回的吗？

池故渊应该是不知道此事的。上次林橙闹那么厉害，池故渊也是坚定地站在她这边。

她还有池故渊，并不是孤独的。

她拿了手机给池故渊打电话，可是池故渊正在飞回国内的飞机上，电话无法接通。林恋一遍又一遍地打着电话，但始终被提示对方无法接通。

此时的加拿大下着鹅毛大雪，林恋拖着沉重的身体，一步一步漫无目的地走着，边走边打电话，最后被一辆迎面驶来的卡车撞倒了。

林恋失去了意识，再醒来时，已经变成了乔晚。

所有的事情，在她恢复记忆之后好像都变得清楚明了了。

池故渊从没有伤害过她，池故渊是她曾经的光。

在恢复了所有记忆之后，乔晚想了一下回到国内收到无数通电话提示的池故渊的样子。

他开始或许会想是她太过想他，心中甜蜜后拨通了她的电话号码。而那时，出了车祸的她电话已经打不通了。他联系了林烨，林烨说不知她去了哪儿。待到晚上，林烨告知他仍未找到她，林家却未通知警方找人。

因为林家以为，林恋作为续命的工具，已经完成了她的使命，和她父亲一样失踪或者去世了。

林家对林恋的态度让池故渊察觉异样，他询问林烨，以工作室的事威胁林烨，这时林烨才告知了池故渊他们对林恋所做的一切事情。

但是林烨对林恋被这样对待不以为意。他不是加害者，只是和其他林家人一样是旁观者。对爷爷和一个私生的堂妹，他当然选择爷爷。而他没有参与过这件事情，所以对他来说，错不在他身上，所以他对这件事情无所谓，才跟池故渊和盘托出，因为他们都是男人，理性且知轻重，不会因为一个女人而让他们辛苦筹划的建筑工作室化为泡影。

但是林烨高估了自己，也低估了林恋的影响，池故渊在得知这件事情之后，和林烨分道扬镳。

而和林家决裂后，池故渊接下来的四年是怎么过的呢？

他在怀疑、希望、绝望、思念、回忆等各种情绪的交织中，痛苦地过了四年。这四年，他在心里希冀她还活着，未曾放弃找她。而在加拿大一次又一次的寻找中，他又陷入绝望的情绪中。

这样的日子，直到他见到乔晚后才结束。

他在四年后重新见到她时是什么感受呢？乔晚心想。

若是当时在餐厅里她没有弹奏当时池故渊写给她的那首钢琴曲，或许他还会怀疑一下她的身份，但是刚好，命中注定她弹了那首他写给她、刻在了她的骨髓里的曲子。

四年的思念在那一瞬间崩塌，池故渊或许在无人的时候表露了些什么情绪吧。他向来是个沉稳冷静的人，在见到她后，定然已经查了她的所有信息。

他知道她叫乔晚，其实是林恋；知道她有了儿子，但孩子非她所生；知道她现在是钢琴老师……

他们后续的几次意外见面，或许并不是乔晚一开始想的巧合，而是池故渊故意为之。在她不知道的角落，池故渊坐在车里等待观望着她，等她去了某个地方，他就跟过去，然后与她偶遇。

他这样做是为了了解现在的她。他像是重新找回自己的珍宝，小心翼翼地呵护着她、了解她，然后想要给她制造一段新的人生。

他不会告诉她，她是林恋，因为告诉她真相，她势必会想着联系自己的家人。林家如此待她，他不会再让她重回林家。

他也不想让她想起过去的记忆。

林恋发生意外是因为林家对她造成了伤害，那段伤害掺杂着背叛和痛苦，若是让她想起那些事来，那将成为她心里最大的伤疤。他希望她接下来的人生是开心快乐的，白纸一样，没有任何伤疤。

在和她的接触中，池故渊了解了她的需求，然后按照她的梦想，给她制造了一个完美无瑕的乌托邦。

林恋曾经告诉池故渊，尽管爷爷奶奶疼爱她，可是她这辈子最大的愿望还是能有爸爸妈妈在身边。

于是池故渊找来人扮演她的亲生父母。知道她不会信这种事，所以他用了林恋的亲生母亲的头发去做 DNA 检测。

林恋失踪后，林家自然不会留着她的东西，池故渊全拿走了，其中有林恋的亲生母亲患癌化疗时掉的头发，所以乔晚才和苏茹麟做出了结果为亲生母女的亲子鉴定。而实际上，乔晚是和自己的亲生母亲的 DNA 做的亲子鉴定。

就这样，乔晚开始了她梦幻般的美好人生。

在池故渊给她制造的美好人生里，她有疼爱她的亲生父母，有帅气的未婚夫，有好的工作、新的生活，一切都朝着美好的方向走去。

这个过程中乔晚怀疑过这样美好的人生过于顺利，可是琴行的老师们说不管路如何，只要结果美好就好。她也信了这种说法，心刚安定下来，就发现了林恋和池故渊的相册。

那本相册在乔晚当时看来，是剜她的心的刀，而现在，乔晚觉得甜蜜又心酸。池故渊从未忘记她，所以留着他们的相册，一遍又一遍地看着。她感到心酸的是，这四年的日日夜夜里，池故渊在思念她时，也只能一遍又一遍地看这本相册。

她和池故渊单方面爆发了争吵，在对于她的幸福的权衡中，池故渊否认了她是林恋的事实，让她以为她是林恋的替身。他来道歉时，乔晚伤心欲绝，而那时候她什么都不知道。池故渊宁愿让她恨他，也不愿告知她的真实身份。

当她看到相册时，若他告知她就是林恋，那么他先前给她制造的乌托邦就都被摧毁了。这并不是池故渊否认她的身份的主要原因，主要原因还是在于池故渊不想让她回忆起她曾经作为续命工具被林家认回、被亲人背叛伤害的事情。

或许他们因为那件事情不能在一起了，但是她可以继续快乐地生活下去。她现在有父母，可以找个优秀的男人度过这一生。只要她幸福，那个男人是不是他，池故渊都无所谓。

池故渊做决定都是以她的幸福为衡量标准的。

若是事情就这样结束，那她可能真会按照池故渊的安排就这样“幸福”地度过一生。

而林烨不知道从哪儿得到了她的消息，找到她，告诉她，她就是林恋，破坏了池故渊的计划。

林烨并不是因为想要认下她这个妹妹而找上她，他的真正目的是想通过她重新和池故渊合作。

池故渊当年是因为她和林家闹翻的，现在已经找到她，那他们之间的矛盾也就没有了。而且因为她是他的妹妹，那池故渊若变成他的妹夫，他们就亲上加亲了。

看，池故渊的权衡果然没错。若是她认了林恋的身份，重新和林家人扯上关系，那她不光有了痛苦的伤疤，也重新进入了痛苦的生活之中。

所以在乔晚去找他对质时，他仍旧没有告知她真相。

林恋是自由的，是属于自己的，是不能被任何人利用和消费的。乔晚像是一张白纸，他小心呵护着，让她不要回忆起痛苦的经历，让她没有任何烦恼，开心快乐地度过余生。

在这个故事中，池故渊是书写者，用了一切精力给她制造幸福，哪怕她的幸福生活是牺牲他的爱情。

他那么爱她，找了她四年，思念了她四年，最终为了她却不能跟她在一起，他承受着什么样的痛苦呢?

而她做了什么呢?

乔晚觉得自己做得最过分的事情，是她知道她就是林恋时，找上池故渊，指责他，最后他跟她说林家人不值得她记起的时候，她说："他们是我的家人，不值得我记得他们，那你一个陌生男人就值得我记得你了？！"

伤害一个人远比被人伤害更令人难过，乔晚觉得自己快要死了。

乔晚在陶牧之的工作间里待了两个小时后，出来了。林素坐在沙发上，听到工作间开门的声音，看到乔晚走出来，忙从沙发上起身，走到乔晚身边，观察了一下乔晚后，问道："怎么样？"

乔晚目光平静地看向林素，回道："想起来了。"

听乔晚这么说，林素又端详了乔晚片刻，应了一声："哦。"

陶牧之也从工作间里走了出来，走到了林素身边。乔晚抬眼看向他们夫妻俩，对他们微微颔首："谢谢你们。"

道完谢，乔晚对林素笑了笑："那我先走了。"

乔晚今天是被林素约来吃晚饭的，但看她那副模样，也不太像是能吃下饭的样子了。林素看了一眼落地窗外的天色，对乔晚说道："时候不早了，让陶牧之送你吧。"

太阳已经完全落山，天色快要黑了。

听了林素的话，乔晚笑了笑："不用，我还要去别的地方。"

"哦。"林素又应了一声。

"再见。"乔晚说道。

"再见。"

和乔晚道别后，林素和陶牧之送乔晚到了玄关，乔晚换好鞋推门离开。

门应声关上后，林素望着乔晚的背影的目光才收了回来。

她看了一眼身边的陶牧之，狐狸眼轻轻一挑，问道："你不是答应池故渊，不把乔晚的事情告诉她吗？"

陶牧之垂眸看向林素，回道："是她自己想起来的，不算是我说出来的。"

林素："……"

事情还能这样？

不过也是，乔晚是通过被催眠想起了过去的事，陶牧之顶多算是帮了个忙让她想起来而已。

想到这里，林素说道："你可真狡猾。"

陶牧之浅浅地勾了勾嘴角。

林素想着刚才乔晚离开时的样子，对陶牧之说道："我一开始就和池故渊说了，让他对乔晚实话实说。你看现在搞了这么一通，最后生出各种误会，他吃力不讨好。"

说到这里，林素顿了顿，又说道："在感情上人不能太无私了。"

她像是意有所指，在说完这番话后，似乎陷入了某种回忆中，连眼中的光芒都黯淡了些。

在林素失神的时候，她的头顶覆上了一只宽大的手。那只手贴着她的头发，手指落于她的发间，轻轻一揉，林素像是被充满了电一样，眼睛又变得明亮起来。

林素转过头，陶牧之收回揉她的头发的手，低头在她的额上亲了一口。

林素被甜蜜感包围，刚才的情绪不知道被甩到了哪里，她双手搂住陶牧之，挂在他的身上撒娇："饿了。"

原本她回家就要开饭的，但是因为帮助乔晚，耽搁到现在，林素确实饿了。

陶牧之任由她挂在他身上，一只手臂圈在了她的腰上，揽住了她纤细的身体，好让她能好好挂着。

"想吃什么？"陶牧之问。

被男人抱着，林素和他贴着，如水蛇一样扭着，磨磨蹭蹭，哼哼唧唧。

"想吃你呀！"

“正经些。”

“红烧肉。”

乔晚离开林素和陶牧之的家后，打了辆出租车。上了车，乔晚告知司机地址后，给母亲打了电话。

乔晚今天晚上没什么课程，原本是要回家吃晚饭的。这几日她情绪不好，母亲对她也是放心不下。

“喂，你到哪儿了？”胡玫的声音传了过来。

“我有些事情要处理，要晚些回去。”乔晚对母亲说道。

听到这个消息，母亲回道：“好的。”

乔晚想了想，又对母亲说：“也有可能不回去了。”

乔晚说完，母亲沉默了半晌，应道：“行，我会带着乔小桥睡。你注意安全就好。”

“好。”乔晚应了一声。

说完，母女二人挂断了电话。

乔晚到城西别墅的时候，海边的最后一丝晚霞刚刚在海平线上消失。天幕像铺上了一层黑纱，黑纱之下，池故渊家里漆黑一片。

他还没有回家。

乔晚从车上下来，站在别墅外看了一会儿，最后靠在别墅的墙外，安静地看着海，等待着池故渊回来。

夜渐渐深了，原本模糊的天光在半个小时后彻底消失。黑影弥漫，伸手不见五指，乔晚只能听到不远处海浪拍击崖壁的声音。

她又等了一会儿，不知过了多久，远处一处光亮劈开了夜幕，一阵汽车的引擎声传来，光亮由远及近，最后车子停在了别墅门前。

池故渊在乔晚去工作室质问他后，就一直待在工作室里，等他回神时，天已经黑透，工作室里灯光全灭了，同事们都已经离开了。

工作室里空无一人，池故渊静坐了一会儿后，也开车回了家。原本他以为下午和乔晚对质之后，两个人不会再见，没想到乔晚竟然在他家门口等他。

池故渊未关车门，走到了乔晚面前。

两个人又面对面地站在了一起。

经过下午的那次争吵，两个人在心理上都受到了极大的创伤，所以神情看上去都有些疲惫。

乔晚来他家必然是找他，但池故渊并不知道她还找他做什么。他端详了乔晚一番，确认她没什么状况后，问道："等多久了？"

"没多久。"乔晚回道。

她说着直起了身体，仰头看向他，两个人的目光交汇。

车子已经熄火，但因为车门未关，车灯还亮着。明亮的车灯灯光照亮了两个人的眼神，池故渊的目光依旧深不见底，乔晚的也是。

因为心中的情绪太过复杂，以至于两个人不知道如何面对对方。

“找我有事？”池故渊先开了口。

“对。”乔晚应道。

池故渊垂眸看着她：“什么事？”

“我想起来了。”乔晚说道。

第十九章

要回属于自己的嫁妆

乔晚说完，池故渊眼中顿时情绪翻涌，像是一滴墨水在水里洇开。

“什么？”池故渊问。

看着池故渊的一系列表情变化，乔晚轻笑了一声，重复道：“我想起来了。”

说完，乔晚补充道：“过去的事情，包括我和你、我和林家的关系……”

池故渊万万没想到会是这样的结果，看了乔晚许久，像是确认乔晚是真的想起了这件事情。

“我不该跟你吵架。”

池故渊说完，乔晚脸上的笑容消失了。

她收回看向池故渊的目光，低下头去，怕自己控制不住情绪，待平复下来，才抬头看向池故渊。

“为什么不该跟我吵架？因为你跟我吵架，刺激得我想起了过去的事，让我又记起了曾经那道伤疤？”乔晚问。

他们在一起两年，乔晚了解他的做事风格，所以她若是想起了过去的事情，势必也会了解他做这一切是出于什么目的。

池故渊谋划了一切，最后却是他让乔晚重新想起过去的事情。

“对不起。”池故渊说道。

“为什么啊？”乔晚看着面前站着的男人，在这个时候他还在跟她道歉。

她的眼睛里映着池故渊的身影，映着他背后的车灯灯光，在得知一切真相后，乔晚再也控制不住自己的情绪了。

“为什么不告诉我真相？”乔晚问，“我没有任何可以依靠的人了，如果你再不要我，那我就只有自己了。”

池故渊是怀着就算她不跟他在一起，也不让她想起过去的痛苦经历的想法来筹谋这一切的。一切都以她的幸福出发，可是他从来没有想过林恋想要的是什么。

她父母去世，被林家认回，被林家利用，在得知这一切真相后，在空旷的天地间，在皑皑大雪之中，唯一想到、唯一拥有的就只有池故渊。

林恋只有池故渊。

乔晚在说完这番话后，情绪伴随着她的泪水汹涌而出，视线模糊地看着眼前的男人在她的泪水下惊慌失措。在他拉住她的手臂想要安慰她时，乔晚一把抱住他，失声痛哭。

对池故渊来说，她的过去是一道疤，他宁愿生命里没有她，也不愿让她想起那道疤。

而对林恋来说，池故渊是那道疤上开出的花儿，花儿很大，只要有他，她就永远只能看到花儿，看不到疤。

等乔晚哭够了，池故渊带她回了家。乔晚坐在沙发上，池故渊给她倒了杯水。将水杯递到她手里后，池故渊坐在她身旁，问道："还难过吗？"

其实乔晚刚才不是为自己哭的，是为池故渊哭的。结果到最后，还是他反过来安抚她，而且她不但要池故渊安抚，还要……

乔晚喝了口水，对池故渊说道："我饿了。"

池故渊注视着她的目光微微一动，他勾起嘴角，抬手覆在她的头上轻轻揉了一下，温和地说道："我去做。"

男人说完，起身离开。乔晚目送着他的背影进入厨房，荒芜的心此时已草长莺飞。

她终于知道当初乔小桥问她是否舍得和池故渊分手时她的那种心情。她当时还疑惑，他们不过才认识短短一个月，她对他怎么就有那么深的爱了？现在她懂了，有些爱就算不在记忆里，也存在于习惯里。

她再一次爱上池故渊，叠加了曾经对他的爱，现在已经快爱死这个男人了。

好在两个人解除误会，未来就再也没有什么事情可以把他们分开了。

乔晚抱着水杯，喝完了整整一杯水。然后她看了一眼厨房的方向，起身去了池故渊的卧室。

那天她离开之后，池故渊的卧室并没什么变化。在这段日子里，池故渊远比她痛苦得多。她还能仗着没有记忆疗伤大睡，而池故渊只能在曾经的痛苦回忆中辗转反侧。

乔晚想到这里，心像是被蚂蚁啃噬着。她收回目光，去了池故渊的衣帽间。

衣帽间还和她离开前相差无几，只是原本放在衣柜里的那本旧相册现在却放在了衣帽间的沙发上。它被规整地放在那里，像是池故渊在这个位置拿着它看了无数遍。

乔晚走过去坐在沙发上，拿起了那本相册。

相册里的照片全是属于池故渊和曾经的她的，那时候乔晚只有十七八岁，沉浸在人生中的第一次爱情的美好感受里。而池故渊也对得起这份美好爱情，给她作曲，教她跳舞，带她滑雪、放烟花……

这些浪漫美好的经历，像是一株株簇拥着生长的藤萝，堆满了她过去的回忆，以至在她看到这些相片时，仿佛还能闻到那时的花香，感受到雪片落在脸颊上的冰凉之意。

乔晚翻着相册，像是哆啦 A 梦的记忆面包一样，把这些记忆深深地印在还有些混沌的脑子里。

她怎么能把这些经历给忘了呢？她以后再也不会忘了。

在经历了情绪的大起大落之后，乔晚的身体也像被掏空了。池故渊做好了晚饭，乔晚足足吃了两大碗米饭。

她吃得认真，池故渊在一旁安静地看着，待她吃完手上那份，问道："还饿吗？"

乔晚："……"

乔晚最近都没怎么好好吃饭，这次心里的乌云散开，胃口也就好了，不知不觉吃了这么多。但她胃口再好，也吃不下了，放下碗筷，说道："不饿了。"

池故渊看着她，轻声笑了笑，给她倒了杯水。

乔晚接过水杯喝了口水，池故渊起身，两个人一起收拾餐盘去了厨房。洗完碗以后，乔晚和池故渊回到了沙发上。

夜已经深了，乔晚蜷缩着身体坐在沙发上，靠在池故渊的怀里。两个人窝在一起，望着落地窗外的明月。

杯子里的水是热的，加上刚刚吃饱，还有身后的池故渊作为精神依托，乔晚感到放松而满足。她靠在池故渊的怀里，说道："你当时带我和乔小桥去H市玩就是为了躲开林烨？"

女人靠在他的怀里，池故渊低头看向她，她在说这话时，神色平静，像是已经无所谓了。

池故渊收回目光，说道："是。原本我想和乔小桥接触一段时间后再去旅行。他来找我，我怕他见到你，就带你们去了H市。"

提起这件事情，乔晚又想起了在出去旅行的前一天，她打电话给池故渊，问池故渊能不能去他的工作室，向来对她有求必应的池故渊拒绝了她。当时她还觉得纳闷来着，想来那次应该是林烨也去找池故渊了。

"你们……"

"没什么关系了。"乔晚没说完，池故渊就说了这一句，"当年你出事，我去了林家。林家对你的失踪全然不在意，我觉得奇怪，找人调查了这件事情，才知道在林家的墓地里有你的空冢……”

池故渊在得知林恋的事情后，去林家对质，最后和整个林家决裂。临走时他带走了林恋的所有东西，还包括她母亲癌症时化疗掉的头发。

就这样，他带着林恋的这些东西撑了四年。

“我没想到林烨会找到你。”池故渊说道。

当时乔晚拿了四份 DNA 检测报告来与他对质，池故渊就知道她应该是知道了些什么。原本在林烨回了加拿大以后，池故渊以为这事就结束了，没想到他竟然直接找到了乔晚。

林家对林恋并没有半分亲情。林烨找到林恋，和她说了两个人之间的关系，无非就是想减轻自己过去知道林恋被林家利用却睁一只眼闭一只眼的罪恶感，还有依靠林恋和他的关系，进一步和他合作。池故渊不想让乔晚回忆起过去的事情，是怕林家人会拿血缘关系绑架乔晚。

在这件事情里，所有的林家人，甚至包括死去的林家老爷子，对林恋都毫无愧疚之心。林恋和她的父亲就是一种工具，只有被利用的功能，林家人对他们没有亲情。

所以林恋出了事情以后，林烨一直认为自己是没问题的。而现在林恋回来，他更没问题了，那他就能继续和池故渊合作了。

殊不知他认为自己有问题的想法，更为冷血恶心。

想到这里，池故渊对乔晚说道：“你不用在意……”

“我想去一趟林家。”乔晚道。

她看向池故渊。池故渊也望着她的眼睛，她刚刚的话不像是随口说的，她已经有了自己的想法和计划。

乔晚并不是个会龟缩在别人身后接受保护的女人，向来是发现问题，解决问题，甚至没有问题也要解决隐患的女战士。

池故渊看着她，没有反对，只是问道："你怎么想？"

池故渊永远是支持她的，乔晚听完他的话，冲他笑了笑，和他面对面地坐在他的怀里，说道："我不信那些怪力乱神的事情，建一个空冢就能吸了我的阳寿？但是我不信归不信，也不能白白便宜了林家。"

她不是那种善良且唯血缘论的心软女人，林家人利用她，伤害了她，那她在恢复记忆后，自然不能把这道疤给忘了。

"林家老爷子已经去世了，我爸虽然是私生子，但也有林家的血脉，所以林家的遗产必然也有我的一份。不但有我的一份，我爸的他们也得给我。"

乔晚这是正常诉求。林家人对她弃若敝屣，只在需要有血缘的人做空冢时才想到她，那代表他们是承认她的血脉的。

既然他们承认和她有血缘关系，就把她的那份遗产拿来吧。

乔晚说完，安静地看着池故渊，等待他对她的这个计划进行评价。池故渊并没有什么评价，对她只有支持和附和："好。"池故渊点头，"我随你一起去。"

在提出去林家要遗产时，乔晚或许只有一腔孤勇，心里还是有些没底的。可是在池故渊说完这句话后，她就底气满满了。

乔晚看着池故渊笑起来，池故渊望着她问："你想什么时候去？”

“我想尽快。”乔晚回道。林烨已经找到她了，她索性就着林烨找她这件事，让林家搬起石头砸自己的脚。

“好。”池故渊应着。

话题结束，客厅里就那么安静下来。

或许是刚才喝了热水，又或者刚吃饱了饭，乔晚在和池故渊聊完正事后，心思就有些不正经了。

早在她不正经前，池故渊已经情动，接过她手里的水杯放下，低头吻上了她。

今天，池故渊才算重新完全拥有了乔晚，不像乔晚没想起往事前，心里有那种忐忑和惴惴不安的情绪。她想起了所有的事情，重新选择了他，两个人又在一起了。

池故渊的吻温柔又缓慢，他像是在低声诉说着他们这四年未见的思念。乔晚感受着他的吻，眼角滚烫，在这样温柔与宠溺的吻中，乔晚笑着，眼角却落下泪来。

两个人窝在沙发里，一下一下，你来我往，最后在乔晚呼吸紊乱时结束了这个吻。

任何深情的吻在无人的空间里都会慢慢染上情欲气息，乔晚躺在沙发上，池故渊双臂支撑在她的身侧。他的眼睛里涌起渴望与情欲，乔晚脸一热，双臂搂住他的脖颈，凑过去吻他。

在她的主动下，池故渊加深了这个吻。

男人克制着，靠着残存的理智，声音低哑地说：“你要回家了。”

乔晚是突然来找他的，不知道家里人知不知道她在他这里。

乔晚说道："来之前我给我妈打电话了，告诉她今晚我不回去了。"

池故渊撑着身体，舌尖舔过乔晚柔软的唇瓣，说："你最近这样，突然不回去，他们不说也是会担心的。"

乔晚被池故渊的这句话给点醒了。

确实，当时她给母亲打电话，母亲只说让她注意安全。可是她如果真不回去，家里的一老一小今晚指定睡不着。当时她只想到了池故渊，把母亲和乔小桥给忘到脑后了。

池故渊见乔晚清醒过来，吻也慢了下来，他轻轻吻着她，像是在安抚她："乖，我们还有很长的时间。"

对，他们还有很长的时间，有一天，一个月，一年……一辈子。

乔晚心里绽开了花儿。

她的理智回归了，可是她看了一眼身上的池故渊，感觉他好像克制得有些难受。

乔晚望着池故渊，想了个折中的法子，小心地问了池故渊一句："要不，我们只来一次？"

池故渊："……"

乔晚的这个提议被池故渊否决了。他就算不否决，乔晚也认识到了这个提议的不可行性。若是开始了，池故渊肯定就不止做一次。

所以，他们来日方长吧。

两个人从沙发上起来，平复了一下情绪后，重新整理好衣服，然后池故渊开车载着乔晚回了家。

有了林恋的记忆之后，除了多了和林家的恩怨，其他的感情都很淡薄了。她的亲生父母去世已久，她又在胡玫身上体会到了真正的母爱，虽然是偷乔晚的，但是乔晚现在决定就以乔晚的身份这样活下去了。

乔晚恢复记忆后，也想起了苏茹麟。苏茹麟是她的钢琴老师，从她十岁起一直教导她到母亲去世。她参加大小赛事都是苏茹麟陪她去的，这也是为什么乔晚在见到苏茹麟时感到亲切。而正是因为这种亲切感，让她相信了苏茹麟就是她的亲生母亲。

苏茹麟知道池故渊和林恋的事，所以在乔晚质疑池故渊时，苏茹麟一直强调池故渊对乔晚的爱。苏茹麟虽然不是自己的亲生母亲，却也是个非常好的长辈，乔晚有时间也要专门去感谢她。

池故渊开车送乔晚回家，车子到了小区门口，池故渊停下车，乔晚和他一同下了车。乔晚下车后，刚好看到了小区门口正朝着家里走去的母亲和乔小桥。

“妈、乔小桥！”看到母亲和乔小桥，乔晚开心地叫了一声。

胡玫听到女儿的声音，和乔小桥一起回过头来，就看到女儿一脸开心地跑过来。

这段时间，乔晚身上发生了一些事情，尽管每天她都支撑着让自己精神好些，但胡玫还是能看到她伪装下的痛苦和疲惫感。而现在，乔晚像是被灌溉后的树木和花儿，重新变得生机勃勃。

晚上她打电话说今晚不回来，胡玫一直担心到现在，而现在看到乔晚重新变得鲜活，心真是重重落了下来。

都说解铃还须系铃人，能让乔晚如此的，就是跟着她一同过来的池故渊了。乔晚和胡玫说过她与池故渊之间的事情，乔晚不是个眼里能容进沙子的人，现在这样两个人应该是已经解释清楚误会了。

两个人重归于好，老人心里也是开心的。池故渊跟着乔晚一同过来，礼貌地喊了一声："伯母好。"

"好，你好。"胡玫笑着应了一声，问道，"既然来了，要不要去家里坐坐？"

"不了。"池故渊回道，"我是送乔晚回来的，就不打扰了。"

和胡玫简单地打完招呼后，池故渊这才低头看了一眼牵着外婆的手的乔小桥，和他也打了个招呼："乔小桥。"

乔小桥在妈妈过来时，就看到池故渊了。在外婆和池故渊说话时，他也一直看着池故渊。等池故渊和外婆打完招呼，终于和他说话时，乔小桥看着池故渊说："你不是和我妈分手了吗？"

乔晚："……"

小孩子敏感，大人之间发生了什么事，就算不告诉他们，他们自己也猜想得出来。乔小桥说完，乔晚刚要和他说话，池故渊蹲在了他的身前。

一大一小两个人平视，池故渊看着面前的乔小桥，对他说："我们又和好了。"

听了池故渊的话，不光乔小桥，胡玫也看了一眼一旁的乔晚。

乔晚没说话，代表默认了。

乔小桥收回目光，重新看向池故渊：“你伤害我妈妈了，道歉了吗？”

“道歉了。”池故渊回道，“我们之间有误会，现在误会已经解开了。”

“我妈妈这段时间很难过。”乔小桥继续说。

从乔小桥嘴里听到乔晚难过，池故渊心疼了一下，说道：“对不起。”

乔小桥见男人道歉的语气很诚挚，眼中也是认真和忏悔的神色，乔小桥问道：“你呢？”

“什么？”池故渊问。

乔小桥问：“你难过吗？”

池故渊目光微动，点了点头：“很难过。”

“对不起。”乔小桥道歉，“我看得出你很喜欢我妈妈，所以你应该也是难过的。我妈妈难过，你向她道歉了；我妈妈让你难过，我替她向你道歉。你以后要一直对她好。”

听着乔小桥对他说的话和要求，池故渊轻轻地笑了笑：“好。我保证。”

见男人做了保证，乔小桥伸开了短短的手臂，说道：“抱抱我吧。”

在乔小桥说完后，池故渊将乔小桥抱了起来。乔小桥抱住了池故渊的脖颈，趴在了他的耳边。

池故渊能感受到小家伙抱着他的手臂收紧了力道，在他以为小家伙是怕他抱不稳掉下去时，他耳边传来了乔小桥很小的气声，只有他们两个人能听到：“我是真的想让你做我的爸爸。”

池故渊顿住，小家伙说完后，脸蛋贴在了他的脖颈旁。小男孩的皮肤细腻温热，池故渊抱着乔小桥，抬起手掌覆在了小家伙的小脑袋上。

男人的手掌很大，动作轻柔，他轻轻揉了一下小家伙柔软的短发，在小家伙的耳边回答了一句：“我会的。”

“你和你池叔叔说什么悄悄话了？”池故渊离开后，乔晚和乔小桥以及母亲一起回了家。回去给乔小桥洗了澡，乔晚给小家伙擦干身体后问了一句。

当时池故渊抱着乔小桥，两个人明显在说悄悄话。只是池故渊太高了，她又站在另外一边，所以没听清楚他们说了什么。

“秘密。”乔小桥回道。

乔晚挑了挑眉，耸了耸肩，嘀咕了一句：“现在就有秘密了哦。”

乔小桥回头看了她一眼，冲她笑了笑后说：“我先去睡觉了。”

这段时间她情绪低落，尽管在强撑，但乔小桥还是察觉她有些不对劲，并且因为她情绪不好，小家伙也有些不开心。今天晚上池故渊送她回来，小家伙和池故渊聊了两句，还有了两个人之间的秘密后，明显精神焕发了。

乔小桥对她未来的丈夫很满意。乔晚也轻松下来，拨弄了一下他的头发说道：“去吧。”

乔小桥先回房间去睡觉了，乔晚在浴室里洗完了澡，擦着头发走出浴室，母亲还在客厅里坐着。

看到乔晚出来，胡玫冲她笑了笑，脸上满是慈爱和放心的神色，说道：“吃点儿水果再睡吧。”

母亲这么说，代表有话要跟她说。她和池故渊的问题一开始她告诉过母亲，现在又莫名其妙地和池故渊和好，母亲肯定要问问她情况的。

刚好，她记起了过去的事，关于她出车祸后如何出现在他们家成为乔晚这件事情，她也正好要问一下母亲。

乔晚过来坐下，吃了口黄桃。胡玫开门见山地问：“你和池先生到底是怎么回事？”

池故渊给乔小桥解释的时候，说两个人之间有误会。但是那个相册，还有和乔晚一模一样的人，怎么会是误会？

乔晚回道：“就是个误会，那本相册里的照片上的人是我。”

胡玫怔了怔：“你们以前认识？”

“认识。”乔晚说道，“但是我不是失忆了吗？我忘了，所以以为照片上的人是别人，当时也没听他解释就跑了。后来他解释了我也没信，直到……”

乔晚突然顿了顿，胡玫目光一沉，有些急切起来。

“直到什么？你恢复记忆了？”胡玫眼神殷切地看着乔晚，对她来说，虽然乔晚想不想得起过去的事情都是她女儿，但是她还是希望乔晚最好能恢复记忆。在胡玫这里，失忆其实是一种病，乔晚恢复记忆就代表病好了，健康了。

“妈。”乔晚没回答胡玫的话，看着母亲问道，“当年我爸是怎么把我带回家的？”

提到以前的事情，胡玫的注意力也被乔晚引走了，她轻叹了一口气：“当年你莫名其妙地怀孕，回家生下了小桥。生下小桥后，还没坐完月子，你就离开了家里。你说要去找小桥的父亲，这么一走就跟失踪了一样，家里根本联系不到你。直到半年后，你爸把你带了回来。

“当时你爸是跑航线运输的，说在加拿大见到了你，看到你出了车祸，然后带你去了医院。你伤得不算重，只是一直昏迷，后来你爸要回国，就带着你一块儿回来了。”

乔晚听到这里，问母亲：“回国要有手续的，他怎么会有我的证件？”

“当时你生下小桥就要离开家里，你爸不许，就把你的证件留在自己身上了，但你还是跑了。”胡玫说道，“我不知道你没有证件怎么去的加拿大，但是回来的手续有证件，有我们的信息还是很好办的。”

林恋和乔晚的长相基本上是一模一样，当时那个男人看到她后，就直接将她带回了家。而她身上其实有她是林恋的证件的，可是她长得像乔晚，所以那个男人直接把乔晚的证件用到她身上，让她成了乔晚。

他这样偷梁换柱，不管乔晚在哪儿，反正他都有女儿了。有女儿就能继续嫁人，给他挣钱，所以后来她被他带回家，养得差不多后他就要给她相亲，收彩礼。

那个男人从没有把她当成女儿，即使是乔晚，也不过是被他当成敛财工具罢了。

这件事情他应该没有和母亲说，母亲心地善良，若是知道她不是乔晚，定然会放她走，并且帮她找她的家人。就算母亲没了女儿，也不会让她没了家人。

在胡玫说完后，乔晚就低下头没再说话。胡玫觉得奇怪，问道："怎么了？"

乔晚回过神来，握住母亲的手笑了笑："没什么。"

胡玫反握住女儿的手，也笑了笑。

她脸上的笑容是幸福和满足的，现在她女儿找到了幸福，她未来的女婿对乔小桥也疼爱有加，这确实已经是一个母亲最朴素真切的愿望了。

"妈。"乔晚叫了她一声。

"嗯？"胡玫应声。

"你有没有觉得我变了？"乔晚问。

这个问题乔晚在和池故渊分手那日也问过，乔晚又问了一遍。胡玫顿了顿，看着乔晚，说道："是变了，但是也没什么奇怪的，有些人就是会变的。"

"我还像您的女儿吗？"乔晚问。

胡玫笑了笑："不是像，你就是。"

听完母亲的话，乔晚笑了起来。

乔晚在回忆起过去的事后，就差不多想到了下一步该怎么做。现在将事情理清楚后，她也已经决定了。

她父母双亡，胡玫给了她母爱，她未来就用乔晚的身份继续生活下去，养育乔小桥，给母亲养老送终。

尽管她不是乔晚，他们没有血缘关系，可是她对他们的感情已经远不是以血浓于水来衡量那么简单了。

只是可怜了母亲，母亲一直以为她就是乔晚，并且以此为支撑乐观地生活着。而其实她不过是个冒牌货，母亲真正的女儿乔晚不知道在哪儿。这么多年过去，乔晚音信全无，母亲只能跟她这个冒牌货在一起。

乔晚并不知道真正的乔晚在哪里，但是若她活着，哪天找到了乔小桥和母亲，到时候乔晚会告知他们真正的情况。

现在，就暂且让她继续支撑这个家吧。

乔晚想到这里，对母亲说："妈，我要去一趟加拿大。"

这个家的情况处理好了，另外林家那边的事情她也要开始处理了。

"去……去加拿大做什么？"胡玫不知道乔晚为什么突然要去那里，当时乔晚就是在那里出的车祸。

"池故渊说他有个项目在那边，刚好可以带我去玩。我想我先前不是也在加拿大待过吗？和他一起去说不定我能想起些什么来。"乔晚说道。

听了乔晚的理由，胡玫放下心来，乔晚和池故渊一起去她就安心了。

"要带小桥吗？"

"不带。"

“好。”

两周后，乔晚去加拿大的签证下来了，她和池故渊一起坐上了去加拿大的飞机。

乔晚就算回忆起了过去的事，在她回到从小生长的地方时，仍旧有一种置身梦中的陌生感。

9 月的加拿大，天气远比国内要冷得多，即使是白天，也感觉凉飕飕的。乔晚置身这种温度下，受触感带动，记忆也慢慢变得熟悉鲜活起来。

乔晚和池故渊是在下午时分到达加拿大的，池故渊的助理已经提前在机场外等着了。池故渊在加拿大读过书，创办过工作室，在这儿也有自己的房产。接到他们后，助理开车带着他们去了远郊池故渊的别墅。

池故渊这里的私宅和在 H 市的私宅不同，别墅在茂盛的树林之中，和树林融合，带着些自然的清新气息。

在送乔晚和池故渊到别墅后，助理就离开了，池故渊带着乔晚进了别墅。

自从林恋失踪后，池故渊在加拿大待了半年时间，后来寻找林恋无果，就离开了加拿大。这栋别墅从他离开后也荒废至今，等他们决定回来时，助理才找人重新打理过。

乔晚对这栋别墅并不陌生，四年前她和池故渊的恋爱时光大部分是在这里度过的。两个人在这里弹琴、跳舞、看星星，过得甜蜜幸福。

她和池故渊确立关系后，除了在外约会，大部分时间待在这栋别墅里。虽然那时候乔晚还小，两个人并没有做太亲密的事情，但是平日的生活相处，俨然是一对同居中的情侣了。

而四年过去，两个人故地重游，像是又回到了过去，重温过去的恋爱生活。

那时候两个人在这栋别墅里谈恋爱，每天晚上池故渊会送林恋回林家。两家距离不远，只隔了两条街道。街道上要么枝繁叶茂，要么枫叶遍地，要么白雪皑皑，这条路他们走了不知道多少遍。

乔晚回到别墅，在别墅里转了一圈，关于在这里和池故渊相处的点滴回忆也慢慢鲜活起来。现在是下午四点，日光已经不那么亮，偶有秋风吹过，适合出门散步。

乔晚在房间里转悠的时候，池故渊检查了一下别墅的情况。他从厨房里出来，看到窗前的乔晚，问道："晚饭想吃什么？"

乔晚回过头来，然后小跑过去。池故渊张开手臂，两个人抱在一起，乔晚笑着搂住他的脖颈，池故渊低头吻了吻她的额头。

私密的空间里，男女间的任何接触都是亲昵的。乔晚抱着池故渊，后仰着身体。而池故渊搂着她的腰，支撑住了她的身体。乔晚晃悠了两下，想了想，说："西红柿炖牛腩。"

"可以。"

"素三鲜。"

"可以。"

"竹笋肉片。"

乔晚说到这里，池故渊停顿了一下。刚才他检查了冰箱，里面并没有竹笋。

“没有竹笋。”池故渊说道，“要去一趟超市。”

这里是华人街的富人街区，生活还是非常方便的，在距离别墅不远的街道上就有一处大型高端超市。

“我也去。”乔晚说道。

“好。”池故渊说着，松开了乔晚。乔晚站直身体，拉住了他的手。

她挽着池故渊的手臂，和池故渊说：“我想吃冰激凌和巧克力。”

“买。”池故渊应了一声。

乔晚心里一甜，笑了。

两个人以前也是这样生活的，乔晚不会住在池故渊家，但是吃饭有一半时间是在池故渊家吃的。池故渊那一手好厨艺，是为了乔晚练出来的。他们做饭前，往往会去超市采购乔晚想吃的餐品的食材。而每次购买食材后，乔晚总会拿一些小零食，冰激凌、麦丽素、巧克力、坚果……池故渊说她像只小松鼠。

超市离家并不远，两个人牵手走过两条街道后，到了超市里。现在恰好是晚饭时间，超市里人并不少，尤其生鲜区。

这里是高档华人街区，过来采购生鲜的多不是本家的人，而是保姆、管家和厨师居多。大部分人是华人面孔，说话也以汉语为主。

乔晚和池故渊推着购物车，在生鲜区找寻着笋片。在进来前，池故渊给她买了一根棒棒糖，乔晚咬着棒棒糖，踩着购物车，后面的池故渊将她整个人圈在怀里，控制着购物车的方向。

两个人一前一后，商量着，采购着东西，像极了一对甜蜜的年轻夫妇，尤其两个人的外形，自然吸引了不少生鲜区的人的注意。在他们走过时，大家会时不时看他们。

直到他们采购完食材去了零食区，大家的目光才收回去些。

别墅里的东西准备得还算齐全，两个人买了笋片，又去给乔晚买了一堆零食后，就去收银台结账了。

收银台前结账的人不少，乔晚的前面和后面都是采购的保姆和管家。乔晚拿了东西，让收银员结账，收银员扫完码，池故渊要递卡过去时，乔晚抬手拦住了他。

“用我的。”乔晚用英语说道。

“好的小姐。”收银员刷了信用卡，而后递了凭证给她，说道，“需要您签字。”

乔晚咬着棒棒糖，拿过笔签了字，将凭证递给收银员时突然想起什么，问道：“请您看一下，我签的是林恋吗？”

收银员看了一眼上面的签字，确认道：“是的。”

“谢谢。”乔晚笑了笑。

而后，收银员打印了凭条递给乔晚。乔晚接过凭条后，转身准备离开。

他们前面的那位顾客却回头看了她和池故渊一眼。那人五十几岁，乔晚冲她笑了笑，那人看到乔晚的笑容后，眼神诧异了一下，而后道歉闪开了。

那人闪开后，乔晚和池故渊离开了。

两个人在超市买的东西不多，就一些笋片和小零食。池故渊抱着装着东西的牛皮纸袋，乔晚走在他身旁，一边踮脚一边在牛皮纸袋里翻着零食。

她翻出一块巧克力，拆开包装袋后咬了一口。醇厚的巧克力香气在舌尖蔓延，乔晚眯起了眼。

“回去的时候，我一定要给乔小桥带一些。”乔晚边吃着巧克力边说。

她穿着马丁靴，双脚踩在人行道上，人行道上满是枫叶，赤红好看。乔晚踩着叶子，望着前方，唇边带着笑。

“一会儿吃饭少吃些。”池故渊和她说了一声。

乔晚皱了皱鼻子，转头看了池故渊一眼。

池故渊看到她这个样子，眼中泛起笑意：“只让你少吃些，没说不能吃了。”

“那你说我能吃多少？”乔晚拿着巧克力问。

池故渊说道：“我帮你吃掉一些，剩下的你可以都吃掉。”

乔晚扬了扬眉毛，点头道：“那行。”

说完，她把巧克力的包装纸掰开一些。两个人停在了枫树下，乔晚把巧克力递给了池故渊。池故渊闻到巧克力的香气，低下头去咬了一口巧克力。

池故渊咬了这一口后，巧克力只剩下五分之一了。

乔晚："……"

有那么一瞬间她没反应过来，在看到手里几乎已经看不见的巧克力，还有池故渊眼中的笑时，乔晚啊了一声。

然后，她一下抱住高大的池故渊，喊道："不是！啊！你怎么都给我吃没了？！我就吃了一点点！我开始吃了一小口，现在还剩一小口，你不是说快吃饭了，不能吃太多巧克力吗？你怎么吃那么多？哇！只许州官放火，不许百姓点灯啊！"

看她急得跺脚的样子，池故渊轻声笑了起来。他原本就长得好看，在这满树枫叶下笑起来，更有种蛊惑人的力量。

"那再给你一些。"池故渊说道。

乔晚看着池故渊的笑容，都被他蛊惑到没什么反应了。听了他的话，她愤愤不平地说："不是，那你都吃了，怎么给我？……"

她还没说完，男人低头吻住了她的唇。

两个人的嘴里还有巧克力的香气，在吻上的那一刻，巧克力的香气叠加在一起，让这种味道更为浓郁香甜。

枫叶满地，在这傍晚的街道上，男人微微垂下头，女人踮脚仰头，两个人相拥，巧克力味道的吻绵长甜蜜。

乔晚吃过巧克力后，晚饭也没少吃。池故渊做了三菜一汤，乔晚吃了两大碗米饭。吃完以后，她和池故渊开始整理房间。

虽说房间在他们来之前整理过，但是他们这次要在这里住上一段时间，一些行李什么的还没有收拾。

以前别墅的主卧只是池故渊自己住的，现在两个人要一起住了。

这一番收拾还算轻松，收拾完后，乔晚坐在了又大又软的床上。不一会儿，收拾完其他地方的池故渊过来，乔晚冲过去一下跳到了池故渊身上。池故渊抱着她，然后将她压在了床上。

池故渊放下她时收了劲儿，乔晚陷入大床中，反弹了一下。她仰头哈哈笑了起来，而后专注地看向池故渊。

夜深人静，孤男寡女，接下来要发生什么事自然不用多说。两个人重新在一起后，因为要来加拿大没法带乔小桥，所以乔晚这两周一直在陪伴乔小桥，两个人还没睡在一起过。

也就是说，那晚两个人第一次睡过以后，就没有再睡过了。

两个人都是青年男女，甚至不需要过多铺垫，乔晚的血液热了起来，在身体里流窜，最后整个身体也热了起来。她红着脸，耳垂也有些烫，看着池故渊，抬头亲了他一下。

女人在这样的事情上不占主导地位，但是是占决定地位和先导地位的。乔晚发出信号，池故渊意会，在乔晚吻完要离开时，池故渊的唇落在了她的唇上。

两个人的吻从缠绵变得疯狂起来。

夜慢慢深了，情也越发浓了。可是在乔晚搂住池故渊的脖颈，两个人准备下一步动作时，外面突然传来了门铃声。

两个人纷纷抬头看向了大门的方向。

乔晚的呼吸有些紊乱，池故渊则稍稍克制着，看着乔晚，乔晚也看着他。

"先看看是谁，不然对方会一直按。"乔晚声音不稳地说道。

池故渊眼中情欲汹涌，听了她的话，眼中的情欲被平静的情绪覆盖。

“好。”池故渊起身去了外面开门，乔晚则躺在床上，回味着刚才的吻。房间里还弥漫着暧昧的气息，她回味着回味着，就回味多了。

乔晚敲了敲脑子，怕自己再多想，从床上翻身起来，也离开了卧室。

乔晚走出客厅，到了别墅的门前。

门口站着一个五十多岁的女人，正在和池故渊交谈。看到乔晚过来，女人笑着叫了一声：“小小姐。”

这个女人是他们在超市收银台前碰到的人。

乔晚看了一眼身边的池故渊，池故渊对上乔晚的目光，说道：“她是林家的管家，刚才在超市碰到我们，回去告诉了林老太这个消息，老太太说想让我带你回家看看。”

“回家？”乔晚问。

管家笑起来：“对的，回林家。”

在管家说完这句话后，乔晚平静地上下打量她一番，又看了一眼身边的池故渊。

而在她打量管家的时候，管家也在打量她。当看到乔晚眼中的陌生神色时，管家像是确认一样问道：“您真的不记得我了？”

乔晚转过头来，眼神带了一些歉意：“应该记得吗？”

“没有。”管家连忙摇头，笑起来道，“我就是个做事的人，小小姐不记得我是正常的。今天在超市的时候，我看到您，没和您打招呼，是怕认错了，但是看到池先生就知道您确实是我们小小姐。没想到这么多年过去了，你们还在一起，真有缘分。”

管家自顾自地说着，乔晚听着她的评价，笑了笑：“明天吧。”

“啊？”管家愣了一下。

乔晚笑道：“今天太晚了，我们都要休息了。等明天我再去林家好好拜访。”

听到这里，管家反应过来，说道：“啊，好，当然可以，抱歉，这么晚打扰你们，那我先走了。”

乔晚对她微微颔首，管家观察着乔晚的神色，最后笑着离开了。

她离开后，池故渊关上了门。

在超市的时候，乔晚应该就认出了这个管家，所以在收银台前故意用的她的信用卡，并且签了她的名字，还和收银员确认了她的名字。

当时管家就在他们前面，自然目睹了这一切。管家当时没认乔晚，而是先回了林家，询问林家要如何做。

林家过来邀请她回去，明天她回林家，有什么恩怨也就说明白了。

明天的事情明天做，今晚他们还有其他的事情。房门被关上后，客厅里只剩下了乔晚和池故渊。两个人站在漆黑的客厅里，乔晚循着呼吸声到了池故渊跟前。

而池故渊显然比她着急，双臂放在了她的腰间。乔晚笑得啊了一声，身体腾空，被池故渊抱回了房间。

第二十章

婚 礼

解开禁锢的野兽是最为可怕的。折腾了一晚上，乔晚感觉身上的每块骨头都散架了，一觉睡到了上午。

而相比她，池故渊体力要好得多，在乔晚被他叫醒时，他已经准备好早餐，甚至准备了一些去林家要带的礼品。

被池故渊从床上亲醒，乔晚起床去洗了澡，洗漱一番吃了早饭后，和池故渊一起去了林家。

两个人拿了东西，开车去的林家。林家是华人圈里比较有名的家族，在华人区有一套欧式花园庭院。庭院里有不少住宅，主宅是林家老太太在住，其他几处则是林家的叔侄兄弟的住宅。

林家在二十世纪就来到了加拿大，在老太爷时期家族是最为鼎盛的，后来老太爷英年早逝，林家到了老爷子手里，每况愈下。而在老爷子去世后，林家长子接过林家。长子无能，让林家的地位越发降低，现在林家人只能说是在吃老本而已。

而这样的林家，急需攀附上另外一个家族，池家就是最好的选择。

在知道林恋还活着之前，林家有意让林烨去联系过池故渊。可池故渊因为林恋，并没有给他机会，甚至躲着不见他。

林家和池故渊之间的纠结点在林恋，如今林恋回来，他们之间的恩怨也就没有了。

至于用林恋的名义立空冢给老爷子续命这件事情，随着老爷子去世，也就彻底瓦解了。林恋身上流着林家的血，还要和一个去世的老头子闹什么情绪？

而且林恋在林家的时候，林家对她也是不错的。即使她非老太太的亲孙女，老太太对她也并不刻薄，其他叔侄婶娘也是如此。而下面的堂兄弟姐妹，和她关系不算太亲近，但也算友好。唯一不友好的就是林橙，可林橙如今已经嫁人，林恋也和池故渊恩爱至今，小辈们的感情恩怨也随风散了，没什么大不了的。

所以在林家人看来，林家并没有什么地方对不起林恋。她是林家人，自然也要帮林家。如今她和池故渊在一起，那就代表林家和池家是绑在一起的。

林恋在失踪前，是不知道自己在林家的作用的。据林烨所说，林恋失忆了，关于以前的事情什么都不记得了，这对他们是有优势的。而昨天管家也确认，林恋确实不记得她了。这样的话，说不定连空冢的事情他们都可以略过。

而池故渊这边，是自己调查出这件事情的，有可能会告知林恋当年林家做的这件事情。林恋恨也恨不到他们活着的这些人身上，只会恨到死去的老爷子头上。而老爷子已经去世，她总不能跟死人一般见识。而且这些都是迷信的做法，她当时虽被立了空冢，现在不也活得好好的吗？这说明那件事情对她没什么影响，她对林家自然不该有什么恨意。

林家是按照迎接林家人的排场接待林恋和池故渊的，一大早，就里里外外地布置了。在池故渊的车进入林家大院以后，甚至连老太太都专门出门迎接，眼眶里的泪水也已经提前蓄好了。

池故渊的车子停下，乔晚打开车门下了车。林烨已经走到车前，笑着和池故渊打了招呼。在见到乔晚时，林烨也笑起来："小恋。"

他刚叫完，林家老太太带着哭腔的声音传了过来："小恋，你这么多年去哪儿了？！"

"妈，您慢点儿。"

"奶奶，别哭了，小恋不是在这儿吗？"

在几位儿媳和孙女的搀扶下，长发老太太走到了乔晚跟前，圆润的双手一把握住了乔晚的手，说道："这么多年了，你可真是急死奶奶了。"

乔晚："……"

这场景像极了亲人间久别重逢，不光奶奶，其他几个婶娘和姐妹眼眶也红了。乔晚抬眼看着她们扶着老太太，说道："我现在回来了。"

在几个女人声泪俱下时，乔晚的平静自然也引起了她们的注意。老太太的眼眶又红了一圈，她看着乔晚说道："你真……真不记得以前的事了？”

“对。”乔晚回道，“当时出了车祸，我被人带走了，那人的女儿和我长得一模一样，叫乔晚，我就用乔晚的身份活了这么久。”

“该死的！”老太太骂了一句，“他自己的女儿没有了，就带走别人的女儿，丝毫不顾及别人的家人的心情。现在你回来了，我们去警局报案，这是犯法的……”

“要不我们先进去吧。”乔晚说道。

老太太的话还没说完，乔晚拉了一下进程，老太太听她这么说，忙说道：“好，好，好，我们进去，这些事情以后再说。”

就这样，乔晚和池故渊一同被林家人领进了主宅。

在乔晚和池故渊来之前，主宅里就进行了整理，一派喜气洋洋。乔晚进去后，打量了一番。老太太一直在她身边，跟她说着家里的摆设。

“家里什么都没有变，还有你的房间也没有变。”老太太说道，“不过当时池先生对你思念过深，你的东西都送给他了。”

老太太说到这里，看了一眼池故渊，笑了笑：“当然拿走也没什么，你们本来就是在一起的。”

“家里你的房间我另外找人按照你以前的样子布置了，你要不要去看看？对了，你以后就留在加拿大了吗？那你和池先生现在还没有订婚，还是住在家里好。你们想什么时候订婚？”老太太像是普通的家长，殷切慈祥地问着乔晚和池故渊关于人生大事的安排。

其他林家人除了林橙，也都喜气洋洋地听着。

乔晚看了他们一眼，又看了池故渊一眼，说道："他已经求婚了。估计这次来加拿大忙完事情，我们回去就会订婚了。"

乔晚说完，林家人的神情都变化了一瞬。而池故渊听到这里，看向她，勾了勾嘴角。

"你们还要回去？以后不在这里？"老太太问。

"对。"乔晚点头。

"回去干什么呀？"老太太还没说话，大伯母就插了句嘴，"你从小在加拿大长大，而且娘家也在这儿，池先生在这儿也有工作室，到时候他和你大哥继续合作就好了。你们还是在这儿好，家人都在这儿，我们也放心呀！"

大伯母说完，其他几个伯母婶子纷纷点头说道："对啊，对啊。"

"我家不在这儿。"乔晚反驳，"我家在中国，家里有母亲和儿子，我也有自己的新名字，叫乔晚。我这次过来不是为了留下的，而是有其他事情要做。"

乔晚语气温和，但她的话像是一把最锐利的刀，割开了林家人对未来的幻想。乔晚这话说得直接又干脆，他们一时间没反应过来。

不知过了多久，老太太反应过来，说道："什么乔晚？你是林恋！"

"我是谁我自己说了算吧。"乔晚笑道。

就在乔晚说自己是乔晚时，林家人的脸色都变了；在她笑着说完这句话时，林家人知道乔晚也变了。四年前她父母双亡，林家给块糖吃她就开心得摇尾巴，任由他们利用。但是现在，乔晚已经不是当初的林恋了。

“小恋，你这是怎么……”老太太看着乔晚的笑容，压下愠怒的情绪，恢复了慈祥和心疼的神色，说道，“我知道你现在还没有恢复记忆，所以才说出这样的话。你作为乔晚生活，对那个家庭有感情我们理解，可是你也要体会我们的心情啊！我们作为你的亲人，听到你这样说心都碎了。”

乔晚看着老太太，老太太伪善的演技十年如一日地精湛，乔晚笑着说道：“我当然没忘了我是林家人，所以这不是回来分遗产了吗？”

乔晚说到这里，没再继续兜圈子。林家人想要继续利用她，稳固林家和池故渊的关系，可是万万没想到，最后被她倒打一耙。

她提到遗产，可就不是老太太一个人的事情了，而是林家所有人的事情。她一提出这个问题，大家眼中的那丝伪善也都消失了，露出了探询、疑惑，还有藏在最深处的对她这个“外人”的鄙夷之色。

不管他们如何看她，这份遗产乔晚要定了，这本来就是属于她的。

“既然你们说我是林家人，爷爷去世，遗产应该也有我的一份吧？”说完，乔晚像是想起什么，笑了笑，“哦，还有我爸爸。我爸爸虽然去世了，但也有林家的血脉，他那份遗产也该给我。”

乔晚撕开伪装，明白地说出了她的目的。在她说完这话后，林家没有人再开口。

蛋糕就那么大，而乔晚想要分一杯羹，且一下要两份。若是他们把遗产分给她，其他人碗里的羹势必会变少。

“遗产的事情，在你爷爷去世时我们都商量好了。但是你说得也不错，肯定会有你和你爸的一份遗产的，这些事情我们后面会好好商量一下……”老太太说道。

“我带了律师。”乔晚说，“大家都在，就现在商量好签遗嘱协议吧。我也不多要，就只要我和我爸的那份。”

乔晚今天来是做了万全准备的，甚至将律师都带过来了。林家人以为逮了只羊，没想到竟然是披着羊皮的狼，不但没让他们吃到肉，反而觊觎他们羊圈里的羊。

“小恋，你刚回家，这么着急做什么？而且你看，池先生还在。你俩没结婚，池先生毕竟是外人，我们家里的事情还是不要在外人面前聊得这么明白……”林家大伯父说道。他现在是林家的家主，除了老太太，他是说话最算数的。

“没关系。”乔晚回头看向池故渊笑了笑，“他已经向我求婚了，我们现在就是一家人。”

乔晚转头又看向林家一大家子人，笑着说：“您非要说亲不亲的话，我未来要嫁入池家，且以后在国内以乔晚的身份生活，也不会再跟你们见面了。这么算的话，我和池故渊是更亲些的。”

原本还有些为难的林家人，在听完乔晚的这番话后，算是彻底明白过来了。乔晚今天来的目的很简单，就是要遗产，与此同时，她以后和林家就完全没有关系了，就是乔晚。既然没关系，她自然不会让池故渊帮助林家。

林家人千算万算，没想到会偷鸡不成蚀把米。

在这里，林烨算是林恋和池故渊在一起的纽带。他听完乔晚的话，问道：“小恋，你这话是什么意思？你以后都不和我们林家有联系了？你怎么这么冷血？”

“她的意思很明显，她不愿意做林恋，只愿意做乔晚。”林橙听哥哥说完，语调带着些嘲讽之意，看向乔晚，说道：“那你既然不是林恋，我们林家的遗产凭什么分给你？”

乔晚看向林橙，说道：“凭我血缘上是林家人。”

“你血缘上是林家人？”林橙反问了一句，笑起来，“怎么证明？”

其实到现在，说再多也挽回不了关系，不如鱼死网破，减少损失。林恋想空口白牙直接要去两份遗产，这可是让林家其他人剥去一层皮。

而她说她失忆了，又说她是乔晚，现在也没有任何证据能证明她就是林恋。做 DNA 检测需要双方同意，他们若是不配合，面前这个叫乔晚的女人不会拿到 DNA 检测报告，也证明不了她就是林家人。

林橙是律师，在这方面比其他林家人想得要多一点儿。

可就在她想到这一点时，乔晚却从包里拿了一份 DNA 检测报告出来。她把检测报告递给了林橙，说道：“大哥让我做的。”

林烨当时让林恋做 DNA 检测，是为了让她认祖归宗并且好让他和池故渊继续合作，没想到林恋现在竟然变成了这副样子。

“你——！”林烨气得手都抖了，指着乔晚半天说不出话来。

到了现在，林家人已经彻底无力回天。乔晚也不想和他们继续掰扯下去，说道：“我现在是心平气和地和你们说话。我只要属于我的东西，我和我爸的那两份遗产。你们给我是应该的，不给我，我只能走法律途径，反正都已经联系好律师了。”

“你们当年利用我父亲和我，给林家人续命做空冢，这样的事情并不算光鲜，也算是林家的秘密。如果我不能拿到我和我父亲应得的遗产，这个秘密也不算是秘密了。”

“这样的事情若被散播出去，对林家有什么影响，想必你们自己也清楚。不但对林家的生意有影响，未来华人圈的人会怎么看林家？还有我这些没有结婚的堂兄弟姐妹如何在华人圈自处也是个问题。”

“我不想弄得太难看，选择权在你们手里。”

乔晚和池故渊在林家待了一整天，后续的事情也还要两天才能处理完。池故渊这边会有律师和财会帮她清算后期的遗产问题。

和林家人签订完协议，不需要当事人后，乔晚和池故渊把财会和律师留在林家，先行离开了。

事情解决得还算顺利，乔晚的心情也不错。乔晚和池故渊离开了林家主宅，刚一出门，乔晚跳下台阶，身边的池故渊抬手抱住了她。乔晚反手抱过来，直接挂在了他的身上。

她是开心而快乐的，抱着池故渊，抬头在他的唇边亲了一下，笑嘻嘻地说：“我有嫁妆啦。”

这是她爸爸妈妈给她的嫁妆。

父亲在她五岁时去世，母亲在她十五岁时去世，她以为在世界上孑然一身，没料到被林家认了回去。她以为她有家了，没料到却被林家用作续命的工具。但是现在她是乔晚，有母亲，有乔小桥，还有池故渊。她的父母已经去世，却也给她留了份丰厚的嫁妆，乔晚觉得她这辈子自此真是太幸福了。

乔晚今年 23 岁了，距离有母亲的记忆已经过去了八年，有父亲的记忆更为久远。但爱就是这样的东西，就算她忘记了所有曾经在一起的景象，可是那份父母对她的爱意历久弥新，她永远不会忘。

她的父母并没有陪伴她多久，但是他们给了她足够的爱，这份爱足够支撑她在未来的生活里即使没有他们，也能好好地生活下去。

林家这份遗产于她来说是一口气，也是和林家割裂的信号。她拿走了在林家原本属于她的东西，至此，她就不再是林恋，而是乔晚了。

乔晚对这样的改变很开心，搂着池故渊的臂膀，笑意在她的眼睛里绽放开来。池故渊低头望着她的笑容，在她的唇上吻了一下。

秋季的夜里，男女拥吻，为这萧索气氛，增添了一股温馨的暖意。

这种感觉就像是池故渊为她作的钢琴曲那般，加拿大的秋萧瑟凄凉，可是她和池故渊在一起后，秋就不再是寂寥的了。

两个人浅浅地吻着，乔晚笑眯眯地看着池故渊，男人的吻落在她的嘴角、鼻尖上，最后落在了她的额头上。

额头有些痒，乔晚笑容加深，眼睛里映着池故渊的身影和皎洁的月光。

“那我们该结婚了。”池故渊对她说。

听了他的话，乔晚笑出声来，点了点头道：“对呀。”

嫁妆备齐了，他们可不是该结婚了吗？

她开心地点头，表情轻松惬意。

池故渊看了一眼远处，问她：“饿了吗？”

现在已经是晚上七点多了，天都黑了下来，街道上枫树旁的一排排路灯也已经亮起，将整条街道照得明亮而孤寂。

他们在林家待了一天，除了中午在林家吃了一顿饭，现在还没吃晚饭呢。池故渊这么一问，乔晚还真有了饥饿感，点了点头，回道：“饿了。”

说完，乔晚笑着松开了抱着池故渊的手臂，问道：“吃什么？”

池故渊抬手握住了她的手。两个人十指交握，走在这明亮孤寂的街道上，在秋风中，池故渊说道：“比萨。”

乔晚：“……”

池故渊果然带着她去了她曾经打工的那家比萨店。

这是一家位于市中心的连锁比萨店，开了十几年，因为口味独特，地理位置优越，每天门庭若市，即使现在非饭点，也有很多人。

池故渊牵着乔晚的手，推开了比萨店的门，比萨店玻璃门上的风铃发出清脆的声响，里面传来了服务生的欢迎声：“欢迎光临。”

这家比萨店的服务生大部分是十七八岁的学生，在这里打工赚零用钱，基本上待上了大学以后，大家就不在这里工作了。现在四五年过去，店里的服务生已经换了一批，乔晚都不认得了。

苏茹麟虽然是池故渊给她安排的假亲生母亲，可是关于她的事情，苏茹麟也说对了一些。乔晚十五岁就开始在比萨店打工，所以很讨厌比萨的味道。

但是今天故地重游，乔晚倒没有讨厌，反而有些回味。

池故渊带着她进门后，找了张靠窗的双人桌坐下后，服务生过来，给他们递了菜单。

乔晚翻着菜单，笑着说道：“菜单倒是没怎么变。”

比萨还是那些比萨，只是菜单换了更好的设计样式，与时俱进，但是口味依旧没什么变化。

乔晚记得当时有个和她一起打工的中国小姐姐，小姐姐告诉她，若是在中国，这家餐厅早就因为口味固化被淘汰了。国内关于吃的东西品种样式非常多，若是没有变化，很容易让人吃腻。

乔晚是中国人，可在加拿大长大，对小姐姐的说法并不太了解。现在在国内生活了四年，乔晚才真正体会到了这话的意思。

“我要份意面。”乔晚点了餐。

比萨店一般也是有意面的。

服务生是个十七八岁的小姑娘，听完以后点头记下了菜品。而后她看向池故渊，池故渊则和往常一样点了一份比萨。

点好餐后，服务生离开，乔晚靠在椅背上，抬头打量着餐厅。

四年过去，餐厅的装修也有了很大的变化，不变的只有餐厅里比萨出炉时的芝士味道。

熟悉的回忆和味道在她坐下后慢慢变得鲜活，乔晚指着餐厅里的某些地方，和池故渊聊着以前打工的趣事。

“在林家见到你之前，我在这家餐厅见过你。”

在乔晚和池故渊说着她在餐厅的经历时，他开口说了这么一句话。

乔晚一下停住了，回头看向池故渊，眼中带着不可思议之色。

“在这儿？”乔晚确认道。

“在这儿。”池故渊确认。

乔晚得到了池故渊的肯定答案，可是一点儿印象都没有。

“什么时候？在哪个地方？……”对这段她没有的记忆，乔晚有些急切地想知道。

池故渊听着她的问题，对她说道：“四年前，在你去林家的前一天。就在这个位置，你在玩一款小游戏，当时卡关了，我帮你点了两下，过关之后你跟我说了声谢谢。”

有池故渊的提示后，乔晚脑海中关于六年前、关于这个位置、关于那款小游戏、关于好心的顾客帮她点两下游戏过关的记忆慢慢在脑海中出现。

比萨店并不是二十四小时都在忙碌，下午三点到五点是服务生的休息时间。尽管服务生休息，但是也会有顾客进来买餐。只是顾客很少，不需要所有服务生都在服务台那里工作。有时候，两个服务生就轮流工作。一个在卡座休息，一个在服务台后点餐。

当时和乔晚同班的就是那个中国小姐姐，两个人关系不错。一般是今天她值日，明天小姐姐值日。在小姐姐值日、她休息的时候，乔晚会坐在靠窗的卡座上，用手机玩一款星星消除的小游戏。

这款游戏很简单，两颗及以上的星星在一起点一下就能消除，消除的星星越多，分数越高。而被消除后星星会消失，最后会剩下一些，剩下的星星越少，分数也越多。

这算是一个益智小游戏，要考虑到架构问题，乔晚经常用这款游戏打发时间。

一般她在卡座上玩游戏的时候，很少有顾客会过来打扰她，所以在池故渊提起那次的事情后，乔晚很快想了起来。

当时她的纪录很久没破，卡在第十关了，要是她能完全消除这关卡的星星，那这个纪录就被破了。可是她对这款游戏的智商好像就到这儿了，无论如何她也过不了。

那天她在绞尽脑汁地想着如何通关时，有个等餐的顾客在询问了她的意见后，帮她点了两下。她对那个顾客几乎没什么印象，只记得他点在她的手机屏幕上的手指修长又漂亮。

阻碍了她半个多月的游戏过关，一连串星星炸开，像是烟花一样消失，她的关卡分数飞速增长。乔晚一心扑在游戏上，只在盘算着分数，并没有抬头看那名顾客。

而她没想到那名顾客竟然是池故渊。

乔晚想起这一切，看着面前的池故渊，心脏有力地加速跳动着。

冥冥之中，命运早就计划好了一切。池故渊轻巧地点了两下，让她过了小游戏关卡，也正如现在，池故渊的出现，让她的人生变得轻松，让她走过了那段痛苦的经历。

这样的感觉很奇妙，奇妙到让乔晚的心跳都变得急促起来。她的心脏敲击着胸腔，而她面上保持着镇定，望着池故渊，眼中的情绪像是水中的色彩洇开。

“所以，你对我……”

“一见钟情。”

乔晚还没问出，池故渊就确认了她的想法。乔晚看着他，觉得嘴里像是含了一颗水果糖，甜蜜的味道蔓延至全身，让她的笑容都变得更加甜蜜起来。

所以她和池故渊的缘分是早就注定了的。就算她没有被林家认回，就算没有在林家的那次见面，池故渊也早在她认识他之前就认定了她。

他们迟早会是恋人，她是池故渊早已觊觎的猎物，根本逃不掉。

其实在林家见他的第一面，她也对他动了心，她对池故渊也是一见钟情。

只是……

“你爱我永远比我爱你多一天。”乔晚说道。

池故渊望着她，神色认真地道："是的。"

乔晚笑了起来。

在这样的浪漫相处之下，乔晚暂时忘了乔小桥。遗产的事情有律师和财会处理，这几天，乔晚和池故渊基本上就是在度假谈恋爱。

不得不说，二人世界还是甜蜜的。

但是做了母亲，这样的甜蜜时间有那么两三天还行，时间一长，乔晚想见乔小桥的心情就迫切起来。在处理完遗产的事情后，乔晚归心似箭。等事情结束，她和池故渊刚下飞机，乔晚就让池故渊先送她回了家。

两个人到小区的时候已经是晚上八点多了，乔晚提前和乔小桥打过电话，告知她会在晚上八点多到家。到了小区以后，池故渊帮乔晚拎着东西，送她到了单元楼门口。

越是到了家门口，回家的欲望越是强烈，乔晚拎过行李箱，问身边站住的池故渊："你要不要上去坐坐？"

"不了，等有时间再说。"池故渊回道。

听池故渊这么说，乔晚也没和他客气，说道："那行，那我先回去了。"

乔晚说着，拎着行李箱就要离开，池故渊叫住了她："乔晚。"

"啊？"乔晚回过头看了他一眼。

池故渊对上她的视线，问道："你明天有时间吗？"

现在是 9 月，学校刚开学，琴行不是特别忙。明天也不是周末，乔晚在琴行没什么课。想了想自己的课程表，乔晚回道："有啊，我明天不用去琴行。”

池故渊说道：“明天晚上我带你见见我父母吧。”

乔晚愣了那么十秒钟，看着池故渊问：“我自己？”

“带着乔小桥。”池故渊回道。

乔晚又没了声音，池故渊抬手摸了摸她的头发，说道：“要是可以的话，明天下午我过来接你们。”

男人的手掌在她的头顶抚摩着，他的这个动作像是把她安抚了下来，又像是没有。

听了池故渊的话，乔晚点了点头：“好。”

和池故渊分开后，乔晚拎着行李箱回了家。

她刚一进家门，乔小桥就蹿了出来。乔晚一把将小家伙举起来，转了个圈圈：“乔小桥，想死妈妈了！”

“我也想死你啦！”乔小桥抱着妈妈的脖颈，“咯咯”笑着。

母子俩闹成一团，门口的胡玫看着他们开心的样子，有些佯嗔地笑道：“小心点儿，在门口就这样，当心撞到头。”

“没事，我看着呢。”乔晚笑嘻嘻地说完，然后抱着乔小桥，用另外一只胳膊搂住了母亲。

一家三口搂到了一起，门也没关，他们在门口搂了好一会儿才分开。

三人分开后，乔晚关上门，拉过行李箱开始给母亲和乔小桥拿礼物。

这几天，律师和财会清算了林家要分割给她的遗产。林家虽然不如以往财大气粗，但是乔晚拿了两份遗产，数目还是十分可观的。

母亲对她如今花钱大手大脚已经习惯，但也免不了说她两句，而乔小桥沉浸在他的乐高、恐龙和哥斯拉里。

三人在客厅里拆了礼物，又闲聊了一会儿，明天母亲还要去手抓饼店里上班，早早地去休息了。乔晚和乔小桥也把客厅里的礼物及玩具收拾了一下，而后乔晚抱着乔小桥去浴室洗澡了。

在和乔小桥还有母亲重逢的喜悦心情退却后，乔晚想起了池故渊临走时和她说的话。她又有些紧张起来，而乔小桥因为妈妈回来，还有新玩具，现在还沉浸在兴奋状态中。

乔晚给乔小桥洗完澡，自己也洗了个澡，换了睡衣回到卧室。乔小桥还拿着哥斯拉在玩，乔晚看着奶白奶白的儿子，猛扑过去，把乔小桥抱在怀里在床上打了两个滚。

刚洗完澡的小孩抱着可真舒服啊，皮肤冰凉滑腻，柔软好摸，身上一捏一个小窝窝，还透着奶香，乔晚抱着乔小桥猛地亲了两口。

亲完以后，乔晚觉得自己活过来了。

乔小桥已经习惯了这样炽烈的母爱，被亲完以后，他的头发都因为妈妈刚才抱着他打滚变成了鸡窝一样。待妈妈松开胳膊，他从妈妈的怀里离开，坐在了床的一边，低头看着妈妈问道："妈妈，你有什么心事吗？"

乔晚撑着胳膊看着乔小桥，听他说完，挑了挑眉："你看出来了？"

“嗯。”乔小桥说道，“从给我洗澡开始你就心不在焉的。”

说完后，乔小桥看向妈妈，又问道：“又和池叔叔分手了？”

乔晚：“……”

“没。”乔晚否认道，在床上盘腿坐着。她非但没和池故渊分手，现在还要谈婚论嫁了。

乔晚和池故渊走到现在这个地步，确实也到了该见家长的时候，原本他们上次分手前就要见家长的。

那次乔晚已经做好见家长的准备了，可是那时候还没有回忆起过去的事情。现在有了过去的回忆，再提起见家长，乔晚需要重新做心理准备。

她和池故渊几年前在一起的时候，池故渊说等她 20 岁，会带着她去见父母。他父母一直知道她的存在，且一直等待着见她。而后来发生了那么多事情，如今她 23 岁了。

乔晚不知道自己还是不是以前的自己，不知道自己是否能达到池故渊的父母心里的预期。除此之外，由于四年前的那次约定，让乔晚对见池故渊的父母这件事有了种神圣感。

这几种感觉交织在一起，导致乔晚现在心情有些复杂，尤其池故渊说明天还带着乔小桥一起见他父母。

“你池叔叔说明天带我见他爸妈。”乔晚和乔小桥说道。

听了妈妈的话，乔小桥回道：“那挺好啊。”

乔晚说：“还要带着你。”

乔小桥：“……”

乔晚现在嫁人不只是嫁自己，是嫁一送一。她嫁入池家，乔小桥也是要跟着去的，所以明天不只是乔晚见公婆，还有乔小桥见他的新爷爷奶奶。

乔晚说完后，淡定的乔小桥突然没了声音。有了乔小桥的对比，乔晚突然觉得不那么紧张了。

不管怎么说，明天见池故渊的父母是见两个人，她和乔小桥也是两个人。

2 ∶ 2，她有什么可紧张的？

“你紧张吗？”乔晚看着沉默的乔小桥，笑着问道。

乔小桥看了妈妈一眼，然后低头继续玩哥斯拉：“不紧张。”

乔晚笑起来，问道：“为什么？”

乔小桥淡淡地说道：“池叔叔是很好的人，”乔小桥抬头看向妈妈，“那他爸爸妈妈肯定也是很好的人。因为只有很好的爸爸妈妈才能教出这么好的池叔叔。”

说完这些，乔小桥补充道：“就像你教出我一样。”

乔晚：“……”

好家伙，一番话轻描淡写地把五个人都夸了，有她儿子这张嘴，她还担心什么啊？！

小家伙说完后，就继续玩玩具了，乔晚低头看了他一会儿，抱着他在他脸上亲了好几口。

乔小桥快被亲窒息了。

乔晚亲完乔小桥，心也放下来不少。她看了一眼时间，对乔小桥说道：“我们睡觉吧。”

被妈妈亲得头晕眼花，乔小桥乖巧地点头，把哥斯拉递给了妈妈：“好。”

乔晚接过乔小桥的哥斯拉放到了一旁，而后把小家伙卷进了怀里，抬手把房间里的灯关掉了。

房间陷入了一片黑暗之中。乔晚抱着乔小桥，闭上了眼。别说，几天没抱着乔小桥睡觉，她还有些想念。

乔小桥今年已经四岁了，再过一段时间就要五岁了，等他再大一些，她就没法抱着乔小桥睡觉了。

想到这里，乔晚还有些感伤。

她轻轻叹了口气，低头在儿子的额头上亲了亲。亲完之后，她把儿子的手握在了手里，然后闭上眼睛准备入睡。

母子俩以往都是这样睡觉的，虽然没有血缘关系，但是乔小桥是她一手带大的，两个人对彼此都很依恋，这样抱着睡觉，能够很容易地入睡。

乔晚抱着乔小桥，黑暗的房间里，只有母子俩的呼吸声。

安静的房间里，怀里的乔小桥突然发出了声音。

“妈妈，你睡了吗？”

乔晚立马睁开了眼睛。她毫无睡意，精神紧绷，在儿子问完后，回道：“没。”

“你怎么没睡？”乔小桥问。

在儿子问完后，乔晚卸下了伪装，抬手摸了摸眉心，回道：“我紧张。”

乔晚说完后，回过神来问乔小桥：“你呢，怎么还没睡？”

她说完，黑暗中的乔小桥沉默了一会儿，说道：“我也紧张。”

乔晚："……"

这下好了，因为明天要去池故渊家，母子俩都失眠了，这可怎么办？

池故渊昨天和乔晚约好了今天见父母，下午开车去了乔晚家，接了乔晚和乔小桥。

母子俩昨晚失眠了半夜，好在午睡把精神补足了。池故渊到了以后，打了电话让他们下楼，乔晚带着乔小桥离开了家。

从单元楼的电梯里出来，两个人就看到了等在外面的池故渊。池故渊望着母子俩走近，打量了他们一番。

今天是见池故渊的父母，乔晚和乔小桥都是认真对待。两个人穿着得体，精神饱满，光看表面倒是挺胸有成竹的。

“走吧。”池故渊牵过乔小桥的手，带着母子俩去了小区外。

车子停在外面，池故渊把乔小桥放在了后面的儿童座椅上。给他系好安全带后，池故渊回到了驾驶座上，旁边的乔晚也已经坐好。池故渊又看了一眼前后座上的母子二人，问道：“还可以吗？”

他们表面还算正常，可刚才池故渊无意间拉了乔晚的手，发现她的掌心都是汗。上次说要见他父母，她就很紧张，现在又带了乔小桥，她的心情应该不算太放松。

“可以。”乔晚看了池故渊一眼应道，“迟早要见，没什么。”

对必然要发生的事情，紧张和其他消极情绪都没什么用，她勇敢面对就行了。

妈妈说完，乔小桥还附和了一句：“对的。”

母子俩一唱一和，池故渊又看了他们一眼，然后点了点头：“好。”

就这样，池故渊没再问什么，发动了车子，车子驶入高架，朝着城北池家驶去。

现在是傍晚五点，夕阳未落，天边是无尽的晚霞，绚烂漂亮。乔小桥坐在儿童座椅上，望着窗外的景致。车上安安静静的，池叔叔在开车，妈妈也和他一样在看晚霞。

“我要叫池叔叔的爸爸妈妈什么？”

在车子里一片安静的时候，后面的乔小桥问了一句。

乔晚回神，还没说话，旁边开着车的池故渊回道：“叫爷爷奶奶就好。”

乔小桥非乔晚亲生的事情，他爸妈是知道的。可是既然乔晚认定乔小桥是她的儿子，乔小桥自然也是池家的子孙，这一点是毋庸置疑的。

他的父母让乔小桥这样称呼他们，是对她的包容和肯定，乔晚看着池故渊，轻轻笑了笑。

就着这个话题，她回头继续看着车窗外的景致，说道：“那我叫什么？”

池故渊回道：“爸爸妈妈。”

乔晚道：“好……嗯？哎？不是……”

乔晚下意识地应声，等反应过来时，脸已经红透了，回头看向池故渊，说道：“现在还不行吧……”

而她说完后，就看到了池故渊眼中的笑意。乔晚心中一动，知道他刚才是在逗她。她一下有些又羞又窘，一下又觉得有些可笑，在这两种情绪中，紧绷的神经放松了。

乔晚说完那番话后，后面的乔小桥已经笑了起来。小家伙一笑起来，车子里的气氛顿时变得轻松愉快，最后，车上的一家三口一起笑了起来。

在这样愉悦的气氛中，三个人抵达了池家宅院。

池家位于 A 市城北，在城北九山景区内。九山属于 A 市的公共景区，但是在公共景区内的一片区域是私人住宅区，池家宅院就在那里。

九山树林葱郁，视野开阔，环境雅致，那片私人区域内的环境更好。池家占据了九山半边山腰，中式庭院与自然相融合，像是一座复杂幽美的园林。待进了池家宅院的大门后，乔晚才真正见识到了什么叫大户人家。

这种静谧和幽雅的环境自带一种庄严感，让乔晚放松下的心情不免又紧张起来。可是在见到池故渊的父母后，乔晚的紧张感就烟消云散了。

正如乔小桥所说，池故渊这么好的人，他的父母必然也是极好的。

池故渊的父亲叫池昀儒，人如其名，儒雅正气。他今年四十几岁，身姿挺拔，看上去比实际年纪要年轻一些。池故渊和父亲的长相有些相似，一看他们就是亲父子。而若不是池昀儒鬓边的白发，两个人站在一起倒有些像兄弟。

相比池昀儒的儒雅正气，池故渊的母亲方清阁则端庄秀丽。她有点儿像画中的大家小姐，自带一种典雅气质。与气质相衬，她的长相也极为好看。女人好看却不傲慢，带着些母亲的温和韵味，乔晚见到她，甚至有些一见如故的感觉。

而方清阁也是如此，乔晚进门打过招呼后，她已经握住了乔晚的手。女人唇边是慈爱的笑意，她打量着乔晚，笑着对一旁的池故渊说道："真人看着比照片更亲切些。"

手被女人那么握着，乔晚原本一手的冷汗，被她温柔地握去了。乔晚抬眼看向她，方清阁则对乔晚说道："我看过你的照片。故渊有一本相册，里面全是你的照片。"

那本相册也导致两个人差点儿分手，好在现在他们已经完全说开。乔晚没想到池故渊在她来见他父母之前，他的父母就已经先行了解她了。

听方清阁这么说，乔晚冲着方清阁笑了笑，心中像是流淌着一股暖流，让她放松下来。

"你是小桥吧。"在方清阁和乔晚说话时，池昀儒则俯身和乔小桥搭了句话。

"爷爷好。"乔小桥礼貌乖巧地打招呼。

池昀儒眼中带了慈祥的神色，他拉过乔小桥，笑着问："饿了没有？"

"还好。"乔小桥也笑了笑。

"小孩子是最禁不住饿的。"池昀儒笑了一声，说道，"我问过你池叔叔你爱吃什么菜，今天专门做了，过去尝尝？”

池昀儒询问着乔小桥的意见。乔小桥看了一眼妈妈。

乔晚笑起来：“谢谢爷爷呀。”

“谢谢爷爷。”乔小桥学着说了一声。

“不客气。”池昀儒对乔小桥是真的喜欢，说完后张开双手，“爷爷抱你过去？”

这次，乔小桥没有看妈妈，而是张开手臂环抱住了池昀儒。

小家伙一到怀里，池昀儒脸上霎时绽开了笑容，他一下把乔小桥抱在了怀里，说道：“走，吃饭去。”

小孩子是最能感受到谁对他真心好，谁对他假意好的。乔小桥抱着池昀儒，感受得出，池叔叔的爸爸妈妈是真的像接受妈妈一样接受他了。

他以后不光有外婆和妈妈，也有爸爸，还有爷爷奶奶了。

对乔晚和乔小桥的到访，池家以最高规格接待。家里的厨师没有用到，池昀儒亲自下厨，除了做了一些乔小桥爱吃的菜，连乔晚的口味也照顾到了。池家对他们母子俩，可谓是从心里接受并且喜爱。

其实在现在这样的社会环境下，对单亲妈妈，池故渊的父母能够接受她已经不容易，更何况还接受乔小桥，而且还真心喜欢他们母子俩。之所以这样，除了池故渊的父母都是很好的人，肯定也是因为池故渊。

乔晚很庆幸，也感到很幸福。

在池家吃完晚饭后，池故渊就怕乔晚和乔小桥在池家待久了不适应，和父母道别后，带着他们离开了池家。

离开池家时也才晚上七点，池故渊带着母子俩去了城西的别墅。

乔小桥今天晚上在池家很开心，这种好心情持续到城西别墅，兴奋过头的乔小桥很快没电，加上昨天晚上失眠半宿，很快打起了瞌睡。

瞌睡了一路的乔小桥，在车子驶入池故渊家时，被安全感包围，直接睡了过去。

池故渊停了车子，将车子熄火。乔晚和池故渊回头看了一眼儿童座椅上的乔小桥，车子里响起了小家伙沉睡的鼾声。

乔晚笑了一声，池故渊看了她一眼。乔晚解开安全带，小声说道："我先抱他去房间里睡一会儿。"

乔晚说完，打开了车门，池故渊也跟着下了车。乔晚解开儿童座椅的安全带，在束缚被解开后，小家伙迷迷糊糊地睁了睁眼。

"妈妈。"乔小桥叫了一声。

"嗯。"乔晚温柔地应了一声，而后乔小桥张开双手，环抱住了乔晚的脖子。乔晚被儿子抱住，双臂微一用力，把他抱了起来。

在乔晚抱着乔小桥时，池故渊已经开了家里的门。两个人走进去，池故渊示意乔晚去卧室。乔晚会意后，抱着乔小桥去了卧室。

女人抱着孩子的背影消失在视线内，池故渊没有跟着过去。他看着乔晚的背影消失在门后，回过神来后，打开了客厅里的灯。

乔晚抱着乔小桥，小心翼翼地将他放到了池故渊的床上。乔小桥在被乔晚解开安全带时已经醒了一半，被妈妈抱着进了房间后又醒了一些。

“这是哪儿？”乔小桥问。

“你池叔叔的房间。”乔晚回道。

乔晚说完，乔小桥放松下来。感受着怀里的小家伙因为知道是在池故渊的房间里而软下来的身体，乔晚笑了笑。

她帮乔小桥脱了鞋子和外衣，掀开被子，让乔小桥躺了上去。

“你先睡一会儿，等睡好了我们再回家。”乔晚坐在床边，拍着乔小桥的身体哄着他入睡。

待躺在床上后，乔小桥感受着妈妈的拍打，头靠在枕头上，对乔晚说道：“你可以陪我睡一会儿吗？”

乔晚听完，看向儿子点头笑了笑：“当然可以。”

说完，乔晚脱掉鞋子上了床。她没有盖被子，躺在了被子上，一只手臂撑着头，另外一只手臂则抱住了被子里的乔小桥。

被妈妈抱住，乔小桥翻过身来，小脸靠在了妈妈的怀里。

“妈妈。”乔小桥叫了乔晚一声。

“嗯？”乔晚应声。

妈妈的拍打和声音是最好的催眠曲，乔小桥在妈妈应声时，意识都已经不清晰了。可是在意识不清晰中，他还是说了一句：“我喜欢爷爷奶奶。”顿了顿，乔小桥又说道，“我喜欢现在的家。”

乔晚拍打着小家伙的后背，在听完他的话后，缓缓停下了动作。她低头看向怀里，小家伙的呼吸已经变得均匀，他已经陷入了沉睡之中。

我喜欢爷爷奶奶。

我喜欢现在的家。

这两句话，一直在乔晚的耳边回荡。

乔晚的心像是浸了水的海绵，很快就被幸福感充满了。她低头看着小家伙，唇边勾起一丝笑容，轻轻地继续拍打着他的后背。

池故渊在客厅开了灯后，去茶水间给乔晚倒了杯水。水温刚好，池故渊端着水杯进了卧室。男人身形高大挺拔，可动作细微无声，乔晚还是在他进来时才察觉到。

看着池故渊端着水杯进来，乔晚冲他笑了起来。

“睡了？”池故渊走到床边，看了一眼乔晚怀里熟睡的乔小桥，把水杯放在了一旁。

乔晚还拍打着乔小桥，一时半会儿像是不会离开。池故渊放下水杯，低头凑过去与乔晚轻吻了一下，而后坐在了床边。

安静的卧室里只开着一盏小小的台灯，灯光柔和，镀在三个人身上。池故渊坐在床边的地毯上，抬头看向乔晚。乔晚也在看他，两个人对视的眼中，蓄着温柔的光和轻柔的暖意，在两种目光之下，则是浓郁得化不开的爱和甜蜜情意。

“谢谢你。”乔晚突然对池故渊说了这么一句话。

池故渊看着她，问道：“谢什么？”

乔晚回道：“谢谢你的爱。”

乔晚如今能这么幸福，是池故渊给她的爱支撑起来的。她很感谢池故渊对她的爱，能让她这么幸福。

床边的男人目光微动，望了她好一会儿才说：“也谢谢你。”

乔晚轻笑一声，问道：“为什么？”

“因为没有你的话，我的爱无处安放。”池故渊道。

所有人都有爱，不管好人还是坏人，老人还是年轻人，爱是每个人都拥有的。而在遇到她之后，他的爱才有了安放之地。

这专情的话让乔晚心中不只是感觉甜蜜，还有感动，各种情绪交织。

乔晚轻轻起身，池故渊会意，两个人亲吻在了一起。

这个吻在柔和的灯光下，变得浪漫而温情。两个人双唇贴合，像是精神都融合到了一起。

不知过了多久，两个人的吻结束，乔晚重新坐回了床上。她看着面前的池故渊，又笑了一下。

池故渊并没有回到他原本的位置，还是离她很近，在她冲他笑时安静地看着她。

“乔晚。”池故渊叫了她一声。

“嗯。”乔晚应声。

乔晚抬眼看向他，池故渊对上她的目光，说道：“上次我向你求婚，你没答应我。”

乔晚目光微动。

池故渊单膝跪在了床前，不知道从哪儿变出了一个红丝绒盒子，像那次突然向她求婚时一样将盒子打开，璀璨的钻石戒指映着灯光。

对乔晚求婚，即使是志在必得，在这种时刻，沉稳如池故渊仍会紧张。

“嫁给我。”池故渊说。

男人的声音微微颤动着，带着温柔之意，乔晚看了他一会儿，笑容像是钻石上散开的光。

“好呀！”乔晚答应了。

他们本该早就拥有这样的结局，现在终于走到了既定的轨道上。

番外一

蜜　月

乔晚答应了池故渊的求婚后，可能是怕乔晚反悔吧，池故渊以迅雷不及掩耳之势定下了婚期。

答应池故渊的求婚的时候，乔晚是幸福甜蜜的，但随着婚期定下，且时间渐渐地临近，这种幸福甜蜜感像是一个透明的泡泡，把乔晚包裹了起来，她又觉得有些不真实了。这种不真实感，伴随着她发请帖，试婚纱，持续到了她结婚当天。

结婚对于一个女人来说是一件大事，也是一件累事。凌晨5点，乔晚在举办婚礼的度假山庄的床上，还没睁开眼，就被郝佳佳薅了起来。

“醒醒啊！起来化妆、换衣服了。”

郝佳佳捏着乔晚的脸蛋，乔晚将头抬起了一半。在她昏昏沉沉时，乔小桥凑到她耳边叫了一声。

“妈妈，起床了！你今天结婚。”

听到“结婚”两个字，乔晚霎时间睁开了眼睛。

乔小桥成功地把乔晚叫醒，郝佳佳夸赞了乔小桥一句“真棒”，乔小桥则和郝佳佳击了个掌。而后，“小肉球”骨碌一下从床上滚了起来。

看到身边的小家伙，乔晚笑起来，抬起手臂一把把乔小桥捞到怀里，逮着儿子猛亲了好几口。乔小桥在妈妈怀里被亲得“咯咯”笑着，母子俩抱在一起闹成一团，套房里全是母子俩的笑声。

看着母子俩开心打闹的样子，郝佳佳也想加入，但是她作为伴娘，有提醒乔晚这个新娘起床梳妆的任务。她拿起旁边的靠枕轻轻地分开纠缠成一团的母子俩，没好气地笑道：“好啦！该起来梳妆啦！乔小桥也去换衣服。”

今天乔晚结婚，乔小桥是花童。

“好。”听了郝佳佳的提醒，乔小桥也想起正事来。他答应了郝佳佳后，一骨碌从妈妈怀里滚下了床。乔晚想捞他没捞到，眼睁睁地看着他被等待在一旁的保姆抱走了。

刚才和乔小桥闹了那么一通，乔晚头发都乱了，郝佳佳过去给她摆弄了一下头发，说道：“跟个疯婆子似的，哪儿有点儿新娘子的样子？”

乔晚抬头看着面前的好友，“嘿嘿”傻笑起来。

“傻笑什么？”郝佳佳看到乔晚这样，抽了抽嘴角。

乔晚笑完已经精神百倍，从床上下来，抬手揽住了郝佳佳，笑着说道：“没什么，就是觉得好开心啊！”

乔晚这话是发自肺腑的，正是因为发自肺腑，郝佳佳也能真切地感受到她的开心。原本郝佳佳还觉得乔晚和池故渊在一起的时间太短了，交往这么短的时间就结婚是闪婚。可是在接触了两次后，她发现他们两个人的感情比那些谈了好几年的情侣都深，也就慢慢地放心了。

好友结婚，如此开心幸福，郝佳佳也被感染，哼笑了一声，说道："结婚当然开心了，快去洗澡。"

说着郝佳佳拍了一下乔晚的屁股，乔晚一个转身灵巧地躲过，冲她做了个鬼脸去了浴室。

进了浴室，乔晚关上了浴室的门，门外还有郝佳佳不甘心的笑骂声。乔晚拧开了淋浴放水，在放水声中，她来到浴室的镜子前抬头看了一眼。

热水敲击地板发出的声音，就像是乔晚渐渐加快的心跳声。她看了一会儿镜子里的自己，她现在像是站在那个幸福泡泡的边缘，逐渐能感受到属于她的幸福了。

看了一会儿镜中的自己，乔晚平稳了一下心跳，感觉心里像被什么东西填得满满当当的，弯起了嘴角。

她今天就要嫁给池故渊了。

乔晚想到这里，笑容加深，脱掉浴袍走进了淋浴室里。

新娘的妆比较复杂，乔晚起了个大早，洗完澡后换上婚纱，化妆师们也忙碌起来。宾客们也慢慢地到齐了，有些心急的人已经跑来看新娘子了。

最早来的是琴行的同事们。早在乔晚和池故渊谈恋爱的时候，他们就迫不及待地要交份子钱了。今天终于交上份子钱了，几个同事也非常替乔晚开心。

那几个人是随着吕雯来的，到了以后，乔晚的造型已经差不多完成了。平日在琴行也是经常见乔晚，可看到成为新娘子的乔晚，几个人还是惊艳地睁大了眼。

乔晚换上了婚纱，白色的婚纱是抹胸款式，胸前堆起褶子。婚纱的设计简约常见，可是看呈现的质感，就知道用料不凡。

乔晚有着非常漂亮的肩颈，这款婚纱恰好凸显了这一点。婚纱之上，乔晚的锁骨精致漂亮，肩头平直，脖颈修长，整个人像极了优雅的白天鹅。

除了婚纱，乔晚也戴上了首饰。一条简单的主钻项链，水滴状坠子落入婚纱间，与乔晚娇嫩白皙的皮肤相衬，显得高贵典雅。

乔晚是个五官不算出众的女人，却拥有超乎寻常的魅力。这种魅力，在婚纱和她幸福的眼神的衬托之下，最大限度地呈现，让她毫不夸张地成了婚礼上最漂亮的女人。

“哇，乔老师，你今天可真是太美了。”吕雯睁大眼睛，作为人力资源经理，巧舌如簧的她最后也只发出了这一声惊叹。

“谢谢！”乔晚和她开玩笑似的微微颔首。

她道完谢，几个老师又“哇”了一声，乔晚被她们的惊叹声感染，也笑了起来。几个老师凑在乔晚身边，开始疯狂地找角度给乔晚拍照。

这时外面突然传来辛锐的声音。

“哎，你们在这儿啊！我说怎么找不到人了？”

作为琴行老板，辛锐今天是和几个老师一块过来的。他们在前厅交完礼金后，辛锐被一个好友叫住，等和那个好友聊完天，转头就发现他手下的老师全不见了。

辛锐看到乔晚后惊艳地张大了嘴巴："哇，新娘子也太漂亮了！"

乔晚道："谢谢啦！"

"不谢！不谢！"辛锐"嘿嘿"一笑，又说道，"乔老师，恭喜啊！"

辛锐这边恭喜着，吕雯站在乔晚身边，说道："刚才老板跟我们一起去送份子，我感觉老板那个红包跟我们的差不多厚啊，没诚意哟。"

吕雯一起哄，其他老师也纷纷起哄："就是啊，未免太抠门了吧。"

"好歹是个老板。"

被几个女人叽叽喳喳地揶揄着，辛锐挠头笑起来，连忙说道："不，不，不，我不是只有这份礼金，还有另外一份礼。"

他这么一说，乔晚有了兴趣，问道："还有什么礼？"

"嘿嘿。"辛锐站在了乔晚的另一边，说道，"我给你放两个月的蜜月假，当给你和池先生的另外一份新婚贺礼怎么样？"

辛锐说完，乔晚转过头来看向他："两个月？"

"哇，老板大气！"吕雯也惊了，"当时张老师结婚，老板给了多久蜜月假来着？"

"半个月。"张老师回道，"啧啧，老板这次下血本了啊！"

辛锐得意地说道："这算什么？为了员工的幸福嘛！"

"真是好老板！"有个老师夸奖道。

辛锐说道："嗐，应该的。"

"那老板，我下个月结婚，是不是也有两个月的蜜月假？"那个老师问了一句。

辛锐："……"

那个老师说完，几个老师纷纷哈哈大笑起来，起哄道："那必须得两个月啊！"

"老板大气，老板快答应……"

辛锐被几个人围着，脸一下哭丧起来，正在这时，他朝门口指去："哎，陶先生……"

说话间，辛锐立马溜掉了。

看着老板灰溜溜地溜掉的身影，几个老师哈哈大笑起来，乔晚也笑着，化妆间里一片欢声笑语。

"笑什么呢？"林素在这时走了进来。

林素刚和陶牧之在前厅见了池故渊，陶牧之和池故渊他们几个聊天，她百无聊赖，就偷偷地来看新娘子了。刚到新娘子的房间，就听到里面的笑声，她也跟着笑着走了进来。

林素一来，几个老师收敛了笑容。她们认得林素，是那次在餐厅和乔晚打招呼的大美女。

林素今天依旧是美的，但美得十分收敛，一头浓密的头发被扎在了脑后，脸上化了淡淡的妆，身上穿着简单的长衫和长裙。她本是明艳惹眼的长相，可是这番打扮下来，竟让她显得有些温柔。

“林小姐。”乔晚笑着和她打了声招呼。

林素举起手里的相机，对着乔晚拍了一张照片。镜头里，乔晚大方地笑着，脖颈线条精致流畅，漂亮至极。

“好看。”林素笑着走过去，和乔晚轻轻地拥抱了一下，“叫我林素就行。”

说完，林素抬头看向镜子里，冲她笑道：“新婚快乐啊，乔晚！”

“谢谢！”乔晚笑起来，问道，“你今天还拍照啊？”

“当然。摄影师就是发现美、留下美的，今天我肯定能拍好多好多张照片。”林素笑嘻嘻地说道。

被摄影师夸奖，乔晚是开心的，又道了声谢。在她笑着时，林素拿起相机对准镜子里的人又拍了一张照片。

拍完以后，林素从后面把相机拿到了乔晚面前：“怎么样？”

乔晚看着照片，她妆容精致，双眸明亮，林素站在她身后，黑色的相机挡住了她的半张脸，却没有挡住她弯起嘴角的笑容。

这么一张照片，简单而又温柔。

“好看，这是我们俩第一次合照啊。”乔晚说道。

拿着相机的林素眼尾轻轻一挑，附在乔晚的耳边，悄悄地告诉她：“镜头里其实是三个人哟。”

乔晚会意过来，惊喜地回头，问道：“你怀……？”

林素拍了拍她的肩膀，笑着点头，说道：“你也加油啦！”

结婚之后，她和池故渊也会拥有他们的孩子。听到林素的鼓励，乔晚轻轻地笑了起来。

正在这时，外面有人叫了一声："新娘子准备了，仪式快开始了。"

那人说完，乔晚从林素怀孕的喜悦情绪中回过神来，坐在化妆镜前，回头望向门的方向。在那门外，有她的结婚礼堂，在礼堂内，有她的丈夫、儿子、母亲，还有她的亲朋……

他们欢聚一堂，将在这花团锦簇之下，见证她和池故渊的幸福。

此时的乔晚，像是从那幸福的泡泡中伸出头来，闻到了外面的花香，香气清新宜人，甜蜜幸福。

在这种花香中，乔晚站了起来，走向了属于她的幸福之门。

乔晚站在礼堂的门外，隔着厚重的门，礼堂内的音乐声和宾客们的欢笑声混杂在一起。随后礼堂的大门缓缓地被打开，乔晚隔着头纱望向礼堂。

礼堂四周都是黑暗的，只有一束光照亮了她的正前方，她的新郎就站在那里。两个人遥遥相望。

结婚进行曲响起，乔晚伴随着音乐声，在花童撒的漫天花瓣中拖曳着她的婚纱前行。

她像是挣脱了那个泡泡，感觉变得越发真切。

婚姻是真的，池故渊是真的，幸福也是真的，她像是一只破茧的蝴蝶，正在离开她的过去，走向她美丽光明的未来。

她走出了那个泡泡。

“乔晚，你愿意成为我的妻子吗？”

“我愿意！”

辛锐给乔晚放了两个月的婚假，婚礼结束后，乔晚和池故渊踏上了蜜月旅程。乔晚是单亲妈妈，单亲妈妈的蜜月旅行自然和普通女人的不一样，在乔晚和池故渊蜜月旅行的时候，还带上了乔小桥。

但是乔小桥本人其实不太愿意做爸爸妈妈的电灯泡，一家三口在婚礼前就商定好蜜月旅行计划。乔小桥先跟着爸爸妈妈一起玩两周，然后他回家继续上学，爸爸妈妈则去过他们的二人世界。

这样他们既陪伴了乔小桥，让他不至于有失去妈妈的心理落差，同时让她和池故渊之间能够感情升温。乔晚十分满意这个安排。

因为带乔小桥玩的时间只有两周，乔晚不想把时间都浪费在路上，所以一家三口出行的地方基本都在国内，第一站就是北端的 M 市。

上次他们一起去了南端的 H 市，这次相约去北端的 M 市，挺有纪念意义的。而且早在她和池故渊在一起前，池故渊就说了要带乔小桥去滑雪。

10 月的 M 市，早年都有下雪的新闻。乔晚看了天气预报，也有下雪的迹象，这样刚好连雪也一起滑了。

虽然不想做电灯泡，可乔小桥对于出去玩和学滑雪还是很兴奋的。在飞机上的时候，小家伙就抑制不住兴奋的心情，一路上一直询问乔晚是否会下雪。

A市是南方城市，即使在10月，气温也维持在二十几摄氏度，天气只是微凉，在早晨和夜晚才会有穿外套的机会。可是M市在这个时候，大家都已经穿上厚外套甚至羽绒服了。

乔晚和乔小桥下了飞机，在廊桥上走走看看，最后乔小桥对着玻璃哈了一口气。

玻璃上很快起了一层雾，乔小桥在上面画了只鸭子，乔晚则在旁边画了颗爱心。母子俩开开心心的，池故渊在后面跟着，眼中带着笑意。

池家的产业辐射全国，池故渊他们刚到，就有人专程来接了。来的人是个经理，有着北方汉子的粗犷，热情地接到了一家三口后，带着他们去落脚的地方。

上了车，车内的暖气很快隔绝了车外的冷气，乔晚握着乔小桥的手给他搓了一下，结果小家伙的手是热的，倒显得她的手是凉的。

“妈妈，你冷吗？”乔小桥掀开自己的外套，要把乔晚的手放进怀里。

“不冷。”乔晚笑起来，“我怕你冷。”

在两个人交流时，池故渊已经握住了乔晚的手。池故渊的手掌宽大温暖，乔晚的手心一下子温暖过来，她回头看了池故渊一眼，心里一甜。

“是不是不太适应这里的温度？”前面的经理开着车，笑着问了一句。

乔晚早在来之前就查过温度了，但真到了以后，还是有些受不了。北方的冷很干，风像刀子一样无孔不入，就算她穿着厚外套感觉也能被冻透。

“对啊，我们那里最冷的时候都没这么冷。”乔晚笑着说了一句，随后问道，“这里这么冷，最近有可能下雪吗？”

提到下雪，乔小桥来了精神，双眼明亮地看向前面的经理。

“当然会。”经理肯定地说道，“往常这个时候差不多就已经下了，算算日子，初雪也就在最近了。”

听了经理的话，乔晚回头看向乔小桥。对上妈妈的目光，乔小桥和她开心地击了一下掌。

“那能滑雪吗？”乔小桥和妈妈击掌后，问了经理一句。

小家伙问完，经理“哈哈”笑了，说道：“你想滑雪啊？这要看初雪大不大，要是大的话当然可以；如果不大，我们这里有滑雪场，你也可以去玩的。”

说着，经理问了乔小桥一句：“你会滑雪吗？”

他们是从 A 市过来的，A 市很少会下很大的雪，甚至不下雪，乔小桥看着也就四五岁，应该还不会滑雪吧？

“不会。”乔小桥如实回道，说完后，又对经理说道，“不过我爸爸会，他会教我。”

乔小桥提到池故渊，池故渊看了他一眼，他没好意思回看池故渊。虽然乔晚和池故渊结婚了，池故渊成了他法律意义上的爸爸，可改称呼容易，改关系难。

看小家伙别扭又自豪的样子，乔晚“嘿嘿”笑起来，抬手揉了揉他的头发，不过瘾又亲了他两口。乔小桥被亲得脸又热了，连忙说道：“哎呀，在外面呢。”

“你还害羞？”乔晚惊了，“你是我儿子呀！”

乔小桥：“儿子也长大了，会害羞的啊。”

说完，乔小桥看了一眼身边的池故渊，对乔晚说道：“你想亲就亲你老公。”

乔晚：“……”

乔晚在表达母爱上热烈奔放，但是表达爱情上还是有些收敛的。现在前面有经理在，她自然不会亲池故渊。池故渊听了乔小桥的话，笑着抬手揉了一下他的头发。

乔晚看了池故渊一眼，然后把目光收了回来。前面的经理继续开车，车子沿着公路平稳地行驶着，待驶出大路，沿着小路又行驶了一会儿后，停在了一处独栋别墅旁。

这是一家三口这一周的落脚处。

别墅在山脚下，山上是郁郁葱葱的松柏。M市这边天寒，普通落叶乔木早已光秃，山上基本上种的都是松柏或者冷杉，即使在天寒地冻的时候，仍旧能给山上带来一片绿意。

这里位于M市的郊外，独栋别墅不远处就是一处小镇，环境清幽却安全。经理和他们道别后，就离开了。

池故渊拿着行李，带着母子俩进了别墅。

在这种偏远的小镇子上，自然风采和建筑相融，很容易让人联想到童话故事。现在虽然没下雪，小镇却已经有了那种童话般的梦幻感。

等三个人走过院子，进入别墅里，别墅的布置更是让人有种置身童话世界的感觉。

别墅的装修整体是暖色调的，里面的壁炉早就燃烧起来，灯光倾泻，墙壁是暗红色的，有着砖块的轮廓，有点儿像动画片里圣诞老人的房子。

这种童心爆棚的装修很快得到了乔小桥的喜欢，他进了房子里后眼睛就是一亮。

“哇。真漂亮！”小家伙赞叹一声，随后看向妈妈，问道，“我能上去看看吗？”

别墅是三层的，两层普通的构造，一层阁楼，木质地板上铺着地毯，看着就温暖。乔晚进门后，就给他解了围巾，脱了外套。看到小家伙兴奋的样子，乔晚点头：“当然可以。”

得到妈妈的同意后，小家伙立刻冲上楼梯，去参观房子了。

别墅虽然有三层，但是面积并不是很大，家里就只有他们三个，也不用担心安全问题。小家伙一离开，房间里就只剩下了乔晚和池故渊。

乔晚歪着身体，看着楼梯上乔小桥的身影消失后，回身抱住池故渊说道：“快快，亲亲！”

刚才在车上乔晚没好意思亲，乔小桥在她也不好意思亲，现在她终于能和池故渊独处了。乔晚一下子冲到了池故渊的怀里，池故渊被她撞了一下，单手搂住了她的腰。听到她急切的要求，池故渊眼中带了丝笑意，低头吻上了她。

不得不说，带着小孩子出来旅行，就这一点不好。今天赶了一天路，现在乔晚才有机会亲池故渊。

两个人现在是合法夫妻，都说婚姻是爱情的坟墓，可是乔晚觉得婚姻让他们的爱情更加甜蜜幸福了。

池故渊的唇轻柔地吻在她的唇上，她能感受到池故渊的温度和气息，她的心脏因为担心乔小桥会下楼看到他们这样和被池故渊吻得不能自已而“咚咚”地狂跳着，她双臂环抱住池故渊的脖颈，喉间轻轻地溢出了一丝声音。

池故渊睁开眼睛，眼里涌上了晦暗之色。乔晚感受到他覆在她的腰部的力量增大，睁开眼，对上了他的眼神。

“不……不行……”乔晚着急地后退道。

池故渊的手臂却没有松开，乔晚转过身去，心跳加速，脸红心跳，小声地提醒道：“乔小桥还没睡……”

然而她这样的提醒并没有什么用，池故渊单手揽住她，她边说话边挣扎，突然她双腿腾空，池故渊直接单手把她抱了起来。

“你先开始的。”池故渊单手抱着她，把手覆在她的腰上轻轻地捏了一下。

乔晚被捏了一下，有些痒地笑了起来：“我不是故意的……”

她这么说着，池故渊却不打算放过她，在她低下头时，池故渊低头吻在了她的后颈上。他这一吻落下，乔晚动作一顿，握住池故渊的手下意识地收紧。

就在乔晚僵住的时候，乔小桥的脚步声在楼梯上响起。在听到乔小桥的脚步声时，池故渊松开了搂住乔晚的手臂。

“妈妈，房间好漂亮，跟你给我讲的绘本上画的一样……”乔小桥边下楼，边兴奋地和妈妈描绘着楼上的场景，然后看到了气定神闲的爸爸和面红耳赤的妈妈。

“妈妈，你怎么了？”乔小桥看着脸红的乔晚问道。

“没什么。”乔晚哑着嗓子说了一句，然后又清了清嗓子，“壁炉有些热。”

乔小桥听妈妈说完，看了一眼熊熊燃烧的壁炉，点了点头：“是挺热的。”

乔小桥说完，在乔晚身边站着的池故渊拎起了手边的行李，问他：“乔小桥，累了吗？”

今天中午在家里吃过饭后，他们就一直在赶路，乔小桥又一路兴奋，还真有些累了。他们在飞机上已经吃过晚餐，他现在直接睡觉也可以。

“有点儿。”乔小桥点了点头。

池故渊拿着行李上了楼，牵住了乔小桥的手，说道：“走吧，我带你洗个澡就可以睡了。”

乔晚和池故渊结婚后，还有一个好处，就是越来越大的乔小桥不好意思让妈妈帮忙洗澡，池故渊同为男人，刚好可以给他洗澡。

这几天一直是池故渊帮他洗澡，并且带他睡觉的。

“好。”乔小桥乖巧地应了一声。

父子俩边上二楼，池故渊边问乔小桥：“今天第一次过来，你和我们一起睡吧？”

池故渊这么主动，乔小桥倒生出了些男子汉气概。

“我自己睡就可以，我这几天不都是自己睡吗？”

乔小桥这么说，池故渊没坚持，说道：“那你的房间就在我们的房间里面，你要是睡不着，随时可以出来。”

“嗯。”乔小桥点头答应道。

父子俩这样一边商量着一边上了楼，乔晚听着父子俩的对话，轻轻地笑了一声。

乔小桥现在有些大了，小孩子有自尊心，也不太愿意和父母一起住。他们家现在的卧室都是套房形式，她和池故渊住在外面的房间，乔小桥则睡在套房里的一个儿童房里。

乔小桥很满意这个安排方式，像是爸爸妈妈在外面保护他一样，这样他也更有安全感。

池故渊带着乔小桥离开后，乔晚在客厅里待了一会儿，也回到了房间里。她回去的时候，池故渊已经给乔小桥洗完澡了，现在正在房间里给乔小桥讲故事哄他入睡。

池故渊没有做过父亲，可是像天生就会，对于带孩子很有一套，有时候乔晚觉得，她这个母亲和他一对比都有些不称职了。

但是没有人天生就会做父亲，池故渊会做，肯定是做了一番功课。他没有孩子，却早早地做着爸爸的功课，也是因为爱她。因为爱她，所以他也爱着她爱的乔小桥。

乔晚觉得，池故渊像是照着她的理想型塑造的爱人一样。他的言行，她稍微想一下，都能感受到他对她无尽的爱。

乔晚在这种爱中，舒适温暖地生活着，没有比这样的生活更幸福了。

在池故渊哄乔小桥睡觉时，乔晚也去洗了个澡。她和乔小桥一样，赶了半天路，又兴奋了一路，身体早就乏了。洗完澡后，她换了睡衣躺在床上，想等着池故渊过来，却昏昏沉沉地睡过去了。

等她再醒来时，竟是被池故渊吻醒的。

房间里的灯已经暗下来了，池故渊也刚洗过澡，乔晚闭着眼睛，笑着往他的怀里靠了靠。

池故渊被她的动作弄得柔情填满了心房。他低头吻上她的发间，问道："累了？"

乔晚没回答，问道："乔小桥睡了吗？"

"睡了。"池故渊回道，"睡得很熟。"

乔小桥虽然自诩电灯泡，但其实他瓦数还算低，睡觉睡得很沉，他们两个人的动静很少能吵醒他。

乔晚听完这话，从他的怀里抬头，睁开眼睛对上池故渊的目光。她的眼睛里带着笑意，和柔和暧昧的灯光混合在一起，在池故渊喉结滚动间，乔晚吻上了他的唇。

信号发出，池故渊接收到，被动就变成了主动。两个人吻在一起，灯影憧憧，最后融进了一片朦胧暧昧的气氛里。

第二天一大早，乔晚趴在池故渊的怀里被乔小桥欢快的声音吵醒了。

"爸爸妈妈，外面下雪啦！"

乔小桥跑到乔晚和池故渊的床前喊了一声，下一秒，从被窝里伸出一只胳膊，乔小桥整个人被搂住，然后骨碌一下被抱到了床上。

把乔小桥抱到怀里后，乔晚眼睛都没睁开，抱着软软香香的小家伙用力地亲了一口。

“香喷喷的。”乔晚笑嘻嘻地说道。

小家伙现在正兴奋呢，结果被妈妈一下子钳制住了。乔小桥继续感受着浓烈的母爱，被妈妈闻了一遍后，又抱着亲了好几口。

“我要去看下雪……”乔小桥挣扎着要起来。

快要5岁的乔小桥体力惊人，眼看就要挣开乔晚的怀抱，池故渊从乔晚身后搂住乔晚，顺势也搂住了乔小桥。

乔小桥一下被四只手臂钳制得结结实实的，再也动弹不得。

乔小桥真是无语了。

这时候，乔晚睁开眼，对上了乔小桥的眼神。乔小桥回头望着爸爸妈妈，就差翻白眼了。看着他无语的表情，乔晚哈哈大笑起来。

“好，我陪你去看。”乔晚宠溺地亲了亲小家伙的额头，柔声对他说道。

听了乔晚的话，池故渊松开了抱住乔小桥的手臂。他从床上起身，在乔晚的脸颊上亲了一口，抬手揉了揉乔小桥的头发，说道：“我去做早餐。”

说着，一家三口起了床。

外面果然下雪了，是M市的初雪。雪昨天就下了，不小，院子外面包括后面山上，白茫茫一片。

山上的松柏和冷杉也被白雪覆盖，沉甸甸的只露出了一点儿绿色。不远处的小镇上炊烟袅袅，也被白雪覆盖住了。

乔晚和乔小桥打开家门，空气中是清凉的雪气，沁人心脾。乔晚闭上眼睛，深深地呼吸了一下，凉气贯穿全身，带来一阵清爽自然的气息，让人格外舒坦。

乔小桥已经跑到了院子里。院子里有了积雪，乔小桥踩在积雪上，雪没过了小腿，行走都有些困难。他抬腿艰难而兴奋地往前走着，乔晚睁开眼看向他，小家伙鼻头和脸蛋都已经红了，一双眼睛亮晶晶的，神色欢喜。

乔小桥在积雪中留下了一串小小的脚印，乔晚看着他蹒跚前行的背影，笑着叫了他一声。

“乔小桥，你这样子好像小企鹅哟。”乔晚“哈哈”笑起来，然后学着乔小桥走路的样子，沿着他的脚印朝他走去。

被妈妈说像企鹅，乔小桥也笑了一声，没再往前走，弯下腰，将手掌插进积雪里。雪将小手覆盖，先是冰凉，而后火热。乔小桥团了个雪球后，叫了一声。

“妈妈——”

“啊？”乔晚抬头看向乔小桥。

这时一个雪球朝着乔晚砸了过来，她一个躲闪不及，雪球砸在了她的围巾上，碎开的雪有些落到了她的脖子里，她被冰得哆嗦了一下。

“好啊，你偷袭。”乔晚反应过来，弯腰开始团雪球。

乔小桥看到妈妈也开始团雪球，“哈哈”笑起来，也急忙开始团雪球。院子里，母子俩将雪球扔得来来回回，原本平整的积雪变得乱糟糟的，除了杂乱的积雪，还有母子俩开心的笑声。

虽然雪是冰的，可是玩闹起来后，身体就热腾腾的了，和乔小桥打了一会儿雪仗，乔晚出了一身汗。

乔小桥还在团雪球，乔晚像捕猎一样偷偷地走到他的身后，而后一个飞扑，把小家伙抱在怀里，母子两个滚在了雪地里。

“哈哈哈！”乔晚抱着乔小桥，在冰凉的雪地里翻滚着。乔小桥手里的雪团还没团成，就被妈妈这个动作打断了，雪在手里散开，乔小桥抱住哈哈大笑的妈妈，也笑了起来。

在这白茫茫的雪地里翻滚，原本是一件单调而无趣的事情，可是因为新奇和有爱的人陪在身边，乔晚竟觉得开心而满足。

她抱着乔小桥翻滚着，两个人的笑声混杂在一起，房间里的池故渊正在做早饭，听到笑声也看向了窗外。

窗外积雪遍地，乔晚和乔小桥抱在一起像是两个大雪球，快乐地滚在一起。看着母子俩开心的身影，池故渊将双手搭在厨台旁，嘴角浅浅地勾了起来。

滚了一会儿后，乔晚躺在雪上，把乔小桥放在了她的怀里，抬头亲了一下乔小桥。因为刚才的这番翻滚，乔晚的亲吻都是滚烫的。

“开心吗？”乔晚看着乔小桥问道。

乔小桥现在已经玩到脸全红了，浓密漂亮的睫毛上都沾了积雪，睫毛下，一双眼睛明亮有神。听了妈妈的话后，乔小桥点头。

“开心。”

乔晚“嘿嘿”地笑了起来，把双手放在乔小桥的脸蛋上揉了揉，笑眯眯地说道：“吃了早饭后让你爸爸带你滑雪会更开心。”

乔小桥的眼睛陡然一亮。

看到小家伙心潮澎湃的样子，乔晚“哈哈”笑起来，抱着乔小桥起来，说道：“走吧，先去吃早饭。”

“好。”乔小桥牵着妈妈的手，和她一起走回了家里。

出去玩了这么一会儿，乔晚和乔小桥的衣服上都沾了雪。回到房间里后，温差让雪融化，衣服也都有些潮湿了。

池故渊在两个人进来前，已经把他们的衣服准备好，此时抬手摸了摸乔晚被冻得红扑扑的脸，说道：“把衣服换一下。”

“好嘞。”乔晚拿过衣服去换了。

乔晚离开后，池故渊抱着乔小桥去了客厅。客厅里壁炉火烧得很旺，乔小桥出了一身汗。池故渊给他换着衣服，他抬起小手臂配合着，池故渊边给他换衣服，他边问了池故渊一个问题：“爸爸，吃完早饭后，我们就去滑雪吗？”

池故渊看了他一眼，点头：“可以。”

“耶！”乔小桥套上新的毛衣，而后小手臂垂落，搂住了池故渊。

被乔小桥搂住，池故渊轻笑了一声，顺势把他抱了起来，将他抱到了餐桌的儿童椅上，说道：“先吃饭。”

“好。”乔小桥乖巧地答应。

乔小桥刚坐下，换完衣服的乔晚也风风火火地来了。一家三口围坐在餐桌旁，外面是冰天雪地的世界，在这样的景色下，连早餐也变得美味了不少。

吃过早餐后，一家三口出了门。

乔小桥对于滑雪这件事情期待已久。小家伙虽然小，但也是男孩子，对于刺激的运动项目充满了野心和好奇心。

在来 M 市之前，池故渊准备好了滑雪装备。换好滑雪服后，池故渊带着乔晚和乔小桥去了外面。

他们所处的位置非常适合滑雪，有大片空地。就算是山上，也有一条干净的路可以用来滑，就像是个野外滑雪场一样。

乔小桥是刚学，池故渊给他装备好滑雪杖和滑雪板，然后带着他开始慢慢地滑行。乔小桥会滑滑板和滑冰，平衡感很不错，很快就掌握了平衡和滑雪的诀窍。

“你试试。”在乔小桥差不多掌握技巧后，池故渊松开了牵住他的手。

池故渊的手一松开，乔小桥的安全感就去了一大半，他下意识地在空中乱舞了两下小手。乔晚下意识地想要过去扶他，却被池故渊拉住了手。

“站稳，然后往前滑。”池故渊站在乔小桥身边，温和沉稳地说道。

乔晚看了池故渊一眼。池故渊虽然松开了乔小桥，但是眼睛一直盯着乔小桥，格外专注。

原本有些担心的乔晚，紧绷的身体也放松了下来。

在池故渊的鼓励下，乔小桥也开始滑动了。乔小桥用双手支撑着滑雪杖，在空地上滑行。刚开始他难免是不稳的，而且滑雪和滑滑板不太一样，需要四肢协调。

乔小桥刚往前滑了一下，重心不稳，朝着后面摔去。乔小桥的心往上一提，他已经做好了被摔疼的准备，可是身体还没落地，身边一股风过来，一只手臂稳稳地托住了他的身体。

“小心！”池故渊从后面扶住乔小桥，叮嘱了一句。

乔小桥被池故渊扶住，悬起的心像是蹦蹦球一样上下弹跳。他看了池故渊一眼，心彻底地落了回去。

这种感觉很奇妙。

乔小桥的滑板是自学的，和外婆一起去小公园的时候，他看到别人滑滑板，想学，然后就让妈妈买了块滑板学。

小孩子学这种运动，刚开始摔跤肯定是少不了的，妈妈要工作，外婆的行动跟不上他的动作，他摔了很多次，每次都很疼。他已经习惯了每次往后摔倒时，身体重重地落地时带来的疼痛感。

可是现在，池故渊在后面扶住了他。池故渊像是一堵墙，无论他从哪个角度摔下去，都能扶住他，让他再也不用体会那种突然摔倒时失去重心的感觉。

乔小桥一直和妈妈说他不需要爸爸，只要有妈妈和外婆他就能很好地生活，但其实并不是这样，有个爸爸真的很好。

“好。”乔小桥心底像是燃起了火，带给他温暖、力量和包裹住他的全身的安全感。

他再没有忌惮，也无须忌惮，因为池故渊会在他身后接住他。

“继续吧。”池故渊松开乔小桥的后背，小家伙点了点头，继续朝着前面滑去。

在乔小桥滑行时，乔晚就在一旁看着，父子俩的互动，和他们之间渐渐融洽的关系让乔晚心中暖意流动。

乔小桥很快就能自己滑行了。他不再像早上在院子里蹒跚行动的小企鹅，现在像是一只飞鸟，在滑雪板上挥动着滑雪杖，眼中是自信的光，在这片白茫茫的雪中飞行着。

池故渊在看到他差不多已经掌握诀窍后，就回到了乔晚身边。夫妻俩站在一起，望着乔小桥快乐的身影，眼中都带着笑意。

乔晚先收回了目光，看了一眼身边的池故渊，把手放进了他的手里。池故渊的手掌宽大温暖，手指修长。在她将手伸过去，察觉熟悉的触感和温度时，他合拢了手指，与她十指交握，回头看了她一眼。

“要不要学？”池故渊问道。

乔晚耸了耸肩，笑了笑：“我就算了吧。”

见她笑，池故渊也笑了笑，抬手放在了她的颊边，把她被风吹乱的发丝别在了耳后。

夫妻俩又看向了小飞鸟乔小桥。

在这样的环境下，和爱人站在一起，十指交握，望着远处自由滑行的孩子，这种生活温馨简单，真是再好不过了，乔晚感觉能这样过一辈子。

山间起风，乔晚握着池故渊的手，和他闲聊着今天的菜单。

“今天晚上我们吃烤肉吧。”

“好。”

一家三口的晚饭定下来后，三个人离开家里，去了山下的镇子上采购。

今天下了大雪，镇子上却格外热闹，因为刚好赶上镇子赶集。中午的时间，镇子路上的积雪都被扫干净了，各种小摊摆在路两边，卖玩具、食品、衣服，还有杂耍的……在这漫天白雪里，小镇上蒸腾着暖融融的烟火气。

乔小桥是第一次来到这种北方小镇的集市，集市上各种小摊应有尽有，糖葫芦、吹糖人、蒸糕、炸鸡……简直比外婆带他去的A市小市场还要丰富。

小家伙被爸爸妈妈牵着手，一会儿瞧瞧这里，一会儿看看那里，一双亮晶晶的眼睛里满是新奇之色。

赶上大雪，又赶上赶集，十里八乡的人几乎都拥到了这个小镇上。大家在小镇上要么三五成群地闲聊，要么在小摊前讨价还价，要么凑在一起看热闹。

乔晚和池故渊牵着乔小桥的手在镇上走着，听到了一声声铁器被锤打的声音。

“那边是什么？”乔小桥听到叫好声，像是飞机头一样拉着身后的爸爸妈妈就往那边走。乔晚和池故渊被他拉到了那边，结果乔小桥的视线被前面黑压压的人群挡住了。

乔小桥踮了踮脚，但是小家伙就算把脚立起来也没有前面的人群高。看着他焦急踮脚的模样，池故渊松开牵着他的手，把双臂放在他的腰上微微用力，把他抱了起来。

小家伙身体腾空，像是飞起来一样，视线一下子越过人群，最后鹤立鸡群。

乔小桥坐在池故渊的脖子上，两只小胳膊抱住爸爸的脖子，兴奋地踢了踢脚："看到了，谢谢爸爸！"

池故渊听到感谢，没说什么，只笑着扶稳了他的身体。

这个地方是集市的铁匠铺子，刚才锤打铁器的声音，是铁匠用大锤敲打手边的红色铁块发出的。现在这个时间，大家刚忙完农活，进入了农闲时期。家家户户不用的锄头等农具，都要重新打一下，会更结实好用，也是为来年的春耕做准备。

乔小桥是第一次见打铁器，抱着池故渊，听着"当啷当啷"的声响，听着发红的烙铁浸进冰水里发出的声音，他情不自禁地给铁匠拍手叫好。

听到小家伙拍手的声音，铁匠抬头看了小家伙一眼，像是得到了鼓励，抡着大锤打得更卖力了。另外一位铁匠则用小锤在一旁敲击着，一边修饰铁器的形状，一边给大锤指导落锤的方向。

两位铁匠甚至唱起了歌，粗犷有力的歌声在小镇上空飘荡，伴随着铁器的敲打声，给了乔小桥生命里从没有过的体验。

小孩子对于这种手工类的活计总是充满好奇的，比如小男孩儿天生喜爱挖掘机和垃圾车，乔小桥喜欢看，池故渊和乔晚就陪着他看了半个小时。

身边的铁器一件一件地从粗糙被打到精致，手工艺的魅力让小家伙叹为观止，乔小桥敬佩地看着铁匠说道：“我以后也想打铁。”

他说完，乔晚和池故渊对视一眼，笑了一声。

“我可以吗？”乔小桥有些不自信。

“当然。”乔晚肯定地说道，“只要你喜欢，去做就好了。每个人都可以做自己喜欢的事情，也肯定有人做得好，有人做得不好，可是做得好的人有人喜欢，做得不好的人也有市场。你找到你喜欢做的事情，等待喜欢你做的事情的人就可以了。”

这番话对于乔小桥来说，还是十分深奥的。乔小桥不懂，但是妈妈说的话总是对的，他懵懵懂懂地点了点头。

乔小桥没继续看下去，从爸爸身上下来，牵住了爸爸妈妈的手，说道：“我们先去买烤肉吧。”

今天他们是来买烤肉材料的，不是来看打铁的。小家伙还记得他们的目的，说完后就朝着肉铺走去。

天寒地冻的地方，大家尤其热爱烤肉。所以在烤肉材料上，市场上应有尽有。肉铺里除了有各种新鲜的肉，还提供现切加工和腌制，肉质紧实，搅拌干净，只是看着生肉，乔晚就开始期待晚上的烤肉了。

“我再送您点儿年糕，这个烤了也好吃。”肉铺大姐格外热情，除了年糕，还送了一些自家做的香肠。

就买了那么点儿肉，被这么热情地赠送了一大堆东西，乔晚连忙说道：“不……不用，多少钱？我们买吧……”

“嗐，你说这话就客气了，乡里乡亲的，下次再来就行。这都是自家做的，干净，也没多少钱，就当交个朋友，留个熟客。”老板娘热情地说道。

乔晚被老板娘的大方感染，也就没再推辞，道谢后接过了东西。

“我以后常来。”乔晚说道。

老板娘笑哈哈地说道：“常来就行。”

肉被切好、腌好，被装进了不同的塑料小盒子里，老板娘给他们打包好后，乔晚向老板娘告别离开。

原本那些肉刚好够一家三口吃一顿的，老板娘又送了些东西，这下吃不完了。乔晚还想着刚才老板娘热情地和她说的话，对旁边的池故渊说道：“我好喜欢这里的生活氛围，我们就在这儿定居算了，还能常来光顾老板娘的生意。”

刚才她和老板娘说以后常来，可是算一算，他们顶多在这儿待两个星期，就算天天吃烤肉也买不了多少东西，倒有些辜负老板娘把他们培养成熟客的心了。

她随口说完，池故渊却说道：“可以。”

乔晚：“……”

她想做的事情，在池故渊这里没有不可以的。她看了一眼丈夫，“扑哧”笑了一声。

“我随口说说的，你还当真啦！”

她是挺想在这儿生活的，这里让她有点儿想到曾经在加拿大时妈妈给她讲过的她小时候的生活了。妈妈家也是一座北方的城市，她从小也是在一个镇上长大的，后来才去了加拿大。当时她还小，对于妈妈讲的小镇生活就像是听故事一样，对那里充满了向往。现在真到了 M 市，乔晚有种进入梦中场景的感觉。

可是怎么说呢？或许妈妈再来的话会开心地在这里生活，但她和池故渊甚至乔小桥都不属于这里。他们现在觉得生活有趣、新鲜，可是时间一长，多少会有些水土不服。

另外这里生活节奏慢，她和池故渊都年轻，且有事业，还是要有野心多闯一闯的。

虽然他们的钱这辈子都花不完了。

乔晚在和池故渊说这番话时，注意力全都在池故渊身上，这么一个不注意，乔晚牵着乔小桥的手臂突然被一个小小的黑影撞了一下。她是个大人，并无大碍，而她身边的乔小桥被这么一撞，身体趔趄了一下。

乔小桥差点儿摔倒，被旁边的池故渊扶住了。

一家三口因为这个小意外站在了路边，这时乔晚才发现，刚才撞到她和乔小桥的是一个扎着两根小辫的小姑娘。小姑娘应该是来回跑着玩的，跑起来不注意就撞上了他们。

撞上以后，小姑娘还有些气喘吁吁，停下来抬眼看向了乔小桥。在乔小桥也看向她时，旁边有个小男孩儿急匆匆地跑了过来，一把抱住撞到乔小桥的小姑娘，连声对他们一家三口道歉："对不起！对不起！我妹妹跑得太快了，撞到你们了。"

小男孩儿也就七八岁的年纪，一把抱住妹妹，还小心地呼了呼她的耳朵告诉她别怕。乔晚看到兄妹俩的互动，笑了一声："没关系！她没事吧？”

小男孩儿在乔晚说这话时，已经检查了一下自己的妹妹，确认妹妹没事后，冲乔晚笑道：“没有，她皮实。”

说完后，小男孩儿对妹妹说道：“你刚才撞到那个小哥哥了，跟小哥哥道歉。”

小姑娘被哥哥抱在怀里，一双眼睛清澈明亮，滴溜溜地看着乔小桥。听了哥哥的话后，她奶声奶气地对乔小桥说道：“对不起，哥哥！”

小女孩儿的声音和小男孩儿还是不太一样的，尤其她年纪小，又亮又甜，一下子甜进了乔小桥的心里。

“没关系，你下次小心点儿，别自己摔了。”乔小桥叮嘱道。

乔小桥没有怪罪她，小姑娘听了乔小桥的话后，冲着他笑：“嘿嘿。”

笑完之后，她又化成了一道黑影，“嗖”的一下就跑远了。旁边的哥哥察觉身边的妹妹跑走，一脸心力交瘁的样子，赶紧叫着她的名字追了上去。

两个小孩儿的身影在拥挤的人群中穿梭，生命力鲜活旺盛。

乔晚看着兄妹俩一前一后地跑远，笑了一声：“哥哥、妹妹真有意思！”

乔小桥也注视着那个小男孩儿和小女孩儿消失的方向，好久以后才将目光收回来。

在镇子上买了肉以后，一家三口的午饭也是在镇上解决的。

小镇的物价极低，一大碗牛肉汤不过才几块钱，一家三口吃得十分满足。

满足过后，乔小桥又去看了一下午打铁。

傍晚时分，等天边夕阳变红，乔晚和池故渊带着乔小桥回了家。

到家之后，池故渊准备烤肉的材料，乔晚和乔小桥在一旁帮忙，晚上 7 点，一家三口吃了一顿非常美味的烤肉。

吃过饭后，三个人去院子里打了一会儿雪仗，消化得差不多后，池故渊抱着玩得冒汗的乔小桥洗澡准备睡觉了。

今天虽然都没有离开镇子，但是乔小桥玩得格外开心，甚至在睡前都异常兴奋。池故渊坐在床边，他躺在池故渊的怀里，听着池故渊给他讲故事，哄他入睡。

乔小桥的情绪慢慢地平复下来，他听着池故渊给他讲狐狸爸爸和几个小狐狸的故事，问了一句："爸爸，你和妈妈什么时候生小孩？"

正在讲故事的池故渊："……"

池故渊和乔晚刚结婚不久，对于生孩子这件事情，他父母没催，他和乔晚不急，万万没想到竟然是乔小桥先问了出来。

他们其实暂时不打算要孩子的，主要也是因为乔小桥。现在一家三口的模式刚刚建立，要过一段时间，让乔小桥习惯这种家庭模式后，他们再要孩子，更能让他感受到来自家庭的爱。

乔小桥这样问，也不是因为担忧或者害怕池故渊和乔晚生孩子，像是在认真考虑和希冀。

“你想要弟弟妹妹？”池故渊问道。

乔小桥看着绘本，想起今天在集市上碰到的哥哥妹妹，说道：“嗯，我想要个妹妹。”

乔小桥直说了他的想法，然后抬头对池故渊说道：“我还给她起了个名字。”

没想到乔小桥都已经想到了这一步，池故渊问道：“叫什么？”

“池小鱼。”乔小桥说道。

乔小桥说完，池故渊笑了一声。

听见爸爸笑了，乔小桥问道：“怎么了？”

池故渊眼底的笑意没有消失，他说道：“没什么，很好听。”

得到夸赞，乔小桥挑了挑眉毛，也开心起来。

哄睡乔小桥后，池故渊关上乔小桥的房间门，回到了卧室里。乔晚还没睡，看到池故渊，问道：“睡了？”

“睡了。”池故渊回道。

“今天睡得挺快。”乔晚笑起来。

在她说话的时候，池故渊已经上了床。乔晚坐在床上，下一秒被池故渊抱在了怀里。被温暖的怀抱包裹着，乔晚心里被甜蜜感充满，她靠在池故渊的怀里笑起来。

“你身上好热。”

在给乔小桥洗澡的时候，池故渊也洗过澡了。

他没说话，唇沿着她的耳郭，到了她的耳垂上，轻轻地咬了一下，随后吻沿着她的耳垂落在了她的后颈上。

“刚才乔小桥和我商量了一件事情。”池故渊说道。

被他这样亲着，乔晚都有些没心思去想他说的话了，顺着他的话问道：“什么？”

“他想要个妹妹。”池故渊回道。

乔晚：“……”

乔晚被这个消息惊得短暂清醒了一下，回头看向池故渊确认道：“什么啊？他说的……”

“嗯，名字都给起好了。”池故渊说道，“叫池小鱼。”

乔晚：“……”

池小鱼，这名字是跟着乔小桥起的吧。

池故渊把她抱起放平，他的身体支撑在她的身侧，吻沿着她的耳边落在了她的颈边，乔晚呼吸急促，心“咚咚”地跳了起来。

池故渊吻着她的下颌，吻着她的唇，最后吻落在她的耳边，声音蛊惑地说道：“池小鱼，爸爸来了。”

乔晚的理智被汹涌的爱意淹没了。

番外二

一家四口

乔晚怀孕了。

从那次去 M 市度蜜月回来后，没多久乔晚就有了反应，先是胃口好，后又是吃啥吐啥。乔晚虽说不是第一次当妈妈，但怀孕是第一次。怀一次孕，把乔晚折腾得够呛。

好在随着月份慢慢增大，肚子里的崽子闹腾得也轻了，乔晚这才轻松了一些。

要说怀孕并不是一件容易的事，但是怀孕的时候，她感受着肚子里的孩子一天天地变化，还有对于孩子到来的期待和喜悦，时间也就变得快了许多。

眨眼间到了 8 月，乔晚的预产期快到了。

这是乔晚的头胎，也是池家的第一个重孙辈孩子，对于小家伙的到来，池家上上下下的人做了各种准备，乔晚啥都不用操心，只等到时候去医院产个崽儿就行。

但是家里准备的东西终究不是她自己准备的，在临产前，乔晚还是想亲自给孩子买些东西，所以约了郝佳佳一起去逛母婴超市。

乔晚没来过母婴超市，但池家采购的母婴产品大多给她看过，她还算有些见识。没见识的是郝佳佳，进了母婴超市后，这儿瞧瞧那儿看看，可爱得浑身都在冒五彩泡泡。

“哇，这双小袜子太可爱了！”郝佳佳边感叹着，边把小袜子放进了购物车里。在她的购物车里，小衣服、小鞋子、小帽子、小皮筋已经堆了满满当当的一车。

“你买这么多，都用不了。”乔晚试图劝说她理智。

“啊！这个小球太好看了！”

郝佳佳的购物车里又被放进了三双袜子、两套衣服，还有一双鞋子。

乔晚：“……”

见郝佳佳逛得兴奋，乔晚笑着说道：“你这么喜欢，干脆自己也生一个。”

提到生孩子，郝佳佳兴奋的劲儿下来了，她脸红道：“我想生自己也生不出来啊！”

听了郝佳佳的话，乔晚乜了她一眼，哼哼道：“你和辛锐准备什么时候结婚？”

“啊。”提到男朋友，郝佳佳的脸更红了，她又说道：“嗐，还没影儿的事呢，我还没见他爸妈，也不知道他爸妈喜不喜欢我。”

郝佳佳和辛锐的缘分来源于乔晚的婚礼，那次郝佳佳要抢手捧花，乔晚扔偏了扔到了辛锐怀里。琴行的小姑娘纷纷问老板索要捧花，老板给哪个人都怕不公平，索性给了郝佳佳。

就这样，两个人慢慢地好上了。

提到见家长，郝佳佳紧张地说道：“我还是第一次见家长，你说辛锐家里那么有钱，他家会不会看不上我啊？”

顿了顿，郝佳佳又羡慕地说道：“我是真羡慕你和池太太的关系，她对你太好了。”

郝佳佳这么说，乔晚脸上也闪过了一丝幸福神色。

她嫁入池家后，和池故渊是单独住的，但是他们经常会回池家大宅。对于她这个儿媳妇，她婆婆方清阁是格外疼爱。大家都是成年人，对谁对自己好还是足够敏感的，乔晚觉得自己像是多了一个亲妈。

“也不用担心，看老板性格这么好，他家里人应该也还好吧。”乔晚安慰道。

“那可不一定，有些男人挺好的，但是家庭真的很可怕，尤其是对方的母亲……”郝佳佳刚要列举一些她碰到的例子，话就被打招呼的声音打断了。

“乔小姐。”

听到有人叫自己的名字，乔晚抬头望过去，眼睛一亮。

“杨先生。”

来人竟然是杨柏。

自从上次杨太太的事情后，两个人虽然同在A市，但再也没有碰到过了，现在重新见面，没想到竟然是在母婴超市里。

杨柏在远处的时候，就看到了乔晚隆起的腹部，在她和他打过招呼后，他冲她笑了笑：“恭喜啊！”

杨柏在母婴超市应该也是来买东西的，乔晚也随即笑了笑，说道：“谢谢，同喜！”

听她这么说，杨柏知道她误会了，尴尬地笑了笑，说道：“我没有。我只是来买些东西送朋友。”

说到朋友，杨柏补充道：“欧蕙，她刚生产完。”

原本杨柏这个人在乔晚的记忆中就已经很模糊了，而欧蕙更像是渺小到乔晚快要记不起来了。当时他们三个人经历了一系列事情，像是缠在一起的乱线团。现在大家在各自的人生路上继续走着。

“这样。”乔晚点了点头，看了一眼手边的东西，说道，“我觉得这个不错，你可以买给她看看。”

“这是什么？”杨柏对于这些东西看来是真的不太懂。

“口水巾。”乔晚笑起来，“还有衣服、鞋子，这几样的材质都很舒服，都是一个牌子的。”

乔晚指了指远处的货架，说道：“在那儿。”

杨柏循着她指的方向看了一眼，后又回过头来。他看着她，没往那边走，也没再说话。

郝佳佳望着两个人之间的气氛，对乔晚说道：“我们差不多该走了，池先生说来接我们来着。”

“啊。”她这么一说，乔晚想起来了。怀孕后，她记忆力有些不好，反应也有些迟顿。

回过神来后，乔晚笑着对杨柏说道：“那你过去买吧，我们也要去结账离开了，我丈夫一会儿来接我。”

刚才郝佳佳说来接他们的是“池先生”，看来乔晚还是和池故渊走到了一起。池故渊是那么厉害的人物，为了乔晚尽心尽力。杨柏再反观自己，也怨不得别人。

“再见。”杨柏和乔晚道别。

“再见。”乔晚笑起来，说完后，和郝佳佳一块儿离开了。

离开母婴超市后，乔晚和郝佳佳去了休息区等待池故渊。

“刚才那个男人对你有意思啊？”郝佳佳买了杯奶茶，给了乔晚一杯纯奶，和她说了这么一句话。

乔晚差点儿被呛到：“你怎么看出来的？”

“这还用看吗？他看你的时候，柔情蜜意和得不到的苦楚神色都快溢出眼眶了。”郝佳佳说道，“我看他也不错，要是你和池先生不在一起的话，可以和他发展发展。”

说完，郝佳佳连忙补充道：“别跟池先生说我在‘策反’你。”

“你也策反不了。”乔晚信心满满地说道。

被喂了一口“狗粮”，郝佳佳“啧啧”了两声，然后就听到乔晚说起她和刚才那个男人的事。

“就算我和池故渊不成跟他也不会成，在池故渊之前，他追过我，在我想和他发展的时候，他妈妈出来，说我配不上他，总之各种找碴儿，我俩就不了了之了。”乔晚说道。

郝佳佳被她这么一说，紧张起来：“真的假的？那你俩是被拆散的啊！那我和辛锐……”

“我们都没在一起，算什么被拆散啊？”乔晚说道，“你也别担心辛锐的妈妈，说实话我见识过这么多妈妈，还从没有见过他妈妈那么奇葩的人。”

听乔晚这么一说，郝佳佳算是放下心来。女人总是喜欢打探感情的事，她又问道：“你当时都想要和他发展了啊，那不是很喜欢他？”

乔晚是单亲妈妈，和普通女人的择偶观不太一样，她很慎重，除非特别喜欢，否则不会去尝试。

郝佳佳这么说，乔晚想了一下，说道：“算不上很喜欢吧，但是有好感。可能如果不是池故渊出现，我和杨柏培养培养感情，最后他会和他妈妈对抗吧。”

但是谁说得准呢？事情的发展总是出乎意料。也多亏意料不到，她和池故渊的感情才能没有任何断裂地重新续在一起。

“你当时和他接触，就已经跟池先生认识了？”郝佳佳问道。

乔晚想了一下时间线，回道：“算是吧。”

那时候池故渊还没开始进行他的“富家大小姐”计划，他对她来说只是个不可触及的有钱人，她还没开始把她和他往爱情上想呢。

“那你和刚才那位先生差点儿交往，池先生没有吃醋？”郝佳佳问道。

被郝佳佳这么一问，乔晚倒被问住了。

如果说她和池故渊以前不认识的话，那她和杨柏接触的话，池故渊应该不会觉得怎么样，毕竟要有先来后到。但池故渊是先来的，在看到失忆的她差点儿和别的男人交往，那他是什么心情呢?

乔晚和郝佳佳在休息区等了没多久，池故渊就开车来到了商厦。接了两个人后，司机送郝佳佳回家，而后池故渊接乔晚去了城西别墅。

临近预产期，乔晚已经提前休了产假。现在才下午 2 点，乔晚被池故渊送回家后，就去了泳池边的藤椅上坐着。

今天不算热，海风很大，乔晚坐在藤椅上吹着海风。不一会儿，池故渊给她切了水果，坐在了一旁的另外一张藤椅上。

池故渊坐下，乔晚回头看向他。察觉她的目光，池故渊也回过头来。两个人在海风中目光相对，皆是一笑。

池故渊看着她，张开了手臂，乔晚从藤椅上站起来，走到池故渊身边，坐在了他的腿上。乔晚的肚子已经很大了，池故渊的手臂刚好包住。抱着妻子和未出世的孩子，池故渊动作轻柔，他低头吻了一下乔晚的耳边。

感受着丈夫的吻，乔晚轻笑了一声。在乔晚笑着的时候，肚子里的小家伙突然动了一下。池故渊覆在乔晚的肚皮上的手感受到了，他微微抬了抬眉毛。

“动了。”池故渊说道。

尽管经历过这么多次胎动，可是每一次触到胎儿的动作，还是能给父母带来不同的喜悦心情。

乔晚笑起来，说道：“他特别调皮，尤其是快出来了，更顽皮了。”

池故渊将手放在乔晚的腹部轻柔地摸着，他的手掌一动，乔晚的肚皮里的小家伙也沿着他的行动轨迹运动着。

“像小男孩儿。”池故渊说道。

关于孩子的性别，两个人都不怎么在意，就当猜游戏玩。

“但是林素说，她儿子出生前特别老实，女儿才会特别能动。”乔晚说道。

池故渊笑了笑：“池小鱼。”

他刚叫了“池小鱼”，肚子里小家伙又动了一下。

“哎，他应了。”乔晚笑起来。

妻子温柔幸福地笑着，池故渊跟着她笑着，手在她的腹部轻柔地抚摩，另外一只手则将她被海风吹乱的发丝别到了耳后。

这样惬意的午后，即使只是坐着，也甜蜜温馨。

乔晚回头看向池故渊，说道：“我和佳佳今天去母婴超市碰到杨柏了。”

她说完后，问池故渊：“你知道杨柏……？”

“知道。”池故渊回道。

他竟然还记得，乔晚惊奇地抬了抬眉头。

“你吃醋吗？”乔晚问道。

池故渊眼神定定地看着她，答道：“会。”

乔晚不可思议地笑起来道：“我们今天只是碰到而已，而且我怀孕了，他也看到了啊。”

这些池故渊自然是知道的，可是在乔晚提到“杨柏”时，他还是免不了地酸了一下。这无关杨柏，而是因为她还记得他。

“你现在醋意都这么大，那以前醋坛子不都得翻了？”乔晚笑着说道。

她现在怀着池故渊的孩子，碰到了杨柏也只是礼貌性地寒暄了两句，池故渊都吃醋，那以前她和池故渊还没相认，她甚至要和杨柏交往，池故渊还见识过她被杨太太泼水，那不得打翻醋坛子？

“没有。”池故渊回了一句。

乔晚笑意微顿，池故渊看着她，继续说道：“那时候更多的是害怕。”

乔晚眼中的笑意收敛了起来。

和池故渊在一起后，她越来越多地感同身受。现在想一想，她消失了四年，池故渊疯了一样全世界找她。在好不容易找到她时，她还不认识他，甚至考虑和另外一个男人交往。

这对池故渊来说是一件多可怕又多残忍的事！

乔晚用双手抱住池故渊，在他的唇边印了一个吻。池故渊回吻了过去。

“你是怎么度过那些日子的？”乔晚问道。

“不知道。”池故渊说道。

“但是我想，只要坚持，就总能再见到你，拥有你。”池故渊道。

乔晚的心随着海风动着，她望着面前的男人，低头吻上他的唇。

“我爱你！”

乔晚和池故渊结婚后，就搬来了城西别墅。乔小桥也一起住了过来，不过因为舍不得以前幼儿园的朋友，特别是娇娇，并没有转学。这样也刚好，乔小桥白天还能在那边陪陪外婆。

乔晚搬去城西别墅后，一直劝说胡玫也一起搬到城西。池故渊在城西有多套房子，胡玫可以随意挑选一套出行便利的房子住，这样离乔晚也近。但胡玫一直贯彻女儿出嫁就是成家，父母不应拖累的原则，住在先前那套房子里。

其实胡玫也不单是为了乔晚。她做了一辈子家庭妇女，也适应不了太奢华的生活。现在她住的那套房子，乔晚已经给她买下来了。有房子住，有个小店整日看着，还有乔小桥白天在这边陪着，晚上的时候就和小区的一众姐妹去旁边的公园跳广场舞，胡玫也挺快乐的。

老人也是有老人自己的生活的，乔晚见她自得其乐，也就没坚持。

乔小桥依旧在那边的幼儿园上学，有时候会陪着外婆吃晚饭，有时候会回家吃。池家专门给他派了司机，乔小桥放学在外婆家玩一会儿后，司机就会送他回家。

乔晚和池故渊正在泳池旁的藤椅上卿卿我我时，乔“灯泡”放学回来了。他刚进门，甩下书包就叫了一声。

“妈妈。”

听到乔小桥的声音，坐在池故渊腿上的乔晚笑了笑，又亲了池故渊一下后，池故渊扶着她站了起来。

乔晚回到自己的藤椅上坐下了。

“在这儿。”乔晚应了一声。

妈妈在孕后期，尤其喜欢半躺着，泳池后面基本上成了她的根据地。乔小桥已经冲了过来，第一句就问道：“妹妹今天乖不乖啊？”

乔晚和池故渊笑了起来。

过了一年，乔小桥又长大了一些。他今年5岁了，相比4岁，退去了些奶气，但是依旧稚嫩。小家伙经过一年的时间，看上去健壮了不少，以前是奶油小生，现在有些硬汉风格了。

这与池故渊的教育脱不开关系。有了爸爸以后，乔小桥整日缠着池故渊，要么去冲浪、潜泳，要么去露营、攀岩，喜欢的都是野外项目，原本白皙的肤色也被晒成了健康阳光的小麦色。

“乖。”乔晚笑着应了一声。

乔小桥已经过来，俯身趴在了妈妈的肚子上。胎儿似乎感知到了他的到来，对着他趴过来的脸就踢了一脚。

“哎。”乔小桥被踢了一脚，开心地笑了起来。

“还是很调皮的。”乔小桥评价了一句，直起身，摸了摸妈妈的肚子，又说道，“再乖乖待几天，等出来了，哥哥给你买糖吃。”

乔小桥说完，肚子里的孩子又踢了一脚。

乔晚和乔小桥都感知到了。母子俩一起睁大眼睛，而后哈哈大笑起来。

乔小桥说让池小鱼在妈妈的肚子里再待几天，池小鱼也是非常听哥哥的话，果真就消停下来。他这一消停，就过了预产期。

乔晚的预产期是在 8 月 23 号，可到了 8 月 26 号，小家伙仍没有丝毫动静。

乔小桥又急了。

原本妈妈的预产期是周日，他还能陪着妈妈一起生产，可是过了周日，又到了周三，池小鱼却还没有出生。

乔小桥每天放学，最急的事情就是回家看看妈妈生了没有。周三一放学，他就跟着司机叔叔回了家，下车之后，风风火火地跑进家里问道："妈妈，池小鱼出来了吗？"

正在厨房帮忙洗菜的乔晚回道："没呢！"

她刚说完，就听到了乔小桥遗憾的叹息声。乔晚笑了起来，肚子里的小家伙跟着动了一下。

乔晚的各项指标都很正常，医生说预产期只是个参照，孩子出生有早有晚，让乔晚不用担心和着急。

小家伙在肚子里天天这么生龙活虎的，乔晚确实也不担心。至于着急，反正他早晚会是她的孩子，在她的肚子里待的时间越来越短，倒让乔晚生出些不舍的情绪来。

乔小桥在听说池小鱼没出来后，来到了厨房里。看到妈妈在洗菜，他连忙过去接过菜盆说道："我来，你休息一下。"

原本的小团子已经成长成了一个小暖男，乔晚笑起来，到了一旁坐下。正在做饭的池故渊看到这幅景象，抽了张纸巾递给乔晚让她擦手。

现在一家三口的生活模式已经很固定了，一起做饭，一起吃饭。池故渊负责做，她和乔小桥则负责打下手。现在乔小桥长高了不少，会做的事情也越来越多，她感觉以后她和池小鱼都不用帮忙了，乔小桥和池故渊在厨房里忙活就行。

看着忙碌的父子俩，乔晚心中生出些别样的感觉。过不了多久，他们就是一家四口了，到时候生活肯定会发生很多改变。

想到这里，乔晚问乔小桥："到时候家里就是四个人了，你会觉得别扭或者不适应吗？"

乔小桥看了妈妈一眼，回道："不会，妹妹很可爱，我会很喜欢。"

对于乔小桥来说，爸爸妈妈又有了一个孩子并不是分去爸爸妈妈的爱的。有新家庭成员这件事情，就像是他多了一件可爱的礼物，他会期待，也觉得幸运能拥有这样的幸福生活。

乔晚笑起来："你就这么肯定是妹妹呀？要是弟弟呢？"

从乔晚怀孕前，乔小桥在M市看到人家哥哥妹妹在一起，就想要个妹妹。乔晚怀孕后，他也一直说等着妹妹出生。

乔小桥笃定地说道："就是妹妹。"

"哈哈哈。"乔晚笑了起来。

在儿子和妻子闲聊的工夫，池故渊已经做好了晚饭。他关上火，把饭菜装盘，对乔晚和乔小桥说道："先吃饭。"

"好嘞。"乔小桥应了一声，帮忙端菜去了。

吃过晚饭，一家三口去海边散了一会儿步。散步结束后，池故渊带着乔小桥去洗了澡，把他哄睡后，回到了卧室里。

卧室里乔晚也洗完了澡，正躺在床上拿着精油准备抹肚子。池故渊看到，接过精油坐在她身边，说道："我来。"

说话间，池故渊解开了乔晚的睡衣，露出了圆滚滚的肚皮。

早在显怀前，池故渊就开始给她护理腹部的皮肤了，到了现在肚皮高高隆起，却依旧光洁白皙，没有一条妊娠纹。

这与池故渊的细心呵护是分不开的，在池故渊倒了精油在手边抹开时，乔晚笑嘻嘻地说了一句："谢谢老公！"

池故渊抬眸看了她一眼，眼中带着淡淡的笑意。随后，他将手掌放在了她的肚子上。因为在抹精油之前，他搓热了掌心，放在乔晚的肚皮上时，乔晚感受到了一股温暖，格外舒服。

乔晚低头望着池故渊在她的腹部游走的手，轻轻地呼了口气。

池故渊的手掌，掌心纹路比她的是要清晰和粗糙的，精油被搓热后，贴在她的肚皮上，伴随着他抹动的动作，她的皮肤感受到了他粗糙的掌心纹路，有一种说不上来的异样感。

乔晚垂眸安静地看着，舔了舔唇，抬眼看了看池故渊。

池故渊也看向了她。

乔晚安静地看着池故渊，眼神里带了一丝笑意，像是被轻纱覆盖着，轻纱下，是她被勾起的情欲。

"这样不行。"池故渊呼吸微顿，提醒了一句，可嗓音也已经轻哑了。

乔晚笑起来："那你亲亲我。"

池故渊又看了她一眼，眼底情欲汹涌，在经过这么长时间的禁欲生活后，池故渊并不一定能如她所愿地只亲亲她。

可是他还是听从了她的话，低头亲吻了她一下。

两个人的唇碰到了一起，乔晚觉得心里像是有什么倾泻了出来。她抬起手臂抱住了池故渊的脖颈，用力地吻了回去。

在她用力地把池故渊拉向她的怀里时，他怕碰到她的腹部，微微起身。他的手臂支撑在了她的身侧，他娴熟地吻着她，卧室里的空气似乎在这个吻下慢慢地升温。

“好了。”继续这样下去，可能会坏事，池故渊停止了这个吻。

乔晚的喉间溢出了不满意的声音，池故渊眼眸漆黑如海，可他还是没动，在乔晚的唇边和颊边轻吻了一下，说道：“乖。”

他的声音拂过她的耳边，抚平了她的躁动。

乔晚松开了抱着池故渊的手臂，安稳地坐在了床头，眼睛亮晶晶地看着池故渊。

池故渊低头看着她，抬手将她颊边的发丝别到了耳后：“真乖！”

“你不想吗？”乔晚问道。

池故渊动作一顿，回道：“我比乔小桥更想要池小鱼出生。”

乔晚“哈哈”笑了起来。

乔小桥最终还是去医院陪伴妈妈生产。8 月 27 日，凌晨 12 点 9 秒，乔晚和池故渊的孩子诞生，是个女孩儿。

乔小桥求鱼得鱼。

乔晚生产后，在月子中心待了40天，结束后就被接回了家里。乔晚一胎得女，池家上上下下都很开心，还约了一起来看望。

乔晚生了池小鱼，最开心的当数乔小桥。乔小桥在妈妈住月子中心的时候，就天天黏着池小鱼，等乔晚回家，乔小桥下午一放学，就迫不及待地回家看池小鱼。

“池小鱼，哥哥放学回来啦！”

乔晚正坐在客厅里逗池小鱼，乔小桥已经飞奔了进来。小家伙放下书包，先跑去洗了手，换了套家居服，这才走进了围栏里。

刚进围栏里，乔小桥就低头亲了一下妹妹的小脸蛋，笑眯眯地问道：“妹妹有没有想哥哥啊？”

池小鱼现在才40天，当然不会回应他。不过小家伙现在已经学会了笑，在哥哥过来时，肉乎乎的小手和小腿胡乱翻腾，大大的眼睛笑成了一条缝，也算是回应了。

婴儿身上是有奶香味的，特别好闻。乔小桥觉得，他妹妹身上的奶香味是世界上最好闻的。见妹妹笑，乔小桥止不住地开心，又亲了妹妹好几口。

“你以前还说我，你看，你也忍不住想亲小娃娃吧。”乔晚坐在一旁，笑着看着兄妹俩的互动，控诉乔小桥。

曾经乔晚整日喜欢抱着乔小桥亲，乔小桥说她的母爱太过泛滥，其实亲一下他就感受到了她的爱，没必要亲这么多下。

现在见到池小鱼，乔小桥才深刻地体会到了妈妈泛滥的母爱，这么可爱的小娃娃，他实在忍不住啊！

“妹妹太可爱了！”乔小桥试图狡辩。

乔晚伸手把他抱在了怀里，对着他的脸蛋猛地亲了好几口。乔小桥感觉脸上痒痒的，“咯咯”笑起来，想要挣扎，却怕不小心弄到妹妹，只笑着说道：“哎呀，差不多啦！差不多啦！”

“你也可爱。”乔晚最后亲了儿子一口，这才放开了他。

乔小桥又回到了妹妹身边，夸奖妹妹道：“池小鱼可真好看呀！”

池小鱼被哥哥夸奖，也听不懂，只是挥舞着拳头，时不时地还会发出奶声奶气的声音，乔小桥看着听着，心都化了。

“现在幼儿园里的小朋友都知道我有个可爱的妹妹了。”乔小桥和乔晚说着幼儿园里的事情。

何止是现在，乔小桥在她刚怀上池小鱼的时候，就在幼儿园里通知了。这还是母亲告诉乔晚的，当时乔晚听到都快笑死了。

“你们还会讨论弟弟妹妹？”乔晚笑着问道。

“当然。”乔小桥自豪地说道，“我说我有妹妹的时候，曲子航也想要。他天天缠着他妈妈给他生妹妹，他妈妈也怀孕了，然后前些天生了。”

“生了个妹妹？”乔晚问道。

乔小桥看了乔晚一眼，哼笑一声道：“你以为谁都像我一样有这么好的运气吗？”

乔晚：“……”

乔小桥的得意模样让乔晚实在有些忍俊不禁。

乔小桥没管妈妈的笑是什么意思，对她说道：“他妈妈给他生了个弟弟，这两天曲子航可烦恼了。他说他弟弟跟个小火车一样，老哭，一点儿都不如小鱼乖。”

乔小桥心满意足地握着池小鱼的小手继续说道：“小鱼真是我最好的妹妹！”

看乔小桥这个样子，长大了他八成是个“妹控”。

乔晚躺在一旁，问乔小桥：“小鱼长大了以后你还这么爱她吗？”

“当然。”乔小桥说道，“我会爱小鱼一辈子的。”

乔晚笑起来。

在母子俩围着婴儿闲聊的时候，外面响起了一阵车声。这个时间，池故渊差不多也该下班了。

听到车声，乔小桥从地垫上起来，跑出去叫了一声“爸爸”。池故渊开门进来，乔小桥一下子挂在了他的腿上。

池故渊轻笑一声，拎着他的胳膊把他抱了起来。

在乔晚怀孕的这段时间里，池故渊的工作重心也从建筑工作室上转移到了池家的产业上。父亲逐渐放权，让池故渊慢慢地接手。池故渊最近几乎都是在池家的集团内上班。

他穿着一身西装，体格挺拔健壮，撑起一身的俊朗和斯文气质。乔晚望着他，心中甜蜜，也笑了起来。

把乔小桥隔着围栏放下，池故渊探身和乔晚亲了一下，看了一眼池小鱼，扯开了领带：“小鱼今天乖不乖？”

“还行，吃了睡睡了吃，天使宝宝，我都能回去上班了。”乔晚回道。

她现在还处于产假期间，但是家里基本上不太需要她做什么，方清阁给她请了两个池家一直用的育儿嫂，各方面都照顾得很妥帖，乔晚什么都不用做，还学了不少育儿知识。

现在乔小桥和池故渊都回来了，育儿嫂也提前离开了，给他们一家四口独处的空间。

看着女儿，池故渊目光温柔，而后抬手在乔小桥的脑袋上揉了一下，说道："我去洗个澡，然后做饭，乔小桥想吃什么？"

乔晚的饭菜是育儿嫂提前做好的，和他们不在一起吃，现在池故渊只做爷儿俩的饭菜就行了。

被揉了一下脑袋，乔小桥的眼珠骨碌转了一下，他起身说道："我想吃红烧排骨，我帮忙。"

说话间，父子俩一起离开，去厨房里忙碌了。

吃过晚饭后，一家人也清闲了下来。洗了澡换了家居服后，大家围坐在育儿厅的围栏里，逗池小鱼玩。

40 天的池小鱼在一点点地长大，会的东西越来越多，每个变化都能带给他们惊喜。

池小鱼到了现在这个时候，已经能握起拳头来了。池故渊把手指放在她的小手旁，她会轻轻地握住。

婴儿的手指很软，还带着些湿润感，被握住的那一刹那，池故渊的眼角弯了起来。

在握住爸爸的手指后，池小鱼抬手想把爸爸的手指往嘴巴里送，池故渊松开，池小鱼皱了皱小眉头，有些不痛快。

"饿了。"池故渊说道，"我去泡奶粉。"

“我去吧。”乔晚看向一旁还在和妹妹玩的乔小桥说道，“乔小桥该去睡觉了。”

温馨的时光总是过得很快，现在已经9点多了，乔小桥差不多该睡觉了。

听了妈妈的话，乔小桥说道：“我再陪妹妹待一会儿，就一会儿。”

小家伙还学会了撒娇，乔晚提醒道：“刚才你就是这么说的。”

乔小桥讨价还价道：“真是最后一会儿……”

他讨价还价的声音还未落下，身边的池故渊站了起来。乔小桥还没什么反应，只觉得他的腰被一只大手握住，而后他的身体腾空，被池故渊夹在了怀里。

“我带他去睡。”池故渊笑着说道。

在这个家里，爸爸的力量是乔小桥最反抗不了的。被爸爸夹在腰间，乔小桥哭笑不得，四肢开始反抗：“啊……我要妹妹！”

“明天再陪妹妹玩。”池故渊不理会他的反抗，带着佯装哭闹的乔小桥离开了。

乔晚望着父子俩这样闹着离开，静静地笑着，父子俩的背影很快隐入了温柔的灯光里。乔晚低头看向池小鱼，亲了她一下。

“小鱼饿了呀？”

被妈妈亲了一下后，池小鱼松开了眉头，望着妈妈，开始咿咿呀呀地和妈妈对话。

小家伙自从能发出声音后，现在“话”也越来越多，长大了肯定是个小话痨。

乔晚被女儿可爱到，低头又亲了女儿两下，然后起身去给女儿泡奶粉了。

池故渊把不甘心的乔小桥哄睡后回来，乔晚也已经把池小鱼哄睡了。池故渊走过来，轻声问道："睡了？"

"对。"乔晚也轻轻地应了一声。

"我去把她放下。"池故渊说话间，长腿迈进围栏里，而后轻轻地把女儿抱在了怀里。

小家伙刚吃完奶，睡得正沉，在被爸爸抱起来时，小脑袋歪向爸爸怀里，小嘴像是喝奶一样咂了一下，发出了一声轻哼。

怀里抱着柔软的女儿，池故渊已经够受不了，池小鱼的这个动作，又让池故渊的心化了一半。他低头看着池小鱼，笑了笑，抱着她回到了卧室里。

卧室里有池小鱼的摇篮床，池故渊把她放下后，回到了育儿厅里。

育儿厅的围栏里只剩下乔晚一个人。虽然说什么都不用做，可有个婴儿在家里，总是有操不完的心，乔晚也确实心累了一天，等池故渊回来才放松下来。

乔晚舒展着身体躺着，在池故渊过来时歪头看了他一眼。

"累了？"池故渊走进围栏里。

"抱我。"乔晚笑着张开了双臂。

有时候她觉得，池故渊作为一家之主，真是个搬运机器，先是把乔小桥搬走，再把池小鱼搬走，最后还要搬她。

但是池故渊对于这样的工作甘之如饴。他看着乔晚，随后俯下身来，把双手放在了乔晚的颈下和膝盖下，轻松地将她抱了起来。

池故渊抱着乔晚没费丝毫力气，她笑着看他："我有没有变重？"

怀孕都是会变胖的，但乔晚并没有变胖多少，整个孕期有营养师在打理，想变胖都难。

"轻了些。"池故渊说着，还掂了她两下。

乔晚用双手搂紧池故渊的脖颈，仰头哈哈大笑起来。

池故渊低头在她的颈边吻了一下。

乔晚接收到了池故渊的信号，搂住他的手臂的手收紧了些，看向他的眼中依旧是盈盈的笑意。

望着她的眼神，池故渊的吻落在了她的唇上。

池故渊的这个吻很轻，伴随着育儿厅里淡淡的奶香味，有一种别样的温馨感。两个人的吻渐渐地由蜻蜓点水变成了长吻。

在他的吻更为深入时，乔晚提醒道："这里不行。"

池故渊把她往身上抱了一下，问道："那去哪儿？"

乔晚想了想说道："回房间里？"

"孩子们在睡觉。"池故渊提醒道。

乔晚："……"

他们家这么大，还能没他们夫妻俩去的地方不成？

乔晚想了想，眼睛一亮："去书房！"

池故渊抱着乔晚，两个人悄悄地去了书房。

相比卧室或者其他地方来说，书房确实是最好的选择，但也有些别扭。

结束后，原本透着书香气息的书房，都被一阵暧昧气息冲散了。

池故渊坐在办公椅上，乔晚则蜷缩在池故渊的怀里，耳边是他的心跳声。

夫妻俩就这样抱在一起，感受着独属于两个人的温馨世界。

乔晚趴在池故渊的怀里，他有规律的心跳声让她眼皮发沉，困意也袭了上来。

感受到乔晚在他怀里打瞌睡，他抬手揉了一下她的发丝，低头吻了一下，问道："困了？"

"嗯，有点儿。"被亲了一下后，乔晚稍微清醒了些，在他的唇上印了一个吻，"我们回房间吧。"

"好。"池故渊答应道。

但他并没有马上起身，而是身体往前倾了一下，拿过办公桌上的一份文件并打开，对乔晚说道："这里有份文件，你看一下，然后签个字。"

"什么啊？"乔晚迷迷糊糊地低着头扫了一眼文件，把手伸过去，把文件来回翻了翻，然后问了池故渊一句，"酒庄？"

"葡萄酒庄。"池故渊回道，"给你的。"

乔晚："……"

听到这个消息后，乔晚有些意外，回头看向池故渊，不明所以地问道：“为什么？”

“也没什么。”池故渊说道，“酒庄是爷爷给你的，说让你有个自己可以放松的地方。”

“爷爷？”乔晚笑了起来。

“嗯。”池故渊点了点头，亲了她一下。

池家老爷子是真的疼爱池故渊这个长孙，从老爷子对待她的态度就能看出来。她和池故渊结婚以后，池家老爷子就没少送她东西，珠宝、股票、产业毫不心疼，她也没怎么收，但东西基本上都落在她的名下了。

相比较池家老爷子对她这个孙媳妇的疼爱，林家那两份遗产简直不够看。

而现在，老爷子又送了她一座葡萄酒庄，只为了让她有个可以放松的地方。

“爷爷好好啊！”乔晚说道，“我都有点儿想他和奶奶了。”

池故渊的爷爷奶奶和他的爸爸妈妈差不多，甚至比他的爸爸妈妈对她更为宠溺。都说隔辈亲，她是真的体会到了。而且池家老爷子和老太太对她的那种爱，和曾经林家老爷子、老太太对她的爱有天壤之别。

“池小鱼百日的时候他们会回来。”池故渊说道。

“好。”乔晚点头。

池故渊又说道：“爷爷奶奶的一片心意，签字吧，明天走流程。”

“嗯。”乔晚应了一声，拿了一支笔签上了她的本名“林恋”。

签完名后，乔晚翻看了一下文件，问道：“酒庄在哪儿啊？”

“X 市。”池故渊回道。

X 市在 A 市隔壁，气候宜人，盛产水果，确实是去游玩的好地方。乔晚回头看向池故渊说道：“有时间去看看。”

“可以。”池故渊点头。

乔晚笑：“只有我们，把孩子放在家里。”

池故渊跟着她笑了一声，道：“可以。”

这个想法虽然是乔晚提出的，可提出以后，她又开始操心了：“现在池小鱼还太小了，等百日之后吧。爷爷奶奶、爸爸妈妈都在，让他们看孩子，我们出去玩。”

池故渊还是点头：“可以。”

“耶！”乔晚伸直手臂开心地欢呼了一声。

和池故渊单独出行，二人世界，乔晚开始期待了。

番外三

二人世界

池家为池小鱼举办了一场隆重而盛大的百日宴。

百日宴这天，池家人悉数到场，围着小公主团团转了一天。小家伙过了百日，会的事情也越发多了，笑一下，动一下，叫一声，整个池家的人都会惊喜异常。

在这种氛围里，池小鱼的百日宴圆满地结束了。

第二天，乔晚和池故渊准备出去过二人世界了。

对于这个决定，池家人是举双手赞成的。女人成了母亲后，也不能总是围绕在子女跟前，还是要有自己的生活的。

于是乔晚和池故渊准备好了行李，第二天一大早，他们告别了爸爸妈妈、爷爷奶奶还有孩子们，驾车去了 X 市。

这次去 X 市，乔晚和池故渊选择的是自驾游。相比公共交通，自驾游更为自由。这一路两个多小时的行程，乔晚望着车窗外沿途的风景，心也像是随着外面的风景放松了。

两个人到X市的时候才上午10点，酒庄这时已经开始运作。乔晚和池故渊一下车，就被酒庄的管家迎进了酒庄里。

这是一座很古老的酒庄，位于X市的郊区，平地上种着大片的葡萄。现在这个季节，葡萄早已成熟被摘下，就只有一些晚熟的品种还挂在藤上，在阳光的直射下，透着光亮。

在葡萄藤架中央，就是酒庄。酒庄的建筑是中世纪的古堡样式，外面有围墙，里面是花园，然后直行就是她和池故渊入住的城堡。

在酒庄外面还能感受到一些国内的风情，两个人进去之后，就是截然不同的味道了。池故渊告诉她，这是爷爷最爱的酒庄，酒庄的建筑设计乃至里面的装修摆件，都是爷爷亲自挑选的，就连墙上挂着的不起眼的油画，也价值不菲。

“您先休息一下，午餐正在准备。吃完午餐后，午睡结束，我会带您参观酒庄。”管家送乔晚和池故渊进了古堡后，礼貌地向她介绍了一下接下来的安排。

乔晚听完后，点头道：“谢谢！”

“您客气了。”管家笑着说完，颔首离开了。

在管家把门关上的那一刹那，乔晚一个回身，猛地跳进了身后的池故渊的怀里。

池故渊早有准备，用手臂捞住了乔晚的腰臀，她的双腿稳稳地夹在了他的腰间。

乔晚笑看着池故渊，在他的唇上亲了一口，开心之情溢于言表。

“只有我们两个人。”乔晚兴奋地说道。

池故渊微勾起嘴角，应了一声：“嗯，想要做什么？”

乔晚回道：“反正不是休息。”

她说完，歪了歪头，眼睛亮晶晶地看着池故渊。

看了一会儿，乔晚又说道：“去洗澡！”

她说完，池故渊笑起来，抱着她去了浴室。

管家来叫他们吃饭时，乔晚还软着身体趴在床上，连应声的力气都没有了。

“这就来。”

而池故渊依旧生龙活虎，俯下身来，他的胸膛火热，隔着单薄的被单贴在了她的后背上。

“能起来吗？要不要推迟一会儿吃晚饭？”池故渊在她的耳边轻声地问道。

乔晚脸色通红，嗓音都有些哑：“还是要按时吃饭的，不然他们都知道我们做什么了。”

池故渊在她耳边轻笑了一声，声音低沉好听，乔晚听完，半边身体都麻了。

“抱我起来。”乔晚声音不稳地说道。

池故渊应了一声“好”后，把她连同被单一起抱了起来，低头亲了她一下。

“去洗个澡吧，洗个澡会舒服些。”

乔晚抓着他的衣服，小声地提醒道：“就只洗澡啊！”

池故渊笑了笑："嗯，只洗澡。"

乔晚放松下来，可池故渊的下一句话，却让她重新收紧了手指。

"晚上继续。"

乔晚："……"

洗完澡后，乔晚确实精神抖擞了不少，两个人一起去了餐厅，吃了午餐。

午餐是预订好的菜品，色香味俱全，乔晚吃完饭后，觉得自己又行了，索性没午睡，直接去了酒庄参观。

管家带着他们先去了地下酒窖，来到酒庄最有意思的当数酒窖了。这座酒庄值钱的东西远不止城堡里那些古董，酒窖里还藏有一酒窖的名贵红酒。

乔晚进去后，就感觉自己的身家在"噌噌"地往上涨。

"夫人，要不要尝一尝？"管家询问着乔晚的意见。

乔晚酒量还算可以，她也喝过一些红酒，还挺喜欢喝的，听管家这么说，早就按捺不住了，说道："来，来，来。"

管家让酒窖的负责人过来给乔晚介绍和斟酒品尝。

要不说近朱者赤，近墨者黑，乔晚以前一个只会喝味道的品酒小白，在和池故渊在一起后，逐渐掌握了一些品酒的知识。

尝过几种酒后，她端着高脚杯，竟然品尝出些什么东西来。

"喜欢哪个？"池故渊问道。

乔晚把最后一口酒喝光，敲了敲高脚杯，回道："这个。"

酒窖里这么多酒，要尝完是不可能的，就这几种酒中，乔晚最喜欢的是最后这个。她说完后，管家道：“那晚上可以用这款红酒。”

晚餐和午餐不同，吃完没啥事就睡觉了，喝点儿红酒也好助兴。

听了管家的话后，乔晚点头答应道：“好啊。”

管家又问道：“要继续品吗？”

乔晚还真想结束了。他们从吃过午饭后就在这酒窖里待着，喝了没有一瓶也有半瓶红酒了，再喝下去，乔晚感觉自己得醉了。

她看了一眼酒窖外面，说道：“今天就先这样吧，我们出去转转。”

听了她的话后，管家应了一声：“好。”

离开酒窖后，乔晚没有让管家跟着，而是自己和池故渊在庄园里溜达。X 市在 A 市南边，气候比 A 市更湿热一些。不过现在已经是 12 月份，傍晚的风也开始凉了。

乔晚裹着风衣，和池故渊牵着手，在夕阳中漫步。

她现在踩的地方，每一寸土都是属于她的。乔晚像一个巡视着自己的领土的女王，心中随着和池故渊走过每个地方而慢慢地变得充盈。

这样的二人世界很稀有，也很令人珍惜。不过不管是二人世界、三人世界，还是四人世界，她身边永远有池故渊在就够了。

乔晚想到这里，把握住池故渊的手紧了紧。

察觉她的这个动作，池故渊回头看了她一眼，问道：“累了？”

乔晚原本不累，听他这么一说，索性站在他面前说道：“累了。”

她说完，在夕阳下冲着池故渊笑。池故渊看着她的笑，回过身去。池故渊的后背宽阔挺拔，他在她面前轻轻地俯下了身。

乔晚笑起来，而后一个跳跃，跳到了池故渊的背上。池故渊把双手放在她的腿上，将她牢牢地背在了身上。

“轻了些。”池故渊背着乔晚说了一句。

“还轻啊？”乔晚吃惊地说道，“我刚才跳上来的时候，感觉一肚子红酒在晃荡。”

她说完后，夫妻俩皆是一笑。

笑完后，乔晚伏在了池故渊的肩膀上，用双手搂住了他。

“老公呀。”乔晚叫了一声。

“嗯。”

“我好爱你！”乔晚表白道。

乔晚是个外向的人，向来不吝啬于向池故渊表白，而她的每次表白，池故渊都格外珍惜。

“我也爱你！”池故渊回应道。

听到池故渊的回应，乔晚开心地笑起来。池故渊背着她，两个人的背影在夕阳下交叠，她侧过头，望着天边的夕阳，突然说了一句：“二人世界真好！‘忘崽’真好！”

池故渊和她一起笑了起来。

在外面溜达了一会儿，乔晚和池故渊回到了城堡里。晚饭已经做好了，两个人直接去了餐厅。

今晚的晚餐是西餐，选用了她今天下午在酒窖定下的那款红酒。

坐在餐桌边，乔晚切开牛排尝了一下，味道在口中迸发，乔晚挑了挑眉。

池故渊察觉她的神情，淡淡一笑："好吃？"

"嗯。"乔晚点了点头，说道，"这味道让我想起了我们在游艇上吃的那次。"

记得他们刚开始约会，池故渊第一次送她花，带她去他的游艇上吃饭。那时候游艇上演奏的是池故渊为她改编的曲子，他还邀请她跳了舞。

乔晚说完，熟悉的旋律在空旷的餐厅里响起。乔晚从回忆中回过神来，轻轻地笑了起来。

池故渊站在她的身边，伸出了手："可以请你跳一支舞吗？"

乔晚下颌一点，轻声一笑，将手放在了池故渊的手上。

手被池故渊牵住后，乔晚起身，将手搭在了他的肩上，与此同时，他的手也搭在了她的腰间。音乐悠扬，两个人伴随着音乐优雅地跳起舞来。

和上次相比，他们现在已经是夫妻，做过了比一起跳舞还要亲密的事情。但是跳舞这件事情对于男女来说，是一件十分浪漫的事。

乔晚随着池故渊跳着，两个人的身体慢慢地贴近，最后乔晚的下巴搭在了池故渊的肩膀上。

两个人身体贴合，隔着衣料，两个人的心脏像是碰撞在了一起。餐厅灯光朦胧，还有玫瑰和红酒的香气。在他们开始跳舞前，餐厅里的人都已经离开，现在只剩下了他们两个人，享受着独属于他们的空间。

“这首曲子现在又可以改了。”乔晚抱着池故渊说道。

当年这首钢琴曲是乔晚在母亲去世后写的，是一首很幸福的曲子。可是她的幸福随着父母的去世远去了，所以虽然这是一首幸福的曲子，可能让人从里面听到寂寥和孤独感。

她在被林家认回后，到林家的第一天，就在林家客厅的钢琴上弹奏了这首曲子。那时候她还以为她的幸福回来了，谁料竟然是进入了一个新的陷阱里。而唯一令人欣慰的是，那天池故渊也去了林家，听到她弹奏了这首曲子。

再后来，两个人走得越来越近，在未戳破各自的心事的相处中，各自暧昧着。她 18 岁成年的那年冬天，池故渊送了她一份礼物。

他把这首曲子改了。

虽然他改了这首曲子，但是主旋律没变，而是加入了伴奏，让这首曲子不再那么孤单。这也像是池故渊对她表明心意，她自此以后都不是一个人，他会常伴她左右。

这是她 18 年的人生中所经历过的最浪漫的一件事。

在 18 岁的那天，他们拥抱亲吻，走到了一起。

这首曲子，是他们的故事的开始，也是他们的故事的延续，他们不死不散，这个故事就不会结束。

乔晚说完，池故渊回道："不改了。"

池故渊倒是少有地没有答应她的提议，她歪头看了池故渊一眼，池故渊继续道："不是要'忘崽'吗？"

池故渊说完，乔晚伏在他的怀里闷声笑了起来。

对，他们出来过二人世界，她想的竟然是把他们定情的钢琴曲改一下，改成合家欢。这还怎么算是过二人世界？

"不改了。"乔晚在池故渊怀里摇头，"就叫《'忘崽'曲》吧。"

池故渊在她的腰上挠了一下，乔晚"哈哈"笑出声来。

因为不用看孩子、给孩子洗澡喂奶，两个人格外空闲。拖拖拉拉地吃完晚饭后，两个人离开餐厅，去了城堡的楼顶上。

城堡楼顶被建造成了一个小型茶厅，露天的，只放了两把藤椅、一张小桌子。两个人上去后，能俯瞰整座酒庄的夜色。

今天夜色正好，月光皎洁，照得人的影子都格外清晰。

乔晚和池故渊在茶厅里赏月，还和家里人通了个视频电话。

视频电话一接通，乔小桥的脸就出现在屏幕上面，看到乔晚，乔小桥叫了一声："妈妈——"

他叫完以后，小小的屏幕上很快挤进了好几张人脸。

"乔晚，玩得开心吗？"

"是不是想小鱼啦？要不要看一下？"

"小鱼可乖了，你和故渊好好玩呀。"

这些七嘴八舌地说话的，都是池家和池故渊同辈的堂兄弟姐妹。这次池小鱼的百日宴，他们也都回来了，并且要在国内待一段时间，现在都住在池家的大宅里。

“哥哥、嫂嫂好！嘿，二姐、大姐、小妹……”乔晚依次和他们打着招呼。

方清阁抱着池小鱼过来了。

“小鱼来了，看看爸爸妈妈。”方清阁笑着说道。

池小鱼被奶奶抱在怀里，镜头前的人四散开来，随后小家伙众星捧月一样，被捧在了镜头中央，下一秒，乔小桥的脸也被塞进了中央，和妹妹贴在了一起。

家人们知道她虽然离开，但是想孩子，所以先把孩子送到了镜头前。

乔晚看着儿子、女儿，心中感动而幸福，问乔小桥：“你乖不乖啊？”

“乖的，妹妹也乖。”乔小桥笑着和妈妈说道，摇了摇妹妹的小手，“小鱼，快看妈妈。”

池故渊俯身站在乔晚身后，乔小桥看到池故渊，叫了一声：“爸爸。”

池故渊冲他笑了笑。

“小鱼——”乔晚叫了女儿一声。

小家伙现在被奶奶抱着，一双眼睛像是黑宝石一样，她听到了妈妈的声音，也看到了妈妈的影像。池小鱼“啊啊”叫了两声，张开小手臂就要抱手机。

被池小鱼这么“抱”了一下，乔晚心中突然哽了一下，涌上了一种说不清道不明的滋味。

“小鱼抱妈妈呢。”方清阁对池小鱼柔声地说道，像是在劝解，“爸爸妈妈后天就回来了，小鱼马上就能见到妈妈了。”

“啊啊——”池小鱼还在挥舞着手臂，并没有听懂奶奶的话，看到屏幕上的妈妈后自顾自地开心着。

乔晚看着屏幕上的乔小桥和池小鱼，还有围着他们的家人们，敛了敛笑，后又笑了起来。

她像是转移话题一样，把镜头翻转，对上了夜空中的明月，说道：“乔小桥，我和你爸在看月亮呢。”

说着，她从藤椅上站起来，用镜头扫了一下下面的葡萄庄园：“下面还有葡萄，等明年小鱼大一些，我就可以带你们一块儿过来了。”

“好啊。”乔小桥答应道。

乔晚又将镜头翻转过来，对着他笑道：“爸爸妈妈都想你们！你在家记得乖乖的，照顾好妹妹！听话啊！”

“知道啦。”乔小桥懂事地回答道。

“乔晚，小鱼有些饿了，我让阿嫂带她去喂奶。”方清阁对乔晚说道。

在奶奶说完这话后，乔小桥也说道：“我也要去和哥哥玩积木了。爸、妈你们玩得开心！早点儿休息！”

“好。”乔晚应了一声。

她刚应完，视频就被挂断了。

刚才热闹的手机突然就安静下来，乔晚盯着屏幕，一时间没有回过神来。身边的池故渊走过来，把手放在了她的肩膀上，乔晚回过神来。

她一向自诩潇洒的人，原本这次和池故渊出来是期待已久的二人行，今天一天也都快快乐乐的。

要是今天晚上不通视频电话，看不到乔小桥和池小鱼，她的心境也不会有太大变化，顶多是思念又多了一些。但是她打过视频电话后，思念非但没有缓解，反而叠加了好几层，重重地压在了心口上。

这种感觉，真是有些复杂。

不过要是今天不通视频电话，估计她也睡不着。

当了爸妈以后，就算他们再“忘崽”，也会身不由己地想崽。

被池故渊抱住肩膀，乔晚呼了一口气，回头对池故渊说道：“等后天下午我们就回去了，没什么。”

“但你还是会想。”池故渊说道。

听了他的话后，乔晚笑起来，回头看着他：“你总不能想都不让我想吧。”

乔晚明显陷入了想孩子的情绪里，池故渊抬手捏了捏她的耳垂，说道：“这边有茶园。”

“啊？什么茶园？”乔晚被他的话转移了注意力。

池故渊收回揽住她的手臂，指了指前面的山。在酒庄的正前方有几座山，不高不矮，在夜色下像是浓墨重彩的画。

“那里。”池故渊说道，“我们明天可以爬山看日出。结束后，去看采茶，那里有民宿，提供茶叶做的餐点，我们可以尝尝。”

乔晚还没有吃过茶叶做的餐点呢，也没有见过采茶，听池故渊这么一说，顿时有了兴趣。

“好啊。”答应以后，乔晚问道，“不过要是爬山看日出的话，需要早起吧？”

池故渊点头：“对。”

乔晚用手指点了点下巴，想了想说道：“那就有点儿遗憾了。要是早起，我们今天晚上就什么都不能做了呀！”

池故渊也看向了她，看到池故渊吃瘪的样子，她哈哈大笑起来。

池故渊的手臂却一下子揽在了乔晚的腰间，她还没反应过来，她的身体一个翻转，而后被池故渊轻巧地夹在了他的腰间。

“啊！”乔晚笑着惊叫了一声，四肢扑腾，道，“你干吗啊？”

她在笑着挣扎，池故渊却不管不顾，抱着她往楼下走去，边走边道：“你的话倒是提醒我了。我们要想看日出，只要不折腾太晚就行。那我们就早点儿开始吧。”

乔晚：“啊啊啊——你放开我，哈哈哈——”

池故渊说到做到，果然没有折腾到太晚。也多亏他大发慈悲，乔晚第二天身体舒适，神清气爽。

两个人早早地起来，换了登山的衣服，出发去爬山。

X 市向来是以适宜居住而闻名的，这里山多，空气清新，尤其是酒庄这里，原本就属于郊区，加上附近的葡萄园和山上的茶园，空气闻上去都有一种自然的馨香。

乔晚的运动能力比不得池故渊，虽说昨天休息得还可以，但是爬到了中间，她就有些爬不动了。

池故渊一开始是拉着她，后来拉着她，她都走不动了，索性背起了她。乔晚被池故渊背在背上，开心地“呀”了一声，抱住了池故渊。

爬山也可以比作人生的，比如现在，她和池故渊一起往前走着，她走不动了，池故渊会背着她。这就是被宠爱的感觉，太爽啦！

但是只有池故渊一个人付出也是不行的，乔晚搂住丈夫的脖子，说道：“我给你唱歌吧。”

池故渊看着脚下的山路，笑了一声：“唱什么？”

“《跑四川》。”乔晚道。

池故渊：“……”

在池故渊无语的时候，乔晚已经唱了起来。钢琴老师嘛，音准能差到哪里去？而且乔晚的声音也好听。

只是《跑四川》实在太过搞笑，乔晚唱的时候，池故渊没怎么笑，她自己倒笑得前仰后合，反而给池故渊增加了爬山难度。

乔晚觉得自己真是池故渊的劫。

但是不管她怎么闹腾，只要她开心就行，池故渊随便她闹。没过多久，两个人爬到了山顶上，乔晚从池故渊的背上跳了下来。

两个人早上6点出发，爬山用了半个小时，现在已经六点半了。山顶上的日出是比平地要早的，六点半，天边已经染上了朝

阳的红晕，太阳快要冒头了。

站在山顶上，空气都带着凉意，加上远处的朝阳，令人心旷神怡。

看着天边，乔晚对着空旷的山谷“啊”地叫了一声。

山谷传来了回响：“啊——”

听到回响，乔晚笑了起来，回头看向池故渊。池故渊看了她一眼，像是觉得她幼稚得可爱一样，抬手揉了揉她的头。

乔晚穿着冲锋衣，戴着帽子，头发被池故渊隔着帽子揉乱了。她回过头去，对着山谷喊了一句：“好讨厌啊！”

“好讨厌啊——”山谷传来了回声。

乔晚回头，敛住脸上的笑容，对池故渊说道：“听到没？”

她说完，池故渊又在她的头上揉了一下。这下帽檐一下盖住了她的眼睛，乔晚“哎”了一声，就要找池故渊讨说法，但是下一秒，她的唇被吻住了。

乔晚感觉她的心也被他牢牢地抓住了，回吻了回去。

两个人站在山顶上，远处是山是雾是清风，在这茫茫大地上，就只有他们两个人，他们亲吻在一起，只有彼此。

乔晚的眼睛被遮盖住了，可是她能看到面前的池故渊。她的丈夫有着最俊朗的容颜，有着最深情的眼，他亲吻着她，倾诉着他所有的爱意。她一一接纳，予以回馈。

直至天光初亮，两个人才慢慢地分开。

乔晚有些急促地喘息着，她的颊边，原本抱住她的脸颊的那双大手抬手轻柔地给她把帽子摘了下来。

她的世界仿佛一下子变得明亮。

池故渊望着她，眼底带着淡淡的笑意，对她说道："太阳升起来了。"

太阳确实升起来了，世间万物被普照，连冰凉的冲锋衣外套上都有了朝阳的温度。乔晚看了看面前的池故渊，回过头来，看向了升起的朝阳。

在山顶上看完日出，乔晚和池故渊下了山。

山上的茶园里已经满是采茶的茶娘。两个人去了半山腰，在茶园里待了半个上午。

没吃早饭，到了上午 10 点，乔晚饿了，池故渊便带着她离开茶园去了茶园的餐厅。

这个点，餐厅里已经开始准备各色餐点了。

如池故渊昨天和她说的那样，茶园的餐厅里的餐品果然都是以茶叶制成的。乔晚刚进民宿里，就闻到了淡淡的茶香。

这里是 X 市的茶园区，但并没有统一成一家，而是好多家世世代代以采茶为生。现在旅游业兴起，各家各户都盖了民宿，做起了茶文化旅游园。

乔晚和池故渊挑选的那家民宿不算大，可是布置和装修格外温馨，既有茶文化，又有家的感觉，一方小院、一处二层小楼，就像是自己家一样。

两个人刚一进去，楼顶正在晒茶的老板娘就看到了，赶紧叫了一声："小生，有客人，给客人倒杯茶。"

“知道啦！”

听到妈妈的吩咐，叫小生的小男孩儿拿着茶壶走了过来，给坐在木桌前的乔晚和池故渊倒了茶。

小家伙年纪不大，动作却十分麻利，看着他，乔晚想起了乔小桥，笑着和他闲聊起来。

“多大了？”

“八岁。”小生回答道。

乔晚说道：“小学生了。”

“对呀。”小生笑着回道。

可能是平时接触的客人不少，小生一点儿也不怕生，落落大方。在他和乔晚说话的时候，家里突然传来一阵哭声，小生连忙和乔晚说了一句：“不好意思啊，我妹妹哭了，我去看看。”

听到婴儿的哭声，乔晚原本的惬意变得淡了一些，她看向楼里，小生已经急匆匆地过去了。而楼顶的老板娘也已经下来，开始招待乔晚和池故渊。

小孩子的哭声在小生进去后不久就停止了，乔晚和池故渊点了餐，不一会儿，餐品被端了上来。

菜都是自家做的小菜，还有一些茶叶做的糕点和主食，乔晚和池故渊点的东西不多，在菜上齐后，夫妻俩吃了起来。

两个人吃着饭的工夫，老板娘回了屋子里，不一会儿抱着一个几个月大的婴儿走了出来。

看到婴儿，乔晚连吃饭的心思都没有了。她走过去，笑着问老板娘：“多大了？”

“五个月了。”老板娘笑着回道。

乔晚看着小家伙，抬手轻轻地碰了碰她软软的脸，说道：“真漂亮！”

见她喜欢，老板娘问道：“要抱一下吗？”

“可以吗？”乔晚问道。

“当然。”老板娘笑起来，“就是不知道她找不找……”

小孩子一般都认人，被妈妈抱着的时候是不想让其他人抱的。可是老板娘话音一落，乔晚张开双臂，婴儿对着乔晚就倾斜了身子过去。

女儿被乔晚抱走，老板娘惊讶了一下，乔晚娴熟地抱着小家伙，笑着说道：“我也有个女儿，刚过完百天。”

“怪不得呢，那你身上应该有奶味，小孩子喜欢。”老板娘笑着说道。

怀里抱着婴儿，乔晚还看了一眼从屋子里出来的小生，眼睛里蓄着温柔的笑意，说道：“我也有一个儿子，今年5岁多。”

“倒是看不出来。”老板娘打量了乔晚一眼，说道，“你看着也就20岁出头，都不像是生养过孩子的。”

这算是夸奖，乔晚捏着小家伙的手，笑眯眯地说道：“谢谢！”

在民宿吃过饭后，乔晚抱着老板娘的孩子待了一会儿。她抱着婴儿，被压抑下去的情绪像是被什么一点点地勾了上来。

之后和池故渊离开民宿时，乔晚都有些心不在焉的。

池故渊带着乔晚回了酒庄。

两个人到酒庄的时候是上午 11 点，池故渊刚进门，管家便来询问午餐的安排。乔晚还没回过神来，池故渊就说道：“不用了。”

说完，池故渊带着乔晚回到房间里。

闻到房间里熟悉的味道，恍恍惚惚的乔晚这才回过神来，情绪有些低落，准备睡个觉缓解一下。她刚趴在床上，池故渊便把行李箱拿了出来。

看到池故渊拿出行李箱，乔晚一下子从床上蹦了起来。

“干吗？”乔晚问道。

池故渊将东西收入行李箱中，冲她笑了笑，说道：“回家。”

在池故渊说完“回家”的那一刻，乔晚可以说是归心似箭！她立马加入了收拾行李的行动之中，夫妻俩的行李很快被收拾完，然后他俩把行李箱放上车后，就踩着油门绝尘而去。

乔晚从不知道自己想回家的心情可以这么急切。

虽然只离开了一天多，她是真的想孩子。以前有乔小桥，思念只有一倍，现在有了池小鱼，思念就是双倍的，她真的迫不及待了。

两个小时后，乔晚和池故渊回到了家里。

爸爸妈妈和爷爷奶奶还有其他家人看到他们回来倒也不太诧异，看到乔晚进门后的焦急眼神，方清阁已经明白过来，说道：“兄妹两个在午睡呢。”

“谢谢妈！”乔晚有些不好意思地说了一句后，赶紧冲进了卧室里。

池故渊和家里的人简单地打了个招呼后，也去了卧室。

到了卧室以后，乔晚就看到了睡在床上的儿女，心重新被填满了。

乔晚脱掉外面的衣服，去洗了一下澡后，掀开被子上了床。

因为她躺上来，床向下陷了一下，乔小桥迷迷糊糊地睁开了眼。熟悉的怀抱在身后，乔小桥清醒了一下，回过头来。

“妈妈，你怎么回来了？”

在乔小桥问乔晚时，池故渊则抱着刚睡醒的池小鱼过来。他把池小鱼放在了乔小桥的另外一边，他则躺在了池小鱼的旁边。

“呀啊——”池小鱼看到熟悉的爸妈，挥舞着小手臂叫了一声。

乔晚幸福地笑着，先亲了一下乔小桥，再亲了一下池小鱼。

“我提前回来了，你不想我啊？”乔晚回答了乔小桥的问题。

身边躺着妹妹，乔小桥把手指递给她让她攥着，看了爸妈一眼，摇头说道：“不想。”

乔晚：“……”

“你们玩得好好的，回来干什么呀？”乔小桥说道，“我能照顾好妹妹。”

乔小桥还希望爸爸妈妈能玩得尽兴一些呢，结果没到两天时间他们就回来了。

乔晚自然知道小家伙口是心非，佯装失落地说道：“竟然不想我……”

看到妈妈失落，乔小桥又有些心疼，连忙用小手拍了拍妈妈：

“没有，其实挺想的，但是更想让你们玩得开心一些。”

听了乔小桥的话，乔晚开心起来，抱住儿子说道：“没你们怎么开心？”

乔小桥被妈妈抱了个结结实实，说道：“那以后你们出去玩的时候只能也带着我们俩啦。”

“好！”乔晚一口答应道，伸展手臂抱住了乔小桥和池小鱼。而在她抱住儿女时，池故渊在另外一边也抱住了他们，同时还抱住了她。

一家四口抱在一起，温馨的气氛在卧室里散开，四个人开心地笑了起来。